TU, MA PER SEMPRE

Roberto Emanuelli

TU, MA PER SEMPRE

DeA
Planeta

Questo libro è un'opera di fantasia. Nomi, personaggi, luoghi e avvenimenti narrati sono il prodotto dell'immaginazione dell'Autore o, se reali, sono utilizzati in maniera fittizia. Qualsiasi somiglianza con persone reali, viventi o defunte, eventi o luoghi esistenti, è da ritenersi puramente casuale. Potrebbero essere state prodotte eventuali modifiche alla configurazione dei luoghi rappresentati. Potrebbero essere state prodotte eventuali modifiche di carattere cronologico rispetto ad avvenimenti di costume, di cronaca e storici.

Prima edizione: ottobre 2019
Prima ristampa: novembre 2019

Redazione: via Inverigo 2 - 20151 Milano
www.deaplanetalibri.it

Mi dicevano che c'era un limite a questa mia folle voglia
di credere nell'amore, di crederci nonostante tutto e tutti,
contro ogni logica. E allora io guardavo fuori dalla finestra,
il cielo blu, la luna, le stelle, l'universo infinito.
Ma limiti no, proprio non ne vedevo...

Ai miei fratelli.
Alle mie sorelle.
Alla mia famiglia.
A quella famiglia che mi ama e mi sopporta
da quando sono nato.
A quella famiglia che mi ama e mi supporta
da quando sono rinato.
A tutte quelle anime rare che quando cadono
si rialzano più forti di prima.
Che quando si specchiano, dopo, si vedono
più belle, con tutte quelle cicatrici che sanno di vita,
di amore, di tentativi di felicità.
Con tutte quelle cicatrici meravigliose che hanno
il sapore della bellezza.
Che hanno il sapore della dignità…

1
Penso che è bello inventare parole per te

La vita di Lorenzo
Sabato 25 maggio 2019

Penso che è bello quando qualche volta non ci capiamo e litighiamo, ma poi ti abbraccio da dietro e tu ti giri e mi sorridi.

Penso che mi piace quando dici che ho un maglione orrendo, inguardabile, ma che mi ami lo stesso.

Penso che ho i brividi quando lo facciamo e tu mi sussurri nell'orecchio che ti fa impazzire.

Penso che è bello inventare parole per te, anche se tu sei tutte le parole che nessuno ha mai inventato.

Penso che mi piace che siamo così diversi, a volte lontani, ma che poi per ritrovarci ci basta uno sguardo.

Penso che sei la donna più bella del mondo, e che ti amo tanto, e…

… e intanto, mentre penso a tutto questo, accordo la chitarra. La suono discretamente, anche se il *mio* strumento è il pianoforte, e le tastiere elettriche… Ma qualche volta, a casa, mi capita di abbracciare questa acustica che ha il sapore delle cose vere e preziose, me la porto dietro da anni, piena di scritte, date e incisioni, e… Ecco, mi capita di rilassarmi, quando sono sul divano o sul letto, e accenno accordi, arpeggi, melodie e sequenze di note, così, a caso, lasciandoci correre i pensieri sopra, insieme, accanto. Un po' come in un flusso libero di coscienza che nasce e cresce con una sua fragile e sussurrata colonna sonora, segue i miei incastri mentali, i tormenti, le paure, gli attimi di felicità, le vie di fuga, i ritorni delle domande senza risposta, le risposte alle domande che non ho il coraggio di farmi o a cui non so dare una forma e un nome. Sono gli assoli della mia testa sgangherata, è il suono del mio cuore. Delle parole che non riesco a dire. Quelle davvero importanti…

Me l'ha regalata zio Daniele per il mio diciottesimo compleanno. Eh… parliamo di quasi vent'anni fa! Il tempo passa, ma la musica no, non per me! Non *dentro* di me. Non esce, non se ne va dalle mie vene, da ogni singola cellula del mio corpo. Certo, la vita poteva andare diversamente, potevo sfondare come cantante, diventare una star! Magari! Sarebbe stato figo. Ma non è andata così, e non mi lamento, riesco comunque a campare con ciò che amo, e non è mica da tutti. Suono nei locali, nei ristoranti, ai matrimoni, alle feste private. Faccio cover, soprattutto repertorio italiano, dai classici come Dalla, De Gregori, Venditti, ai vari Tiziano Ferro, Jovanotti, Vasco, Cremonini, Antonacci, fino all'indie, non so, come gli Afterhours, i Thegiornalisti, Brunori Sas, Coez. O Ultimo, che adoro… E poi qualche mostro sacro internazionale, pop e rock, quelli che non possono mancare mai. Scrivo anche pezzi miei, da sempre, avrò scritto cento canzoni, e anni fa, da ragazzo, ho pure tentato di farle sentire ad alcuni discografici, di suonarle in pubblico con una band che avevo messo su. Ci ho provato, ma boh, non ha funzionato, e allora ho continuato a scriverle ma solo per me. In più, insegno pianoforte in una scuola privata sull'Ostiense, tutti i giorni a parte il sabato e la domenica, e ogni tanto faccio delle lezioni private.

Ginevra, mia moglie, è convinta che dovrei far fruttare il mio talento anche e soprattutto in un altro modo, tipo aprendo una scuola mia, con corsi di ogni tipo, tanti insegnanti, sale di registrazione, di doppiaggio per il cinema. Insomma, business. Secondo lei dovrei imparare a concepire la musica soprattutto dal punto di vista manageriale, e ridurre al minimo le serate nei locali e le lezioni private. Capisco perché lei la pensa così, è abituata a vedere i soldi fruttare, moltiplicarsi, è nata in una famiglia ricca, suo padre è un imprenditore, uno di quelli che leggi sulle pagine finanziarie dei giornali, azionista di banche, proprietario di immobili di extra lusso in mezzo mondo. Ed è lussuoso anche l'appartamento in cui viviamo, in pieno centro a Roma, in via Margutta. Così lussuoso da mettermi ancora un po' a disagio, anche se certe comodità rendono la vita più facile, lo ammetto, e nonostante all'inizio mi sentissi tremendamente fuori posto, considerando anche che io sono nato e cresciuto in una famiglia umile di Casal Bruciato, una periferia abbastanza complicata, lontana dal lusso e dalla vita facile, piano piano ho imparato a sentirmi protetto tra queste mura...

«Ma che voglia hai di andare a suonare fino alle tre di notte, per settanta euro? Lorenzo, hai quasi quarant'anni! Sei in gamba, meriti di meglio! Lo sai, poi... per fortuna non ci mancano i soldi. Fai altro!» Me l'avrà detto mille volte, e lo fa sorridendo, senza cattiveria, ok, fra il serio e lo scherzo, lo dice per il mio bene. Su questa cosa però non ci capiamo e forse non ci siamo capiti mai, è difficile spiegarle davvero cosa ho dentro, come mi sento quando suono, cosa provo quando lo faccio per qualcuno. Quando lo faccio per me stesso. Quando metto le mani su quei tasti bianchi e neri, lasciandole danzare fra toni e semitoni, su e giù, su e giù, dosando la forza, la pressione delle dita, a volte sfiorandoli, altre dando colpi più forti e decisi. Rispettando il ritmo, ora più lento ora serrato, senza perdere un colpo. Senza smettere per un attimo di volare su quell'armonia che ti entra dentro e si prende tutto, in quella poesia che prima ti accarezza poi ti fa vibrare il corpo e la mente, spolpandoti, succhiandoti le energie fino al midollo. Per poi lasciarti lì, fra le nuvole, a volare.

Tornando a Ginevra e alle sue parole, le prime volte mi sono risentito, lo ammetto. Ma poi col tempo ho smesso di protestare. «Sì sì...» mi limito a ribattere con un mezzo sorriso, cambiando subito discorso.

All'inizio la affascinava molto questa cosa del musicista, peraltro ci siamo conosciuti così, io suonavo a una festa privata, me lo ricordo come fosse oggi, era in una villa pazzesca di un nobile romano dietro piazza di Spagna, e lei era lì, fra gli invitati, a divertirsi con i suoi amici...

Indossava un abito viola corto, con un cinturone in vita. Dei sandali neri essenziali. Una borsa arancione di coccodrillo. Accuratamente truccata, ma non esagerata.

L'atteggiamento sicuro.

Mi guardava con i suoi occhi neri. Grandi e bellissimi. Gli zigomi alti, lo sguardo profondo e irriverente.

«Sei un figo pazzesco, suoni e canti da dio, qual è l'inganno?» mi disse con quel suo sorriso che non è mai solo un sorriso, ma molto altro. Ci scambiammo il numero e poi...

Quindi, ecco, le piaceva sentirmi suonare, veniva a vedermi sempre, anche nei locali più piccoli, lo trovava eccitante. «Mi fai morire quando canti e suoni, e sudi, e a tratti chiudi gli occhi per concentrarti, sfiorando con le labbra il microfono, per poi riaprirli all'improvviso, questi tuoi pazzeschi occhi verdi, e questi capelli lunghi e neri e la barba incolta»: queste sono le parole che mi ha detto una volta, non le dimenticherò mai, mentre con la punta delle dita accarezzava lentamente il profilo dei miei lineamenti provocandomi brividi su tutto il corpo, lo ricordo come fosse oggi, era subito dopo una serata completamente dedicata a Vasco, poco prima di fare l'amore...

Era molto attenta alle mie ambizioni, e mi chiedeva di sentire i miei pezzi, cosa che ho accettato con ritrosia, per poi farlo sempre meno, fino a fargliene sentire raramente, e da qualche anno proprio mai, a dire il vero, più per pudore che per altro. O forse no, forse anche per altro...

In ogni caso, Ginevra col tempo ha iniziato a vedere in modo diverso il mio lavoro. Le priorità per lei sono cambiate. Ha cominciato a desiderare qualcosa di più. Lei è anche questo... Dopo un po' le cose le stanno strette e cerca altro. E vorrebbe che anche io fossi così.

Non è cattiva, è il suo carattere, il suo modo di stare al mondo, di esserci, forse è solo un po' viziata, ma in fondo, forse, la amo anche per questo, è solo che su certe cose abbiamo prospettive diverse, magari è pure colpa mia, forse non sono mai stato abbastanza bravo da farle capire quanto conti per me, forse non sono mai stato abbastanza bravo da farlo capire neppure a me stesso, forse anche io mi sono lasciato avvolgere dal guscio dorato di questa casa, forse la verità è che non lo so nemmeno io cos'è questo vuoto che ogni tanto mi prende e mi spezza il fiato.

Del resto, quando ci siamo conosciuti, dieci anni fa, avevo già abbandonato gli ultimi tentativi di sfondare con i miei pezzi, e forse, inconsciamente, io stesso a un certo punto ho iniziato a vivere il mio lavoro come un lavoro, *solo* come un lavoro, una routine. Poi, appena è nata Bianca, nostra figlia che adesso ha tre anni e mezzo, ho accentuato l'interiorizzazione di questo mio universo sempre più nascosto, facendolo sprofondare in un buco nero accessibile quasi solo a me stesso. Nemmeno i miei amici più cari, Sofia, Davide e Valerio, credo intuiscano bene questo universo, questo buco nero, questa cosa che sento dentro e rincorro e fuggo e a cui non riesco a dare un nome, un senso. Perché la musica, la mia musica, non è soltanto musica, è molto di più, ma questo lo so solo io. *Forse* lo so solo io...

È come se fossimo tutti chiusi in una gabbia costruita da noi stessi, dalla nostra storia, dalla nostra mente, dal nostro cuore, dalla nostra infanzia, dai nostri genitori, dalla nostra cultura, dalle nostre paure...

A volte questa gabbia ci limita così tanto da diventare la nostra prigione.

Il nostro punto di vista è incastrato in una fessura. La cosa assurda, e un po' comica, è che la porta della gabbia è quasi sempre aperta. Ma la paura è troppa.

Fuori da quella gabbia c'è la vita, quella vera, e ci sono le gabbie degli altri, i loro punti di vista, i loro tormenti, le loro culture, i loro genitori, le loro follie, il loro cuore e la loro mente...

Servirebbe tanto coraggio per uscire dalla gabbia. Ognuno dalla propria, per assaporare la libertà. Per vivere davvero. O quantomeno servirebbe un po' di clemenza per comprendere il punto di vista degli altri, dalle loro gabbie. Ma non è mai così facile. Non è mai così scontato...

«Che fai, esci?» chiedo a Ginevra mentre la vedo passare davanti alla camera da letto con un abito nero lungo in maglina che la rende ancora più bella di quello che è. E pensare che teoricamente non incarna il mio modello estetico ideale di donna: lei è alta, magra, filiforme, ha un fisico da modella... Io invece ho sempre avuto un debole per le donne prosperose. Certo, nessuno può negare che sia oggettivamente stupenda... Con quella pelle bianca e gli occhi neri. E con quel suo viso... quel viso di rara bellezza, gli zigomi alti, gli occhi dal taglio allungato quasi orientale, il naso sottile, i denti bianchissimi. Ginevra è perfetta, è La Bellezza! E in più ha uno charme, una classe innata, un modo di fare, di parlare, di muovere le mani... Ecco, nell'insieme è davvero devastante, da toglierti il fiato, irresistibile!

«Sì, amore, vedo Carla e Ilaria per un crudo, andiamo da Masseria, sai quanto lo amo.»

«Ah ok, salutale da parte mia» e le sorrido. «Sei splendida!»

«Io? E tu? Sei l'uomo più sexy del pianeta! Dio solo sa quanto io sia gelosa!» e finge una faccia arrabbiata.

Ginevra ha una classe innata, scritta nel dna, è una questione genetica, e anche la sua voce, fina e pacata, e il modo di parlare, ecco, in lei tutto ha charme. Qualcuno direbbe che è un po' snob, e forse è un po' vero, ma questo non la rende meno affascinante e sensuale.

«Ma smettila!» le dico con un po' di imbarazzo, mentre mi alzo per andarle incontro, appoggiando la chitarra sulla poltrona. «Piuttosto, tu, vedi di fare la brava!» e senza darle il tempo di rispondere prendo una rosa rossa e un piccolo biglietto nascosti dietro la credenza. Glieli porgo e aggiungo solo: «Ti amo!».

Lei li guarda e mette una mano sul petto, quasi a trattenere il respiro, apre il biglietto:

> Quando sarai una bellissima vecchietta, se non potrò esserci, non sarà per scelta mia. In ogni caso so che guardando fuori dalla finestra, guardando il cielo stellato, ripenserai a quel ragazzo che tutte le mattine ti regalava un biglietto, un fiore e una carezza. E nel biglietto qualche volta si ripeteva, diventando un po' noioso, scrivendoti quanto ti trovasse

bella, quanto lo facessi impazzire, quanto ti amasse. Che io ti ho amato da sempre, dal primo momento, amore mio, perché sei bella, perché mi fai impazzire...
E so che quando sarai una bellissima vecchietta, ecco, penserai a me, se io non potrò esserci, e ti si bagneranno gli occhi, quei tuoi occhi meravigliosi. E poi sorriderai...

«Dio, quanto ti amo io!» dice, dopo qualche secondo di silenzio, abbracciandomi con uno slancio. «Non smetterò mai di emozionarmi!» aggiunge, e io prego che sarà davvero sempre così.

«E io non smetterò mai di inventare parole per te...»

«Davvero?»

«Davvero...» Sorrido e la bacio ancora, e ci abbracciamo in silenzio. Voglio trattenere questo attimo, credere che sia eterno. Poi le chiedo: «E Bianca?».

«L'ho lasciata da mia mamma, passo a riprenderla dopo cena, non penso di fare tardi.»

«Ah, cavolo... Volevo darle un bacio! Comunque ok, hai fatto bene.»

«Glielo darai domani mattina, amore, sai che adora fare colazione con il papà.»

«Lo so!» rispondo con un velo di emozione. «Io esco fra un'ora, da stasera, due volte a settimana, fino a metà luglio, ricomincio a suonare al Plink, ricordi? Viene Valerio con una sua amica.»

«Dài! Me lo ricordo quel posto, pieno di poltroncine in pelle e applique gialle, molto carino. Salutami Valerio! Il Don Giovanni...» e dopo averlo detto, mi bacia e mi guarda negli occhi, e tutte le volte che lo fa, sento lo stomaco contrarsi, come fosse la prima volta.

«Buona cena!»

«Buon lavoro!»

Indossa una giacca leggera e fa per andare, ma nel frattempo squilla il mio cellulare.

«Me lo passi, amore?» le chiedo allungando il braccio.

Lo prende e, notando il nome sul display, dice: «È la tua giovane biondina... magari passa anche lei, oltre a Valerio...» per poi sfoderare uno di quei suoi sorrisetti cattivissimi, sarcastici, taglienti. E fottutamente sexy.

Deve essere Marzia. Afferro il telefono, ma prima di rispondere mi rivolgo ancora a Ginevra: «Sei tremenda!».

«Ah, io? Ti tengo d'occhio! A te, e alla biondina...» dice abbassando il tono della voce, quasi a volerlo rendere più efficace, corruga un po' la fronte socchiudendo gli occhi e fissandomi per un attimo intensamente. Poi esce chiudendosi la porta alle spalle.

La adoro anche quando fa la gelosa...

«Ohi, Marzia!» esclamo contento.

«Alééééé! Io vengo questa sera, eh! Tanto il Plink è dietro casa! Passo a bere qualcosa e a farti un saluto con Giulia, quella mia amica di classe.»

«Non sai quanto sono felice! Ti riservo un tavolo.»

«Grazieee!»

«E di cosa? Grazie a te!»

«Ohi, sai che oggi ho riprovato *quella parte*? Ecco, ci siamo quasi...»

«L'ultima volta andavi già spedita. Farai un figurone e lui impazzirà, lo so.»

«Oddio, speriamo, sono troppo agitata al solo pensiero di quando dovrò farlo davvero!»

«Manca poco al suo compleanno, ci siamo quasi!» e rido.

«Oh, grazie eh! Grazie per ricordarmelo! Bell'amico che sei!»

«Dài che lo faccio per stemperare il nervosismo, dobbiamo esorcizzarla, la paura! Ma tu sei ancora così giovane, hai tutto il tempo del mondo per capirlo...»

«Ti voglio bene, Lore, davvero...»

«Anche io, Marzia.»

«Non so come ringraziarti!»

«Se lo dici un'altra volta mi arrabbio!»

«Va bene... Da' un bacio grande a Bianca, non vedo l'ora di rivederla!»

«La rivedrai presto, prometto.»

«Ok... A dopo!»

«A dopo!»

Poso il telefono e volo a cambiarmi, ma prima lo connetto alla cassa bluetooth, metto su un po' di musica: Ultimo con *I tuoi particolari*.

E mentre indosso i jeans, la T-shirt e il gilet nero, penso a quanto adoro certi dettagli... Amo le cose piccole. Un ristorante semplice con le tovaglie di carta. Un tavolino di plastica accanto al mare da cui godermi il tramonto, ubriaco perso di alcol e amore. Un fiammifero appena acceso. Dei piccoli bottoni in madreperla. Amo le persone che ti promettono poco ma non lasciano mai la tua mano. Amo camminare da solo respirando il suo odore sulla mia pelle, che mischiati insieme fanno il profumo più buono del mondo. Amo chi non aspetta e lo fa subito perché gli batte forte il cuore. Amo chi urla all'improvviso in mezzo alla strada: «Ti amo, cavolo, ti amo da morire!». Perché le persone che amano, urlano, corrono, scalpitano di notte. Accendono il cielo con le mani. Fanno suonare la pioggia con i piedi.

E poi penso che è bello, sì, è proprio bello inventare parole per te, anche se tu sei tutte le parole che nessuno ha mai inventato. Anche se, qualche volta, non ci capiamo...

2
E quando tu poi mi manchi, io non sorrido mai...

La vita di Marzia
Sabato 25 maggio 2019

Appena metto giù con Lorenzo continuo a fissare l'immagine riflessa nello specchio, la mia. Sono quasi nuda, addosso ho solo gli slip. Riccardo è andato via da poco, e nella mia camera c'è ancora il suo profumo, il suo odore. Me lo sento sulla pelle, sulle mani. Sulle labbra...

Quando facciamo l'amore, lui mi fa sentire speciale, sa essere così dolce e sexy nello stesso tempo. Amo tutto di lui, e quando lo facciamo volo e mi lascio andare. Adoro farlo stare bene, iniziare con i preliminari, leccarlo, baciarlo, prenderglielo in bocca, sentirlo ansimare mentre vado su e giù lentamente. Con gli altri mi sentivo sporca, con lui no. Con lui è diverso...

Ai ragazzi piaccio, sono sempre piaciuta, sono considerata carina, vivace, brillante, qualcuno mi definirebbe anche un po' *furbetta* e *paracula*, eppure, adesso, mentre mi specchio, con i miei capelli lunghi, biondi, sciolti, col trucco un po' colato, ancora accaldata, ecco, adesso, mi osservo e mi vedo così poco attraente! Adesso, mentre mi specchio, mi sento così fragile, debole, così insicura... tutto il contrario di quello che credono gli altri. Le persone guardano solo quello che gli fa comodo guardare. Giudicano te e la tua vita senza aspettare, senza concederti il beneficio del dubbio, in modo banale e frettoloso. Pubblichi una Storia su Instagram mentre canti facendo qualche smorfia, e tu per loro sei quella superficiale, leggera e senza problemi. Se poi ti vedono uscire con più di un ragazzo nel giro di pochi mesi, diventi una zoccola. Punto. Senza possibilità di appello.

Comunque negli ultimi mesi sono cambiate molte cose, dentro e fuori di me. Per un sacco di tempo ho giocato a essere solo la *bambolina* bella e attraente, ammiccante, coi vestiti alla moda e l'approccio sfrontato. E non me ne pento, non di certo per il giudizio della gente! Ma ora sento di essere diventata anche altro.

Poche persone, fino a oggi, sono riuscite a capirmi davvero. Oltre a mia madre, credo solo Sally, la mia amica del cuore. Lei sa capirmi senza dire una parola, e anche se ultimamente ci vediamo poco, so che nulla è cambiato fra di noi. Nelle nostre vite è come se fosse scoppiata una bomba a ribaltare tutto: i suoi si sono separati improvvisamente e in modo repentino, lo scorso luglio. La mamma è stata una grande, ha deciso che era ora di smettere di subire e, indirettamente, far subire i figli... Le donne con la D maiuscola! Nello stesso periodo, mio padre è stato licenziato senza preavviso – per i top manager è così, dice lui – e al ritorno dalle vacanze, l'estate più bella della mia vita, abbiamo lasciato la casa di corso Trieste perché costava troppo e perché era di proprietà della multinazionale dove lavorava praticamente da quando io sono nata. Hanno aspettato che tornassi, per non rovinarmi la vacanza. Ci siamo trasferiti, in fretta e furia, in quella che era la casa dei miei nonni, in zona Garbatella, un appartamento abbastanza grande con una piccola mansarda: la mia cameretta. La adoro, più dell'altra: il soffitto è fatto a travi di legno scuro che scendono sui lati, e c'è una finestra grande in stile rétro... è meravigliosa! Il quartiere è popolare ma riqualificato, e io sto imparando ad amarlo profondamente, nel frattempo mio padre ha trovato un altro posto, a quanto pare molto meno remunerativo, non ci manca nulla anche se ci siamo dovuti ridimensionare fortemente, ma le cose tutto sommato vanno bene, si respira un'aria più calda e famigliare...

Come me, anche Sally ha dovuto cambiare scuola, perché si è trasferita insieme alla mamma sulla Cassia, in una villetta stupenda, ma un po' fuori Roma, non proprio dietro l'angolo, ecco, e i chilometri che ci separano non rendono tanto agevole vederci come prima anche se ci sentiamo spessissimo, inoltre stiamo vivendo le nostre rispettive storie d'amore, lei con Paco e io con Riccardo, quindi il tempo è davvero limitato. Eravamo un gruppo di sei, sempre insieme, con anche Benedetta e Geggy, che a dicembre si sono trasferite a Londra, e in pochi mesi la nostra amicizia ha dovuto fare i conti con la distanza. Senza aggiungere lo spettro degli esami di maturità, ormai vicini. Terribilmente vicini.

Mentre penso a Sally, continuo a fissare lo specchio e sento come una fitta al cuore, un senso di vuoto e di tristezza. Ma perché? Eppure con Ric va alla grande... Ci amiamo, siamo insieme da dieci mesi, e tutto fila liscio. Io sono così innamorata, cavolo! E lui mi fa stare bene. Sempre pieno di attenzioni per me. E pensare che un anno fa non l'avrei mai immaginato, anche lui era così diverso. Come cambiano le cose...

Boh, non lo so questa sera che mi prende, magari è solo una sensazione, domani andrà meglio...

Avverto un leggero giramento di testa e le articolazioni mi fanno un po' male, ma è tutto nella norma, poi passa subito.

Tolgo anche gli slip e scruto ancora per un attimo il mio riflesso, raccolgo i capelli nelle mani e li tiro su, va bene, dài, non sono poi così male, non sono da buttare via! E mentre lo penso ci scappa un mezzo sorriso. Uno di quelli miei un po' ammiccanti e furbetti, uno di quelli che le persone usano come alibi per non capire, per non andare oltre. Per collocarti lì in quello spazio limitatissimo dove ti hanno messo quando hanno deciso che altrimenti avrebbero dovuto guardare dentro. E guardare dentro, non è per tutti... è solo per pochi!

Adesso però è ora di fare la doccia, e di vestirsi carine.

Prima di aprire l'acqua controllo il telefono, c'è un messaggino.

Ric: "Sei bella. Mi manchi. Ti amo".

Io: "Amoreee! Ti pensavo! E non sono bella! ☹".

Ric: "Non sei bella? Tu sei pazza, allora! Lo sei sempre stata, in effetti! Nessuna è bella come te!".

Io: "Oddio, amore, grazie, in questo momento ci voleva proprio! Non lo so, mi sento un cesso!". E aggiungo un vocale: "E poi già mi manchiii" facendo la voce da bambina.

Ric: "Piccola, che vocina dolce! Anche tu già mi manchi, nonostante ci siamo salutati mezz'ora fa! ☺ Mi sembra una vita! ♥".

Io: "È vero!".

Ric: "Ora devo salutarti, sono arrivato al pub ed è pieno di gente!".

Io: "Ok, scusa amore mio, io vado a mangiare una cosa con Giulia, in un locale dietro casa dove fanno musica dal vivo, ma torno presto. Ti amo troppo! Buon lavoro! E grazie per il libro!".

Ric: "Ok cucciola, buona serata! Ci sentiamo dopo per la buonanotte! E non dire grazie!".

Quanto mi manchi?

Vedi, quando tu mi manchi non splende mai il sole, anche quando splende. Non c'è musica, mai, in nessun posto, in nessuna stanza, nemmeno in una disco con mille casse giganti e dei bassi pazzeschi.

Quando mi manchi non respiro, anche se sopravvivo per non so quale sconosciuto mistero. E quando mi manchi, manca il fiato, anche se poi riesco a correre di continuo per cercarti.

Quando tu mi manchi, al mondo manca un pezzo, anche se nessun altro se ne accorge.

E quando mi manchi, il cielo, di notte, non è mai abbastanza blu, perché senza di te, quando manchi, i colori non sono gli stessi, e alcune tonalità non esistono proprio, tipo il blunottemagia, non c'è, lo hai inventato tu col solo fatto di esistere.

E quando tu poi mi manchi, per fartelo capire ancora meglio, io non sorrido mai, anche quando gli altri pensano lo stia facendo. Perché non posso sorridere quando manchi, perché le due cose non sono slegate.

Ecco quanto mi manchi quando mi manchi.

Quando mi manchi?

Sempre, quando non ci sei.

Quando te ne vai.

Quando resti ma non col cuore e con i pensieri, ecco, amore, lì, in quel caso, mi manchi ancora di più. Mi manchi da morire. Mi manchi da stare male. Perché quando non ci sei col cuore e con i pensieri, pur essendo accanto a me, io potrei impazzire, perché non so proprio dove venirti a cercare...

E poi che dolce, Riccardo mi ha preso il libro di poesie di Laura Massa, una blogger che seguo da tanto, finalmente ce l'ha fatta a pubblicare con una grande casa editrice! Adoro le sue parole! E lo devo a Sally, è lei che me l'ha fatta conoscere. Ma la cosa pazzesca è stata scoprire che è la figlia di Leonardo, il meccanico, l'ex datore di lavoro di Ric... Quanto è piccolo il mondo!

Sotto la doccia ripasso la canzone che ho deciso di cantare e suonare a Riccardo, come sorpresa per il suo compleanno. Sono due mesi che mi esercito tutti i giorni con la chitarra. Se non fosse stato per Lorenzo non avrei mai pensato di potercela fare, e invece grazie a lui ho imparato a suonarla, o meglio, a strimpellarla, diciamo, e la canto tutta senza stonare troppo. Almeno così dice Lorenzo, e io mi fido di lui...

Si tratta di *Questa nostra stupida canzone d'amore* dei Thegiornalisti, è la nostra canzone, ci ricorda di quando ci siamo messi insieme, la scorsa estate, la suonava Miguel, un musicista di strada, durante un falò sulla spiaggia. Rientrando da quella serata abbiamo fatto l'amore per la prima volta. In tenda. È stato stupendo. Quando ci penso ho ancora il cuore in gola.

Metto un vestitino di seta bianco che ho preso da Zara, lo amo. Sandali argento. E una clutch grigio chiaro con le frange. E mi sento chic, e sì... adoro esserlo!

Alle 20.15 sono pronta, arriva il WhatsApp di Giulia:

Giulia: "Ohiiiiiiii! Scendi biondaaa! Ci sonooo!".

Io: "Eccomi, arrivooo!".

Giulia: "Dài che non vedo l'ora di vedere quel figo del tuo amico, insegnante, musicista e chissà cos'altro... 😛".

Io: "Ma quanto sei scemaaa!".

Io: "Nient'altro! 😛".

Io: "Scendo, pazza! ♥".

Che tipo che è! Sono troppo felice di averle incontrate, lei e Alice. Entrambe in classe con me nella nuova scuola, che a differenza dell'altra è pubblica e mille volte più divertente! Mi hanno fatto sentire subito a casa, subito una di loro, la vita è piena di bellezza, basta saperla cogliere…

Prendo la borsetta e vado, ma prima apro il libro di Laura in una pagina a caso:

> A quelle persone che non hanno bisogno di nessuna "scala" esterna per sentirsi abbastanza "grandi", a quelli che trovano dentro se stessi la statura necessaria per essere all'altezza di ogni situazione. A quelli che gli basta un sorriso per sfiorarti il cuore, a quelli che senza toccarti ti passano impercettibilmente un dito lungo la schiena per regalarti quel brivido che sa di libertà, che sa di vita. Che ha il sapore della felicità. A quelli che difendono la magia dell'amore, e lo proteggono, l'amore, insieme, contro tutto e tutti, mettendolo sempre al primo posto.

Ecco, adesso ho un sorriso anche sul cuore, adesso mi sento chic anche lì…

3

Vorrei portarti in un posto speciale, uno di quelli che ti fanno sentire il rumore del mare anche se il mare non c'è...

La vita di Marzia
Sabato 25 maggio 2019

Esco dal portone e vedo Giulia seduta su degli scalini davanti a un'altra palazzina sempre all'interno del mio lotto, ma non sono gli scalini dove ci sediamo quasi sempre… Mi avvicino e le chiedo: «Ohi, che ci fai qui?».

«Guarda!» mi dice indicando un muretto che si intravede dietro alcuni alberi. C'è un murales stupendo e un po' atipico, stilizzato, diciamo, e una scritta con la vernice spray, la frase è da sturbo:

> Certe emozioni, certe sensazioni… è complicato spiegarle con le parole, è molto più facile con uno sguardo, un bacio, un abbraccio infinito che ci fa sentire al sicuro, che ci fa sentire speciali. Che sa di casa. Ecco, tu sei questo per me, la mia amica, la mia persona, il mio abbraccio. Lo sguardo. Il bacio. La casa.

Sotto ci sono un disegno, una specie di simbolo raffigurante una farfalla stilizzata realizzata simulando i caratteri della tastiera di un pc: ƸӜƷ. E una firma: *Rareza*.

«Oddio, mi sento male... Ma chi è quel genio che l'ha scritto?»

Lei si alza e mi sorride: «La vita è bella, cazzo!».

«Sì, è bella da morire!» e la abbraccio. Poi prendo il telefono e mi segno la frase e la sigla del writer. Magari più tardi lo cerco sul web.

«Sai, te lo avevo accennato tempo fa, non so se ricordi... Comunque, ecco, l'anno scorso, quando ancora non ci conoscevamo, ho vissuto un momento terribile, il mio ragazzo mi ha tradito con quella che consideravo una delle mie migliori amiche... E ho sofferto da morire, al punto di mettere in discussione il concetto di amicizia stessa. Pensavo che oltre ad Alice non ne avrei avute altre, di amiche, ma poi quando ho conosciuto te ho ritrovato fiducia, perché tu sei una persona pulita, leale, generosa... Per questo volevo che lo leggessi anche tu! Ti racconterò meglio un'altra volta di quella storia, e di quei due stronzi... ora possiamo andare.»

«Quando vorrai! Intanto grazie, tesoro, sei così speciale!»

«Oh, senza che prendi la macchina, o andiamo con il mio motorino o a piedi, tanto non sarà nemmeno un chilometro da qui!»

«Ma sì! Andiamo a piedi!»

Prima di andare, visto che siamo in tiro, ci facciamo un selfie e pubblichiamo una Storia su Instagram dove ci tagghiamo reciprocamente e io scrivo: "Le amiche sono come la musica: ti fanno sorridere, ti emozionano, ti fanno battere il cuore. Le ami. E loro ti salvano...".

Per arrivare al selfie giusto, ovviamente abbiamo fatto duecentoventi scatti... Ma là stiamo proprio bene! Siamo noi!

E poi abbiamo usato dei filtri che danno alla foto il sapore che cercavamo. Amo il risultato! Caldo, con un po' di ruggine, con la luce e il buio, con gli eccessi e le rinunce, bello ma pieno di contrasti e contraddizioni. È come la mia vita questo selfie...

Usciamo dal mio lotto e ci incamminiamo verso ponte Settimia Spizzichino, il locale è lì dietro. Arrivate su via Giacomo Pullino, all'angolo con via Ignazio Persico, da destra, sbuca a tutta velocità una Mini, senza rispettare lo stop... e io mi vedo già morta! La Mini inchioda e sterza in modo maldestro, io d'istinto scatto a sinistra e la macchina miracolosamente si ferma a mezzo millimetro da me, salendo con le ruote sul marciapiede. Vedo Giulia pietrificata con le mani nei capelli, lei era qualche metro avanti e aveva già superato l'incrocio perché io mi ero fermata a leggere la data del concerto di Laura Pausini e Biagio Antonacci, due miti, su un manifesto attaccato al muro. Mi guarda immobile, terrorizzata, senza riuscire a muovere un dito, e io lo stesso, quasi non mi rendo conto di cosa è successo, come se non riuscissi a realizzare...

Intanto dalla macchina esce una ragazza giovane, bionda, avrà la mia età, ha le lacrime agli occhi e non dice niente, si avvicina anche lei visibilmente sconvolta e inizia a piangere e a urlare: «Oddiooo!». Urla e salta e si guarda intorno. «Oddiooo! Oh mio dio! Cosa ho fatto!» È totalmente sconvolta, e mentre io gradualmente mi riprendo rendendomi conto di cosa ho appena rischiato, lei sembra perdere il controllo, piange a dirotto, è pallida. «Scusa... Scusa...» ripete con un filo di voce avvicinandosi a me, lentamente. «Ti prego, perdonami...»

Io ho il cuore ancora in gola, ma credo che lei sia messa peggio di me... «C'era uno stop...» dico, senza la minima aggressività, e vedendola così disperata e rendendomi conto che, in fondo, davvero, non è successo nulla, aggiungo: «Comunque, dài, l'importante è che siamo tutte intere, no?». Poi la guardo e provo ad abbozzare un mezzo sorriso.

Nel frattempo Giulia ci viene incontro, ancora incredula, ma per fortuna ha ripreso un po' di colore. «Oddio, amo, mi tremano le mani... Tutto bene?» mi chiede.

«Sì sì! Tutto bene!» confermo ormai rasserenata. «Come ti chiami?» domando alla ragazza che stava per ridurmi una polpetta.

«Anđelka...» risponde lei, ancora piangendo e con la voce tremante.

«Ehi! Vieni qui! Piacere, io sono Marzia e lei è Giulia.» Indico la mia amica ancora pietrificata, poi la abbraccio, trema come una foglia, ha la carnagione chiara e le lentiggini simili alle mie, solo che lei ha occhi verdissimi. «Anđelka?» le chiedo accarezzandole il viso con dolcezza, cercando di calmarla.

«Sì» risponde, «sono croata... Significa "Angela"...»

«Ah, ecco perché la tua Mini Cooper ha tutti quegli angioletti meravigliosi disegnati sulla carrozzeria!» le dico sorridendo, in realtà gli angeli sono inseriti nelle due strisce sul cofano e sul tetto, il resto della carrozzeria è verde. E poi aggiungo: «Be', Anđelka... Mi pare che ci hanno portato fortuna, i tuoi angeli, no?» e le appoggio le mani sulle spalle fissandola negli occhi e sorridendole ancora.

«Pare di sì...» dice lei, con gli occhi ancora lucidi, ma visibilmente più calma, «scusami tanto, non so cosa mi sia preso, eppure non corro quasi mai...»

«Quello che conta è che siamo qui a raccontarcelo... Sbagliamo tutti eh! Non è successo nulla, stiamo tutti bene, solo questo è importante, il resto è passato, è andato... e ringraziamo uno dei tuoi mille angeli!» Rido e poi aggiungo: «Comunque oh, stupenda quella carrozzeria! Per farti perdonare, un giorno dovresti portarmi a fare un giro!».

«Certo!» e finalmente le scappa un sorriso.

«Invitate pure me?» chiede Giulia che è rimasta in silenzio tutto il tempo.

«Vedremo...» rispondo io e la abbraccio. «Hai avuto paura di perdere la tua nuova amichetta eh?!»

«Tanta!» e adesso ridiamo tutte e tre.

Dopo qualche minuto ci scambiamo il numero di cellulare e salutiamo Anđelka, promettendoci di risentirci per il giro in Mini e per, chissà, forse diventare anche buone amiche...

Prima di risalire in macchina, quando noi ci siamo già incamminate nuovamente, Anđelka mi chiama: «Marzia... grazie per quello che hai fatto!».

«E cosa ho fatto?» chiedo, voltandomi, stupita.

«Sei stata dolce, non mi hai aggredita, non mi hai colpevolizzata, e soprattutto mi hai perdonata... Il tuo è stato un grande, immenso gesto d'amore!»

«Ma figurati» dico io, un po' stralunata.

«Chi fa questo, chi vive in questo modo, accende una stella... Me lo ha insegnato un'anziana e saggia signora che ho conosciuto tre anni fa in un parco! Si chiamava Lia e aveva gli occhi più belli dell'universo, verdi, azzurri, gialli, ecco, non erano di un colore solo, erano di tutti i colori del mondo. E in quegli occhi era racchiuso qualunque segreto, qualunque magia... Stasera tu hai acceso una stella, ora lei ti guarderà...» dice con le mani giunte, fra il gesto del pregare e quello di ringraziare, accennando anche un inchino.

Poi entra in macchina e se ne va...

Io e Giulia ci guardiamo, e poi senza dire nulla ci avviamo. Sono le 20.50, e per fortuna il locale è dietro l'angolo, Lorenzo mi ha prenotato un tavolo.

Prima di entrare Giulia mi fa: «Oh, ma sai che ti somigliava un po' quella Anđelka?».

«Lo prendo come un complimento, era una figa!» e rido.

«E invece tu che sei?» risponde Giulia, accennando una pacca sulla spalla.

«Ci stai pensando ancora pure tu, vero?» le chiedo.

«Eh sì, te la sei vista brutta! E pure io: stavo per morire di infarto!»

«Già, a chi lo dici!»

Nel frattempo entriamo nel locale che è fighissimo, e un cameriere ci accoglie chiedendoci il nome per accompagnarci al nostro tavolo.

«Comunque è andato tutto bene, quindi ora basta, divertiamoci! E non parliamone più!» propongo a Giulia, e mentre raggiungiamo il nostro tavolo incrocio lo sguardo di Lorenzo, che mi saluta con un sorriso mentre suona *Se piovesse il tuo nome* di Elisa. Io ricambio il sorriso e saluto anche con la mano.

La serata scorre in modo bello, lui suona e canta da dio e poi amo il suo repertorio... da Battisti a Ultimo, passando per Diana Krall.

Dopo che Lorenzo finisce di cantare, beviamo qualcosa insieme a lui e ai suoi amici simpaticissimi: Valerio, un soggetto assurdo ma troppo divertente, e Sofia, una gnocca, bionda, brillante, intrigante, intelligente... di quelle con qualche chilo in più, ma nei posti giusti, una di quelle donne che fanno impazzire gli uomini senza neppure accorgersene, e che per questo si fanno amare anche dalle altre donne.

Salutata Giulia all'incrocio con la mia via, mi incammino per rientrare a casa, e quando sono sotto al portone non resisto e torno a guardare la scritta del writer, quella che mi ha voluto mostrare lei, deve averci sofferto davvero tanto, poverina, il tradimento di un'amica è una coltellata pazzesca, forse la peggiore! Successe una cosa simile a Sally, lo scorso anno, con quel coglione del suo ex, e ricordo che, paradossalmente, stette male molto più per lei che per lui, alla fine. Da un'amica non te lo aspetti proprio! Un'amica deve proteggerti, custodirti! A un'amica affidi il tuo cuore, senza difese, senza muri e barriere, non può colpirti alle spalle, non può! Ma come possono succedere certe cose? Dài!

Appena sono in camera posto sul mio Insta il selfie insieme a Giulia, e sotto scrivo:

> Tu, che quando piangi il mondo ti vede sorridere. Tu, che quando ci resti male, fingi che te l'aspettavi, con dignità, con compostezza, anche se dentro vai in mille pezzi. Tu, che quando serve ci sei sempre ma per te chi c'è? Tu, che quando non arriva quel messaggio, dormire no, non è possibile. Tu, che ancora ti fidi e prendi fregature. Tu, che sei donna, sorella, mamma, figlia e amica. Tu, che sei lì ad accogliere anche se sei stata esclusa. Tu, che tieni a mente ma perdoni. Tu, che noti tutto ma lasci correre. Tu, che la tua amica viene prima di te stessa. Tu, che guardi il cielo di nascosto e ci trovi tutte le risposte. Tu, che non sei per tutti, perché lo sai, e lo sanno tutti, tu solo per pochi. Tu, che quando ami doni ogni parte di te, rischiando la vita, la pelle, e il tuo equilibrio. Tu, che quando ami dai tanto, anche se in cambio ottieni poco. Tu, che ti rigiri nel letto senza riuscire a chiudere occhio, perché questa volta ci credevi più delle altre, perché lui sembrava quello giusto, e le promesse non mantenute sono tagli sul

cuore, e le parole non pesate sono tagli nel cuore, e lui ha promesso, e ha detto, e non ha mantenuto, e non ha pesato. E le ferite bruciano, bruciano tanto... Tu, tu sei una donna, tu sei la mia amica speciale!

Poi vado sulla pagina Instagram di Laura e ci trovo un suo post:

Chi ti giudica non lo sa cosa hai passato. Non sa cosa stai vivendo, quali venti soffiano sul tuo cuore, quali tempeste agitano la tua anima. Non conoscono le tue perdite, non sanno nulla dei tuoi drammi personali, niente del tuo dolore, di quando ti hanno spezzato il cuore, di quando sei caduta, di quando ti sei rialzata da sola, di quando hai preso colpi senza poterti difendere, di quando ti hanno accusato senza il beneficio del dubbio, non sanno che stringi i denti tutte le mattine, che qualche volta bagni il cuscino mentre lo stringi forte, non sanno niente del tuo passato, non sanno niente di quando hai il fiato rotto e il respiro spezzato, non sanno di quanto impegno metti per essere migliore, di quanto è dura specchiarsi e non piacersi, di quanto è triste cercare rassicurazioni in un vestito, non sanno di quanto avresti bisogno di una carezza, di sentirti speciale per qualcuno, di sentirti dire che andrà tutto bene, e che sei bella così come sei, e che sei perfetta con tutte le tue fragilità. Chi ti giudica questo non lo sa, non sa nulla, zero, ma parla. Prende la tua vita e la tocca, la sporca, senza chiedere, senza chiederti, senza tatto. E parla...

Quanto la amo! Ne ho ancora bisogno! Mi butto a letto, metto un po' di musica e apro il suo libro, leggo una pagina:

Evviva le donne che sorridono nonostante il dolore e le delusioni.
Evviva le donne che sanno scaldarti il cuore con uno sguardo, anche quando il loro, di cuore, è spezzato.
Evviva le donne che sono belle da morire ma nelle foto fanne le linguacce perché non hanno bisogno di pose.
Evviva le donne che, in realtà, sono belle perché dicono cose belle, perché pensano cose belle, perché prima di parlarci le trovi belle, e dopo averci parlato ti hanno fatto perdere la testa.
Evviva le donne che sanno toccarti l'anima senza dire una parola, che ti fanno sentire a casa anche quando intorno a te non c'è nemmeno un volto amico.
Evviva le donne con la D maiuscola, quelle oneste e sincere, quelle che non tradiscono, quelle che mettono l'amore al centro di tutto, e quando dicono Ti amo è Ti amo davvero...
Evviva le donne che ascoltano, che proteggono, folli e piene di vita, fragili e potentissime, che prendono la tua mano e non la mollano mai, nemmeno quando arriva la tempesta.
Evviva le donne piene di classe, di quella classe che non ha a che fare con i soldi, il lusso e i vestiti firmati.
Evviva le donne che entrano nella tua vita in punta di piedi, e quando si allontanano il cielo non è più lo stesso cielo. Il tuo cuore non è più lo stesso cuore. E tu non sei più la stessa persona, ma un po' più bella...

Poi mando un messaggio a Ric, e prima di dormire cerco sul web se trovo qualcosa su Rareza, lo sconosciuto e romantico writer del murales... Su Instagram e Facebook, di quel nome non c'è traccia... Lo cerco su Google e sbam! Ha un blog!

C'è anche il suo simbolo, quello della farfalla! Lo sapevo… è pieno di post, ne leggo alcuni, mio dio, quanto è bravo! Noooo, vabbe', questo mi fa morire:

> Vorrei portarti in un posto speciale, uno di quelli che ti fanno sentire il rumore del mare anche se il mare non c'è, uno di quei posti che quando ci vai, il cuore, te lo senti in gola, ti batte forte, soprattutto perché quando ci porti qualcuno, non è mai una persona a caso, ma è la tua persona, quella speciale, quella che ti cambia la vita, quella che ti rende geloso e un po' insicuro, quella che quando la baci chiudi gli occhi e si accende tutto l'universo, quella che senti la magia sulle labbra, al gusto di menta e salsedine, ecco, vorrei portarti in un posto solo nostro, un posto che ha a che fare con la tua felicità, che ha a che fare con le nostre mani, le nostre mani che si cercano, si sfiorano, si trovano. Per non perdersi mai più… Vorrei portarti lì!
>
> εïз
> Rareza

Rareza, sei il mio nuovo idolo!

Prima di chiudere gli occhi guardo sul cell una foto mia e di Ric, mentre ci baciamo, e il mio pensiero va all'amore della mia vita… E mentre suona Alessandra Amoroso con *Sul ciglio senza far rumore*, mi scatto un selfie, mi piace, strano! Anche se si vede un pezzetto di reggiseno… Lo posto lo stesso! E sotto scrivo:

> Tipo adesso che ti penso e vorrei portarti il cielo e le stelle nel cuore.
> Così, per farti un regalo, per vederti felice.

E qualche fiocco di neve per quando farà troppo caldo.
E un po' di sole per quando sentirai freddo.
Vorrei abbracciarti a lungo,
in silenzio,
con la mia testa in quel posto incavo e magico fra la tua spalla e il tuo collo. Dove il rumore del mondo diventa musica.
Vorrei
sentirmi
dire
che
sono
solo
tua.
Vorrei
che
mi
dicessi
"Sei
l'unica
nel
mio
cuore".
Tipo adesso che ti penso e penso che tu sei la mia isola, sei il posto dove non mi sento mai sbagliata, il mio posto.
Sei quel luogo di magia, di protezione, di accudimento, quello in cui non serve recitare.
Tu
sei
il
mio
abbraccio.

Quello dove posso ridere, ma anche piangere, quello dove posso essere davvero me stessa, quello dove se mi chiedi "Come stai?", mi sento libera di rispondere anche "Male, sto male".
Perché poi un abbraccio così come sei tu, cura tutte le paure. Cura ogni male. Ti fa sentire al sicuro anche quando arriva il freddo. E il futuro è meno incerto, il mondo fa meno paura.
Tu
sei
il
mio
sorriso.
Tipo adesso che guardo una nostra foto e me lo accendi, perché da quando ho te, sorridere non è più un modo per dimostrare al mondo che sto bene anche quando non è così, ma è il modo con il quale la vita mi ricorda di continuo che esisti, e che ti amo. E che mi ami. E che allora, niente, ecco, allora è normale che sorrido!
Tipo adesso...

Cagliari
23 luglio 2019, ore 18.10

Non è successo niente! Per favore! Voglio continuare a fare quello che so fare, l'unica cosa che mi riesce bene! Non può finire tutto così! Io sono pieno di amore! Lo so che è tutto un brutto sogno. Lo so che è solo un incubo. Non smetterò… Ma adesso fatemi svegliare!

4
Ciao, stai bene? Ti amo...

La vita di Lorenzo
Sabato 25 maggio 2019

Il Plink è un locale enorme in zona Garbatella, in un edificio liberty, su vari piani: sotto c'è la parte ristorante dove si cena a lume di candela, e sopra c'è una splendida terrazza con un bar per chi vuole restare anche dopo e respirare l'aria dell'estate in arrivo. C'è una bella atmosfera. Verso le 23, poi, in un angolo nella sala all'interno apriranno anche un secondo bar dove vengono serviti ottimi cocktail. Da mezzanotte in poi ci sarà un dj e verrà ampliato lo spazio della zona discoteca.

Ora sono le 21 e il posto si sta già riempiendo. Quando ho chiamato per prenotare per Marzia, il proprietario, Luciano, mi ha detto che i tavoli erano già tutti riservati ma che avrebbe fatto una magia delle sue: addirittura quello di Marzia ha dovuto recuperarlo dal magazzino e si è inventato all'ultimo momento uno spazio che un attimo prima non c'era.

Accenno in modo molto soft con la tastiera il giro di *New York New York* e altri classici come *My Way*, *Over the Rainbow*, *Summertime* e *Georgia on My Mind*, aspettando che la gente arrivi e prenda posto.

Arriva Valerio accompagnato dalla sua nuova "amica".

Si avvicinano e li accolgo con un sorriso di benvenuto. Lei, bellissima, mi saluta carinamente alzando la mano in modo un po' timido, come a volersi anche presentare. Lui si sporge chinandosi verso di me, per parlarmi nell'orecchio: «Visto che gnocca?», poi si rialza di scatto e con espressione seria si guarda velocemente intorno, sistemando la camicia bianca nei jeans e portando i capelli indietro con entrambe le mani, per poi sfoderare una delle sue mezze risate fanatiche. Quindi, come se non fosse abbastanza, prima di andare a sedersi mi fa l'occhiolino. Che soggetto che è...

Lo conosco praticamente da quando sono nato, abbiamo fatto l'asilo insieme. Fa il rappresentante di abbigliamento, e dopo una lunga gavetta, iniziata subito dopo il diploma, adesso guadagna un sacco di soldi, perché ha l'esclusiva per il centro Italia di alcuni importanti marchi casual e sportivi.

È un gran bel ragazzo, ben piazzato di natura, alto, spalle larghe, scurissimo di carnagione, occhi neri, sguardo da paraculo, ed è sempre vestito alla moda. In più è simpatico, non c'è niente da fare, un po' strambo, con delle caratteristiche che lo rendono quasi una caricatura, alle volte, come certe battute da macho. Ma la migliore di tutte è la sua fissa di inventare conoscenze inesistenti: se per esempio tu gli racconti che hai un amico professore di Diritto, stai sicuro che lui un istante dopo ti dice che ha uno zio, immaginario, ministro della Giustizia in chissà quale nazione del mondo. E poi cambia una donna al giorno, in un modo che rasenta la compulsione, ma se ci parli è capace di convincerti che lui non ama questa vita, perché in realtà, dentro, dietro a quella maschera, c'è una persona molto romantica... Insomma, è una comica, ma è anche un tipo brillante, non va giudicato dall'apparenza. In fin dei conti, anche io, guardato dall'esterno, da qualcuno che non mi conosce, cosa posso sembrare? Uno che a quasi quarant'anni ancora suona la chitarra nei locali, fa l'artista però vive in una casa di lusso, nel centro di Roma, con una moglie col corpo da modella... Niente di più falso. Io sono molto più di quello che si vede in superficie, come anche Valerio. E in ogni caso è il mio migliore amico, farei qualunque cosa per lui.

Rivolgo di nuovo un sorriso a entrambi, dicendo con il labiale "A dopo!".

Appena ho un attimo di pausa controllo velocemente il telefono, c'è un messaggio di mia mamma: "Ti voglio bene, tesoro. Buona musica. So che incanterai tutti come sempre". Che dire... Lei è così: sempre presente, premurosa e discreta, magari non chiama perché sa che ho sempre poco tempo, ma vuole comunque farmi sentire il suo amore. Del resto, chiunque abbia avuto modo di frequentarla anche solo per poco, non se la scorda più, e non lo dico solo perché sono il figlio...

Una donna che è caduta e si è rialzata da sola, la riconosci. Ha un segno, una luce negli occhi. È bella in modo speciale, di quella bellezza che va oltre qualunque canone di estetica, è una bellezza che sa di miracolo e conforto. Di forza e dignità. Che ha il sapore della classe, dell'intelligenza. E una donna che ha salvato se stessa, è una donna magica, imbattibile, che può salvare il resto del mondo.

Poco dopo, mentre suono e canto *Se piovesse il tuo nome* di Elisa, vedo entrare anche Marzia e la sua amica, accompagnate al tavolo da un cameriere. Mi saluta da lontano con un sorriso dolce e un vestitino bianco cortissimo.

L'ho conosciuta qualche mese fa, era fine ottobre, ero andato a registrare una sessione di pianoforte per un demo di una band emergente della scena romana, nello studio di registrazione di una scuola di musica in zona Portuense. Lei era lì, aspettava che la sua amica Benedetta finisse la lezione di canto, e io aspettavo di sapere se la registrazione della mia parte era buona, se c'era qualche punto da rivedere o potevo essere pagato e andare. Eravamo fuori a fumare, io una sigaretta...

Abbiamo scambiato qualche parola e mi ha subito colpito il suo modo genuino di porsi, poi lei mi ha offerto un paio di tiri di quello che aveva tra le mani e io ho accettato. Le parole si sono moltiplicate e non so come siamo finiti a parlare d'amore, sembrava avesse bisogno di sfogarsi con qualcuno di più grande, era un fiume in piena. Completamente persa e innamorata del suo ragazzo.

«Lo amo così tanto che farei follie per lui» mi aveva detto.

«Bene! Bello! E ne fai?»

«Non lo so, ci provo! Ahah!» Ogni tanto rideva, un po' per stemperare l'imbarazzo, un po' perché, come poi ho scoperto col tempo, lei ha il bello della vita che le scorre nelle vene, è piena di luce.

«Ma tipo...» avevo insistito, «qual è una follia che ti piacerebbe fare per lui?»

«Ecco, ehm, non è proprio una follia, è più una cosa che non so fare...»

E lì mi aveva confessato che le sarebbe piaciuto imparare a suonare con la chitarra e cantare *Questa nostra stupida canzone d'amore* dei Thegiornalisti per fare una sorpresa al fidanzato per il suo compleanno.

«Tutto qua? Quando è il suo compleanno?»

«Tra parecchio... A inizio giugno.»

«Allora ti garantisco che ce la farai!»

«Oddio, dici?»

«Dico, perché ti insegnerò io!»

«Ahah!» aveva riso ancora. Ed era tipo "che bello! Sì, facciamolo!".

Non mi piace dare lezioni ai principianti totali, per mille ragioni, ma lei meritava un'eccezione. Perché mi è stato chiaro fin dal primo momento che dentro ha un mondo meraviglioso da tirare fuori, e perché a volte nella vita sono le sensazioni che ti spingono a fare o non fare qualcosa. Ecco, è difficile da spiegare, ma appena ho incrociato lo sguardo di quella diciottenne bella e piena di luce, ho capito che sarebbe entrata nella mia vita per non uscirne più.

Ricordo di averne parlato, quella stessa sera, anche a Sofia, la mia migliore amica, tanto era stata forte quella sensazione. E ho capito all'istante che l'età è davvero solo un numero, una convenzione che il più delle volte non significa niente, perché l'unica età che conta è solo quella emotiva, quella che ti conferisce la capacità più importante: e cioè di provare empatia per le persone che hai davanti, quando ti parlano della loro storia, del loro amore, delle loro sofferenze, e anche e soprattutto quando non lo fanno, quando te ne parlano solo con gli occhi o con lo sguardo, quando te ne parlano con un sorriso amaro o con un tremore improvviso, quando ti dicono di loro con un abbraccio o con qualcosa tipo "senti le parole di questa canzone!", quando basta un cenno di intesa per raccontarsi roba che non hai mai raccontato nemmeno a tua madre o al tuo analista. Ecco, Marzia è questo: è empatia, è sensibilità, è dolcezza e intelligenza. Non è solo una diciottenne, e noi non siamo solo una differenza d'età, ma qualcosa che supera e va oltre qualunque distanza, fisica, sociale, anagrafica…

L'ultimo pezzo di stasera lo dedico idealmente a Bianca. È *Per te* di Jovanotti, e con me la canta tutto il locale, che nel frattempo si è popolato di un sacco di gente pronta per il dopo cena e poi per la discoteca.

Appena finito, mi alzo per raggiungere i miei amici. Sofia mi ha appena scritto che sta parcheggiando, viene a bere una vodka.

Abbraccio Marzia. «Come stai, biondina?»

«Una macchina stava per tirarmi sotto, mentre venivo qua... Ma un angelo mi ha salvato!» È serissima ma lo dice sorridendo. «Dovevi vedere la ragazza che guidava, si è spaventata più di me... E tu?»

«Me la cavo, amica mia!»

«Hai cantato da dio stasera...»

«Ah, solo stasera?»

«Sempre!» si corregge.

Mentre tengo una mano sulla spalla di Marzia, abbracciandola con delicatezza, saluto la sua amica. «Ciao Giulia!»

«Complimenti, sei stato bravissimo!»

«Ma grazie. Siete troppo buone, voi due!»

«No, davvero!»

«Ciao Marzia.» È Valerio a esclamarlo, arrivando di lato e allargando le braccia.

«Ciao Vale» replica Marzia accennando un abbraccio per poi baciarlo sulle guance. Si sono visti un paio di altre volte, sempre in serate nelle quali suonavo. Ovviamente lui ha fatto il mollicone entrambe le volte, nonostante fosse accompagnato – sempre da una diversa... – e nonostante la differenza d'età.

Marzia sa come difendersi e lo ha inquadrato subito, Valerio la diverte.

«Sei sempre stupenda! Se avessi qualche anno in meno...»

Lei prima ride mettendosi una mano davanti alla bocca, poi risponde: «Saresti comunque un vecchietto!». E per completare, guarda la ragazza che lo accompagna, rivolgendole un sorriso rispettoso.

«Ehm... ti presento Antonella» si affretta lui un po' impacciato.

«Piacere, Antonella» dice Marzia dandole la mano.

«Ciao» mi inserisco anche io.

«Stavo per presentartela» si giustifica Valerio, rifilandomi una pacca sulla spalla.

Lei ci saluta con entusiasmo. La osservo meglio: ha labbra sottili, occhi vivaci e dei ricci neri con qualche ciocca di un blu che sotto le luci del locale sembra verde.

«Sentite» è ancora Valerio, «ma perché non organizziamo una mangiata tutti insieme, magari un barbecue da me a Gaeta, alla casa al mare, un venerdì dei prossimi?»

«Io amo il barbecue!» esulta Marzia.

«Sì, che bello!» esclama anche la povera Antonella, senza sapere che molto probabilmente non sarà dei nostri.

«Posso venire anche io?» chiede Giulia alzando il dito.

«Devi» rispondo io.

«Evvai!»

«Ho sentito barbecue?» La voce di Sofia arriva da dietro le mie spalle, insieme a un gran sorriso e ai suoi bei capelli biondi.

«Sofiiiiii!» urla Valerio. «Ma dov'eri?»

«Eh, ho lavorato fino a tardi e poi sono passata a casa a mangiare un boccone e a farmi una doccia. Com'è andata qui? Vedo tanta gente» e mentre lo dice smette di abbracciare Valerio.

«Piacere, io sono Antonella.»

«Ciao, Sofia, piacere mio.» Poi si gira verso le altre: «Eccola qui, la dolce e bellissima Marzia, come stai?».

«Ciao Sofiaaa! Che bello rivederti, io tutto bene dài, non mi lamento, tu? Ricordi Giulia?»

«Ma certo, ci siamo visti all'aperitivo in centro! Come stai?»

«Ma a me niente abbracci, niente baci, niente?» protesto sorridendo a Sofia.

«Lo sai che tu sei il mio preferito, quindi ti tengo per ultimo...»

«Aspettate, aspettate... Ci sono un paio di cose che non mi stanno tornando eh!» interviene Valerio fingendo forte disapprovazione. «Prima cosa» e alza il pollice, «cos'è questa storia che lui è il preferito e che te lo tieni per ultimo e gnegnegné? Eh?» Lo guardiamo tutti divertiti, sapendo che da lui ci si può aspettare qualunque cosa. «Secondo» e alza l'indice, «come mai avete fatto un aperitivo in centro con Marzia e Giulia a cui non sono stato invitato? Eh? Eh?»

«Smettila di fare il pagliaccio, Valerio!» risponde Sofia ridendo. «Se è per questo, non c'era nemmeno Davide.»

«E che me ne importa? Davide non si lamenta mai, si vede che non ci tiene, io sì! E poi senza di me, che aperitivo è?» continua il suo show, poi aggiunge serio: «A proposito, ma Davide? È un po' che non lo sento...».

«Non lo senti perché non lo chiami» preciso io.

«Ecco, stavo per dire la stessa cosa!» aggiunge Sofia. «Io infatti l'ho sentito oggi, sta bene, ma sta facendo turni assurdi al lavoro.»

«L'hai chiamato tu?» chiede Valerio.

«No, non oggi, ma spesso lo faccio, mentre tu non lo chiami mai...»

«Ehi ehi, c'è qualche problema?»

«Questo lo sai tu, Valerio...» risponde lei laconica guardando verso di me.

«Di cosa state parlando? Non vi seguo» dice con un'occhiata storta un po' teatrale. «Non starete mica insinuando che io abbia qualche problema con Davide? *Pazzeeeescooo.*»

Usa sempre questa espressione, è una delle tante cose che lo rendono così strambo e divertente. Io e Sofia ci scambiamo uno sguardo di intesa e ridacchiamo.

«Che c'è da ridacchiare?» chiede Valerio.

«Dài, lo sappiamo noi e lo sai pure tu, perché ridacchiamo, e perché hai cambiato atteggiamento con Davide...»

«E vi sbagliate!» protesta, poco convinto. «Comunque non è questo il momento di parlarne...»

«Ecco» taglia corto Sofia. «Beviamo?»

«Beviamo, va'» dico io, guardando Valerio come si guarda un bambino sorpreso a rubare la marmellata.

«Sì ma questa storia non finisce qui, poi ne parliamo...»

«Sì sì, poi ne parliamo, Vale» lo sfotte Sofia, dandogli una pacca sulla spalla. «Ora alcol? Pace?»

«Alcol! Pace!» è la risposta di Valerio, che torna a sorridere, poi si gira verso Antonella, la bacia sulle labbra e le fa l'occhiolino. Infine aggiunge, puntando il dito verso di me: «Con te facciamo i conti sul campo di calcetto».

Marzia e Giulia rispondono: «Sììì, si beve!» in coro. Antonella ci segue ammutolita e composta.

Controllo il telefono, noto un messaggio di Marzia che non avevo letto, è un post di Laura, la scrittrice che ama tanto:

> Voglio vederti felice, voglio sapere se stai bene, voglio guardarti negli occhi e chiederti: "Sei felice?". E poi ascoltare la risposta, senza badare alle parole, perché quelle spesso sono solo il muro dietro al quale ci nascondiamo, per pudore, per dignità. Per paura di non essere capiti. Ecco, io

la tua risposta voglio ascoltarla con gli occhi, e poi con il cuore. Voglio capire sul serio come ti senti, se c'è qualcosa che non va. Se c'è qualcosa che manca nella tua vita. Perché, nel caso, amore mio, arrivo fino in capo al mondo, mi butto nel tuo vuoto e ti vengo a cercare, volando fra i pianeti e le stelle del tuo universo meraviglioso, fino a che non la trovo quella cosa che manca, e quando la trovo la prendo, me la metto nel cuore, e te la porto.

Ecco, cazzo, appunto... Un'ora fa avevo mandato un messaggio a Ginevra con scritto "Ciao, stai bene? Ti amo...", ha visualizzato senza rispondere.

Alcol...

5
Come tipo adesso che ti immagino abbracciarmi da dietro

La vita di Marzia
Giovedì 30 maggio 2019

Martedì, io e Riccardo abbiamo avuto una piccola discussione, per una cosa stupida...

E niente, tutte le volte che litighiamo e io dico «Basta!», tu poi ti giri e mi sorridi, e io penso: "Wow! Ma l'amore quindi è un sorriso che ti incasina la vita più di quanto già non lo fosse?". Perché tu fai così, arrivi mentre cerco un po' di forza per combatterti e mi rovesci addosso le due parole magiche: «Facciamo pace?». E le dici in un modo che non è solo parlare, che non sono solo parole, è tipo una carezza, un brivido sulla schiena, è un miracolo che mi fa sentire il cuore leggero.

E niente, io ti giuro che vorrei dirti di no, che non faremo mai più la pace, che ti odierò per sempre. Che è finita perché, non so, hai messo il cuore su Instagram a quella moretta che ti fa il filo, o perché non mi fai sentire più speciale, o per qualunque altra ragione stupida che ci fa litigare di brutto, in un crescendo di gelosia, accuse e minacce. Ma poi tu arrivi, dici le due parole magiche, le dici come le dici tu, mi abbracci da dietro, e io volo, perché la mia vita, quando mi abbracci da dietro, è più bella, e il mondo, quando mi abbracci da dietro, mi piace di più, e il cuore, quando mi abbracci da dietro, mi batte forte e mi arriva in gola…

E niente, poi mi prendi per i fianchi, mi giri, e mi sorridi con quel sorriso lì. E poi ciao.

Perché, quando lo fai come lo fai tu, le mie difese si abbassano, i muri crollano, e tutte quelle parole brutte che ci siamo detti non hanno più senso perché tu, quando mi sorridi, non mi sorridi e basta! Quando tu mi sorridi mi dici un sacco di cose con lo sguardo, con gli occhi, alcune dolcissime, altre sporchissime, e io adoro sia quelle dolci che quelle sporche… Perché hanno il sapore della vita che vorrei!

E niente, che poi le cose che mi dici senza dirle mentre mi sorridi, sono quasi sempre tutte sbagliate, ma sono le uniche che mi fanno sentire sempre nel posto giusto: cioè con te.

E io, senza di te, senza il tuo sorriso, senza tutte le parole che mi dici con gli occhi, senza tutta questa roba sbagliata che mi incasina la vita nel modo giusto, ecco, non ci posso stare, e non ci voglio stare. Perché ti amo da morire. Perché sei la mia vita.

E niente… Facciamo pace?

E sì, poi abbiamo fatto pace. A modo nostro…

Stasera siamo in un pub vicino a casa di Riccardo, in viale dei Colli Portuensi, una bella zona residenziale a un paio di chilometri da Casetta Mattei, il quartiere dove lui è nato e vive. Oggi aveva la serata libera al lavoro e mi ha portato a cena. Adoro gli hamburger e la birra artigianale, l'ho scoperto con lui, e questo è un posto dove fanno solo hamburger e birra artigianale, ed è tutto molto buono e di alta qualità. Il locale è allestito in modo volutamente casereccio, ma non nel classico stile da pub americano o irlandese, ha le sedie e i tavoli in legno di fattura italiana anni Cinquanta, e passano musica figa.

«Amore, come te lo immagini il tuo futuro? Come mai hai deciso di lasciare il lavoro dal meccanico?»

«Marzia, che ti prende, è tutta la sera che mi fai domande di questo tipo... Non lo so, non lo sentivo più mio, nelle mie corde, anche se Leo resterà sempre una delle persone più importanti. Mi ha insegnato tanto, e le cose che ho imparato da lui hanno a che fare con la vita, più che con la meccanica. Fin dal primo giorno l'ho sentito come un fratello maggiore più che come un datore di lavoro, e ora è un amico a cui rivolgermi quando ho dei dubbi o decisioni difficili da prendere.»

«Be', anche Paco, no?»

«Lo sappiamo, Paco è il mio migliore amico, siamo cresciuti insieme e abbiamo condiviso tutto, ma ha diciotto anni, Leo è un uomo di quaranta che ha avuto una storia pazzesca, mille esperienze, tanta sofferenza, ha saputo aspettare e resistere anni per tornare a essere felice... Anche io vorrei essere felice!»

«Non sei felice con me, amore?»

«Certo, piccola, ma è una cosa diversa, parlavo di altro, ecco...»

«Ok...» Butto giù un sorso. «Certo che sei cambiato tanto da quando stiamo insieme, prima facevi sempre lo scemo, ti vantavi delle tue conquiste e qualche volta le sparavi grosse... Eri simpatico, sia chiaro! Ma eri diverso, ti eri costruito una maschera da *bad boy* che non ti apparteneva...»

«Lo so, ne abbiamo parlato un sacco di volte, ero stupido, impaurito, ferito, e la forza per essere quello che sono me l'hai data tu, oltre che Leo.»

«L'hai trovata soprattutto da solo, Ric, sei una persona stupenda, anche se a volte te lo dimentichi, e ti amo tanto!»

«Anche io ti amo, cucciola.» Si sporge verso di me e mi dà un bacio. «Comunque, tornando alla tua domanda... Vorrei dedicarmi alla ristorazione, migliorare, capire tutto, fare dei corsi, mi piacerebbe aprire un locale tutto mio, un giorno.»

«Un ristorante?»

«Sì, qualcosa del genere! Più o meno, ma un posto diverso da ogni altro.» E alza la birra per brindare.

«*Cheers*, al tuo futuro!»

«Quanto sei dolce, amore, *cheers*! Anche al tuo!»

«Al nostro, allora» dico prendendogli la mano.

«Al nostro» ripete lui, anche se nei suoi occhi non vedo quello che vorrei, e nella sua espressione non c'è l'entusiasmo che speravo.

«Tutto bene?»

«Certo, piccola! Perché? Ma che hai?»

«Così...» e sorrido, come nulla fosse.

Finita la cena, mi propone di andare un po' da lui.

I suoi sono davvero molto umili. Hanno una casetta su due piani, di quelle malandate, Ric mi ha detto che negli anni Trenta era una casa popolare, concessa dal Comune ai nonni appena arrivati dalla Sicilia senza nulla, poi è stata riscattata dal padre, ma l'aspetto è rimasto lo stesso. Eppure, io ogni volta che entro dentro casa loro, percepisco un sacco di amore nell'aria, e non me ne andrei mai. I genitori di Ric vanno d'accordo, si amano come il primo giorno, e fanno quasi tutto insieme, dal curare i fiori del piccolo giardinetto, a cucinare durante il fine settimana, a stare la sera sul divano con il plaid addosso, abbracciati davanti alla tv. Cose piccole ma meravigliose che a me fanno venire i brividi.

Saliti in camera, Riccardo inizia a baciarmi. Poi mi guarda in modo profondo e dice: «Ti amo, piccolina, non te lo scordare mai» e si toglie la maglia.

«Ric, anche io ti amo, ma perché dici così, perché dovrei dimenticarlo? Ci sei tu a ricordarmelo, no?» chiedo mentre continuiamo a baciarci.

«Non lo so, volevo dirtelo...» e mi sfila il vestitino. «Quanto sei bella...»

Lo dice e si inginocchia, baciandomi la pancia, scendendo giù lungo le gambe, per poi tornare su, fermandosi lì, scostando un po' gli slip, e baciandomi, leccandomi, facendomi volare.

Poi si alza e ci spostiamo sul letto, continuando a baciarci, ci spogliamo e iniziamo a fare l'amore. A me sembra di stare su un altro pianeta, lo sento entrare lentamente, prima con dolcezza, poi più forte, con colpi decisi, si muove dentro di me alternando il ritmo, nel frattempo ci baciamo, ci lecchiamo, ci scambiamo tutto quello che possiamo scambiarci. Mi prende per i capelli e mi morde il collo. Poi arriva all'orecchio e mi sussurra che sono stupenda e incredibilmente sexy. E io adesso sono la ragazza più fortunata della terra, e lui, solo lui, è l'uomo che voglio, quello che mi completa. Che mi fa sentire donna e non solo ragazzina. Che mi fa venire voglia di saltare quando lo penso. Intanto il suo respiro è sempre più affannato, e i nostri corpi sempre più bagnati, e il suo pene sempre più duro, e alla fine mi scoppia dentro e nello stesso momento scoppia la mia felicità.

Dopo che facciamo l'amore, io resto come in trance, succede sempre, io poi non riesco a dormire subito o a fare qualunque altra cosa, così, come se non fosse successo nulla, come se fare l'amore con lui non fosse la cosa più bella e speciale dell'universo, proprio no... e allora per un po' di tempo i miei pensieri sono come stregati, mi portano a fantasticare su millemila cose, su di lui, su di noi, sul nostro futuro, su quanto lo amo, su quanto è stato bello farlo, toccarlo, toccarci, sentirci. Su quanto adoro baciarlo, e quanto mi faccia volare l'odore della sua pelle. Penso a questo mentre sono nel mio letto e a moltissime altre cose, e hanno tutte a che fare con te, amore mio...

Come tipo adesso che ti immagino mentre bevi un bicchiere d'acqua, e con la mano tiri indietro un po' i capelli, mi guardi e mi sorridi, e mi vengono i brividi perché poi in fondo sono questi i momenti in cui senti tua una persona, sono questi i momenti, semplici e preziosi, che ti fanno sentire il cuore leggero, che ti fanno dire "andrà tutto bene". Sono questi momenti in cui tu, nel mio cuore, diventi la mia casa, il mio luogo, la mia cura.

Come tipo adesso che ti penso nel mio letto, subito dopo averlo fatto, io con una felpa bordeaux che mi sta enorme, la tua, rannicchiata in un angolo, mentre suona *Love* dei Thegiornalisti, con lo sguardo perso nel vuoto, a combattere con i miei dubbi, con le mie paure, a pensare al futuro, e a cosa ne sarà di noi.

Come tipo adesso che ti immagino abbracciarmi da dietro, con dolcezza, stringermi forte, rassicurarmi, ricoprirmi di baci e carezze che sanno di amore e certezze, che dicono: «Ti amo da morire! E qualunque cosa accada, io ci sarò! Perché tu sei la mia casa, il mio luogo, la mia cura...».

6
La tua grande occasione di felicità

La vita di Lorenzo
Domenica 2 giugno 2019

«Insomma, facciamo venerdì 21 il barbecue a casa di Valerio?» Credo sia la voce di Sofia al telefono, sono quasi certo di riconoscerla nonostante l'ora.

Intorno a me metto a fuoco l'arredamento minimal del salone, ideato da un interior designer amico della famiglia di Ginevra: colori tenui, pareti pressoché vuote, ordine assoluto. Mi sono addormentato sul divano, con la chitarra sul petto, provando un pezzo nuovo.

«Ma voi che fate lavori seri non dormite mai? Sono le 9 di mattina» provo a protestare.

«Noi che facciamo lavori seri lavoriamo pure di domenica... Maledetti, fottuti, fortunati musicisti!» mi risponde per le rime.

«Ah ah ah!»

«E comunque fare la commessa in un supermercato non è un lavoro *serio*, quando sei pure laureata!»

«Sofia, quando abbiamo deciso di iscriverci a Filosofia lo sapevamo...»

«Be', tu sapevi che avresti continuato a fare quello che fai, il musicista, per te l'università è stata più una passione personale che altro, io speravo qualcosa di diverso, ma non mi lamento, in fondo la mia vita mi piace parecchio! E anche il mio lavoro non è male, soprattutto da quando mi hanno assegnato il reparto dei libri. Si sono resi conto che avendo già lavorato per un periodo in una libreria, sapevo già cavarmela più che bene.»

«Be', conosco il tuo amore per i libri... Ma davvero la tua vita ti soddisfa?»

«Sì, amo essere circondata dalla carta, dalle parole, e dare consigli ai clienti. Faccio anche orari più umani adesso. A parte quando capitano i maleducati, i cafoni, ma lì ci vuole pazienza, non è colpa loro...» e ride.

«Che cosa stupenda! Parlo della tua vita, del fatto che ti piace... è stupendo!»

«Perché, a te no? Tu non sei felice?»

Dopo aver ascoltato la sua domanda sento un brivido sulla schiena. Rimango per un attimo in silenzio.

«Hai una bellissima moglie» prosegue lei, «una bambina ancora più bella, vivi in una casa da mille e una notte. Forse quando ti ho conosciuto avevi sogni più rock, ma poteva andarti peggio, no? Potevi lavorare in un supermercato...»

«Be', direi di sì... ma fammici pensare un altro po'...» e rido.

«Mmmh... Voi artisti, sempre indecisi su tutto! La tua grande occasione di felicità l'hai già avuta, ed era una bionda un po' in carne e piena di ricci...»

«E con gli occhi più belli del mondo! Ma eravamo giovani, Sofia, e io non capivo tante cose...»

«Parla per te, io sono ancora giovane!»

«Ti adoro!»

«Finiscila, sei pietoso.» Ride e aggiunge: «Allora, ok per il 21 da Valerio?».

«Per me sì, sento Ginevra che immagino ancora dorma e vi do conferma.»

«Perfetto.» Poi, dopo un attimo di silenzio: «Immagini? Ma non dormite nello stesso letto?».

«Tendenzialmente sì. Ma questa notte sono crollato sul divano mentre suonavo...»

«Povera Ginevra» commenta, poi le viene in mente un'altra cosa: «Ah, dimenticavo: qualche giorno fa ho sentito Guido, dice che ha scritto delle nuove poesie...»

Guido è uno dei tipi più assurdi che conosco: ha fatto l'università con noi, ora lavora per una società che si occupa della gestione di porti turistici in mezza Europa, organizza aree e servizi, insomma è un manager d'azienda, ma nel tempo libero ha questa fissa di scrivere... Purtroppo l'ha sempre avuta, e anni fa ho commesso l'errore di chiedergli di leggere qualcuna delle sue poesie, poi non ho osato più. E lo ammetto, l'ho un po' massacrato con le battute, ma senza cattiveria.

«Oddio, ti prego, no! Fanno schifo, non sono neanche poesie!» e sto scherzando, ok, ma un po' lo penso davvero.

«Sai che le ultime non sono così male? Forse dovresti dargli un'altra possibilità.»

«Magari una sera che sono molto sbronzo...»

«Che scemo!»

«Ma a proposito di sbronze, ci facciamo una birra io e te, una di questa sere?»

«Mercoledì suoni al Garage 913, quel locale in via dell'Anima?»

«Sì.»

«Allora vedo di passare.»

«Ottimo!»

«Ciao sciupa-occasioni-di-felicità!»

«Ah ah! Ciao grande-occasione-persa...»

Sofia, come Valerio, la conosco da una vita, perché anche lei è nata e cresciuta nel nostro quartiere. Abbiamo frequentato lo stesso liceo classico. E poi l'università, Filosofia. Siamo stati anche insieme un paio di mesi durante il primo anno delle superiori, e poi c'è stato qualche piccolo riavvicinamento all'università... Ma eravamo entrambi immaturi, io sicuramente più di lei, non avevo ancora imparato a dare il giusto peso alle emozioni, ad ascoltarmi, e pensavo molto più a stare con gli amici, a giocare a calcio, a divertirmi. Noi uomini a volte siamo tremendamente ciechi di fronte alla bellezza, alla fragilità; o almeno, ci mettiamo un secolo a riconoscerla, e un altro secolo ad accoglierla, a inseguirla se non si lascia afferrare. In questo senso, sono felice di essere padre di una femmina...

Tornando a Sofia, in effetti la nostra amicizia, la maggior parte delle persone, la definirebbe quantomeno atipica, e la guarderebbe con sospetto, ma la verità è che negli anni il livello di conoscenza profonda e di fiducia senza riserve si è consolidato e cementato così tanto che non saprei immaginare la mia vita senza di lei. All'inizio non è stato semplice farlo capire a Ginevra: del resto, come si può accettare che il proprio uomo abbia confidenza totale con un'altra donna, una confidenza più intima di quanto tu stessa potrai mai avere? Infatti i primi tempi ho finito per allontanarmi un po' da Sofia, ci siamo visti meno, ma è stata una cosa di cui mi sono accorto soltanto dopo, non l'ho fatto di proposito, l'amore mi ha travolto e mi ha fatto perdere di vista le altre cose. In fondo, l'amore è bello anche per questo, perché ti stordisce, rovescia il tuo mondo, ti fa fare un giro sulle montagne russe.

È un'onda anomala che ti investe, ti trascina via, ti deposita lontano. Poi piano piano diventa qualcosa di diverso, impari a controllarlo e a incastrarlo in mezzo alle altre cose importanti della vita, alle amicizie, alla famiglia, al lavoro. E così con Sofia ci siamo ritrovati, lei ha capito perfettamente, ben prima che fossi io a spiegarle e a scusarmi per essere un po' sparito, e da quel momento non ci siamo lasciati più.

Mi alzo e metto su del caffè, Ginevra usa le cialde, io preferisco la moka. Appena pronto, lo verso in due tazzine che metto su un vassoio e glielo porto a letto cercando di non fare danni nel tragitto lungo il corridoio infinito, con i muri completamente bianchi, lisci, perfettamente levigati in stile *stucco veneziano*, come in tutto il resto della casa. Per terra c'è un parquet opaco di teak, e negli angoli del soffitto un gioco di luci e led a scomparsa: l'architetto ha deciso così, niente quadri, se non uno grande e importante in salone, niente cornici, niente fili. Niente tv. L'insieme è indiscutibilmente elegante, espressione di uno stile forte, ma a me, devo dire, mette un po' ansia.

Passo davanti alla camera di Bianca, con una mano reggo il vassoio e con l'altra apro leggermente la porta. Ovviamente ancora dorme, è domenica anche per lei. Niente scuola, niente sveglia. È stupenda, la bambina più bella del mondo: il respiro regolare fa muovere su e giù le sue guanciotte, il corpicino esile, i capelli castani. Se fosse sveglia, mi perderei nei suoi occhi verdi, quelli che ha rubato a me. Se fosse sveglia, la riempirei di baci, sulle gambe, sulla testa, sulla schiena. Se fosse sveglia, le farei il solletico per sentire la sua risata che accende il mondo. Ma adesso la lascio dormire, vivere i suoi sogni colorati.

Esco dalla camera cercando di non fare il minimo rumore, e richiudo la porta delicatamente.

Continuo per il corridoio superando varie camere, una è quella dove dormono Elvira e Ivan, i nostri collaboratori domestici a cui Ginevra non poteva proprio rinunciare... Sono marito e moglie di origine filippina, e vivono permanentemente da noi. Lei si occupa soprattutto di Bianca, quando noi non possiamo, e di cucinare, e lui delle pulizie e della manutenzione della casa. Ricordo che all'inizio la cosa mi metteva terribilmente in imbarazzo, soprattutto perché mia madre fa da anni le pulizie in casa d'altri. Poi con qualche sforzo mi sono abituato all'idea di poterci contare, di poter disporre del loro tempo e della loro professionalità, senza sentirmi troppo in colpa, senza sentirmi l'attore fuori ruolo di un film non mio...

Poi ci sono altre stanze: il mio studio, nel quale avevamo previsto una minisala di registrazione e produzione musicale, ma che non è mai stato completato; lo studio di Ginevra; poi due camere per gli ospiti, e altre due attualmente non arredate, con dentro solo alcune scatole di cartone del vecchio trasloco. La casa è davvero enorme, quasi tutte le camere hanno un loro bagno, il corridoio da un lato sfocia nel grande salone esagonale, oltre il quale ci sono la cucina abitabile con l'isola al centro, e la lavanderia. Dall'altra parte il corridoio sbuca prima in un'anticamera e poi nella nostra camera da letto, che ha due bagni e due cabine armadio: quella di Ginevra farebbe invidia a una fashion blogger; nella mia ci sono solo quattro stracci e tanti spartiti, armoniche, chitarre, la PlayStation, e tutto il disordine regolamentare per un musicista senza un quattrino che ha sposato una donna ricca che ha affidato il design dell'appartamento a un architetto pazzo, intransigente.

«Sveglia, dormigliona!» le sussurro mentre accendo l'abat-jour.

«Ehi» dice con un filo di voce.

«Buongiorno!»

«Buongiorno» e accenna un mezzo sorriso con gli occhi ancora chiusi, «ma grazie!»

«Attenzione, è caldo.»

«Che ore sono?»

«Le 9.30.»

«Cavolo, faccio tardi!»

«Per dove, amore?»

«Ho una colazione con alcune mamme della scuola di Bianca. Per decidere se chiedere o meno al capo dell'istituto di cacciare l'insegnante di inglese.»

«Di domenica? E perché volete cacciarlo?»

«Non ci piace...»

«Ma che ha fatto?»

«Be', non ci piace per determinati motivi, in più è troppo severo...»

Non mi sembra un gran motivo ma alzo le braccia in silenzio e le do un altro bacio. Magari ne riparleremo meglio più tardi.

Lei beve un sorso di caffè e mi guarda dicendomi: «È buonissimo, tesoro, grazie. Ci sono Elvira e Ivan che possono guardare Bianca, se devi uscire, ho chiesto loro la cortesia di lavorare anche oggi, ovviamente gli ho promesso un piccolo fuori busta».

«Va bene, ma non ce n'era bisogno, ci sto io con lei... Ma perché, tu a che ora torni?»

«Abbiamo pensato di trattenerci fino al pranzo, poi torno da te.» Si alza, si avvicina, mi bacia e mi accarezza il pene con la mano, da sopra la tuta, poi mi sussurra all'orecchio: «Ho tanta voglia di te...» e con una voce sottile, elegante e sobria, aggiunge: «E del tuo cazzo...».

E io mi infuoco all'istante. «A chi lo dici...» rispondo con il fiato corto.

«Allora aspettami, che quando torno...»

«Non mi muovo...»

Appena Ginevra esce, ho bisogno di alcuni minuti per riprendermi e smettere di pensare a lei, alla sua mano, alla sua voce, e a tutto il resto... Sono frastornato e confuso, come se con lei fossi perennemente in bilico fra la vita e la morte, fra l'inferno e il paradiso. L'ho sempre amata così tanto! E gliel'ho dimostrato in mille modi. Sono stato romantico, sì, con lei sono stato tanto romantico!

Dopo un po' mi alzo dal letto, cammino per il corridoio, quindi mi siedo sullo sgabello del pianoforte, in salone, guardo fuori dalla finestra, e mi perdo nel vuoto. Mi tornano in mente le parole di Sofia, una domanda in particolare. Penso alla felicità, a Ginevra, intanto le mie dita scorrono sui tasti, arpeggiando un'armonia che non ha un nome, non ancora, come tutte quelle sensazioni che mi scavano dentro, adesso, poi distolgo lo sguardo dalla finestra, da fuori, dal vetro, dal vuoto... e torno sui tasti del piano, concentrandomi di più, come per cercare un nome, una forma, e con qualche passaggio di accordi ponte mi ritrovo a suonare le note di *Hola* di Marco Mengoni... e suono, suono e canto... *e tu che mi tiravi su con dei film stupidi, senza dire una parola, e non mi capirai mai né domani né ora...*

Mentre suono mi rendo conto che i miei occhi si fanno un po' lucidi, ma non so perché, o forse sì, sì che lo so...

Verso la fine del brano, con la coda dell'occhio vedo arrivare la mia piccola principessa, lei adora questa canzone, si avvicina con i suoi occhioni stupendi e ancora pieni di sonno, sorridendo, io la guardo e tutto a un tratto mi sento felice, spariscono le domande e le sensazioni brutte. Riprendo il pezzo dal ritornello senza cantare, tenendolo in sospeso, in loop, per poter salutare Bianca.

«Ma buongiorno, meraviglia di papà!» le dico sporgendomi per baciarla. Lei mi getta le braccia al collo e mi abbraccia forte, senza parlare, e io mi sento l'uomo più fortunato del mondo, chiudo gli occhi e mi prendo tutto l'amore dell'universo, il suo, il più puro e speciale. Poi quando si stacca le chiedo: «Piccola, hai sentito cosa sto suonando?».

«Sì!» dice e mi sorride alzando le braccia al cielo.

«Cantiamo insieme e poi ti preparo la colazione?»

Risponde accennando un timido sì con la testa, nascondendosi il viso con le mani: quando deve cantare è sempre così, all'inizio è timidissima, poi si lascia andare.

La faccio salire sulle mie gambe e riparto, e ripartiamo: *... e tu preferivi la tv che starmi vicino, e come fai a vivere se attorno al cuore hai il muro di Berlino? ... Hola, hola, hola, eh...*

E dopo un po' è un coro, impreziosito dalla sua dolcissima voce.

Venti minuti più tardi, mentre metto su il latte, ricevo un WhatsApp da Marzia, mi dice che mi stava pensando e mi manda un bacio, poi mi gira il post del suo nuovo idolo, un blogger, o un writer, non ho ben capito:

Di te mi piace quando abbassi lo sguardo e cerchi un modo per farcela, anche se il mondo sembra crollarti addosso, anche se la vita pare girarti le spalle. Di te mi piace questa magia che custodisci nel cuore, che ti fa sorridere nonostante il dolore, che ti porta a credere nell'amore, anche se qualcosa è andato storto, anche se ti ha ferita. Tu sai proteggerlo, contro tutto e tutti, come una guerriera, perché sei una donna, e tu, lo insegni, l'amore. Lo inventi. Lo trovi. E non lo perdi...

εïз
Rareza

Cavolo! Mi fa pensare, che bello quando sei così innamorato... Torno alla realtà con la voce di Elvira che mi dice che, se voglio, del latte può occuparsene lei, le rispondo che non c'è problema e che lo faccio volentieri. Bianca nel frattempo è già al secondo panino all'olio con le gocce di Nutella e guarda i cartoni su Netflix, è la sua colazione preferita, e come darle torto? Me ne mangerei cento di quei dannati panini, Ginevra tende a preferire cibi più sani, a ragione, e infatti "le schifezze" sono concesse solo il fine settimana, questo è il patto. A volte, violato. Quando la mamma non c'è...

Squilla il telefono, è Davide. Mi allontano perché la tv con i cartoni è al massimo volume, prima o poi i vicini ci denunciano...

«Oooooh! Davideeeee! Come stai?»

«Lore! Tutto bene! Tu?»

«Mi fa piacere sentirti vivo e sopravvissuto ai turni estenuanti, ma quanto dureranno ancora?»

«Fino a che non assumeranno almeno due persone, ci siamo ritrovati con una carenza di personale assurda, e l'hotel deve andare avanti...»

«E poi tu sei il direttore!»

«Eh, non esageriamo, non sono mica il direttore dell'InterContinental Carlton di Cannes...»

«Davide, ti butti troppo giù, tu! Dovresti essere meno modesto, sei una delle persone più serie e in gamba che conosca! E farai tanta strada nel tuo lavoro, ne sono certo!»

«Troppo buono, troppo buono.»

«No, solo sincero, e lo sai... Piuttosto, con Valerio come va?»

«Non l'ho praticamente più sentito, guarda, sono davvero dispiaciuto, forse mi sono comportato male...»

«Davide, ma di che? In cosa ti saresti comportato male?»

«Be', in fondo c'era uscito prima lui con Grazia, mi sento come se gli avessi fatto un torto...»

«Ma dài, non scherziamo! Valerio cambia una donna a sera, e dopo Grazia, prima che ci uscissi tu, ne aveva già cambiate almeno dieci... Tu l'hai rincontrata per caso, vi siete piaciuti, lei era stata lasciata andare da Valerio, ignorata come tutte le altre, tu sei una persona seria, vi siete piaciuti... Di cosa parliamo? Eh? Oh, poi lo sai quanto voglia bene a Valerio, ci sono cresciuto, però conosco anche i suoi limiti, e questa volta sta sbagliando, la sua è solo una presa di posizione, punto.»

«Ok...» dice timidamente, poco convinto.

«Ok, ma ok davvero! Ok?»

«Ok!» questa volta è più deciso.

«Bene...» e ci facciamo una risata.

Poi gli dico della cena del 21 e lo convinco che è il caso di venire, e accetta ma dice che prima gli piacerebbe una birra io e lui.

«Ma certo! Possiamo fare giovedì, come sei messo?»

«Ottimo! Facciamo in zona da te?»

«Affare fatto. Poi ci sentiamo per i dettagli.»

Attacco e torno in salone. Guardo Bianca e correndo verso di lei faccio la faccia da mostro.

Lei comincia a urlare e scappa. La agguanto, porto la bocca sulla sua pancia e soffio per fare una pernacchia.

«E adesso? Chi mi ha svegliato ieri con il solletico sui piedi, eh? Eh?» e ride e ride e ride.

«Batta papi, 'mettila!»

«Mi dai mille baci se la smetto?»

«No!»

«Noooo? E allora zac!» Altra pernacchia, altre risate da pazzi.

La mattinata prosegue così, fra la musica, i cartoni, i messaggi degli amici, il sughetto buonissimo della pasta a pranzo di Elvira. E l'assenza di Ginevra...

Cagliari
23 luglio 2019, ore 18.12

Sento un silenzio surreale, io so qual è la mia casa, so che nome ha, come è fatta. Sono diciannove anni che ci vivo! Ma perché, perché questo silenzio? Aiuto! Qualcuno mi aiuti!

7
Quando ho voglia di sentire il profumo delle cose belle, penso a te

La vita di Marzia
Lunedì 3 giugno 2019

La Garbatella è davvero un posto unico, chi viene a Roma per visitare la città dovrebbe farsi un giro anche qui, ma non uno di quelli superficiali…

Una delle sue maggiori particolarità sono i lotti, all'interno di uno dei quali vivo io. Praticamente si tratta di veri e propri paesini che si nascondono dietro vie o vicoli insospettabili ma altrettanto stupendi e caratteristici: entri dentro un portone o un cancello, pensando di trovarci un palazzo, e invece accedi a un altro mondo, a un'oasi fatta di palazzetti o villini in stile "barocchetto romano", alcuni perfettamente tenuti e ristrutturati, altri più fatiscenti, malmessi. Hanno tutti le finestre di legno, sono completamente immersi nel verde, con tanti alberi alti tipo pini, querce, cipressi, ma anche ciliegi, fichi, banani, palme di varia grandezza, fiori e piante di ogni genere, giardini meravigliosi a cui si accede da scalette che ti portano a vari livelli nei quali si trovano palazzine di vario colore, in pietra gialla, con colonne e archi in mattoncino, o in cortina, o dall'intonaco rosso, e verde, e poi fontanelle, piccoli orticelli privati, tavoli in legno e ombrelloni piazzati in fazzoletti di prato comuni a disposizione di tutti i vicini, panchine in legno... Insomma, un vero e proprio paradiso, se pur ricco di contrasti, di luci, di ombre, di cemento, di asfalto, di fiori e cielo. E in questa meraviglia, che nasce popolare e in parte lo resta, assisti a contraddizioni che le donano un senso di bellezza ancora maggiore, come fili volanti di antenne che passano di finestra in finestra, panni stesi in mezzo agli alberi o sul mattonato condominiale, o fra una casa e l'altra tramite cavi legati alla buona, o sulle facciate delle villette...

La Garbatella ha mantenuto questa connotazione popolare mischiandosi alla poesia, all'eleganza, alla storia. È stupenda, vera, romantica e malinconica nello stesso tempo. E appena sono arrivata, io che ero abituata alla Roma "bene" del quartiere Trieste, fighetta, perfetta, ordinata, affettata, dove se lasciavi la macchina per più di mezzo minuto davanti al portone arrivavano i vigili a portartela via, dove le persone, le stesse che conoscevi da quando eri nata, ti salutavano a mezza bocca o non ti salutavano proprio, con poca anima ma tanto lusso, ecco, lo ammetto, all'inizio ero rimasta un pochino spiazzata vedendo i cavi delle parabole pendere dalle terrazze, il bucato, le Vespe e le macchine parcheggiate ovunque, tutta questa gente che sembrava conoscermi da sempre, vecchiette che ti incontrano e ti offrono un pezzo della loro crostata, signore che appena arrivata mi salutavano come fossimo vecchie conoscenze, che in ascensore mi parlavano del loro privato, facendo cadere tutte le barriere e i filtri a cui ero abituata in zona mia. Molto velocemente ho imparato ad apprezzare sia i pregi che i difetti di questa nuova realtà, e i pregi battono mille a zero i difetti. Tanto è vero che in men che non si dica mi sono ritrovata ad avere due amiche vere, preziose e sincere.

Quando con Giulia e Alice usciamo a fare due passi nel

quartiere, al ritorno spesso ci mettiamo su una scalinata all'interno del mio lotto, al quale si accede da piazza Giuseppe Sapeto. Loro abitano in un lotto più piccolino ma ugualmente delizioso su via Antonio Rubino.

Da questa piccola scalinata si vede un panorama che secondo me non ha eguali a Roma, non è facile da spiegare, andrebbe vissuto, sentito, respirato, un po' come il mare d'inverno, o il cielo stellato ad agosto, è un punto più alto dal quale si vede una serie di villette, palazzetti, case tutte diverse e allo stesso tempo tutte simili, costruite su livelli sfalsati, nel verde, e dietro, maestosa, la basilica di San Paolo. I colori del cielo, da qui, lo giuro, sono diversi, speciali, sfumati, e io penso che questo sia un punto baciato da Dio. E la maggior parte delle volte ce ne stiamo lì ore a dire cazzate, a raccontarci i nostri sogni, le esperienze, le speranze, le paure, le follie, e ridiamo, e piangiamo, e ci abbracciamo, poi qualche volta fumiamo un po', ci scoliamo qualche birra, e il mondo, da qui, ci sembra più bello, ci fa meno paura...

Ieri sono stata in centro con Giulia e Alice, siamo andate con la mia macchina, una Panda grigia che i miei mi hanno preso permutando la minicar. Non mi dispiace affatto la mia Pandina color topo, anche se ogni tanto perde qualche colpo!

Abbiamo fatto un giro per negozi, e comprato dei vestitini troppo belli per la stagione estiva, alcuni accessori e Alice una cover stupenda per il suo iPhone.

Al ritorno abbiamo messo a palla Gemitaiz e Coez con *Davide*, e mentre suonava la cantavamo a squarciagola improvvisando una coreografia studiata da Alice, che ama ballare, con la testa, gli sguardi, i sorrisi e le mani. Intanto ci siamo riprese e pubblicato le Storie in serie su Insta!

Poi è passato a salutarmi Riccardo a casa, prima di cena, è salito un attimo, si è fermato con noi a mangiare, andava di corsa, ma l'ho fatto felice uguale, l'ho leccato, e mi è venuto in bocca perché gliel'ho chiesto io, amo il suo sapore perché amo lui. Subito dopo è scappato al pub a lavorare.

Mancano cinque giorni al suo compleanno, nei prossimi giorni vado da Lorenzo per provare l'ultima volta insieme a lui la canzone da cantare.

È arrivato anche il regalo, finalmente! Un paio di Vans modello classico, personalizzate con dei piccoli teschi ripetuti che Riccardo adora! Le ho ordinate e fatte realizzare tramite il loro sito. Sono sicura che impazzirà!

Questa mattina a scuola abbiamo eseguito l'ultima simulazione delle prove scritte degli esami, ormai siamo entrati nella fase in cui è facoltativo frequentare, quello che conta è prepararsi bene. Terrificante...

Ieri sono stata di nuovo poco bene, la solita debolezza e il dolore alle ossa, vabbe' è normale, comunque poi è passata come sempre velocemente, per fortuna, e adesso mi sento di nuovo una bomba... Sabato sera, insieme a Giulia e Alice, siamo state in discoteca, Riccardo ha insistito perché uscissi, dice che si fida di me, lui purtroppo lavorava, come quasi ogni sabato... Non mi allettava l'idea di fare serata senza di lui, ma nello stesso tempo ero felice di andare a ballare con le mie amiche, e Dio solo sa quanto io ami ballare, scatenarmi, sentire la musica nelle ossa, seguirla senza rispettare né il tempo né uno stile preciso, è così liberatorio, e poi ho potuto sfoderare un outfit studiato per l'occasione, ché io sono anche questa cosa qui, io sono anche leggerezza, vanità, evasione e violazione di ogni regola...

Siamo state da dio, e Giulia, che non solo è mora, alta, scurissima di carnagione e ha le labbra carnose: anche nei movimenti sembra una sudamericana, è stupenda! Era vestita con una minigonna e una maglia scollata che mostrava gran parte del suo seno prorompente, ha fatto impazzire tutti, non potevamo camminare.

Alice, minuta, capelli e occhi castani, la pelle chiara, nonostante sia molto meno appariscente si difende alla grande, ha un taglio di occhi bellissimo, mani lunghe e affusolate che mi ricordano quelle di Sally, una frangetta alla Uma Thurman in *Pulp Fiction*, e un fondoschiena da urlo che, avendo studiato per anni danza moderna e hip hop, sa muovere a dovere…

Comunque, ecco, ci hanno rotto le scatole in tanti, ma io non ho dato corda a nessuno, giusto qualche sorrisetto qua e là per cortesia e per non risultare acida e antipatica, ma poi nemmeno una parola, sono troppo innamorata di Ric, non mi passa proprio per l'anticamera del cervello di interessarmi a un altro.

Giulia e Alice invece, che sono single, hanno conosciuto alcuni ragazzi, e in particolare due sembravano davvero carini, so che li hanno risentiti il giorno dopo, bene… Sono felice, non tanto per Alice che in questo periodo è abbastanza serena, quanto per Giulia, perché il colpo che ha subìto mesi fa l'ha davvero segnata, ieri mi è capitato di leggere un suo vecchio post sul suo profilo Facebook, e leggendolo mi sono scese le lacrime, ho capito che quello che l'ha davvero massacrata profondamente è stata la pugnalata di quella che credeva una sua amica cara, oltre al tradimento di quello stronzo che non vale nulla:

Quando un'amica ti delude, una di quelle che consideravi amica vera e del cuore, una di quelle speciali, non è come quando lo fa il tuo uomo, sono due dolori diversi, entrambi grandi e profondi, ma diversi.
Quando ti delude un'amica, ecco, è più un lutto, è come se ti avesse voltato le spalle una sorella, provi quel senso di smarrimento, di abbandono, qualcosa che proprio non ti aspetti, qualcosa con cui non riesci a fare i conti, quasi come se fosse contro natura.
Come la superi una botta così? Come la giustifichi nel tuo cuore un'amica che ti pugnala alle spalle? Una di quelle a cui avevi raccontato tutto di te, qualunque cosa, una di quelle che avevi fatto entrare nella tua vita, mostrandole quello che non avevi mai mostrato a nessuno, quelle cose che tieni dentro e non avevi avuto mai il coraggio di condividere con altri, una di quelle amiche a cui avevi affidato la tua intimità, le paure, i sogni, l'amore, le ossessioni. Una di quelle con le quali avevi pianto e riso e urlato e ballato e cantato nude sul letto come se il mondo fosse tutto lì, in quella vostra complicità che ti faceva sentire al sicuro, una di quelle con cui avevi commesso errori senza sentirti mai sbagliata. Una di quelle a cui pensavi tutte le volte che sentivi il mondo crollarti addosso.
Ecco, quando ti delude un'amica, senti proprio quello, il mondo crollarti addosso, ma non c'è nessuno che possa aiutarti a rialzarti, perché chi doveva farlo è la stessa persona che l'ha mandato in frantumi, la stessa che ha preso il tuo cuore facendone mille pezzi, la stessa che ti ha deluso. La stessa amica speciale con cui pensavi di affrontare tutto, contro tutto e tutti, che ti ha tradito...
Come si arriva a tanto? Come si supera?

Poco fa ho ricevuto un messaggio di Sally: "Ci vediamo poco, ma quando ho voglia di sentire il profumo delle cose belle, penso a te, amore...".

Mi ha commosso, mi ha fatto bene al cuore!

Le ho risposto: "Sally, tu mi fai piangere, cavolo! Non sai quanto mi manchi, quanto mi manca la nostra quotidianità. Anche tu sei questo per me, e resterai sempre la mia amica, *la mia persona*, niente e nessuno ci dividerà mai! Ti adoro!".

Ecco, questi sono i momenti in cui mi sento davvero fortunata...

Ora sono sul letto e mando un messaggio a Ric: "Amore, che fai? Ti pensavo... E mi manchi tanto! E poi volevo dirti che ti amo da morire. Ma questo lo sai. In realtà quello che volevo dirti è che il cielo non è mai davvero stellato se non mi prendi per mano... Buonanotte! M. ❤".

Poi cerco una foto mia e di Sally che ci siamo scattate durante la vacanza in Puglia la scorsa estate e la posto, e sotto scrivo:

> Tu sei un'amica vera, perché non mi giudichi, perché mi capisci, perché ti butti sul letto insieme a me e mi ascolti per ore, e non lo fai così, tanto per, tu mi ascolti davvero, perché ti interessa, perché ci tieni!
> Tu sei un'amica vera, perché se lui non mi manda quel messaggio che aspettavo, se lui si scorda di quella promessa che mi aveva fatto, se lui mi spezza il cuore mandandolo in frantumi, tu sei lì, al mio fianco, a prendermi per mano, a dirmi che, in fondo, ci perde lui, che non la ritrova un'altra come me.
> Tu sei un'amica vera, perché quando sto male tu stai male, ma quando sto bene tu sei felice, felice davvero, te lo leggo

negli occhi, e non è poi così scontato trovare qualcuno che fa il tifo per la tua felicità, oggi che sono tutti così concentrati solo su se stessi.
Tu sei un'amica vera, perché due birre, un marciapiede e un cielo stellato è tutto quello che ci serve per stare bene, per ridere, raccontarci ogni cosa, dirci quello che pensiamo, rimproverarci anche, quando magari una delle due sbaglia, ma solo quando siamo da sole, perché davanti al mondo è sempre e solo supporto, sostegno, difesa, patto! È sempre e solo Noi. Perché siamo una squadra, un'alleanza, una cosa sola, un unico cuore e quattro occhi per guardarci le spalle e proteggerci a vicenda. Noi due, contro tutto e tutti.
Noi due, sopra ogni cosa. Ché se hanno toccato te, hanno toccato me, se hanno ferito te, hanno ferito me. Perché se non ci sei, per me la vita è meno bella.
E quando manchi, nel mio cielo manca una stella.
Perché sei un'amica vera, e questa cosa resta ferma nel mio cuore, protetta.
Custodita.
Adesso.
E per sempre…

Lascio il cellulare e riprendo il libro di Laura, e trovo una Buonanotte delle sue, una di quelle che non è solo una Buonanotte, ma è qualcosa di più, qualcosa che mi tocca dentro:

Buonanotte a te che sei solo per pochi, perché sai che riconoscersi è un momento quasi spirituale, un dono che va oltre le regole della fisica, della matematica, del concreto. Un momento non per tutti, ma solo per chi "sente", per chi sa riconoscerti, per chi riesce a capirti senza dire una parola, con un gioco di sguardi, con una vibrazione che rimbalza fra i vostri cuori, posando semplicemente i suoi occhi sui tuoi, dicendoti in quel modo, senza parlare, tutte le parole più belle del mondo, le più importanti, le uniche che contino davvero. E succede così, in mezzo a milioni di anime ci si "ritrova", si casca l'una nell'altro. Ma è una cosa rara, perché sei rara, e tu lo sai. E non ti pesa aspettare. Perché l'attesa del bello ti arricchisce. Il resto è solo rumore, ronzio... Il resto lo lasci a chi fa della quantità una coperta per le proprie insicurezze, cercando di nascondere l'incapacità di dedicarsi a pochi preziosi momenti che da soli valgono una vita intera. Buonanotte a te che senti, che vibri, che riconosci la bellezza e che, sola, nel tuo meraviglioso universo, non sarai mai...

Laura è sempre una bomba, continuo a seguirla anche su Instagram dove condivide anche nuove parti inedite. Grazie a Sally leggo anche altri *scrittori del web*, in particolare Loy, che mi fa impazzire. Passo sul suo blog e trovo un nuovo post:

> Poi ho capito che la vera eleganza è nel cuore, nella sensibilità di una persona, nell'amore che riesce a donare, nella sincerità, nella delicatezza con cui tocca la vita e l'equilibrio degli altri. Una donna bellissima, esteticamente perfetta, "di grande classe", con i gioielli e i vestiti firmati, ma senza anima, senza cuore, ecco, sarà sempre un cesso, mettetevelo in testa! E accanto e intorno a sé, avrà sempre solo quello che merita...

E poi ovviamente leggo un post del mio nuovo idolo, Rareza, il writer più romantico dell'universo:

> I tuoi occhi sono un po' come il profumo del mare, puoi sopravvivere anche senza, ma quando lo senti la prima volta, quando lo respiri fino in fondo e ti entra dentro, poi non te lo scordi più. Poi non è più la stessa cosa. Ecco, i tuoi occhi fanno così: arrivano, senza preavviso. Ti stendono. E dopo no, non è più come prima...

Mi fa vibrare l'anima. La dedico, pensandola al maschile, a Riccardo, a Riccardo che non ha risposto al mio messaggio...

Quanto è difficile, quando siamo innamorati, affrontare quel senso di solitudine, quel freddo nel cuore, che spesso arriva all'improvviso e senza una ragione?

Ho sonno, dovrei ancora studiare, ma crollo mentre suona *Vieni da me*, delle Vibrazioni...

8
Le persone che ti amano non ti perdono mai, tornano sempre a prenderti

La vita di Lorenzo
Martedì 4 giugno 2019

«Mmmmh... ssssì... quanto mi piaci...» dice Ginevra con la voce strozzata.

«Tu, tu mi fai impazzire, e ti amo...» le sussurro, mentre facciamo l'amore. Io sono sopra di lei, con la mano destra le avvolgo i capelli e stringo il pugno facendo una leggera ma decisa pressione rotatoria verso sinistra che la costringe a girare il collo, e mentre mi muovo dentro di lei, gioco con la lingua proprio lì, sul suo collo, le bagno la pelle, disegno traiettorie dietro l'orecchio, dentro, intorno... Adoro leccarla, adoro farlo e sussurrarle che la amo, adoro sentire i nostri corpi che si uniscono, il nostro sudore che si mischia, amo baciarla per tutto il tempo che lo facciamo, sulle labbra, con la lingua, fra i seni, sui capezzoli, dappertutto, in modo sfacciato, scomposto, e adoro godere insieme a lei, aumentando il ritmo quando sento che è vicina a venire, quando sento le sue gambe irrigidirsi e la schiena inarcarsi, con la mia mano sul suo fondoschiena a dettare e scandire i colpi finali, lenti, decisi, profondi... per poi liberarci ed *essere felici* insieme, quasi nello stesso momento...

Appena finiamo, mi stacco un attimo mettendomi a pancia in su, per respirare e riprendere fiato, poi mi avvicino a Ginevra, le do un bacio sulla guancia, con dolcezza, e la abbraccio da dietro, lei si volta verso di me guardandomi negli occhi, e mi sorride, quasi in segno di gratitudine, poi si rigira appoggiando la testa sopra la mano distesa sul cuscino. In silenzio.

«Tutto ok?» le chiedo.

«Sì» risponde senza muoversi di un millimetro.

«Ok...» dico e appoggio anche io la testa sul cuscino.

Non abbiamo mai smesso di fare l'amore così, io e Ginevra, è sempre stato terribilmente bello ed eccitante, come la prima volta, e abbiamo avuto sempre una grande intesa, anche se adesso la sento un po' distante, e a volte i suoi comportamenti mi irritano, non so cosa pensare, o forse ho solo paura di approfondire. La verità è che lei ha sempre avuto un lato del carattere che io faccio fatica a digerire, non saprei nemmeno come definirlo, forse arrogante – anche se arrogante, nei modi, poi non lo è mai – forse superficiale, ma era una distanza accettabile e in qualche modo anche intrigante, era quella macchia che la "sporcava", ai miei occhi, al punto giusto, e che mi ricordava che nessuno di noi è privo di piccole storture, falle, crepe, e che io ho voglia di conviverci con queste crepe, e che quasi sempre un muro troppo liscio nasconde insidie, dietro la superficie, dentro... Le crepe ci parlano dei nostri errori, delle cadute, hanno il sapore di terra e sabbia, ci dicono di tutte le volte che abbiamo provato senza riuscire, di tutte le parole che abbiamo detto così, senza davvero sentirle nel cuore, di quelle che ci sono state rivolte con leggerezza, così, senza rifletterci prima. Di tutte le volte che pensavamo fosse fatta e abbiamo gioito, e invece no, perché era tutto da ricominciare. Le crepe sono un po' come certi segni che ci portiamo addosso, cicatrici sulla pelle e nel cuore, ci definiscono, ci rendono unici, ci aiutano a capire da quale treno scendere, quale stella rincorrere, in quale acqua buttarci, da quale altezza rischiare di lasciarci andare, e in quale dei nostri vuoti provare a volare. Io voglio conviverci con le mie crepe, con i miei segni, con le mie macchie...

Mi alzo e mi rivesto.

«Sono le 13.30, a scuola da Bianca vai tu?»

«Va bene» risponde lei, senza guardarmi, mentre si allaccia il reggiseno.

«Grazie.»

«Io dopo ho da fare, c'è Elvira.»

«Ok ma deve fare i compiti.»

«Può farli con lei, l'ho avvertita.»

«No, non può farli con lei... Ora nemmeno i compiti hai voglia di farle fare? Non hai tempo nemmeno per questo?»

«Cosa vorresti dire? Ti ho già detto che non sempre è un bene che i compiti, i bambini, li facciano con i genitori, perché tendono a impegnarsi e concentrarsi di meno, ci sono studi di psicologia, condotti in Spagna, che lo dimostrano scientificamente...»

«Voglio dire quello che ho detto, Ginevra! Bianca i compiti deve farli con te, o con me. Cosa me ne frega degli studi spagnoli di psicologia? Mi sa tanto di cazzata radical chic, un alibi per non occuparci dei nostri figli! Sai che tutte le volte che posso li faccio io con lei, ma oggi, ti avevo pure avvertito, ho una sessione in studio e poi la scuola, altrimenti non saremmo qui a discutere, perché per me non è un peso stare con mia figlia...»

«Vuoi litigare, Lorenzo? Nemmeno per me è un peso, ma noi non siamo solo i nostri figli, i nostri mariti, le nostre mogli, le nostre madri... Siamo anche un cuore e delle esigenze che vanno al di là!»

«Direi che tu sei solo quelle, ultimamente!» dico uscendo dalla camera. Poi dal corridoio aggiungo: «Va' dove vuoi, starò io con Bianca...».

Negli ultimi mesi, qualcosa è davvero cambiato in modo irreversibile, e non si tratta più delle sue, delle nostre crepe, ma è qualcosa di diverso, di più profondo, qualcosa che mi fa sentire chiuso in un angolo, anche se non lo voglio, anche se tento di combattere, di non arretrare, anche se non lo vorrei. Adesso, quelle macchie, non sono più le sue e le mie macchie, ho l'impressione che ce ne siano alcune, di macchie, che io non vedo, qualcosa che non mi appartiene più. E la cosa più odiosa è che mi ritrovo a giudicarla, come donna, come compagna e come madre. Ecco, questo, questo è davvero doloroso, forse ingiusto. Perché in questo angolo mi sono chiuso volontariamente, in questa gabbia dorata, lontanissima dal mio mondo, dalle mie origini, sono entrato felice, senza spinte, senza inganni. L'idea di vivere così mi faceva sentire al sicuro, io che per tanto tempo mi sono sentito uno "sfigato" mi sono illuso che il dolore potesse restare fuori, che ogni vuoto potesse essere colmato. Ho inseguito l'amore e non me ne pento, ma non sono più sicuro di dove sono arrivato, di aver raggiunto quello che desideravo.

«In più, sto trascurando lo sport, e farlo mi scarica da morire, non tanto il padel e il tennis che pur mi divertono, ma il calcetto! Quell'oretta di partita mi rimette al mondo, mi fa sfogare tutta la rabbia, il mio spirito competitivo, quello di squadra, e che emozione quando faccio goal, quando vedo la palla entrare e gonfiare la rete... Ecco, in quell'ora di calcetto abbasso ogni barriera, faccio cadere le strutture, dico parolacce, urlo, mi incavolo, rido, e torno bambino!»

«Certo, ti capisco, Lore» dice Sofia che si sta subendo il mio sfogo subito dopo che Ginevra se ne è andata. «Non è una cosa strana, anche io adoro giocare a pallavolo con le mie amiche della vecchia squadra dell'università, guai a chi mi tocca quelle due partite a settimana, pur essendo totalmente fuori forma, è proprio una cosa che ci serve psicologicamente.»

«Esatto! Fra parentesi e per la milionesima volta: tu non sei fuori forma! Comunque, tutto questo, ultimamente, mi sta un po' mancando, per via del lavoro, quello della sera nei locali e l'insegnamento a scuola, per via di Bianca... e valla a prendere a scuola, a nuoto, e falle fare i compiti, e giocaci, e parlaci per ore! Oh, sia chiaro, io amo occuparmi di lei, è la cosa più bella e importante della mia vita, ma sarebbe carino avere un supporto maggiore da parte di Ginevra che invece non rinuncia mai a niente...»

«Hai provato a parlargliene?»

«Sì, ma boh... Comunque, guarda, lasciamo perdere. Oggi è proprio una giornata no, forse sto pure esagerando...»

«Mi dispiace, amico.»

«No, guarda, già mi è passata!» assicuro, più o meno convinto, poi aggiungo: «Sofi, ci vediamo domani, noi due, giusto?».

«Giusto!» e la sento sorridere. «Lo sai che per qualunque cosa io ci sono!»

«Lo so...»

«Ok...»

«Ti voglio bene!»

Quando Ginevra rientra con Bianca, il pranzo è quasi pronto.

«Ciao principessina di papà!»

«Ciao papoooo!»

Mi corre incontro, la prendo in braccio e le faccio fare "vola vola", è una cosa che la fa impazzire.

Poi saluto Ginevra: «Ciao amore» dico sforzandomi di assumere un atteggiamento distensivo.

«Ciao...» risponde lei, sforzandosi di fare lo stesso, sorridendomi e dandomi un bacio sulle labbra.

Elvira ha preparato del pesce, un merluzzo al forno, patate lesse e fagiolini.

«Papo, ma i pessiolini soffrono quando li mangiamo?»

Oddio che tenerezza!

«Amore, certo che no!» e sorrido.

«Sono già morti, vengono pescati e uccisi dall'uomo proprio per essere mangiati da noi» interviene Ginevra senza mezzi termini.

Bianca fa una faccia tristissima e dice: «Poerini!».

«Amore, in realtà i pesci vengono pescati e poi muoiono perché loro possono vivere solo sott'acqua, non vengono proprio uccisi, quindi soffrono di meno, è una cosa naturale, ecco...» Con un'occhiata faccio segno a Ginevra di reggere il gioco, per non turbarla.

«Ah ok, meomale!» sospira Bianca con un buonumore ritrovato.

«Vedi, piccola, è una catena alimentare, è normale, alcuni esseri viventi vengono mangiati da altri, e così via, fino ad arrivare all'uomo che per fortuna non viene mangiato da nessuno, e tutto questo non è brutto, è necessario al funzionamento del mondo. È un discorso un po' complicato, poi un giorno te lo spiego meglio, l'importante è che tu sappia che non c'è cattiveria, è la vita, è la natura che funziona così... quindi non devi mai essere triste, ok amore di papà?»

«Oooook!» dice Bianca sollevata. E il resto del pranzo fila più tranquillo, con Ginevra che non dice una parola se non quando nostra figlia reclama la sua attenzione.

Dopo circa mezz'ora, ci alziamo da tavola, e concordiamo con Bianca che ha un'oretta per giocare e poi leggeremo una storia insieme, io per fortuna sono riuscito a spostare la sessione di registrazione a giovedì mattina e le lezioni private oggi ma alle 18.

Poco prima delle 15, Ginevra saluta me e Bianca velocemente e se ne va...

Io e mia figlia abbiamo un'intesa solo nostra, ci *sentiamo*, non abbiamo bisogno di parlare e nemmeno di essere nello stesso luogo per comunicare, perché siamo una cosa sola, ecco. Non che con la mamma lei non vada d'accordo o che non le voglia bene, sia chiaro, ma ho la sensazione che con me sia diverso, e questo un po' dipende dal carattere e dall'atteggiamento più freddo e razionale di Ginevra, un po' dal fatto che nonostante io, fra i due, sia l'unico che lavora, passa molto più tempo con me che con lei, sempre impegnata in qualche telefonata o chat infinita anche quando è a casa. Ma la cosa che più mi riempie il cuore di gioia è che Bianca, esattamente come me, è interessata alle cose semplici, piccole ma preziose. Ama la cucina semplice di mia mamma, le sue fettine panate, le sue patate al forno o il pane bagnato ricoperto di pomodorini freschi, e condito con un po' di olio, sale e basilico. Ama cantare con me, canzoni di quando io stesso non ero ancora nato. Oppure, ai giochi costosissimi che le compra Ginevra, spesso senza anima e poesia, pur non disdegnandoli, preferisce di gran lunga ascoltare una delle storie che invento per lei sulla luna o sulle stelle, o i racconti che costruiamo insieme con le sue integrazioni meravigliose e dolcissime e le sue mille domande. Bianca chiede di continuo "perché", e questo è tipico dei bambini della sua età, ok, ma il bello è che poi è davvero interessata ad ascoltare la risposta, si mette lì, con la manina sotto il mento, e ti fissa, con quei suoi occhi color verde magia e meraviglia, e più gliene dai una seria, sincera e convincente, di risposta, e più lei ti ascolta, ecco perché quando io le parlo, lo faccio sempre come se stessi rivolgendomi a un'adulta, senza quelle cantilene stucchevoli e quasi offensive che spesso vengono usate per parlare ai bambini, ed è fantastico perché tutte le volte che cerco di insegnarle qualcosa, imparo io qualcos'altro da lei, dalle sue reazioni, dalle sue risposte. Io le insegno che le persone che ti amano non ti perdono mai, tornano sempre a prenderti, poi...

E lei mi risponde: «Papo, e allora pecché non 'estano vicino a te e basta?».

9
Ti penso, Sei bellissima, Mi manchi, Perdonami...

La vita di Marzia
Martedì 4 giugno 2019

Quando, circa tre mesi fa, a seguito di un breve ricovero dovuto a una *banale* influenza, mi hanno diagnosticato una lieve forma di miocardite, ho pianto per tutto il giorno, ero terrorizzata, ho passato un'intera notte in ospedale a leggere le cose più terribili sul web: il decorso, le statistiche, le possibili complicazioni... mi sono vista praticamente spacciata!

Poi, col passare dei giorni, e grazie anche al supporto dei miei genitori, delle mie amiche e di Riccardo, ho iniziato ad affrontare la cosa in modo diverso, del resto non mi crea alcun problema, se non raramente un po' di debolezza, qualche dolore articolare alle ossa, come quando hai la febbre e, sporadicamente, delle piccole aritmie che all'inizio mi facevano un'impressione assurda, ora quasi nemmeno le noto. Da quello che ho capito, può derivare da varie cause, infezioni batteriche, funghi, spesso è virale, insomma, boh, nemmeno loro lo sanno bene, o non l'ho capito io, ma in un sacco di casi, mi hanno spiegato, resta uno scompenso leggero, e assumendo antinfiammatori e immunosoppressori ci sono ottime possibilità che regredisca totalmente.

Piuttosto, quello che più mi sta dando da pensare è l'umore di Riccardo, nulla di serio, eh, sia chiaro, ma ha dei comportamenti che proprio non ero abituata a vedere. Tipo mi dice che passa a salutarmi e poi non passa, oppure si scorda di rispondere alla mia buonanotte: mai successo prima!

Abbiamo passato un anno così fantastico, intenso, pieno di attenzioni da parte sua, parole, momenti magici, che adesso anche la minima mancanza pesa come un macigno.

Giulia e Alice invece le conosco da poco ma le sento già dentro, e sono troppo contenta di affrontare gli esami di maturità e la mia quotidianità con loro, e di condividere questa fase della vita che ricorderemo per sempre.

Prima Alice mi ha scritto un WhatsApp con una frase che ha letto su un muro: "Oltre quel muro di paura, te lo giuro, la troverai, dov'è da sempre ad aspettarti: la tua felicità...". E quanta verità in poche parole!

Prima di dormire leggo un post di Rareza:

> Credo che l'amore sia una cosa importante, e lo so che questo potrà suonare banale, ma la verità è che se non avremo il coraggio di tornare a dire cose come "Ti penso", "Sei bellissima", "Mi manchi", "Perdonami", o di occuparci delle persone che amiamo con gesti semplici ma preziosi come scrivere per loro dei piccoli pensieri su pezzetti di carta, comprar loro dei fiori, abbracciarle, rassicurarle sul fatto che alla fine andrà tutto bene... Ecco, allora penso che, presto, sarà davvero tutto perso!
>
> ƐÏЗ
> Rareza

E una pagina del libro di Laura:

Qualcuno, prima o poi, cercherà di farti sentire stupido, ridicolo, a crederci così tanto, a crederci ancora. "Perché solo i bambini credono alle favole."
E allora ti chiederai se ne vale la pena, se non sia sciocco emozionarsi ancora per un bacio al tramonto, quel bacio che ti fa sentire il cuore leggero e i brividi su tutto il corpo.
E tu non dargli retta! Chi svilisce i tuoi sentimenti, probabilmente, ha già perso tutto, ha già smesso di sentire qualunque emozione, è già rimasto senza niente, senza quel brivido sulla schiena che ti fa sentire vivo, senza quel bacio in riva al mare che ti cambia per sempre la vita.
E l'amore è una favola, sì, ma non da bambini, è la favola più vera che esista, la più potente e meravigliosa, e dice che è da bambini chi non è mai davvero diventato grande, chi ha ucciso i suoi sogni, chi è scappato invece di buttarsi, chi non ha avuto il coraggio della felicità.

E diglielo a lei, diglielo che quel bacio ti ha fatto battere il cuore!

Ti giudicheranno senza conoscere nulla di te e della tua vita, e lo faranno senza tatto, senza sapere. Senza dolcezza. Starà a te decidere come reagire, se starci male o fregartene. Se prendertela o ridere di chi ha una vita così poco interessante da cercare di distruggere quella degli altri.

Non permettere a nessuno di intossicare il tuo spazio, il tuo angolo di bellezza!
Guardali in faccia mentre ti giudicano. E sorridi! E poi chiamala, e dille quanto ti manca...

A un certo punto, ti chiederai se le cose in cui hai sempre creduto sono davvero importanti, e capirai che la risposta è già dentro di te, quello che conta è quello che ti fa stare bene, che ti permette di sentirti a posto con te stesso, quello che davvero conta, anzi, è non smettere mai di difenderle, le cose in cui credi, perché sono le più preziose che hai!

Guardati dentro, è tutto ok. E adesso corri verso le tue stelle! Corri verso quel cielo blu notte. Corri sotto casa sua. Dille che la ami. E poi…
… poi portala al mare!

Infine una Buonanotte su Insta:

Buonanotte a te che sei caduta ancora, mentre correvi verso la tua felicità, accanto a quello che pensavi fosse l'amore vero, l'uomo della tua vita, che all'improvviso ti ha fatto lo sgambetto, tradendo te e prima di tutto se stesso. Ecco, lui resterà quello che è, un uomo piccolo, reso piccolo dalla sua stessa meschinità, tu, invece, adesso rialzati, e ricomincia a correre, la felicità è ancora lì, e non ti serve nessuno per raggiungerla! Perché è la tua vita! È la tua felicità!

Mi vengono i brividi e penso subito a Giulia, gliela giro su WhatsApp, sul gruppo che abbiamo io lei e Alice, scrivendole che la amo. Alice aggiunge un cuore. E Giulia risponde che siamo la sua vita, e che senza di noi non sarebbe lo stesso…

Intanto suona Marco Mengoni con *Parole in circolo*…

10
Elefanti gialli, pecore azzurre, gatti verdi

La vita di Lorenzo
Mercoledì 5 giugno 2019

Prima di uscire, preparo la borsa per il padel. Finalmente oggi riesco a fare un po' di sport! Non ho mai digerito la palestra, i pesi, il tapis-roulant, tutti quei tizi che urlano dopo le sessioni di forza, senza parlare di quelle nuove forme *assurde* di fitness tipo il CrossFit che manco dovessero arruolarsi nei Marines! Preferisco l'attività all'aperto, soprattutto quando la stagione lo permette, come il tennis o il running. Mi tengo in forma, ci provo, ma non sono un fissato, ecco... A parte il calcetto, per il quale ho davvero una passione incredibile, e dato che mi diverte così tanto, se proprio fa troppo freddo o piove, sono felice di praticarlo persino al chiuso.

Gioco alle 15.30, oggi Bianca esce alle 16, la passa a prendere Ginevra e fa i compiti con lei, almeno così mi ha promesso...

A pranzo vado da mia mamma, che mi tampina da una settimana, l'ultima telefonata questa mattina. In realtà devo portarci anche Bianca che adora quella casa, tanto distante e diversa dalla nostra, e soprattutto ama passare del tempo con la nonna. Hanno un rapporto speciale ed esclusivo.

«Che fine hai fatto? Non ci facciamo più vedere eh!»

«Mi avevano rapito dei terroristi ceceni, ma poi gli ho spiegato che sei povera, niente riscatto, e mi hanno appena rilasciato, mi hanno pure dato dei soldi, che dolci! Vero, mamma?»

«Sempre spiritoso mio figlio... Comunque se te li hanno dati i soldi, portali che fanno sempre comodo!» e scoppia a ridere.

«Ok, sarà fatto!» e aggiungo: «Vengo a pranzo, ci sei?».

«Sì, sì! Ora sono in giro a fare la spesa con zia Rita, ti saluta!» Poco dopo sento anche la sua voce infatti: «Ciao, bel nipotino mio! Quando passi a salutarmi?».

«Ciao zia! Vengo presto a prendere il tuo caffè buonissimo.»

«Ci conto, bello di zia! Saluta la tua bella Ginevra!»

«Sarà fatto, zia, grazie...»

«Allora a dopo!» È mamma che ha ripreso il telefono, cogliendo la palla al balzo per la consueta dozzina di domande mortali. «Ginevra che fa, sta bene? A casa tutto ok? Ci sono problemi? Ma vieni da solo o porti anche Bianca?»

«Tutto normale, ma'... Comunque oggi sono solo, è a scuola Bianca, esce più tardi. Ok dài, ora devo scappare, a dopo...»

«A dopo, bello di mamma!»

«Oh...»

«Sì, amore, che c'è?»

«Mi fai le fettine panate *fine* con le patatine?»

«Che te possino!»

«Ciao ma'! A dopo!»

Alle 15 esco da casa di mamma, in zona Casal Bruciato, che è il posto dove sono nato e cresciuto e nel quale vivono anche altri miei parenti, lo stesso dove ho conosciuto e combinato mille guai con Valerio e Sofia. Un pezzo di cuore, insomma...

È una periferia un po' grigia, ai margini della città, fatta di palazzoni alti e case spesso popolari, io ci sono stato bene, nonostante le difficoltà, qui per strada vedi ancora i ragazzini giocare a pallone sull'asfalto, invece che essere incollati agli smartphone o a qualche console per videogiochi. D'estate si fanno i gavettoni, e sopperiscono così all'impossibilità di andare in vacanza come altri loro coetanei più fortunati. Si riuniscono sotto i palazzi, sugli scalini, giocano al *torello*, o alla *tedesca*, vanno sugli skate, come facevamo noi, e qualche volta cascano e si sbucciano un ginocchio, ma forse questo poi li aiuterà a comprendere che nella vita bisogna buttarsi, viverla, e che si può cadere e farsi male, ma che poi ci si rialza sempre, ecco, forse questo li fortificherà, lo spero...

Negli anni il quartiere è migliorato, ma resta sempre un posto un po' "complicato", e i giovani, oltre a comprendere che ci si può fare male cadendo sull'asfalto, devono tenere gli occhi e il cuore aperto, qui, perché è un attimo a ritrovarsi nel giro sbagliato, con le persone sbagliate, e poi uscirne è un casino...

Noi siamo stati fortunati, io Sofi Valerio e altri amici con cui siamo cresciuti, avevamo delle famiglie alle spalle che ci stavano col fiato sul collo, ci permettevano di sperimentare, di vivere la strada, perché, a loro volta, loro l'avevano vissuta, ma ci controllavano molto. E poi penso dipenda anche dal tipo di educazione che ricevi; mia madre, che a un certo punto ha dovuto fare anche da padre, amica e un sacco di altre cose, mi ha sempre parlato trattandomi da adulto, anche quando ero poco più che un bambino, lei non poteva esserci con me, sulla strada, perché doveva lavorare per la nostra sopravvivenza, ma c'era un patto fra di noi: lei lavorava e si faceva il culo per entrambi, e io la ripagavo non facendo cazzate. Andando bene a scuola. Impegnandomi nel pianoforte. E così è stato...

All'inizio, dopo la scuola, prendevo lezioni di gruppo con un'insegnante che si fermava apposta, poi la stessa insegnante, Luciana, ha iniziato a venire a casa da me, a farmi lezioni private, perché andavo bene e lei ci teneva che io crescessi davvero. Prendemmo un vecchio pianoforte a muro di cui la parrocchia di zona doveva disfarsi. Luciana, per le lezioni, ci faceva prezzi molto contenuti, un piccolo rimborso spese, diciamo, più che un vero e proprio compenso che non ci saremmo potuti permettere, ma per mamma è stato lo stesso difficile sostenere le spese, e io gliene sarò sempre grato. Ho studiato con Luciana per più di dieci anni, mi ha accompagnato fino al diploma al conservatorio, supportandomi nei vari esami intermedi, da quello più rognoso, almeno per me, di Solfeggio, passando per quelli di Armonia e Storia della Musica.

Dolcissima Luciana...

In pochi minuti sono negli spogliatoi, il centro sportivo è vicinissimo, in un quartiere vicino, Casal Bertone. Lo frequento da una vita, ha tutto quello che serve pur non essendo un posto esclusivo. È tipo una polisportiva privata, semplice ma ben attrezzata, e i prezzi degli abbonamenti sono accessibili. Oggi gli avversari del padel sono tosti, fra i più temibili del centro, li ha voluti sfidare Valerio che è in coppia con me, e lo ha fatto con la solita sfrontatezza, scommettendo pizza e birra.

«Li massacriamo proprio facile!» mi ha detto, quando mi ha comunicato che avremmo giocato contro di loro e che in palio c'era una cena.

La partita dura quarantacinque minuti. Perdiamo 6-1 6-1. Eh, Valerio...

Corro a casa perché ho promesso a Bianca che avremmo colorato insieme il libro degli animali. Anche se sua mamma non è d'accordo, le ho permesso di inventare elefanti gialli, pecore azzurre, gatti verdi. Qualche volta glielo concedo. Voglio che si senta libera di pensare fuori dal mucchio, di immaginare, di volare con la fantasia. Voglio che si senta libera di essere "diversa", di osare, di non rimanere schiacciata sotto il peso di un meccanismo che la porti lontana da ciò che la fa stare bene, incastrata in regole prestabilite, appiattita al giudizio di chi la vuole solo in un determinato modo. Le regole devono esserci, e vanno rispettate quasi sempre. Ma in altri casi, le regole, le dettiamo noi, per primi a noi stessi. Io spero che Bianca capisca subito questo, ci saranno delle volte in cui schemi decisi dal mondo, dalla società, dal buonsenso... dovranno essere rispettati, sarà anzi giusto e doveroso farlo, altre volte, quando la posta in gioco sarà il suo cuore, la sua felicità, quegli schemi dovranno essere fatti saltare, e al diavolo le regole!

Finito di divertirci, Bianca mi chiede se può vedere i cartoni su Netflix, sul mio tablet, e io acconsento. Abbiamo fatto un patto: ogni tre cartoni un breve documentario di approfondimento su temi scelti da lei, che ovviamente non possono essere youtuber, webstar, gamer e cartoni...

Per cena mangio velocemente qualche boccone di spezzatino alla zurighese preparato da Elvira, anche se avrei di gran lunga preferito qualcosa di più semplice tipo le polpette, quelle che adora anche la mia bambina, poi saluto Bianca e vado verso la porta.

Prima di uscire faccio segno a Ginevra di seguirmi, arrivata in corridoio le do un biglietto e un cioccolatino a forma di rosa.

«Ti amo» le dico.

Lei sembra stupita, abbassa lo sguardo, apre il biglietto: "E niente, te l'ho appena detto che ti amo da morire, vero? :)". Mi guarda, sorride e mi abbraccia, senza una parola. Poi mi bacia su una guancia e mi dice: «Scusa...», per poi abbracciarmi ancora.

Io mi godo il gesto, e tutto quello che può significare, e sento sempre più forte che la fine è vicina...

Quando arriva il momento in cui tutto quello che pensavi di aver costruito rischia di andare in mille pezzi, lo senti nello stomaco, senti che sta per succedere, lo sai ancora prima che inizi quel volo. Perché è di sola andata. Un punto di non ritorno. E l'aspetto più doloroso, paradossalmente, è che saperlo non ti serve a niente, non ti aiuta a reagire come vorresti, anzi ti immobilizza, resti lì a guardare il film della tua vita, mentre le cose che credevi più preziose si disintegrano. Perché non è più solo uno scontro verbale, una discussione di quelle che poi rientrano con un bacio o un abbraccio, no, è una distanza, ed è enorme, di quelle che lo spazio e i chilometri non c'entrano niente, quindi incolmabile. Di quelle che ti basta allungare una mano per toccare il suo corpo, ma nessuno slancio, salto o acrobazia ti permetterebbe mai di toccare il suo cuore...

E allora lo capisci che tu non sei Dio, che non hai il controllo su tutto, e che, anzi, sulle questioni più delicate, quelle davvero preziose, quelle dell'amore, tu non puoi proprio nulla, in alcuni casi, perché l'impegno ha senso solo quando c'è davvero qualcosa che può essere protetto, non serve a nulla riparare dal vento un fuoco ormai spento. Perché l'onda che arriva è più grande di te e di qualunque muro tu possa aver costruito, e quando passa, si porta via tutto, lasciando detriti, ferite, cicatrici e vuoti. E allora niente, sei lì, inerme, spaesato, disarmato, e aspetti solo l'impatto, e di essere travolto, chiedendoti, dopo, cosa resterà, e che ne sarà di te…

Tre ore più tardi, chiudo la mia performance al Garage 913, eseguendo, in sequenza, *Senza parole* di Vasco, *Certe notti* di Ligabue, *Sere nere* di Tiziano Ferro e *Libero* di Fabrizio Moro, per concludere con *Pezzi di vetro* e *Luce (Tramonti a Nord Est)*. Quanto amo De Gregori ed Elisa!

Subito dopo aver finito di suonare raggiungo Sofia e come concordato mi fermo a bere qualcosa con lei, e ne approfitto pure per mettere qualcosa nello stomaco. Il locale ha uno stile sobrio ma elegante, sono specializzati nel sushi e in generale nel pesce crudo servito nelle varianti europea e brasiliana.

Sofia indossa un jeans a vita alta consumato e con degli strappi, una T-shirt nera sbiadita, una giacca di lino bianca con le maniche rigirate. E le Dr. Martens ai piedi, che io adoro.

È abbastanza alta, ha lunghissimi capelli biondi e ricci, un po' selvaggi, due occhioni azzurri ed espressivi, resi più interessanti da occhiali grandi e rotondi con la montatura nera e spessa. Ha seni e sedere prorompenti e, lei sostiene, forse a ragione, qualche chiletto in più, che però la rendono sexy. Eppure lei, è evidente, nemmeno riesce a rendersene conto. Tutte le volte, cioè sempre, che mi dice di essere a dieta, cerco di farle capire quanto noi uomini apprezziamo l'abbondanza nelle donne, e quanto lei non abbia bisogno di alcuna dieta. Ma è una battaglia persa…

«Tu che prendi?» le chiedo.

«Io una Coca Zero!» risponde in modo buffo e frettoloso.

«Tu che prendi?» ripeto con finta aria di rimprovero.

«Mmmh... ok, un bianco gelato! Magari un tè verde» e fa la faccia da bambina mortificata facendo sporgere il labbro inferiore.

«Sofia, cos'hai?»

«Devo stare attenta, sto diventando una barca! Ma non so resistere all'alcol!» e fa una risatina con gli occhi da furbetta, trattenuta e coperta da una mano a coprire la bocca.

«Ehi, ma che dici? Ancora con questa storia?»

«Ho i rotoli, guarda!» e indica all'altezza della pancia.

«Io non vedo niente!»

«Non vedi niente perché ho la maglia larga, ovvio. Ma ci sono...»

«Ma smettila! Stai benissimo!»

«Vabbe', tu sei falsissimo, si sa. Ma tanto io dico così e poi non mi limito su niente eh... Prima il godimento, la vita è così breve, troppo breve per inseguire la magrezza e la perfezione!» e batte con il pugno sul tavolo con l'espressione solenne.

«Ecco, così mi piaci.»

«Parliamo di cose serie, hai sentito Davide?»

«Sì, lo vedo domani per una birra sotto casa mia.»

«Novità?»

«Ma niente, aveva paura di essere lui quello in difetto, è troppo buono...»

«Lo dico sempre! Comunque, Valerio ha smesso di fare lo stronzetto?»

«Ma sì, dài, poi smetterà! Sta solo tenendo il punto come i bambini, ma so che è felice che alla cena a casa sua ci sarà anche lui.»

«Ma viene con quella ragazza, come si chiama?»

«Grazia.»

«Oddio, non so, penso di sì» e faccio un sospiro profondo, guardando fuori.

«Ehi, che succede? Non mi sembravi turbato per questa storia di Davide e Valerio.»

«Infatti non lo sono...»

«E allora, che succede?»

«Mah, niente. Ginevra...»

«Cosa?»

«Eh, niente, è fredda, distaccata, e boh, a volte pare disinteressata anche a Bianca, non so cos'ha...»

«Ma sbaglio o... Scusa, non voglio essere indelicata, ma lei è sempre stata un po' così... come dire, poco presente, no? Almeno da quello che posso aver visto io in questi anni...»

«Sì, la nostra non è mai stata una coppia tradizionale, lo ammetto, io stesso con il mio lavoro, le serate, non sono il classico esempio di marito e di padre con il quale tanti di noi sono cresciuti. E poi i filippini, la casa da mille e una notte, lei e le sue amiche viziate... Sì, lo so, siamo strani, ma finora c'era sempre stato un equilibrio, tutto rientrava in un limite accettabile, almeno per me, per noi, adesso c'è qualcosa che non va, si è rotto qualcosa...»

«Senza contare la puericultrice, dài... la puericultrice!» e fa l'espressione un po' dispiaciuta di chi è consapevole di stare mettendo il dito nella piaga ma che proprio non può farne a meno.

«Oddio, quella proprio non ti è andata giù!»

«Ma dài, è assurdo! Cioè, boh, io non mi ci vedrei ad avere un'estranea in casa che dorme in una camera lontana dalla mia con il mio bambino al posto mio, e quando lui si sveglia piangendo perché ha fame e vuole il latte, lei si sveglia, scatta, me lo porta, mi sveglia con delicatezza, senza farmi scomporre troppo, senza che mi si spettinino troppo i capelli, poi mi passa il bambino, io lo allatto a occhi praticamente chiusi, e poi se lo riporta via cambiandolo, facendogli fare il ruttino, cullandolo, smazzandosi il problema di farlo addormentare, e io lì, a riprendere *sonnino*, fra le nuvolette rosa e gli angioletti, come un automa... Dài Lore, con tutto il rispetto per Ginevra, non se po' proprio senti'!»

Rido, non riesco a darle torto, l'ho sempre trovato assurdo e innaturale, soprattutto perché Ginevra non lavora, quindi un aiuto di quel tipo era totalmente ingiustificato. Ma queste sono le follie in cui mi sono cacciato quando mi sono innamorato di lei...

«Lo sai che la penso come te, però Ginevra non è solo questo, è anche altro, e anche il nostro rapporto è, era anche altro...»

«Ma lo so, non fraintendermi, stavo scherzando, la puericultrice in fondo è una sciocchezza... Piuttosto, perché dici che le cose stanno prendendo una brutta piega?»

«Non so, Sofia, tante cose, tante sensazioni degli ultimi mesi, non è un episodio singolo, credo che siamo vicini a un punto di non ritorno...»

«Mi dispiace!» e posa una mano sulla mia.

«Grazie, Sofi, ti voglio bene!»

«A chi lo dici!»

Restiamo per qualche istante in silenzio.

«E tu, che mi racconti? Con quel ragazzo come va?» dico poi.

«Chi, il palestrato? No no, basta! Uff... mi faceva sentire perennemente in difetto! Sempre a fare 'sta palestra, e lo spinning, e la prepugilistica, e il CrossFit. Ma poi attentissimo a tutto quello che mangiava, e l'olio fa male, e una sola oliva sostituisce tutto il condimento del pasto, e con un biscotto prendi già tutti gli zuccheri necessari alla tua intera giornata, e col sale non si eccede, e l'alcol fa ingrassare... Oh, ma vaffanculo va'! Io devo stare tranquilla! Lasciatemi morire in pace, di cibo, dolci, e vodka!» e ride. E rido.

«Quanto ti adoro!»

«Ma che adori tu!? A te piacciono le modelle tutte perfettine, stareste bene insieme voi due, tu e il palestrato! Ah ah!»

«Che stronzetta!»

«Ma certo, è un caso che Ginevra sia così, non stai con lei per quello...»

«Ma che c'entra? Ovvio che conta anche l'aspetto, però non è solo quello dài...»

«Vabbe', dite tutti così, poi noi cicciottelle finiamo a passare le serate sul divano accarezzando un gatto...»

Ridiamo ancora, e mi sento così fortunato di poter scherzare così con una donna. Con complicità, con affetto, prendendoci in giro.

«Sai, quando l'altro giorno mi hai chiesto se ero felice mi hai fatto riflettere molto...»

«Cioè?»

«Cioè sono felice, sì, perché non mi manca niente, ho degli amici fantastici, sono innamorato perso di mia figlia, riesco più o meno a campare con il mio lavoro... Però non sono felice del tutto, non come speravo, non come dovrei. O almeno credo, Sofi, è difficile...»

«Ehi, calma, respira. Qual è il problema allora? Ginevra?»

«Sì e no... Voglio dire, è vero che lei è distratta, che mi vorrebbe diverso forse, e che ultimamente mi trascura perché ha altre priorità, e in fondo le ha sempre avute, perché lei ha una storia diversa dalla mia, una famiglia diversa, esigenze diverse... Ed è questo il punto, sai?»

«Che lei è sempre stata così.»

«Esatto, non è cambiata radicalmente. Ginevra è Ginevra. E io... Io sono uno che ha trovato l'amore e lo ha inseguito, lo ha afferrato e alimentato ogni giorno, ignorando certe differenze, superando gli ostacoli, credendo con ogni forza che tutto sarebbe andato bene... Ma non è così, le differenze rimangono e un giorno dopo l'altro si allargano, le crepe si ramificano, e i piccoli problemi domestici si accumulano. Non dipende da Ginevra, e forse neppure da me... Abbiamo passato anni meravigliosi, strani magari, ma belli, animati da una leggerezza e da una passione incredibili, che però adesso non vedo più...»

«Ti capisco, Lore. Hai paura ed è normale. Forse devi solo dare a te stesso e a voi due una possibilità in più. In ogni caso, io sarò qui, qualunque cosa deciderai. Ti voglio bene, ok?»

Mi abbraccia e mi stringe fortissimo. Dio, quanto ne avevo bisogno.

«Pure se mi fidanzo con un'altra modella perfettina?» scherzo, provocandola con un'espressione da furbetto.

«No! Se ti metti con un'altra modella perfettina ti abbandono in autostrada!»

«Non hai pietà!»

«Vieni qua, scemo, fatti abbracciare un altro po'. Non ti posso vedere così.»

Salutata Sofi, volo verso la macchina, cerco di sbrigarmi, magari Ginevra è ancora sveglia... Prima di entrare in macchina, lancio un'occhiata al telefono, c'è un suo messaggio su WhatsApp, è di mezz'ora fa: "Quando rientri cerca di non fare rumore, per favore, sono rientrata ora, mi sono messa a letto e sto per addormentarmi, ho preso delle pasticche per dormire, avevo un mal di testa assurdo. Magari se non ti scoccia stanotte potresti metterti in una delle camere degli ospiti, così non corri il rischio di svegliarmi. Ti va? Grazie... ♥".

Bellissimo messaggio...

Metto in moto e parte anche lo stereo, su Radio Deejay passano Ligabue con *Certe notti*, come se lo avessi chiesto, come se ne avessi bisogno...

11

Se non ti fa esplodere il cuore, se non mette sottosopra l'universo che hai dentro, se quando ci pensi non sorridi da sola, allora non è amore. Allora puoi farne a meno...

La vita di Lorenzo
Giovedì 6 giugno 2019

«Eccoci!» Davide mi viene incontro nel pub, con le braccia in alto e pieno di entusiasmo.

«Eccoti!» Mi alzo e lo saluto con un abbraccio affettuoso.

«Fantastico il posto, cavolo, avevi ragione!»

«Vero?»

"Ai tropici della birra" è un locale nuovo gestito da ragazzi in gamba e giovanissimi, aperto circa sei mesi fa, si trova in vicolo dell'Orto di Napoli, una vietta che unisce via Margutta, dove vivo io, a via del Babuino, è molto originale perché all'interno ci sono svariate tipologie di piante, anche selvatiche, chiuse in grandi serre che costeggiano i muri e permettono che venga replicato un determinato habitat naturale necessario alla sopravvivenza di una specifica flora, in questo caso tropicale. E c'è un immenso bancone con una trentina di spillatori diversi di birra, tutta artigianale e prodotta da loro, alcune con ingredienti che richiamano i sapori delle tradizioni asiatiche, dal Vietnam alla Thailandia, e anche l'offerta di cibo è ricca di pietanze orientali.

«Sì, assurdo!»

È giovedì, ma il locale, molto grande, è quasi tutto pieno.

«Poi dicono che non ci sono bravi imprenditori, in Italia! Se dessero più spazio ai giovani...»

«Infatti, notavo che sono tutti ragazzi!»

«Uno dei proprietari è quel tipo lì con la maglia verde, ha ventisei anni, c'ho fatto una chiacchierata tempo fa, il suo socio ne ha venticinque, hanno girato mezzo mondo, prima di farsi un'idea...»

«Fantastici!» esclama Davide, con l'espressione incantata di un bambino. Lo conosco da circa dieci anni, abbiamo attaccato bottone a un concerto, siamo entrambi fanatici di Vasco. Poi, in breve tempo, siamo diventati amici e lo stesso è successo con Sofia e Valerio che gli hanno voluto subito bene.

Ha il classico aspetto del bravo ragazzo: castano, con la pelle chiara, gli occhi marroni, grandi e sinceri. Il sorriso dolce e un po' timido. Non altissimo, col fisico asciutto. Un bel tipo, nell'insieme, nulla da dire. Al lavoro veste rigorosamente di tutto punto, in abito blu e cravatta, nel tempo libero invece il suo stile è più semplice e discreto, casual ma sempre ordinato. Ecco, diciamo che Davide è una persona rassicurante, e non solo nell'aspetto. Di lui ti puoi fidare, gli metteresti in mano i tuoi soldi, la tua macchina, la tua donna... È serio, preciso e rispetta le regole, quelle scritte e quelle non scritte. Puntuale, pacato, mai un colpo di testa, una sbavatura. Mai. Niente. Non che io sappia, almeno da quando lo conosco. E a volte mi sento una brutta persona, cazzo, nel sorprendermi a pensare mentre lo osservo, che non saprei dire se tutto questo, se tutta questa sua ineccepibile regolarità, sia esattamente un bene o un male...

«Allora, tutto ok, Davide?»

«Sì, Lore, tutto ok» dice con un sorriso quasi compiaciuto,

poi aggiunge: «Sono felice di aver sentito, mezz'ora fa, Valerio, e mi ha chiamato lui...».

«Ah, bene! E che dice?»

«Ma nulla, ha scherzato, come al suo solito, poi mi ha garantito che per quanto riguarda Grazia non c'erano problemi...»

«Ecco! Finalmente! Certe volte ragiona, allora...»

«Ah ah! Gli ho detto che eravamo qui io e te, a cena, e se voleva poteva passare...»

«Hai fatto bene.» Non finisco la frase che lo vedo spuntare dalla porta d'ingresso. «Eccolo lì!» e lo indico.

Davide si gira ed esclama: «Vale!».

«Che cazzo di posto è, questo?» Sono le prime parole di Valerio mentre fa il gesto di abbracciarci entrambi appoggiando le mani dietro le schiene.

Ama demolire le cose, è dissacrante, irriverente, a volte grezzo e goffo, è quasi una necessità psicofisica per lui, e ha altre mille stranezze, altri mille difetti, ma io lo adoro, perché è il mio migliore amico!

«Che cazzone che sei! Ciao eh!»

«Ah ah!» ride di gusto.

«Questo posto è stupendo, dài!» dice Davide, cercando un po' di clemenza.

«E tu che ne sai di posti stupendi, rubadonne degli amici a tradimento?» e dopo averlo detto resta un attimo in silenzio, fingendo un'espressione seria.

Davide capisce il gioco e scoppia a ridere, io pure e tiro un pezzo di pane addosso a Valerio. «Sei un buffone!»

«Comunque, posso dire? Posso dire una cosa seria?» chiede Valerio alzando il dito, stavolta davvero con la faccia di chi deve annunciare una cosa importante.

«Daje, sentiamo!»

«Non è male qui eh… Però io ho un cugino in Germania che ha fatto un locale così, uguale identico spiccicato, con tutte queste piantine intorno, almeno dieci anni fa!»

«Seeee, vabbe', la solita cazzata! Il solito cugino, zio, amico, nonno, che nessuno guardacaso conosce…»

«Ma secondo te dico cazzate?»

«Non è che dici cazzate, tu… Ecco, nel cervello hai delle idee che non esistono, che non sono mai esistite!»

Davide ride e aggiunge con tono rispettoso ma finemente ironico: «È bello che tu abbia tanti parenti, però, la famiglia è importante…».

Io resto un attimo in silenzio trattenendo una sonora risata sotto i baffi, Valerio guarda Davide e scoppia: «Questa me la segno, altro che donna rubata, questa battuta me la segno! Sappilo, brutto stronzetto!». Poi, visibilmente divertito, fa cenno alla cameriera che vorremmo ordinare.

Prendiamo tre birre e tre bistecche al sangue. E la serata parte alla grande! Anche perché le prime tre bionde finiscono già mentre ce le appoggiano sul tavolo, e ne seguono altre, tante altre…

«Quindi, come ti vanno le cose al lavoro?» domanda Vale a Davide.

«Eh, come dicevo prima a Lorenzo, sto sotto botta, ma oggi, finalmente, abbiamo assunto due dipendenti, e ora tutto dovrebbe normalizzarsi…»

«Meno male!» faccio io.

«E tu?» chiede Davide a Valerio.

«E io che ti dico? Il lavoro va bene, questo mese ho fatto il record di ordini! Tutto alla grande, per fortuna! Sto uscendo con una figa, poi.»

«Sì, bella ragazza, l'ho vista al Plink. Antonella, giusto?»

«Antonella? No... Si chiama Annarita!»

«Ah, avevo capito Antonella, deve essere stato il frastuono...»

«Ma no, quella lì si chiamava Antonella, solo che ora esco con Annarita» e ride forte.

«Sei incorreggibile, Vale, impossibile starti dietro!»

«E dài... e fattela una risata, cazzo!» dice dandomi un colpetto sulla spalla, e poi butta giù un gran sorso di birra. «*Cheers!* Alle donne! Alla figa!»

«Non è che non rido, ma tu mi pari un ragazzino di vent'anni! Ma poi... "alla figa", ma io dico, ma nemmeno un quindicenne lo dice più... Sei tremendo... Ma ti voglio bene, cazzo! *Cheers*, tremendo!» E i nostri bicchieri si toccano, e aggiungo: «Alla figa!» e ancora sghignazziamo come due cretini.

«Sono felice che le cose al lavoro vadano bene, Vale, *cheers*!» si inserisce Davide, sempre gentile e pacato. Io e Valerio ci guardiamo, cercando di trattenerci, ma è impossibile e ricominciamo a ridere senza riuscire a fermarci.

«Ma che cazzo!» risponde Valerio dopo qualche secondo. «Qui si brinda alla figa e tu mi parli del lavoro? Alla figa, Da', alla figa, ripeti con me, dài! Su, ce la puoi fare!» Valerio resta con il bicchiere alto in mano e si sporge verso quello di Davide che resta lì un po' imbambolato ma divertito, e giù ancora risate, io davvero non riesco a fermarmi, sarà anche l'effetto dell'alcol, o il fatto che ho davvero bisogno di ridere come un adolescente, di dire cose stupide, puerili, di scaricare tutta questa "cosa" che sento dentro, tutta questa tensione, mista a tristezza, che mi pervade in modo latente da troppo tempo...

«Davide, perdonaci, siamo delle bruttissime persone!»

abbozzo delle scuse con le lacrime agli occhi. Valerio non schioda, continua a guardare verso Davide, sperando in una resa, in un cedimento… e dopo qualche secondo di silenzio: «Alla figa! Che Dio la benedica!». Incredibilmente, stavolta è Davide a pronunciare queste parole, in modo sobrio, pacato, educato, ma nettissimo!

«Evvaiiii!» si alza Valerio.

«Sìììì!» mi unisco.

«Amen!» sentenzia Davide, in piedi con noi.

E mentre la serata volge verso la fine, nel bel mezzo dell'ennesima cazzata detta da Vale alla quale ridiamo tutti, anche perché siamo al punto che qualunque fesseria ci farebbe ridere e sollevare i calici al cielo giustificando il successivo giro di birra, ecco, proprio in quel momento lancio la mia bomba: «Oh, le cose mi vanno proprio di merda con Ginevra, sto male da morire, ci stiamo per lasciare! *Cheers*!».

Silenzio. Gelo. Anche Valerio che in genere è abituato a non lasciarsi scoraggiare da nulla quando è il momento di fare il coglione, ecco, anche lui resta pietrificato, e mi fissa, mi fissano entrambi.

«Caspita, sono costernato! Non immaginavo…» dice Davide sommessamente.

«Cazzo!» esclama Valerio, e in quel "cazzo" c'è tutto un mondo di dispiacere sincero, che leggo anche nei suoi occhi.

«Non ve ne ho mai parlato, perché forse non volevo vederlo nemmeno io, non volevo ammetterlo a me stesso, ma le cose non vanno, lei non mi ama più…»

«Ma te lo ha detto?» chiede Davide.

«Non è necessario, certe cose si sentono, si sentono dentro, sono lì, davanti agli occhi, basta avere il coraggio di volerle riconoscere…»

«Porca puttana» sussurra Valerio, e poi aggiunge: «Oh, non che mi sia mai stata troppo simpatica eh...».

«Valerio!» lo riprende Davide.

«Ehm... scusa!»

«E ora che si fa?»

«Se lo sapessi» dico, mentre sento scivolare via l'ultimo briciolo dell'ilarità che ha animato la serata.

«Noi saremo qui in ogni momento» promette Davide, e anche se lo sapevo già, perché lui è la persona più affidabile che conosco, mi fa piacere sentirglielo dire.

«Sempre!» conferma Valerio, passandomi una mano dietro le spalle, come un fratello. «Nel frattempo, direi che un altro giro di birre non ce lo toglie nessuno, no?»

Quando sono sotto casa ricevo un messaggio di Marzia su WhatsApp: "Ciao Amico, come stai? Ti voglio bene, lo sai?".

Le rispondo mentre salgo le scale: "È bello sentirtelo dire, davvero... E anche io te ne voglio un casino, lo sai?".

Poi, dopo averla salutata e averle augurato la buonanotte, mi metto a leggere il suo stato su WhatsApp:

> Se non ti fa esplodere il cuore, se non mette sottosopra l'universo che hai dentro, se quando ci pensi non sorridi da sola, allora non è amore. Allora puoi farne a meno...

In effetti è una frase bellissima, semplice ma stupenda.

Oltre che vera. Forse troppo, troppo vera...

Cagliari
23 luglio 2019, ore 18.18

Eppure avrei scommesso sul fatto che tutto sarebbe ripartito come nulla fosse. Invece niente, quel gran frastuono, quel gran rumore, poi il silenzio surreale, come in una bolla, come se da un momento all'altro questa bolla dovesse esplodere per permettermi di tornare a essere quello che sono, a fare quello che so fare, l'unica cosa che so fare... Io sono nato per questo, non potete permettere che finisca così!

12
Tu sei le notti stellate del mio universo

La vita di Marzia
Giovedì 6 giugno 2019

Fra due giorni sarà il comple di Ric! E fra due settimane iniziano gli esami! Che ansiaaa!

Ho sentito Sally al telefono, mi ha dato tanta carica, dice che tra lei e Paco le cose vanno bene, e che si trova molto meglio lì a vivere, se non fosse per la distanza da me... Le auguro davvero tutto il bene del mondo. Mi ha detto anche di aver parlato con Benedetta e Geggy, che ormai a Londra stanno alla grande, studiano e lavorano in un ristorante, e si vorrebbero sposare lì! Devo assolutamente sentirle anche io!

Con Giulia e Alice ripetiamo spesso, ci stiamo preparando meglio che possiamo. Durante l'anno, a scuola, ci hanno fatto simulare più volte le due prove scritte, ce la siamo cavata tutte e tre discretamente, a parte matematica... Ma la cosa che mi terrorizza sul serio è l'orale, con le tre buste da scegliere, non si sa su cosa prepararsi di più, se non su tutto! E poi mi auguro di non andare nel panico e di riuscire a organizzare e argomentare il percorso che loro definiscono "multidisciplinare". Speriamo bene...

Ieri sera siamo state sulle scalinate sotto casa mia, le solite, le nostre scalinate... E niente, abbiamo fumato erba, io lo faccio molto meno di prima, ma qualche volta non disdegno, anche Giulia e Alice non sono consumatrici compulsive, ma ci sta ogni tanto, e che cazzo, abbiamo diciotto anni!

«Garbatella è davvero il quartiere più bello del mondo!» ha detto Alice mentre soffia il fumo verso il cielo rosa.

«No vabbe', pensavo la stessa cosa qualche giorno fa, giuro! C'è un'atmosfera magica, la tipologia degli edifici, i colori, gli alberi, le luci, è stupenda, ti sembra di essere in un film, e adoro anche questa sua connotazione popolare, la rende vera, malinconica, autentica, le regala quel sapore di vissuto, di storia, di fatica, di amore... Qui è pieno di poesia!»

«Ohi, amica, sei una di noi da sempre, tu, perché sei una di noi nel cuore... Non conta dove si nasce o quanto si possiede, conta come siamo dentro, quanto si è belli qui» ha aggiunto Giulia, indicandomi con il dito il petto.

Comunque dopo abbiamo detto una marea di cazzate, abbiamo parlato di uomini, di sesso, Giulia ha raccontato di un'avventura troppo imbarazzante che ha avuto con un tizio mesi fa, e siamo state mezz'ora piegate a ridere.

«Ma voi ci credete all'amore?» ho chiesto io.

«Io sì, è lui che non crede in me!» ha risposto Giulia, prima di fare il suo tiro.

«Secondo me, non bisogna aspettarlo, o cercarlo, quando arriva arriva...» ha detto Alice.

«E fino a che non arriva ti diverti!» ha urlato Giulia.

«Esatto!» ha sottolineato Alice ridendo, con quella frangetta da furbetta...

E io mi sono alzata e ho battuto loro il cinque. «Io ho sempre ragionato così, sorelle!»

«Ma adesso quanto sei innamorata, cazzo?!» ha detto Giulia ridendo.

«Un sacco! Troppo! Non potrei vivere senza Riccardo!» ho ammesso.

«Cavolo, che bello...»

«È bellissimo, sì...» ha detto Alice, per poi aggiungere: «Però secondo me tu puoi vivere anche senza di lui, tu puoi vivere senza chiunque, sempre, tu sei tu, non hai bisogno di nessuno...».

Siamo rimaste un attimo in silenzio io e Giulia, e l'abbiamo guardata pensierose, quasi come fosse un marziano. Poi Giulia ha detto: «Ok, toglietele la droga!». E siamo scoppiate di nuovo a ridere!

«Cazzo, gli esami sono dietro l'angolo!» ho detto io tornando seria e cambiando discorso.

«Oh, ma avete deciso di rovinarmi la serata?» ha protestato Giulia tirandosi in piedi sugli scalini. «Dammi questa canna, mi avete fatto venire la depressione fra quella che fa la filosofa e questa che fa terrorismo parlando degli esami... la vita è bellaaaaa!» ha urlato forte alzando le braccia al cielo. «*... Come due spari nel weeeeeest... come due spari nel weeeeeeeee-ee-eee-st!*» ha cominciato a cantare *Maradona y Pelé* dei Thegiornalisti, che pazza... Dopo un attimo ci siamo alzate anche io e Alice e le siamo andate dietro... Io ho ripreso tutto con il cellulare e ho sparato quattro video nelle Storie di Instagram... dove ci siamo noi, felici, un po' sballate, che cantiamo, balliamo, saltiamo, sugli scalini più magici del mondo, e il mondo, in quel momento, appariva pieno di riflessi bellissimi! E io, io… io sono la ragazza più fortunata del mondo, perché ho una bella famiglia, ho Riccardo, e delle amiche stupende…

Appena rientrata a casa, mentre ascoltavo *Simili* di Laura Pausini, ho postato un selfie di noi tre, abbracciate, e mi sono commossa troppo a vedere quanto ci amiamo, e sotto, nella didascalia, ho scritto:

> Amiche speciali.
> Non siamo solo amiche, siamo molto di più. Siamo sorelle, confidenti, complici, amanti in un certo senso. Perché non ci vogliamo solo bene, fra noi c'è amore, quello vero, quello puro. Quello che ci permette di ridere, piangere, difenderci e supportarci sempre, davanti agli altri, per poi dirci le cose come stanno, in privato, con schiettezza, a volte con un po' di rabbia, forse… ma pur sempre con amore. È anche grazie a questo che si cresce, insieme, senza perdersi mai.
> Ognuna c'è per le altre perché senza una sola di noi, il mondo avrebbe meno senso, sarebbe meno bello.
> E poi… il mio dolore è il vostro dolore, lo sento. E il vostro dolore è il mio dolore, lo sapete. E così pure per la gioia, per i successi, per gli attimi di felicità!
> Noi ci siamo sempre, anche nei momenti di paura che ogni tanto si affacciano nella nostra vita, per i tradimenti che dobbiamo affrontare, per quei colpi che ci spaccano il cuore, quelli che senza amiche come voi, oh… io non lo so mica come si potrebbero affrontare. Io non lo so mica se poi se ne uscirebbe da tutto quel buio!
> Voi siete amiche speciali, perché il vento non cambia mai il

modo prezioso e unico col quale mi guardate e mi proteggete. E il vento, lo voglio urlare, non potrà mai cambiare il mio sguardo attento su di voi, quello col quale vi vigilo anche da lontano, quello che mi serve per osservare il vostro viso, gli occhi, per cercarci tracce del vostro stato d'animo, per guardarvi dentro, per capire come state, se siete felici, se è vero che è tutto ok. È tutto ok? È tutto ok? Lo voglio sapere! Io voglio sapere sempre come batte il vostro cuore, come va la vostra vita, se c'è qualcosa che vi affligge, chi vi fa soffrire. Voglio ballare e cantare a squarciagola *Arrogante* di Irama insieme a voi, come se non ci fosse un domani, come se bastasse la musica e la vostra presenza ad annullare le schifezze di questo mondo che a volte ci intossica. Voglio saltare e ballare sulla spiaggia tutte insieme, mentre ci riprendiamo col telefono per sparare in diretta su Instagram la felicità di esserci sempre l'una per l'altra, contro tutto e tutti. Perché lo deve sapere il mondo intero chi siamo noi: amiche speciali.

A pranzo sono passata a salutare Ric sotto casa sua, a Casetta Mattei, siamo stati un po' in macchina, abbiamo parlato del più e del meno, l'ho visto fiacco, giù di morale.

«Ehi, hai voglia di parlarne? Hai un faccino, amore mio, sei triste?»

«Ma no!» ha risposto lui. «Sono solo stanco, al lavoro corro come un pazzo e qui a casa c'è sempre qualcosa da fare o da aggiustare.»

«Mi dispiace, amore mio… tanto il giorno del tuo comple dormiamo insieme e ti riempio di coccoline e carezze, e poi ti faccio rilassare io…»

«Quanto sei dolce…» mi ha detto prendendomi la mano.

«Ti amo! Prometti che se mai avrai un problema me ne parlerai. Voglio essere la tua donna, la tua fidanzata, la tua amica, la tua spalla. Voglio essere tutto, per te, ok? Prometti?»

«Prometto!» ha detto lui abbassando gli occhi per poi baciarmi. «Ora devo rientrare che stiamo finendo di sistemare alcune cose.»

E quindi sono andata.

Visto che ero lì ho mandato un messaggio a Paco, che abita nello stesso palazzo, al piano di sotto, per sapere se per caso fosse nei paraggi, e sono riuscita a beccarlo proprio mentre usciva con la Vespa per andare da Sally. Ci siamo salutati con affetto, l'ho trovato in forma, sereno, innamorato. E sempre bellissimo.

Quindi sono andata a via Ostiense, dove insegna Lorenzo, e abbiamo provato per l'ultima volta la canzone.

«La suoni e la canti meglio di me! Giuro!» mi ha detto.

«Davvero?» ho chiesto io emozionatissima e insicura.

«Te lo giuro, Marzia, sarai una bomba!»

«Lore, grazie, davvero, spero un giorno di potermi sdebitare!»

«Se lo dici un'altra volta non ti rivolgo più la parola eh!»

«Ginevra è proprio una donna fortunata...»

«Oddio, dovresti chiederle se è d'accordo...» ha risposto Lorenzo sarcastico.

«Non ho bisogno di chiederglielo, lo so, è così, e non può che esserne cosciente anche lei!»

Poi mi ha abbracciato con dolcezza, e io ho sentito una volta di più quanto affetto c'è tra noi.

In più è così figo, cazzo, con quei capelli lunghi, gli occhi verdi, la barba incolta, con quel suo stile un po' trasandato, da artista, se fossi single e avessi dieci anni di più, lo corteggerei senza pudore, cercherei di portarlo via a Ginevra che è bellissima, sofisticata, ok, però secondo me vive su un altro pianeta, non si rende del tutto conto di chi ha accanto...

Ora sono casa, è quasi l'una, ho studiato tanto, ho mangiato in camera un panino senza nemmeno scendere, me lo ha portato su mamma, che si è seduta un po' sul letto con me e mi ha coccolato facendomi le carezzine sulla schiena come quando ero piccola. Quanto le adoro! E quanto adoro lei! È una donna e una mamma speciale, è la mia mamma! E le sue mani sulla mia schiena, calde e amorevoli, sono l'espressione più potente, dolce e naturale della vita stessa, una medicina per qualunque dolore...

Studio ancora mezz'ora poi mi fermo. Che stress, non vedo l'ora che finisca questa storia!

Prima di dormire leggo una pagina di Laura:

> Succede spesso, le persone ci sottovalutano, soprattutto quando diamo molto e ci mettiamo il cuore, dovremmo ricevere amore, ma quasi sempre invece, in cambio, riceviamo indifferenza, mancanza di rispetto, mancanza di considerazione. Come se il fatto di essere comprensivi e generosi fosse preso come un segnale di debolezza, come se la nostra sensibilità anziché essere un piccolo tesoro da proteggere, divenisse il bersaglio proprio di quelle persone che invece dovrebbero amarci. Come se questo mondo, che a volte non comprendo, girasse al contrario, con una logica perversa, premiando quelli che se ne fregano, quelli che pensano solo a se stessi. Valorizzando

l'apparenza e le cose superficiali, prendendosi gioco dei sentimenti di chi ama in modo profondo senza tattiche, mezzucci o strategie.
Essere egoisti, un po' furbi, giocare col cuore degli altri, in questo mondo alla rovescia, ti rende un "vincente".
Sii così, e sarai amato!

Poi un post di Rareza:

Baciamoci così, come se tutto stesse per finire, come se il nostro amore avesse una durata, come se il "per sempre" non esistesse. Anche se io ti amerò per sempre.
Baciamoci così, sospesi fra il cielo e la magia, come se baciarci fosse la cosa più importante del mondo, come se il resto, tutto il resto, fosse solo uno sfondo...
Baciamoci così, amore mio, perché baciarci è la poesia più bella del mondo, è l'emozione più forte di tutte, è l'incantesimo che illumina la nostra vita quando finisce al buio.
Baciamoci così, come non ci siamo baciati mai, come se dovessimo ripartire da zero, come se fosse il primo bacio, perché io ti amo ogni giorno come se fosse il primo giorno, e ti bacio ogni volta come se fosse la prima volta.
E allora baciamoci così, adesso, su questo marciapiede che profuma di vita, perché domani potrebbe essere tardi, perché le cose belle, quelle a cui teniamo davvero, dobbiamo farle subito, con gli occhi chiusi, col cuore in gola, abbracciati stretti stretti, staccando i piedi da terra, perché quando ci baciamo così, noi voliamo...

ƸӜƷ
Rareza

Ancora Laura, su Instagram, con una Buonanotte:

> Buonanotte a te che avevi solo bisogno di un abbraccio che ti scaldasse il cuore, di una parola che ti salvasse, di una mano che ti aiutasse a rimetterti in piedi. Guardati, ti sei rialzata, ancora una volta, e ancora una volta da sola e più bella di prima, più forte di prima. Buonanotte a te, che hai dimostrato al mondo cosa fa una donna per farcela: semplicemente, si alza, si guarda intorno, si guarda dentro, sorride, e poi continua per la sua strada. E ce la fa...

E infine scrivo di nuovo a Ric che non ha nemmeno visualizzato il messaggio precedente, povero, lo fanno proprio trottare al lavoro: "Ti amo troppo, amore mio. Mi manchi come l'aria. Buonanotte a te...".

Che poi io per dire quando tu mi guardi con quegli occhi che non sono occhi, sono la più grande e meravigliosa forza di gravità dell'universo, ecco, quando lo fai, io mi sento il cuore che sbam, mi stendi, capisci? E guarda, io vorrei, ma non te lo so nemmeno spiegare che effetto mi fa, forse la parola giusta è magico, o straordinario, o speciale.

Tu sei Occhi, per me.

Tu sei effetto speciale, per me.

Tu sei una corsa a perdifiato sulla sabbia all'ora del tramonto.

Sei il sole giallo col sorriso e le nuvole rosa nei disegni dei bimbi.

Che poi io per dire quando tu mi dici "Mi sei mancata", dentro mi scoppia un'esplosione nucleare, anzi, più forte, tipo un big bang, il big bang del mio universo.

Tu sei le notti stellate del mio universo.

Tu sei il cuore, il cuore del mio universo.

Tu sei un orario solo nostro, un fuso a parte. E l'ora esatta è sempre quella quando ci baciamo, e l'ora giusta, è giusta solo quando stiamo insieme.

Che poi io per dire quando facciamo l'amore, ecco, Dio!, quando lo facciamo sento che il mio corpo si fonde col tuo, mi viene da piangere per l'emozione,

mi
sento
sulla
luna,
su
Giove,
io
volo
quando
lo
facciamo.
E
tu
sei
così
dolce,
quando
lo
facciamo.

Che poi io per dire lo so che non può essere amore senza sentire il cuore in gola, senza trovarsi capovolti a guardare il mondo sottosopra fra le nuvole e le stelle, lo so che non è amore senza le montagne russe e le rincorse, senza quel senso di vuoto e di paura che poi chiamiamo gelosia, senza sbagliare di continuo, trasformando qualunque errore nella cosa più giusta e meravigliosa della nostra vita.

Che poi io per dire lo so che sei tu questa cosa, tu sei la cosa più giusta e meravigliosa della mia vita...

E intanto suona una playlist su Spotify che mi accompagna da Morfeo...

Gemitaiz con *Veleno 7*
Gemitaiz (feat. Venerus & Franco126) con *Senza di me*
Coez con *Ali sporche*
Achille Lauro (feat. Boss Doms, DJ Pitch & Gow Tribe) con *Zucchero*
Coez con *Vorrei portarti via*
Coez con *Domenica*
Ultimo con *Piccola Stella*
Ultimo con *Pianeti*
Ultimo con *Ti dedico il mio silenzio*
Alessandra Amoroso con *La stessa*
Thegiornalisti con *Felicità puttana*
Gué Pequeno (feat. Frah Quintale) con *2%*
Tiziano Ferro con *Sere nere*
Tiziano Ferro con *Il regalo più grande*
Fabrizio Moro con *La felicità*
Francesco Renga con *Il mio giorno più bello nel mondo*
Francesco Renga con *Era una vita che ti stavo aspettando*
...

13
Mano nella mano, tutto era possibile

La vita di Lorenzo
Venerdì 7 giugno 2019

«Bianca, guarda che cielo stellato! Non ti sembra una magia?»

Apro la finestra in salone, per permetterle di respirarlo un po', quel cielo delle meraviglie, come se, senza il vetro, lei potesse farsela scorrere nei polmoni, sotto la pelle, tutta questa magia. E forse lo stesso miracolo lo invoco anche per me...

«Wooow!» esclama la mia piccola principessa prendendomi per mano e facendomi esplodere il cuore.

«Hai visto quante stelle? E guarda che luna!»

Bianca resta lì, in silenzio ora, a osservare incredula, è sempre stata attratta dal cielo, e dalle stelle, e io vorrei tanto potergliene parlare, ma so poco o nulla di astronomia, a parte le costellazioni che ho creato, quando avevo diciotto anni, con le stelle adesive fosforescenti nel soffitto della mia cameretta a casa di mamma, perché ne sono stato sempre attratto, come Bianca, pur non sapendone assolutamente nulla... Però so che esiste una canzone che si chiama *Fly Me to the Moon*, scritta da Bart Howard e diventata famosa grazie a Frank Sinatra.

«Significa "fammi volare fino alla luna"» le spiego.

«Ma non si pò volare fio alla 'una» dice Bianca allargando le braccia.

«Ma certo che si può, amore! Ci sono due modi: il primo, con una navicella spaziale, ma questo è il modo più noioso, quello che usano tutti... E poi ce n'è uno che è solo per pochi, ed è molto più bello...»

«Me 'o dici, papi?»

«Davvero lo vuoi sapere?»

«Sììì!» e fa sì anche con la testa, la mia dolce principessa, continuando a tenermi per mano.

«Però deve rimanere un segreto fra me e te, ok?»

«Ok!»

«Giurin giurello?»

«'urin 'urello!»

Me la mangerei per quanto è dolce e sensibile...

«Vieni qui, avvicinati, che te lo dico in un orecchio come si fa a volare sulla luna senza navicella spaziale» e mi inchino per parlarle sottovoce, mettendo entrambe le mie mani a protezione del segreto, lei è lì che aspetta con grande ansia e curiosità, felice di condividere un segreto con me, «... col cuore!»

Mi guarda senza capire, con i suoi occhi stupendi, verdi come i miei, ma molto, molto più belli...

«Co' cuore, papo?»

«Sì, amore, con il cuore... Ricordati, se lo userai potrai andare ovunque, non esiste nessun viaggio che non si possa fare col cuore, non c'è nessun pensiero che non si possa toccare col cuore, con il tuo cuore puoi fare tutto quello che desideri, andare ovunque, essere te stessa, che è la magia più grande... Usa il cuore, amore di papà, sempre, e sarai felice!»

«Vi state rivelando il segreto dell'universo?» È la voce di

Ginevra, appena entrata in salone. Sarà stata due ore al telefono con le sue amiche...

Io guardo Bianca, sorridendo, facendole l'occhiolino, e poi le faccio il segno con l'indice in verticale sulle mie labbra, invitandola a non parlare, a mantenere il segreto... Lei, con complicità, ricambia il sorriso e annuisce divertita e felice.

«Che fai, me la metti contro? Non mi pare carino che le chiedi di non dirmi qualcosa, fosse anche per gioco... Non trovi, amore?» dice con un tono un po' aggressivo e ostile.

Io mi alzo, dopo aver fatto una carezza sul viso a Bianca, e poi le vado incontro. Quando le sono attaccato, a bassa voce rispondo: «A me, quello che non sembra carino, è che usi questo tono davanti alla nostra bambina! Eravamo in un momento di tenerezza e, l'hai detto tu stessa, la cosa del segreto era solo un gioco, un attimo di complicità fra me e lei che magari avrebbe riguardato anche te se ti fossi avvicinata con un altro spirito... e questo tuo modo di fare, ho paura che possa turbarla. Cerca di essere più dolce, mettici più amore nel tono della voce quando c'è Bianca! Che ne pensi? Ti va?» dico usando dolcezza, nonostante sia un po' irritato, e poi la guardo sorridendo, e le do un bacio sulla guancia. Infine aggiungo: «E la stessa cosa, il tono amorevole, l'amore... be', non dispiacerebbe nemmeno a me». E le sorrido ancora abbracciandola, dandole un altro bacio, questa volta sulle labbra.

«Ok, hai ragione, scusami» risponde Ginevra abbassando lo sguardo, ricambiando l'abbraccio frettolosamente per poi girarsi verso Elvira e chiederle cosa abbia preparato per cena. Bianca ci guarda, prima seria e preoccupata, come se avesse avvertito un pericolo, poi esplodendo in un fantastico sorriso quando ci vede abbracciati.

«Non lavori questa sera?» mi chiede Ginevra, senza guardarmi, mentre si china sulla padella per sentire il profumo del sugo di Elvira.

«No, questa sera riposo! Dopo cena devo fare un salto da Marzia, per sentirla suonare l'ultima volta il pezzo che vuole dedicare al fidanzato per il suo compleanno, che è domani... è tremendamente emozionata!»

«Ah ok» risponde, in modo abbastanza distaccato, ma non ostile.

«Perché me lo chiedi? C'è un motivo particolare?»

«No no, era solo curiosità. Io invece mangio un boccone e poi avevo pensato di uscire, Ilaria e Teresa mi hanno chiesto di raggiungerle, c'è l'inaugurazione del locale di un nostro amico, è in un palazzo ducale del Seicento, di proprietà della sua famiglia, dietro piazza Navona, deve essere molto chic! Credo che andrò...»

«Capisco... Figo! Ok...»

«Bianca starà con Elvira solo per un po', tanto tu con la biondina non credo ci metterai molto, giusto? Anche perché è una vita che la prova questa benedetta canzone, ormai saprà farla a occhi chiusi» dice e ride.

«Sì sì, amore, starò poco... Comunque quando c'è l'emotività di mezzo non basta essere molto preparati, studiare tanto, imparare le cose a memoria, e via dicendo... L'emotività, la sensibilità, l'amore... sono cose meravigliose, ma possono giocarti brutti scherzi! E io trovo stupendo che lei lo stia facendo, che stia sfidando le sue fragilità, per amore!»

«Ma sì, sì, era per dire...» e ridacchia ancora.

«Sono cose che dovremmo proteggere anche noi! Non solo i diciottenni...»

«Mah... a una certa età si cresce e si guarda al mondo con

gli occhi di un adulto, con maturità, con concretezza, non si vive di sogni ed emozioni, Lore...»

«E di che si vive?» le chiedo con un pizzico di provocazione.

«Anche delle cose vere, reali! Oltre all'amore... Comunque ora ho una fame assurda! E tu, Bianca, amore di mamma, non hai fame?» si gira verso la bambina che urla di sì, che ha tanta fame. Cambiando discorso, e smettendo di parlarmi.

Nel frattempo Elvira e Ivan hanno preparato la tavola, la cena, tutto. Serviti e riveriti. Come sempre.

Ci sediamo e mangiamo. Ma io non smetto di pensare a quanto è diventata fredda, razionale, distaccata. Lo è sempre stata un pochino, ma io ricordo molto altro, ricordo momenti di dolcezza, di romanticismo, e non solo da parte mia, lo era anche lei, a modo suo, con quel suo stile un po' british, ma lo era, e ora? Adesso? Cosa siamo diventati? Dove ci ha portato il vento? Oltre a essere serviti e riveriti in questa casa lussuosa, durante le vacanze da mille e una notte che cozzano terribilmente con le mie entrate, ecco, oltre a tutto questo, a queste dissonanze emotive che sento nel cuore, oltre a Bianca, la bambina più dolce, bella e sensibile del mondo, cosa siamo? Chi è Ginevra? Chi è la madre di mio figlio? Chi è mia moglie? Dov'è la donna che dovrebbe essere fiera di me, sostenermi, guardarmi con gli occhi dell'amore, emozionarsi insieme a me davanti a momenti di bellezza e romanticismo come il gesto di Marzia, invece di riderne? Mi sento così triste, così solo, ora...

Appena finito di mangiare il primo, Ginevra si alza dicendo: «E niente, ho fatto un po' tardi, mi lavo i denti e devo scappare! Scusatemi. Ciao amore mio!».

Abbraccia Bianca e le dà un bacio.

«Mammina, pecché 'ai via?» chiede lei con un visetto abbattuto.

«Perché ho un impegno con delle persone, tesorino, ma torno presto!»

«E 'oglio venie con te...»

«Amore, non puoi, perché sono tutti grandi. Torno presto presto, prometto!»

«Pesto pesto?» chiede con un ritrovato e dolcissimo sorriso.

«Sì, amore! Presto!» ripete Ginevra dirigendosi in camera da letto. Bianca la osserva girare l'angolo, poi guarda me, e io lei.

«Più tardi continuiamo il discorso delle stelle eh!» le dico a bassa voce.

«Sììììì!» urla con entusiasmo.

Dopo dieci minuti Ginevra torna, dà un bacio a Bianca e uno veloce a me. «Scappo!»

In un attimo è fuori di casa. Lanciata verso la sua festa di inaugurazione molto chic.

Da Marzia sto realmente dieci minuti, l'esecuzione è perfetta.

«Giuro, mi hai emozionato!» mi complimento.

«Dài! Davvero?»

«Davvero! Domani sarai perfetta, sarà perfetto, ed è meraviglioso quello che stai facendo per lui... Spero che se ne renderà conto! Ma non ho dubbi...»

«Oddio, grazie, Lore, ci tengo tanto a questa cosa! Lo amo troppo, farei di tutto per lui! Senza Riccardo mi sento incompleta... ecco, è questo, lui mi completa!»

Rifletto su questa cosa di essere completi grazie a qualcun altro, ma evito di dire qualunque cosa, anche perché al momento sono l'ultimo che può parlare di questa roba... Quindi abbraccio forte Marzia, facendole di nuovo l'in bocca al lupo, e vado.

Mentre guido per rientrare mi chiama Sofia, per un saluto veloce. Ha appena staccato, dice che oggi sono arrivati un sacco di libri nuovi da esporre e sistemare, ed è distrutta. Povera...

Attacco con lei e vedo un WhatsApp di Valerio: "Pensavo: senza i porno sarebbe un mondo più grigio, non sei d'accordo? Ahahahah!".

Il solito... Gli rispondo con un vocale: "Ma io che ho fatto di male per avere un amico demente come te, eh?".

Lui replica con una emoticon, quella sbruffona con gli occhiali da sole e il sorriso sicuro. Quella, in fondo, divertente come lui...

Dopo venti minuti sono di nuovo a casa. Trovo Bianca ad aspettarmi per parlare delle stelle, della luna, del volo d'amore... Le propongo di parlarne a letto, mentre le faccio le carezzine sulla testa, il suo debole. Ovviamente fa i salti di gioia.

Dopo mezz'ora è nel mondo dei sogni. Invece io sono ancora lì, a farmi mille domande, a cercare di guardare in faccia le cose che mi terrorizzano... Mentre Ginevra si starà divertendo con i suoi amici di classe, alla festa chic nel palazzo ducale, senza il minimo pensiero... vero, Ginevra?

Ecco... Abituarmi a guardare un amore immenso con uno sguardo sempre più freddo, sempre più distaccato, sempre più glaciale. Mi hai insegnato, con dolcezza e tanta classe, questo, tu. Mi hai mostrato come fare, con tanta pazienza, senza scomporti mai. Mi hai insegnato a spegnere lentamente il sorriso, l'entusiasmo, la gioia e la voglia di credere che insieme, mano nella mano, tutto era possibile. Che poi, ok, il sentimento che guardavamo mi pare chiaro che non fosse lo stesso, ma è un dettaglio. Ché lo sguardo glaciale opera con le stesse modalità, a prescindere da quanto sia grande l'amore. E da quanto batta forte il cuore.

Ricevo un messaggio di Marzia: "Grazie ancora di cuore per quello che hai fatto per me in questi mesi, e per le parole di questa sera! In cambio, ti lascio delle parole che mi hanno fatto emozionare tantissimo e, conoscendoti, so che emozioneranno anche te, è ancora lui, Rareza":

> Credo che in amore e nei rapporti, davvero, nessuno possa emettere sentenze o ambire a definizioni assolute e definitive. Capita di ferire involontariamente, capita di soffrire, e ognuno soffre a modo suo, ognuno adotta le sue strategie emotive contro il dolore. E nessun dolore è più o meno degno o più o meno grande di altri dolori. Il dolore di ognuno vale come quello degli altri, ha la stessa dignità e importanza. E qualche volta abbiamo difficoltà a capirlo, a comprenderlo, a sentircene parte. Semplicemente perché per capire davvero qualcosa, non sempre, ma spesso, la devi vivere, su questo non ci piove. Ma quando, in un rapporto di amore, uno dei due chiede all'altro di evitare di fare o dire specifiche cose che lo fanno stare male, che gli fanno provare dolore, cose magari apparentemente insignificanti e innocue agli occhi dell'altro, ma non per chi le subisce e ci soffre, ecco, allora l'altro sa come evitarlo o attenuarlo, quel dolore, può decidere se accogliere con amore quelle richieste. Ma può anche decidere di non farlo. Sono scelte.
> Ovvio, dipende poi da cosa si chiede o cosa ci fa stare male,

nessuno può chiedere all'altra persona di non respirare, perché vederla respirare lo fa stare male, sarebbe assurdo e non sarebbe amore!
È sempre una questione di priorità.
Di pesi.
Di misure.
Di comprensione.
Di protezione.
Di coraggio.
Di scelte.
Di sceglierci per amore.
Di scegliere l'amore.
L'amore…

εïз
Rareza

Leggo, e mentre lo faccio sento un brivido sulla schiena, e di nuovo quel senso di vuoto, di smarrimento… Sono parole stupende, fantastiche, e mi ci ritrovo così tanto…

Rispondo a Marzia: "Smettiamola di dirci grazie, ok? Siamo amici, Marzia! E le parole di Rareza sono stupende…".

Marzia: "Ok, amico ♥ Ero sicura ti sarebbero piaciute. Buonanotte!".

Lorenzo: "Notte, Marzia ♥".

Resto con il telefono in mano, a fissare il display, e rileggo le parole di Rareza, e una lacrima, una sola, mi riga il viso…

14
Ti va di abbracciarmi?

La vita di Marzia
Venerdì 7 giugno 2019

Io sono gelosa di te, perché impazzisco all'idea che tu possa preferire un'altra, perché il sangue mi ribolle nelle vene solo al pensiero, e lo stomaco mi si contorce, e lo so che questo è sbagliato perché mi rende debole, perché mi rende fragile, perché poi vado fuori di testa, do di matto, e dico cose che non penso...

Scusami, amore, mi perdoni?

Io sono gelosa di te, però non dipende solo da me, sono gelosa anche perché tu spesso mi dai modo di esserlo, non mi rassicuri, non mi fai sentire l'unica, non eviti di fare cose, piccole cose, che sai che mi fanno soffrire, e credo che dovremmo venirci incontro, un passo per uno. Rassicurarci a vicenda. Le attenzioni, la cura reciproca. Far sentire l'altro speciale e insostituibile nel proprio cuore... Che ne dici, amore, lo facciamo?

Io sono gelosa di te, perché non ho mai amato nessuno come amo te, perché mi manca l'aria quando non ci sei, perché il cielo, la notte, il fuoco, le canzoni, i titoli dei film, ecco, tutto mi riporta a te, ogni cosa mi parla di te, e ti amo da impazzire perché sei il mio uomo, la persona che ho sempre sognato, la mia persona, e allora ho una paura pazzesca di perderti. O che tu smetta di amarmi. Sono insicura, lo ammetto, ma ti amo da morire. Non te ne andrai mai, vero, amore?

Io sono gelosa di te, e allora qualche volta tiro su dei muri assurdi, mi barrico nelle mie paranoie, mi chiudo in me stessa. Ma i nostri muri sono i nostri mostri, la paura di soffrire ancora, sono un modo per proteggerci, un posto dove nasconderci per non venire colpiti, per non provare ancora dolore, perché è già successo. I muri sono questo: abbracci negati. Ché niente ci protegge e ci accoglie più dell'abbraccio di chi ci ama. Basta così poco, amore... Ti va di abbracciarmi?

E mentre penso a questo, mentre sogno il suo abbraccio, realizzo che finalmente domani è il compleanno di Riccardo, in questi giorni l'ho visto pochissimo per via del suo lavoro, e poi ha anche dovuto aiutare la madre a svuotare la cantina e il box e a rimettere tutto in ordine. Che palle! Ma perché non lo mollano un attimo? Cazzo, fatelo respirare!

Io è da questa mattina presto che studio, insieme a Giulia e Alice, ripeto argomenti a raffica, odio tutti questi libri! Ma quanti sono? Come si fa a ristudiarli in così poche settimane? È assurdo! Però poco fa ho riletto dei versi di Catullo che mi hanno lasciato di nuovo senza parole:

> Odio e amo. Perché lo faccia, mi chiedi forse.
> Non lo so, ma sento che succede e mi struggo.

Ogni tanto, fra una sessione di studio e l'altra, riprovo la canzone per Ric, Giulia e Alice piangono tutte le volte, che dolci che sono! Dicono che mi viene da dio, che sono bravissima, ma loro, è ovvio, sono di parte!

Mando un messaggio a Lorenzo: "Ciao, studio per gli esami e provo il pezzo, dài che ce la faccio! 😛 Tu come stai? Un bacio e un abbraccio! M".

Risponde quasi subito: "Ciao biondina, io tutto bene, diciamo... È una vita in salita... Ma non ci lamentiamo! Un abbraccio forte a te, amica mia! ☺".

Quanto è dolce...

Mentre ripetiamo filosofia sento un giramento di testa, ultimamente sono un pochino più frequenti, riesco a non far capire nulla a Giulia e Alice, non voglio spaventarle, mi alzo con la scusa di andare in bagno, il giramento continua ancora un po', insieme a una sensazione strana, non so se definirla stanchezza, debolezza o... Bevo un po' di acqua dal rubinetto, mi sciacquo il viso, e poco dopo tutto torna nella norma. Mi asciugo bene, esco e torno da loro.

La sera, quando sono a letto, mando un messaggino a Ric, prima di dormire, una buonanotte "speciale" perché sta per scattare il suo compleanno...

Poi leggo Laura, una pagina a caso:

> Chi ti ama non ti lascia, non ti perde. Resta sempre, qualunque sia il prezzo da pagare.
> L'amore, quando è vero, è così potente e accecante da essere sempre, sempre al primo posto.
> Non credere mai a chi vuole farti credere altro. Perché forse sta giocando con la tua vita, con il tuo cuore. Cambia il modo di viverlo, ma non cambia il fatto che non puoi farne a meno quando ti colpisce. Perché è la più potente delle droghe, e non te ne liberi. Molto probabilmente chi pensa di convincerti del

contrario, mentre tu passi la notte sveglia a consumarti per quel sentimento che ti scava dentro, se ne sta in giro a divertirsi, a ridere, a pensare a tutto, a tutto tranne che a te…
Perché chi ti ama il tempo lo vuole passare con te. Vuole ridere con te. Vuole divertirsi con te. E non c'è niente che lo renda felice, se tu non ci sei. Chi ti ama non rischia di perderti, perché sarebbe come perdere un pezzo del proprio corpo, della propria vita. Sarebbe un po' come scegliere di non respirare. E nessuno può vivere senza respirare.
I figli, i soldi, il lavoro, la distanza, la famiglia, la ricerca di se stessi o del proprio equilibrio… Tutte bugie, tutti alibi…
Quando è amore è amore. E il resto, tutto il resto, si sistema.
Chi ti ama resta sempre, qualunque sia il prezzo da pagare…

Cavolo quanto è vero, dovrebbe essere studiata a scuola! Insieme a Leopardi, Foscolo e Manzoni…

Quindi un post di Loy:

Non rinnego nulla del mio passato, non ho rimorsi né rimpianti. Ho fatto degli errori, e altri ne hanno fatti con me. Le persone che mi hanno mentito hanno mentito a se stesse, quelle che mi hanno fatto male, hanno fatto male a se stesse. Conservo tutto nel mio cuore, l'amore e l'odio, mi serviranno entrambi prima o poi per ricordarmi chi sono. E cosa non voglio essere…

No, vabbe', mi fa troppo riflettere questo post…

Ora dormo, mentre nella mia cassa Bluetooth, che la notte appoggio sul comodino, suona Calcutta con *Sorriso (Milano Dateo)*. Intanto Riccardo, che sta lavorando, non mi ha risposto.

15
Come fai ad avere tutta la tristezza dell'universo nel cuore?

La vita di Lorenzo
Sabato 8 giugno 2019

Mi sveglio verso le 10 con il telefono che squilla. È Guido, il mio amico "poeta": «Ciao favabutto!».

Lo so che non è bello, lo so che non ha senso e non si dovrebbe fare, e in realtà, davvero, io non sono scaramantico, non mi piace colpevolizzare gli altri per quelle che sono le nostre sfighe... ma con Guido è più forte di me: appena leggo il suo nome sul display mi tocco le parti intime, perché tutte le volte che compare nella mia vita, sin dai tempi dell'università, mi succede immancabilmente qualcosa di brutto. L'ultima volta, per dire, m'hanno rubato la Vespa, e Dio solo sa quanto io tenessi a quella Vespa!

«Guido! Mi fa piacere sentirti... Proprio pochi giorni fa parlavo di te con Sofia, che mi racconti?»

D'accordo, lo ammetto, anche i musicisti mentono.

«Ma niente, volevo solo favti un saluto, cavissimo! Esattamente! Ho appunto sentito Sofia giovni fa, e mi sei vivenuto in mente, tu e quelle pazzesche sevate ai tempi dell'univevsità, con la chitavva, gli spaghetti alle tve di notte, tu che ti pvendevi gioco di me pev via delle mie poesie che definivi "ovvende", quante visate...»

«Ah ah! Guido… Dài, non erano orrende, davvero, solo che tu pretendevi di rimorchiarci, cazzo…» dico in tono scherzoso, cercando nel contempo di non offenderlo, ma perché ho il terrore delle conseguenze dei suoi influssi, non per altro…

«Ah ah ah!» Guido ride in modo mostruoso, la prima volta che lo sentii ridere ai tempi dell'università, ricordo di aver provato un brivido lungo la schiena. Senza contare il suo aspetto pallido, e la fissità dello sguardo. Nonostante il suo lavoro con quella società che gestisce i porti, un lavoro freddo, ecco, lui ha una cultura e un'intelligenza oltre la norma, è un po' schizzato ma "controllato": uno di quelli che, dentro di te, anche se sai che non è possibile e che non succederà mai, ti aspetti di leggere prima o poi sul giornale che, da un momento all'altro, ha fatto una strage…

«Comunque savanno tve anni che non ci vediamo eh! E dimmi, dimmi, come vanno le cose con Gineva?»

«Tutto bene, grazie, Guido!» e mi tocco ancora, fortemente, le parti basse. Con due mani, tenendo il telefono solo con la spalla.

«Ah, sono sollevato di sapevlo, evo sicuvo che quel buvlone di Valevio mi aveva detto una bugia, ha sempve voglia di videve, ah ah ah! Non cambievà mai! Ah ah ah!» e ride ancora mostruosamente.

«Co… come? Hai sentito Valerio?» Si sono conosciuti tramite me e Sofia e, porca puttana, nonostante la lampante, chiara incompatibilità, tra i due è scattata subito una improbabile simpatia reciproca, alimentata, fortunatamente, solo di rado.

«Sì! Che cavino… mi ha invitato alla cena del 21! Ma cvedo sia stata un'idea di Sofia, pevché quando l'ho sentita eva con lui. Comunque quel giovno sono libevo, quindi ho accettato… spevo ti faccia piaceve!»

Appunto...

«Piacere? E certo che mi fa piacere, Guido, eh... E che domande so'?»

Ma io dico, quei due sono impazziti?!

«Benissimo, allova, cavo Lovenzo, ci vediamo a Gaeta! Non sai quanto sia felice! E mi povtevò alcune nuove poesie da leggeve, magavi pev vimovchiave...»

Io resto un attimo in silenzio e lui riattacca con quella risata sinistra e diabolica che mi fa tornare la tachicardia: «Ah ah ah!».

«Ah ah...» la mia controrisata, di risposta, di accondiscendenza, è decisamente meno entusiasta.

«Allora ci vediamo il 21, Guido!»

«Esatto, ciao cavo Lovenzo! Un abbvaccio fovte! E saluta la stupenda Gineva, musa dell'intevo univevso, cveatuva incantevole e sublime, fiove vavo e mevaviglioso, angolo di bellezza senza pa...»

«Guido...» lo interrompo, «ehm, ecco, è chiaro!» L'ultima parola la pronuncio con gratitudine e dolcezza, cercando di non risultare antipatico. «È... è davvero chiaro quanto tu la apprezzi, e riferirò! Sei gentile! Grazie ma ora, ecco, devo proprio scappare, però stai bene eh! Un abbraccio forte!»

«Ma cevto, Lovenzo, scusami tanto pev il tempo che ti ho sottvatto! Un abbvaccio fovte a te! Al 21! Ah ah...»

Attacco nel bel mezzo della risata diabolica. Che risveglio di merda!

Chiamo Valerio sul cellulare.

«Ohi Lore, ciao fratello, buongiorno! Che mi dici di bello?»

«Vale, buongiorno un cazzo! Ma che cavolo ti viene in mente di invitare quello alla cena da te al mare?»

«Quello chi?»

«Ma come quello chi? Guido!»

«Ah sì, giusto, me ne ero già dimenticato...»

«Ah, *lui se ne era dimenticato*... Mi ha appena chiamato per "divmi che vevvà" alla cazzo di cena!» urlo.

«Oh, Lore, ma che ti prende? Ti sento strano! Guarda, ero con Sofia quando si sono sentiti, che poi sai che a me quel tipo strambo mi fa simpatia, porello...»

«Simpatia? Simpatia?» la seconda volta lo grido proprio.

«Eh, vabbe' ma che ti frega, dài...»

«Che mi frega? E se adesso mi lascia?»

«Chi?»

«Ginevra! Sennò, chi? Eh? Chi?»

«Lore, tu mi stai dicendo che se Ginevra ti lasciasse la colpa sarebbe di Guido?»

«Certo! Sì, cazzo, ti sto dicendo questo! Ok?» e mentre lo dico, mentre urlo la parola "ok" come farebbe un pazzo squilibrato, mi sento un vuoto nello stomaco, mi devo sedere, chiudo gli occhi e resto in silenzio, e il respiro si fa corto. Come fai ad avere tutta la tristezza dell'universo nel cuore e, nonostante questo, continuare a respirare? Come si risale da un fondo tanto buio e tanto lontano dal cielo?

Anche Valerio resta in silenzio perché capisce, perché è tutto chiaro, è ovvio che sono al capolinea, è ovvio che sono terrorizzato da questa cosa che adesso è davanti ai miei occhi e non la posso più ignorare, terrorizzato dalla possibilità di perderla, che la mia famiglia, un po' strana e bizzarra, ma che io amo più di ogni altra cosa, vada in frantumi per sempre, insieme a tutta la mia vita, insieme alle canzoni, agli spartiti, alla musica, alla luce, alle parole, alle rose, ai tramonti, e a tutto quello che mi ha fatto sorridere e battere il cuore...

Ho il terrore che da questa cosa non uscirò intero, non si può uscire interi da una roba del genere, e la verità è che io ho interiorizzato questa cosa in modo latente, lentamente, da troppo tempo me la porto dentro come fosse una lama che giorno dopo giorno ti taglia l'anima, pezzetto dopo pezzetto, è troppo che fingo di non vedere l'evidenza, di non sentire il dolore che avanza, è troppo tempo che metto la testa sotto la sabbia, nascondendola come un codardo per non affrontare la realtà. Ma adesso è arrivato quel momento, adesso è arrivato proprio quel fottuto, terrificante momento! Il freddo, ecco il freddo! Non è colpa del povero Guido, non è colpa di Valerio che lo ha invitato, non è colpa di nessuno, non è colpa di nessuno... Quel momento è arrivato perché le cose vanno così. La verità è che le cose, qualche volta, vanno anche così.

Il silenzio si protrae per un tempo che a me pare infinito, anche perché adesso sono entrato in un'altra dimensione, quella dove entri e non sai come uscirne, è un punto di non ritorno, un clic emotivo che ti cambia per sempre, ecco, e adesso mi sento in un vortice di pensieri, sconforto e buio che ho la sensazione possa inghiottirmi, disintegrarmi...

«Ehi, Lore...» La voce di Valerio è pacata, rispettosa, da amico vero qual è.

«Ci sono...» sussurro appena.

«Tu lo sai che qualunque cosa dovesse avvenire io sarò sempre dalla tua parte, vero? Sarò sempre al tuo fianco, di giorno e di notte, in qualunque luogo, a qualunque costo...»

«Lo so, Vale...» riprendo fiato, «lo so...»

L'ultimo "lo so" lo dico con voce strozzata, mentre trattengo un pianto che non merita più di essere trattenuto, che ha diritto di esplodere. Ed è questo che succede, inizio a piangere... in un modo che non ricordavo possibile.

Riesco solo a dire: «Ti richiamo...», prima di chiudere il telefono in faccia a Vale. Singhiozzo.

Corro in bagno e apro la doccia, mentre le lacrime continuano a scendere, mentre le gambe continuano a tremare, mentre i ricordi continuano a rivivermi dentro. Mi spoglio velocemente, butto tutto dove capita, accendo la cassa bluetooth resistente all'acqua appesa a un gancio sul vetro della doccia, lascio andare una playlist che avevo preparato per questo momento, perché fingevo di non vederlo, ma sapevo che sarebbe arrivato prima o poi, e sapevo che sarebbe stato solo mio, che sarei stato solo io, perché senza un *noi*, resti solo *tu*, perché certi momenti sono solo tuoi, e certi colpi non li puoi dividere con nessuno, e certi segni sono solo i tuoi segni, e certi tagli sono solo i tuoi tagli... La playlist si chiama "Eccoci", e quindi eccoci! Io ci sono! E quindi, eccomi!

La prima canzone che parte è di Vasco, *Senza parole*, la urlo a squarciagola, in modo sguaiato, mentre continuo a piangere, forte, senza opporre la minima resistenza, immobile, con la testa chinata, mentre il getto forte d'acqua mi colpisce ovunque, sul corpo, sulla nuca, sulle mani, fra le dita, sul cuore, sulla mia vita... *E va bene cosìììììììì, senza paroleeeeeeee!*

Mentre l'acqua scorre, scorrono impietose le immagini di questi anni, le cene, le uscite, le rincorse, gli scontri, tutte le volte che poi per fare pace è bastato un sorriso, una carezza, un abbraccio, fare l'amore...

Mentre l'acqua scorre e copre un po' delle mie lacrime, scorrono anche le immagini di Bianca, piccola dolce principessina mia, che è tutto quello che ho... E ripenso a quando abbiamo saputo che era femmina e io ero felicissimo: «La chiamiamo Bianca, ti va? Ti piace, amore?» aveva detto Ginevra nei primi mesi di gravidanza. Mi piace da morire. E qualunque nome sarebbe il più bello addosso a lei.

Ricordo il primo pianto dopo il parto, il sospiro di sollievo quando ci hanno detto che era tutto ok e che stava bene, ricordo la prima volta che ha pronunciato la parola "papo" e io ho pianto e riso e l'ho stretta forte, la prima volta che puntando il dito verso il cielo ha detto "'tella" e io e Ginevra ci siamo guardati pieni di emozione, con gli occhi ancora colmi di futuro e cielo e amore.

Mentre piango e canto e urlo e serro le mascelle, sento che la vita mi sta sfuggendo dalle mani, nonostante stringa i pugni più forte che possa, nonostante tenti a tutti i costi di trovare un modo per non lasciarla andare, per recuperare un pezzetto.

È arrivato quel momento, inesorabilmente, senza aspettare, senza avvertire, anche se in fondo lo sapevo, anche se pensavo di essere preparato. Ma poi non siamo mai davvero preparati, non siamo mai davvero pronti.

E intanto suona Biagio Antonacci con *È già Natale*...

Quando esco, dopo mezz'ora o, boh, tre giorni... sono esausto, scarico, svuotato. Sento dei rumori, provengono dalla cucina, deve essere Ginevra, perché Ivan ed Elvira sono fuori, al supermercato a fare la spesa grossa.

Esco dal bagno e attraverso il corridoio così, nudo, bagnato, e pronto...

«Sei già a casa?» le chiedo sorprendendola seduta sulla poltrona con la testa fra le mani.

«Ciao!» e sorride abbassando lo sguardo.

«Ciao!» sorrido fissandola.

«Ho lasciato Bianca, ho fatto un paio di giri, e sono tornata, sì...»

«Ok...»

«Ok...»

«Come mai vai in giro così? Niente male eh! Ma solo per

capire...» dice con dolcezza, abbozzando un sorriso gentile, dissipando la tensione, quasi con accondiscendenza.

«Ehi, Ginevra, è finita, vero?» dico veloce, tanto veloce, mai detto nulla così veloce.

«Sì...»

Anche lei risponde subito, e il cielo sa, ecco, solo il cielo sa quanto io le sia grato per questo, per non incastrarmi in un'inutile agonia.

«Non mi ami più?»

«Non posso rispondere a questa cosa» e rimette la faccia tra le mani, nascondendola...

«Che significa?»

«Quello che ho detto, non so rispondere...» Parla con un filo di voce.

«Vedi qualcun altro?»

«Sì...»

«Chi?»

«Non è importante...»

«Come non è importante?»

«Non lo è... Cosa ti cambierebbe saperlo?»

«In effetti, non lo so... Ma in genere, in questi casi, sono cose che uno vuole sapere, no?» dico ridendo, non so dove trovo la forza di ridere ma so che non si merita di vedermi piangere.

«Mi dispiace...»

«Mi ami?»

«Io ti adoro...»

«Ok, mi adori, ma io ti ho chiesto se mi ami...»

«Io ti adoro, Lorenzo, adorare qualcuno è più di amarlo, in qualche modo, non so se riesco a spiegarmi, ma in effetti sono molto scossa, ora, molto turbata, tu sei speciale! Sei la persona più bella che io abbia mai conosciuto!»

Resto in silenzio e la guardo, per un po', ancora sorridendo, poi mi giro e torno in bagno, mi specchio, ho gli occhi completamente rossi e gonfi. Mi asciugo, metto i jeans, una camicia bianca con dei piccolissimi pois neri, indosso i sandali, i più belli che ho, sistemo i capelli, e poi torno in salone e la trovo nello stesso posto in cui l'avevo lasciata. Ferma sulla poltrona, a fissare il parquet.

«Questa notte dormo da mia madre, poi mi organizzo e vengo a prendere le mie cose, nei prossimi giorni, spero presto...»

«Oddio... E con Bianca, come la mettiamo?»

«Le parleremo in modo sincero, starà un po' con me e un po' con te, poi decideremo tutto nei dettagli, chiederemo aiuto a un esperto, faremo la cosa migliore per lei, la amiamo, so che in questo non ci tradiremo...»

«Che *io* non ti tradirò... che in questo caso *io* non ti tradirò. Questo volevi dire, vero?»

«Vero...»

«Scusa...»

«Ora devo andare, torno dopo per parlarle, vai tu a prenderla?»

«Sì...»

«Ok, grazie...»

«Scusa...»

Sorrido ancora, ma aggiungo un filo di sarcasmo: «Ciao Ginevra...» ed esco.

Ed esco...

Rientro in casa verso le 14, dopo aver preso Bianca a scuola che oggi è stranamente malinconica, come se avesse subodorato qualcosa...

Ginevra esce dalla camera da letto, e Bianca le corre incontro per salutarla.

E io ho il cuore che mi si contorce, ma devo trattenere le lacrime e l'emotività.

Mentre si abbracciano Ginevra mi guarda, e io le faccio cenno di andare di là, nella stanza di Bianca.

Lei capisce e le dice: «Amore, vieni un attimo di là? Ti va?».

«Sìììì! 'ochiamo con le bamboline?»

«Ma certo, amore, anche! E poi io e papà dobbiamo parlarti!»

«Va bene, ma prima 'ochiamo?» insiste la mia bambina.

«Certo piccolina mia!» dico io.

Quindi ci mettiamo a giocare, lei ci fa vedere le sue bambole preferite, ci racconta che una in particolare si sposerà domani con un principe azzurro.

«Con il suo principe azzurro, amore?»

«Sì, co' i' suo pincipe assurro!»

Io e Ginevra abbiamo entrambi gli occhi lucidi.

Dopo un'ora buona di gioco, mi faccio forza.

«Amore di papà, devo dirti una cosa... Io e la mamma, lo sai, ci vogliamo tanto bene e ti amiamo tanto! Solo che adesso ci vogliamo bene in modo diverso, abbiamo deciso di vivere un po' separati, perché qualche volta anche chi si vuole bene deve allontanarsi...»

Bianca rimane in silenzio, con gli occhioni increduli, e io mi sento morire.

«Pecché vi 'olete bene in modo 'iverso?» Queste sono le sue prime parole. Quando le dice, il mio stomaco si rigira e sento un nodo in gola. Tutto avrei desiderato, meno che farle male.

«Significa che mamma e papà si vogliono ancora bene ma

devono prendere strade diverse, amore di papà. Ma tu devi stare tranquilla perché staremo comunque con te, anche se non tutti insieme nella stessa casa.»

«Ma io voglio che 'imaniamo tutti nella stessa casa!» protesta lei con gli occhi lucidi.

Io e Ginevra ci guardiamo senza sapere esattamente cosa rispondere.

«Amore di mamma, purtroppo adesso non è possibile. Lo so che non è facile da capire, ma credimi, io e papà lo facciamo anche per il tuo bene, perché tu devi imparare che due persone che si amano lo fanno stando insieme *in un certo modo*, e quando sarai grande tu sarai amata e amerei *in quel certo modo*.»

«Ma io quando sarò grande vorrò stare sempre con voi!»

«E tu starai sempre con noi, non ti lasceremo mai, amore di papà.»

«Mai. Non ti lasceremo mai» conferma Ginevra, mettendosi in ginocchio davanti a lei e abbracciandola.

«Passo a prenderla alle sei, portala giù, per favore...» dico a Ginevra mentre Bianca, che sembra aver preso la cosa in modo abbastanza sereno, è in camera sua a vedere i cartoni.

«Ok...» risponde lei guardandomi con una commiserazione che mi irrita profondamente, aggiungendosi al dolore.

Mi chiedo: cosa ci ha portato qui? Perché l'amore a volte fa tanto male? E perché poi si finisce sempre per soffrire? Continuo a pensarlo, mentre alle spalle sento chiudersi la porta di quella che fino a stamattina è stata casa mia.

16
Ho bisogno di pensarti mentre facevamo l'amore

La vita di Lorenzo
Sabato 8 giugno 2019

Scendo giù e salgo in macchina, ma non metto in moto, non so dove andare, non riesco a muovermi, resto a osservare la strada, la gente che passa, il palazzo dal quale sono appena uscito e questo quartiere che non ho mai sentito mio. Accendo lo stereo e metto a ripetizione *Fuori di me* di Coez.

Incredibile come, certe volte, non sia tanto il dolore di aver perso qualcuno a farci male, a bruciarci dentro, quanto la rabbia di aver concesso a quella persona la parte più bella e nascosta del nostro cuore, in modo così tanto spontaneo e ingenuo, svelandola così apertamente da permettere che venisse data per scontata, banalizzata, umiliata. E quando succede così, va da sé, l'esame di coscienza dobbiamo farlo sempre e solo noi. La dignità ci pone dei paletti, quando li superiamo poi non possiamo dire "è colpa sua, mi ha ingannato!". La capacità di pesare chi abbiamo davanti attiene alla nostra sfera di intelligenza e di emotività. L'intuito è il nostro. Le sensazioni erano lì, ed erano le nostre. E il fatto di aver perso la testa, no, non è un alibi, anzi forse, paradossalmente, è un'aggravante.

Sono arrabbiato, ecco. Prendo il cellulare e d'istinto vado

sul profilo Facebook di Ginevra. Leggo gli ultimi post: quante cazzate zen e radical chic! Fanculo! Ci sono persone che dovrebbero vergognarsi a uscire di casa, a guardarsi allo specchio, e invece scrivono accozzaglie di sciocchezze sui social, scopiazzate qua e là. Gente che non rispetta nemmeno chi ha accanto, che offende e ridicolizza persino chi dice di amare, e parla d'amore. Che ferisce, e parla di dolore. Che tradisce, e parla di fedeltà. Che definisce una cosa nera e poi bianca nell'arco di mezzo minuto, e parla di coerenza. Che sarebbe capace di rubare la donna o l'uomo della sua migliore amica o del suo migliore amico, e parla di lealtà. Forse sono nato nell'epoca sbagliata. Forse ero destinato a un periodo storico diverso. E forse, in parte, l'essere così lontano dal modo di vivere e di pensare di certe persone, mi lusinga assai...

Continuo un giro isterico su Facebook e mi cade l'occhio sul post di uno scrittore, Luca Anselmi, è il passaggio del suo romanzo, è pieno di poesia, una bellissima e profonda dichiarazione d'amore. Sotto trovo solo commenti femminili, donne che lo ammirano, romantiche, intelligenti, in qualche caso, ferite e deluse, tantissimi commenti sono del tenore "non esistono uomini così, solo nei romanzi!"... e mi assale il desiderio irrefrenabile di dire la mia, e alla fine lo faccio, lascio un commento:

> Quando scrivete "a me non è mai capitato un uomo così" oppure "ma esistono davvero uomini che amano così?", sono tentato di rispondere: "Eh, io sono così, ho amato esattamente così, ma forse essere così non paga, perché nel mio caso, per esempio, sono stato solo preso in giro senza il minimo rispetto". Ma poi ci penso bene e mi dico che in questo modo risponderebbero *gli altri*, e io non voglio essere *gli altri*, io voglio essere altro. Io voglio credere che chi

mi ha ingannato ha ingannato se stessa, chi ha giocato con il mio cuore ha fatto un torto al suo, di cuore. Chi non ha apprezzato l'immensità dell'amore puro e sincero che le ho messo a disposizione pur fingendo di amarmi a sua volta, non ha apprezzato la vita stessa. Mi ha fatto stare profondamente male, sì, ma questo, tutto questo, in qualche modo, la renderà sempre quello che è, quello che in fondo, dentro di sé, lei sa di essere. E io invece, con tutte le mie fragilità, con tutti i miei errori, con tutte le mie imperfezioni, continuerò a essere quello che sono. Quello che in fondo, dentro di me, io so di essere...

Noi crediamo nell'amore, e non siamo soli e pochi, no, noi siamo solo per pochi... Oggi più di prima. Io aspetto, mi libero dai residui tossici che ho nel cuore, faccio i conti con la mia anima, mi guardo dentro. Mi chiedo cosa mi abbia portato a non comprendere chi avessi davanti, a credere a tutto, a non vedere quello che era palese. A non ascoltare le mie sensazioni iniziali...

E mi preparo, risalendo, con fatica, per essere pronto al meglio che l'amore vorrà offrirmi. Mi preparo, come sempre, senza muri, senza barriere. Come se non ci fosse rischio di cadere, come se non fossi caduto mai.

Ho bisogno che tu sparisca per sempre dalla mia vita.

Ho bisogno di pensarti. Di ripensarci. Di ripensare a noi.

Ho bisogno di pensarti mentre facevamo l'amore.

Ho bisogno di ripensare al tuo odore, e alla tua pelle.

Ho bisogno di pensare e immaginare i tuoi occhi, e i miei che si perdono nei tuoi, mentre eravamo felici, mentre pensavo che tutto fosse possibile.

Ma ho bisogno di farlo da solo, da solo con tutto questo

dolore che mi spacca le ossa, con tutto questo freddo che sento adesso. Con tutto questo freddo che sento addosso.

Ho bisogno di tornare a guardare lo stesso mare che guardavamo insieme e ci faceva venire i brividi, quel mare di Fregene che respiravamo dentro al cuore mentre ci prendevamo per mano. Ubriachi di leggerezza e di Amaro del Capo.

Ho bisogno di guardare quei tramonti che ci hanno fatto innamorare, e poi ho bisogno di chiudere gli occhi pregando che, riaprendoli, tu sia lì, solo per me, a dirmi che mi hai scelto, a urlarmi che mi ami da morire, a sussurrarmi in un orecchio che io vengo prima di tutto, prima di ogni cosa, e ho bisogno di vedere, dopo che li avrò riaperti, che tu, lì, per me, non ci sei. E non ci sarai. E non ci sei mai stata.

E poi ho bisogno che tu sparisca per sempre dalla mia vita. Mentre nell'aria suona Vasco con *Una canzone per te*...

Cagliari
23 luglio 2019, ore 18.20

Il silenzio surreale è cessato, finalmente! Stavo impazzendo! Ora sento intorno a me dei suoni, ripetuti, mormorii, brusii, tante voci, confusione, rumore di passi, suoni, forse sto impazzendo, ma che succede? Perché sono paralizzato? Eppure sono vivo, io capisco tutto. Io sento tutto…

17
Tu sei il mio pezzo preferito...

La vita di Marzia
Sabato 8 giugno 2019

Tu sei il mio pezzo preferito,
la musica che ho nel cuore,
ti canticchio di continuo,
mentre corro al parco,
mentre studio,
sotto la doccia,
in mezzo al traffico,
mentre leggo un libro che mi parla di te.
Tu sei il mio pezzo preferito,
in te ci sono i violini,
il pianoforte,
la cassa e il rullante,
le chitarre,
e poi ci sono i tuoi occhi,
che mi sbattono addosso al muro tutte le volte che li incrocio,
e c'è la tua voce,
la tua voce roca ma gentile,
dolce ma sensuale,

che mi spoglia senza togliermi i vestiti di dosso e mi fa sognare,

e mi fa pensare,

e poi mi fa fantasticare…

Tu sei la mia ossessione.

La mia dipendenza.

La rabbia che mi assale quando ti vedo accanto a un'altra e do di matto.

La gelosia che mi fa perdere la testa perché ti amo troppo e poi divento fragile.

Tu sei la mia stella, mi brilli dentro, mi scaldi come il sole, io ti giro intorno e tu mi fai sentire speciale, poi mi fai volare in alto, nel cielo di notte, e poi, come certe stelle, cadi, cadi nei miei occhi, ti posi su di me, e mi porti nelle favole.

E io sono sempre più innamorata.

Mentre suona la mia canzone preferita: tu.

Sono al settimo cielo! E sento la musica nel cuore! Oggi è il comple di Ric! È tutto pronto, compresa la chitarra, perfettamente accordata da quel *santo* di Lorenzo che ieri sera è passato un minuto a casa mia.

È tutto il giorno che mando messaggini al mio amore, fin da questa mattina. A scuola la prof di italiano mi ha pure ripreso, me ne sono fregata: prima dicono che le lezioni sono finite e dobbiamo organizzarci per gli esami, e poi non ti puoi muovere! Quindi, appena possibile, ho continuato.

Appena arrivata a casa, prima di pranzare, gli ho mandato un video, l'ennesimo, dove gli facevo gli auguri, e poi ne ho fatti mille nelle Storie di Instagram, con cartelli scritti a mano da me, e canzoni scelte solo per noi, ma sono sicura che lui abbia apprezzato di più il video che gli ho inviato ieri sera, a mezzanotte in punto, ero completamente nuda, ed era solo per lui...

Per la serata ho comprato un vestitino nero, in seta, scollato, e cortissimo, e indosso degli slip di raso, trasparenti, senza reggiseno. Voglio farlo impazzire, a cena e poi tutta la notte...

Poverino, ha dovuto lavorare sia ieri sera che oggi a pranzo, al pub, per avere la serata libera. Sono sicura che dipende da questo, quel tono di voce strano che ho sentito prima al telefono, quando l'ho chiamato per un saluto, sapendo che aveva appena staccato. Lo spero...

Siamo rimasti che passa a prendermi per andare a mangiare una pizza tutti insieme, e poi resta a dormire da me. Per i miei la cosa è ok. A cena ci saranno anche Sally e Paco, Alice e Giulia, Maurizio e Fabio, due amici di Riccardo, uno del pub e uno con cui va in palestra, in più, lui non lo sa, verrà anche Leo, il meccanico suo ex datore di lavoro a cui tiene tantissimo, e Angela, la sua dolce metà, la loro è una storia meravigliosa, da romanzo! Si faranno trovare tutti sotto casa mia, nascosti dietro l'angolo, un po' prima del suo arrivo, e appena arriverà, apparirò con la chitarra e... E già me la sto facendo sotto!

Alle 20 in punto mi arriva il suo messaggio: "Piccola, scendi, sono giù".

Oddio, mi tremano le gambe!

Rispondo: "Ok amore, arrivo".

Sento un piccolo sussulto al cuore, maledetto cuore, non fare lo stronzo proprio ora!

Sudo un pochino, mi specchio, mi do un'ultima controllata, mi faccio forza e vado.

Apro il portone e imbraccio la chitarra, e senza dire una parola, suono il primo accordo di *Questa nostra stupida can-*

zone d'amore, e inizio: *Se domani tu per caso sparissi, e io non sapessi più con chi parlare, dopo tre Gin cosa dovrei fare?*

Lui mi fissa a bocca aperta, nel frattempo gli amici si affacciano e ci circondano, e io vado avanti, con la voce un po' tremante, forse, ma piena di amore... *Sei il finale migliore di tutti i film che possiamo guardare...*

Riccardo ha gli occhi lucidi, trema come me se non di più, mi fissa, poi guarda le mie mani muoversi sulle corde, fare quello che non gli aveva mai visto fare, quasi incredulo, quindi fa un sorriso, ma è più una reazione nervosa, è più un modo per nascondere l'emozione.

... Aspettando il tuo ritorno, con lo sguardo perso fra le nuvole...

Finita la canzone continuiamo a guardarci negli occhi, io poso la chitarra per terra, c'è un attimo di silenzio generale, come quando è appena successa una cosa grossa a cui abbiamo assistito con i nostri occhi, e serve del tempo per comprenderla, metabolizzarla, per farla entrare nelle ossa, nella pelle...

Quindi Leonardo, per primo, inizia a battere le mani, e gli altri lo seguono, visibilmente commossi, e poi è tutto un susseguirsi di voci, di «Oooh», «Brava», «Che belli che siete!» e poi, un classico... «Bacio! Bacio! Bacio!».

Io faccio timidamente un passo verso di lui, e lui due verso di me, mi abbraccia forte, senza dire una parola, e quindi ci baciamo, e io in quel bacio ci metto tutta la mia vita, tutti i miei sogni, non mi staccherei mai, vorrei che fosse il bacio più lungo e infinito della mia vita, vorrei che durasse per sempre.

Quando ci stacchiamo, ci guardiamo negli occhi, e lui mi dice: «Grazie, piccola, mi hai fatto commuovere...».

«Grazie a te, amore immenso mio, ti amo!»

E lui mi prende fra le sue braccia e mi stringe forte, e io

sento un brivido lungo la schiena. Solo che non so dargli un nome...

Quindi si avvicinano tutti, e vengono ad abbracciarci e a fare gli auguri a Ric.

«Ma guardalo, che faccino tenero!» dice Paco allargando le braccia con un sorriso pazzesco. «Auguri, fratello!»

«Grazie, Paco!» risponde Riccardo, stringendolo forte.

«Auguriii vecchiooo!» urla Sally, che dopo aver baciato Ric viene ad abbracciare me: «Complimenti, sei stata fantastica, dobbiamo mettere su un gruppo insieme!».

«Eh sì, ma finiscila! Tu sei bravissima... io ho fatto solo un gesto d'amore, ma dal punto di vista della performance lasciamo stare dài...» e mi copro il viso con le mani.

«Ma che dici?! Sei stata fantastica, avresti fatto innamorare chiunque, il signorino qui è un ragazzo fortunato, spero se ne renda conto...»

«Confermo!» dice Leo, subito dopo aver fatto gli auguri al festeggiato. «È un ragazzo fortunato!» e dà un buffetto affettuoso a Riccardo, rivolgendogli un sorriso dolcissimo.

Ric sorride e annuisce.

Uno dopo l'altro è il turno di Alice e Giulia poi di Maurizio e Fabio.

«Auguri, Ric! Quando aprirai il tuo ristorante in Messico, sarai tu a dover cantare e suonare per i tuoi ospiti, quindi comincia ad allenarti!» dice ridendo quel Maurizio che lavora al pub con lui. Poi aggiunge: «*Bésameeee, bésame muchoooo*!». Che faccia da cazzo che ha...

Riccardo lo fulmina con lo sguardo, e poi guarda me.

«Non sapevo volessi aprire un ristorante in Messico...» dico io con un sorrisetto fisso e incazzato.

Per sua fortuna si intromette Fabio, il suo amico della

palestra: «Ragazzi, ma come ci muoviamo per andare in pizzeria?».

«Siamo dieci, possiamo prendere due macchine che lì il parcheggio è sempre un po' un casino, la mia e...» dice Riccardo cercando lo sguardo di Leo e di Paco. Entrambi si offrono per mettere a disposizione la propria auto.

«Dài, la prendo io, ce l'ho qui davanti!» la spunta alla fine Leo che tiene per mano sua moglie Angela... Dio, quanto sono belli insieme!

Quindi andiamo.

La pizzeria è in zona Porto Fluviale, non lontana da casa, è una di quelle in stile romanesco.

La serata scorre piacevole e rilassata. Si rispolverano vari aneddoti, parliamo della vacanza al campeggio dello scorso anno, di quanto siamo stati bene, di quando Riccardo doveva fare strage di straniere, e invece...

Leo racconta di quando lavoravano insieme: «Era bravino, ma secondo me è più portato per la ristorazione!». E giù risate.

«Confermo!» dice Paco. «Una volta per aggiustarmi la Vespa per poco non me la demoliva!»

«Ma che cazzo dici?» risponde Riccardo divertito. «Quel ferrovecchio ha duemila anni, solo Dio sa come fa ad accendersi ancora!»

Poi Sally, rivolgendosi a Leo e Angela, dice: «Sentite, voi dovete capire che noi amiamo troppo vostra figlia Laura! Cioè, è la nostra scrittrice preferita! Abbiamo comprato tutte il suo libro!».

«Oddio, sìììì!» aggiungo io, e mi fanno coro Giulia e Alice che, come noi, amano Laura Massa.

«Mi fa piacere» risponde Leo con voce fiera.

«È una ragazza in gamba che ha sofferto molto...» aggiunge Angela, mora, con gli occhi neri e stupendi, è di una bellezza disarmante, e poi è dolce, riservata, ha classe, insomma, è perfetta!

«Io e Angela siamo così orgogliosi di lei» continua Leo accarezzando delicatamente i capelli della moglie e guardandola con gli occhi lucidi, e anche lei, schiva e dolcissima, è visibilmente emozionata.

«Eh, si sente, e non sai quanto ci rivediamo nelle sue parole, a volte è come se scrivesse di noi, delle nostre vite, delle nostre fragilità... Si merita il successo che sta avendo, il suo libro ce l'hanno praticamente tutte le ragazze che conosco!» dice Sally, felice di poter parlare con i genitori della sua scrittrice preferita. E poi aggiunge: «Ma permettetemi di dire che amo infinitamente anche voi, l'amore che emanate, abbiamo saputo, tramite un post di Laura, che vi siete sposati pochi mesi fa, e, sempre tramite lei, conosciamo un po' della vostra storia... Ecco, siete l'esempio dell'amore che vince su tutto, e tu, Angela, sei ancora più bella e incantevole di come ti avevo immaginato! La vostra storia è La storia! Vi adoro, se vostra figlia è quella che è, è anche grazie a voi!». Sally, mentre parla, prende la mano di Paco e piange... Oddio che serata, non ne uscirò viva!

«Sì, davvero, Laura io l'ho conosciuta grazie a Sally, ma quando inizi a leggerla è proprio una droga, non puoi più farne a meno! E confermo, anche voi siete stupendi, ci emozionate, e ci auguriamo tutti un amore come il vostro!» aggiungo io.

«Ragazzi, ma volete davvero farci esplodere il cuore, questa sera? Avrete il vostro amore, perché siete pieni di amore, ve lo leggo negli occhi...» dice Angela. «E vi auguro che il vostro amore sarà meno travagliato del nostro, ma altrettanto immenso, potente e infrangibile!» aggiunge guardando il suo Leo, per poi baciarlo...

Mamma mia, ho il cuore che mi esplode. Cerco la mano di Riccardo con la mia, lui la stringe, e poi ci baciamo! Ho il cuore a mille, so che sta per schizzarmi fuori dal petto!

«Io ho una sua frase pure nel mio stato WhatsApp!» dice Alice, stemperando il clima bollente che si è creato, mostrando il display del suo cellulare con la frase: "Io sono così, sono una di quelle che quando inizia a piovere, corre a chiudersi in macchina, emozionata, ad ascoltare il meraviglioso suono della pioggia che cade, sul tetto, sul vetro del parabrezza, sull'asfalto. Nel mio cuore. Come una magia. Come una poesia, bella e malinconica...".

«Wow! Bellissima, questa frase! Vuoi fare felice una donna? Regalale il libro di Laura Massa, la figlia di Angela e Leonardo!» dice in modo solenne e un po' scherzoso Paco, e Riccardo gli fa il coro.

«Wow, ragazzi, ci state davvero lasciando senza parole... Magari ve la presentiamo, la prossima volta, se vi fa piacere, siamo sicuri che lei ne sarebbe lusingata!»

«Oddio, sì, magariii! Sarebbe un sogno! Così ci firma anche il libro!» dice entusiasta Sally.

In quel momento mi arriva un messaggio: è di Benedetta e Geggy, un video di auguri per Ric. Glielo passo.

«Amore, è per te, da Londra!» Lui lo fa partire e noi gli andiamo tutti intorno per guardarlo, ci sono quelle due matte abbracciate che cantano *Happy Birthday* a squarciagola, e dopo aver finito dicono: «Auguri, ex playboy! Ora che ti sei rivelato l'orsetto che sapevamo fossi, ti vogliamo ancora più bene e ti aspettiamo qua, ovviamente con Marzia!». Il video si chiude con loro che mandano baci e poi, in chiusura, se ne danno uno.

Dio che emozione rivederle!

Anche Riccardo è felice, ha un sorriso ebete stampato sulla bocca. Ciononostante continuo a sentirlo distante da me, non fisicamente, perché mi ha preso per mano quasi tutta la sera, dandomi spesso baci, chiamandomi "piccola", "amore" e tutto il resto, ma lo sento distante dentro, dentro al cuore, sono cose che si percepiscono, sensazioni, e una donna sa riconoscerle.

Alle 23 usciamo dalla pizzeria e ci avviamo sotto casa mia, dove ci salutiamo tutti con affetto e con la promessa di rivederci presto. Quindi io e Ric saliamo da me.

Nell'ascensore inizio a provocarlo, lo blocco a metà corsa con il tasto alt. Mentre lui mi guarda per capire cosa ho in mente, scosto un po' la scollatura e lascio intravedere un seno, e il capezzolo turgido, poi lentamente mi sfilo gli slip e dico: «Il reggiseno non lo avevo messo, amore, avevo solo queste» e gliele mostro, per poi aggiungere: «Ma… ops, ora le ho tolte…». Sorrido e mi mordo le labbra, avvicinandomi al suo collo, leccandolo con la punta della lingua, il tacco alto mi permette di farla arrivare dentro l'orecchio, e di sussurrargli: «Amore, lo sai che sono tutta bagnata?». Ma lui rimane immobile, sembra quasi intimorito, non sono insolita a certe provocazioni, ma forse questa dell'ascensore bloccato non se l'aspettava. La mia mano però ha trovato le prove che la cosa non gli dispiace…

«Ehi» dice prima di baciarmi, «che pazza che sei! Ma oltre a essere pazza, sei anche bellissima e così tanto eccitante che non si può resistere, mi fai morire…»

«Mhhhh» gemo, con le braccia intorno al suo collo, e poi faccio ripartire l'ascensore.

Prima di entrare mi ricompongo, i miei dovrebbero essere già nel mondo dei sogni, ma non si sa mai. Saliamo veloci la scala che porta in camera mia, e dopo aver chiuso la porta, mi inginocchio. Gli slaccio i pantaloni. Li faccio scendere fino alle caviglie insieme alle mutande, lo trovo già grande e duro, amo il suo odore, inizio a giocarci, a leccarglielo, sento che sta scoppiando, ha il viso teso e gli occhi chiusi, glielo prendo in bocca, lo avvolgo con le labbra, andando lentamente fino in fondo, fino a dove posso, per poi tornare indietro, scoprendolo bagnato e liscio, e continuo per un po', cercando i suoi occhi con i miei, trovandoli, a un certo punto...

Lui mi guarda, con il respiro affannato, mi prende le mani, e mi tira su, dolcemente, mi bacia, in un modo che non ricordavo avesse mai fatto, è un bacio lungo, profondo, intenso, quasi straziante... Nel frattempo mi accarezza il viso, i capelli, i seni, e io sono eccitata, innamorata, completamente persa fra le sue braccia. Faccio per abbassarmi di nuovo, ma lui mi blocca e dice: «No, facciamo l'amore...».

Ci spogliamo del tutto e ci mettiamo nel letto, lui si insinua fra le mia gambe, e mi bacia lì, mi trova già pronta, e la sua saliva si mischia con i miei umori, non capisco più niente, è come se fossi in un'altra dimensione, ci prendiamo le mani, intrecciando le dita, e lui stringe la presa, in un modo più deciso del solito, mentre continua a premere lì dove solo lui sa arrivare con la sua lingua...

«Vieni su, amore» gli dico a un certo punto.

Lui si blocca e dice: «Ok...».

È silenzioso e dolcissimo, questa sera, più del solito, lo sento come non l'ho mai sentito, con una carica erotica ed emotiva che mi schiaccia e mi fa volare contemporaneamente...

Mentre lo facciamo ci baciamo, ci baciamo tantissimo, e lui mi accarezza i capelli, il viso, e poi mi abbraccia e mi stringe forte, mentre continua a muoversi lentamente dentro di me, in modo sempre più forte, con colpi decisi ma lenti, profondi, e più sono profondi, più sono lenti, più io tocco il cielo e godo, e sto bene e sto male, perché lo amo ma lui sono almeno due minuti che piange, cercando di nasconderlo, di mischiarlo con il sudore, ma io so che sta piangendo e mi sto chiedendo perché, mentre affonda ancora con un colpo dentro di me che mi fa staccare i piedi da terra, e mi fa esplodere in un piacere che ha il sapore di qualcosa che non tornerà più, che ha il sapore delle cose che finiscono... Piango anche io mentre emetto dei gemiti che non posso placare, e lo sento venire dentro di me, esplodere come una bomba di piacere, di godimento, che lascia immediatamente il posto alla malinconia, alla tristezza...

«Amore, che succede?» chiedo un attimo dopo.

«Niente...»

«Ehi, Ric, amore, è da prima che piangi... non mentirmi!»

«È che... ecco...» mentre prova a mettere insieme qualche parola, continua ad abbracciarmi, e poi posa la testa sul mio seno.

«Ehi, dimmi cos'hai! Parlami!»

«Non so, sono un po' confuso, piccola... ho fatto dei pensieri, ultimamente...»

«Quali pensieri?» Mi sento un morso allo stomaco.

«Non so, dei pensieri...»

«Su di noi?» chiedo con un filo di voce.

«Anche.»

«Anche? Cazzo, la smetti di essere così evasivo? Porca puttana!» mi ritrovo a urlare, in modo aggressivo.

Lui mi guarda e indietreggia un po'.

«Ok...» torno a un tono civile. «Ok, scusa...»

«Non devi dirlo, non c'è bisogno di chiedere scusa, piccola...»

«Ric, mi ami ancora?»

«Ecco, io... io in effetti non ne sono certo, non so se dipende da questo, tu sei dentro di me, e questo non cambierà mai, ma sento che adesso non posso stare con te, forse dipende dal fatto che ho in mente cose diverse per il mio futuro, il mio futuro prossimo...»

«Cose diverse? Cioè?»

«Voglio partire, voglio andare in Spagna, imparare la lingua, lavorare lì, magari in un ristorante, mettere qualche soldo da parte, e poi appena pronto trasferirmi in Messico, sempre per lavorare, e appena possibile aprirmi un chiringuito sulla spiaggia, una cosa semplice ma con il mio nome. Me lo immagino così il mio futuro...» Mentre mi parla ha gli occhi lucidi, è serissimo, mi fissa, e gli scendono delle lacrime composte lungo le guance.

Io mi sento morire, è il momento più brutto della mia vita. «E nel tuo futuro, per come lo immagini tu, non c'è spazio per me?»

«Tu sarai sempre con me...» dice e inizia a piangere in modo più vistoso, «ma in un altro modo di come ci sei ora, di come vorresti tu, piccola mia...»

«Ma io ti amo da morire!» protesto inghiottita dalle lacrime. Lui mi abbraccia forte, mi stringe a sé, non riusciamo a smettere di piangere

«Anche io ti amo da morire, Marzia, ma...»

«Non dirlo!» lo interrompo fra i singhiozzi. «Non dire che mi ami!»

Lui mi guarda e non risponde. Dopo un po' mi prende la mano e dice sottovoce: «Mi dispiace...».

«Ti dispiace...» dico con un sorriso sarcastico, amaro, poi giro lo sguardo verso la finestra. Siamo sul letto, completamente nudi, io con le gambe incrociate mi abbraccio da sola, e lui con le ginocchia al petto, rannicchiato. «E quando partiresti?»

«A fine luglio...»

A fine luglio...

Cerco di rispondere qualcosa, ma scoppio di nuovo a piangere. «A fine luglio?» Singhiozzo e sorrido e lo guardo cercando di trovare in lui, nei suoi occhi, risposte che non potrà mai darmi. Mi sento così persa, così delusa. «A fine luglio, Riccardo? A fine luglio? E quando pensavi di dirmelo? Eh? E di noi? Di noi che ne sarà?»

Lui mi guarda senza dire una parola.

«Che ne sarà di tutto quello che abbiamo passato insieme? Di tutto l'amore che c'è stato? Che ne sarà di...» Non riesco a finire l'ultima frase perché ho la voce rotta, strozzata, spezzata dal dolore.

Lui continua a non rispondere, poi si alza quasi di scatto e si riveste velocemente, in pochi secondi, con agitazione. Si avvicina di nuovo a me, sedendosi dalla mia parte del letto, io sono ferma, immobile nella stessa posizione di prima, e ancora completamente nuda. Mi accarezza il viso e con un filo di voce sussurra: «Mi dispiace, piccola, mi dispiace come nemmeno immagini... ma adesso, ecco, ora devo andare! Non scordartelo mai, però, che ti amo! È solo che le nostre vite sono troppo diverse, in questo momento, e io ho bisogno di partire, di fare altro...».

«Non mi lasciare, amore, ti prego, non mi lasciare!»

«Ti prego, non fare così, piccolina, ti prego... Possiamo comunque restare in contatto, sentirci... Non ci perderemo mai, ok?»

Lo dice e mi stringe forte, poi all'improvviso si stacca, mi guarda, e si alza.

"Restare in contatto...": sembra uno scherzo, non si rende proprio conto di quello che dice, del male che mi fa...

«Ora io vado...» aggiunge mentre indietreggia verso la porta. «Ciao...»

«Ciao» rispondo, e non sono certa che la mia voce abbia realmente emesso un suono. È un "ciao" sussurrato, pieno di dolore, di strazio, pieno delle cose più tristi e brutte della mia vita...

Lo sento scendere le scale, riesco a contare tutti i gradini, uno per uno, e a ogni gradino la lama si infila più profondamente nel mio cuore, lo taglia ogni volta di più, facendolo in piccoli pezzi, e capisco che è questo il vero mal di cuore, non la miocardite, non le aritmie e i dolori intercostali. Intanto suona Achille Lauro con *C'est la vie*...

A un certo punto sento chiudere la porta. Poi l'ascensore si aziona, un ronzio metallico, poi più niente per qualche secondo.

Dopo, sento il portone aprirsi e richiudersi.

Non ho il coraggio di affacciarmi, ma sento la sua Peugeot mettersi in moto, e partire a tutta velocità.

Per non tornare mai più...

18
Eppure aveva detto parole importanti...

La vita di Marzia
Sabato 8 giugno 2019

Dopo mezz'ora passata nella stessa identica posizione, mi alzo. La prima cosa che vedo è una nostra foto, una polaroid appesa al muro, noi due a Gallipoli, la scorsa estate, che ci baciamo, noi due... che siamo innamorati. Scoppio a piangere, come una bambina, non riesco proprio a trattenermi, piango forte, singhiozzando, e lo faccio così forte che sveglio i miei. Poco dopo infatti sono entrambi su da me.

«Amore, che succede?» dice mia madre correndo ad abbracciarmi. Io sono seduta sul bordo del letto, con le mani sul materasso e lo sguardo basso, e piango, piango, così tanto da bagnare tutto, il pavimento, le mie gambe, il viso, il mio cuore.

Insiste: «Ehi, Marzia, allora? Perché piangi così?».

Alzo la testa e la guardo, ha un'espressione terribilmente preoccupata, dietro c'è papà, che è rimasto sulla soglia, anche lui spaventato, ma non dice nulla, è immobile.

«Riccardo...» rispondo.

E non ho bisogno di aggiungere altro, perché lei capisce al volo.

«Avete litigato?»

«Mi ha lasciato» rispondo con la voce strozzata, singhiozzando.

«Piccolina mia, vieni qui...» e mi abbraccia di nuovo, chiudendo gli occhi, e a un certo punto la stringo forte anche io e comincio a piangere ancora più forte, mi sento persa, distrutta, in questo momento vedo tutto buio, tutto nero. Vorrei solo sparire...

«Ehi, amore, ascolta» dice ancora, «lo so che adesso ti sembra impossibile, ma prestissimo starai meglio, e capirai che è lui quello che ha perso davvero qualcosa... Purtroppo a volte le cose vanno storte, noi investiamo tutto su questo sentimento tanto importante che è l'amore, e capita di cadere, ma tu sei stupenda, e non hai bisogno di Riccardo né di nessun altro per essere la meraviglia che già sei, la tua luce arriva da qui» e mi mette dolcemente una mano sul cuore, «non da lui né da nessun altro nel mondo, da qui!» E con gli occhi indica ancora la sua mano e il mio cuore. «Ok?»

Io annuisco, e finalmente smetto di piangere in quel modo tanto scomposto e patetico.

«Sono d'accordo con la mamma» dice papà sempre fermo sull'uscio. Lo dice senza fantasia, ma comunque con il cuore.

Gli sorrido, apprezzando lo sforzo, e lo ringrazio.

Lui allora si avvicina e si china per abbracciarmi. «Su! Sei forte, sei bella e sei in gamba! E lui è un coglione!» Poi si gira e se ne va.

Scambio un'occhiata con mamma e ci scappa una piccola risata.

Poi, tornando seria, mi dice: «Marzia, posso confessarti una cosa?».

«Certo...»

«Ha ragione papà: lui è un coglione!»

La guardo, mi guarda, e scoppiamo a ridere, abbracciandoci ancora.

«Grazie mamma.»

«Amore, devi ricordarti che in qualunque posto ti troverai, in qualunque luogo o angolo dell'universo camminerai, fosse anche a migliaia di chilometri da me e papà, se tu starai male, se sarai triste, se il tuo sorriso si spegnerà per qualunque ragione, se avrai bisogno di aiuto, di una parola, di una mano da stringere, di una spalla su cui reggerti, di un abbraccio che ti scaldi dal freddo, ecco, io e papà lo sentiremo, lo sentiremo nel cuore, e correremo da te, fosse l'ultima cosa che faremo, a qualunque costo...»

E mentre mi dice queste parole, io non riesco a trattenere le lacrime un'altra volta, ma questa volta sono lacrime di tristezza mista a gioia, a riconoscenza, ad amore. «Mamma...»

«Shh!» Mi mette un dito davanti alla bocca. «Shh! Non dire niente, amore mio, non dire niente, ricorda solo le mie parole...»

La ringrazio ancora e le dico che vorrei rimanere un po' sola, così lei mi abbraccia per un'ultima volta e se ne va.

Apro il cassetto e mi metto a leggere le lettere che ci siamo scritti, i bigliettini, e sento un vuoto dentro che mi scava fino a piegarmi. Come è possibile? Dove finisce tutto questo amore? Dove va?

Lo amo così tanto, sento un senso di disperazione, di abbandono, sto male, sto tanto male! Anche se le parole di mamma e papà mi hanno aiutato un pochino.

Butto le lettere e i biglietti per terra, prendo il telefono, c'è un suo messaggio su WhatsApp: "Mi dispiace tanto, mi spacca il cuore sapere che stai soffrendo...".

Lo guardo e quel senso di vuoto e disperazione si fa ancora più potente, come se camminasse dentro il mio corpo, come se lo avvolgesse interamente, risucchiandomi pure l'anima.

Ovviamente non rispondo. Sono le 4, scrivo a Giulia e Alice. E a Sally.

Poco dopo mi risponde Alice: "Amo', non ci posso credere! Ma che dici? Ma è pazzo?".

Ancora pochi secondi e arriva la risposta di Giulia, nello stesso gruppo WhatsApp: "Oh mio dio! Amo', tu come stai?".

Io: "Eh… 😕".

Alice: "Devi essere forte, ora sembra impossibile uscirne, ma ne uscirai prestissimo! E lui se ne pentirà!".

Io: "Adesso vorrei solo morire…".

Giulia: "Ma che cazzo dici, amooo?".

Alice: "Non voglio sentirti mai più ripetere una cosa del genere, neanche solo per scherzo, la tua vita e la tua felicità non dipendono da quel deficiente! Perché sì, è un deficiente uno che si lascia scappare una come te, è uno che non sa cosa si perde! E non lo saprà mai!".

Io: "…".

Giulia: "Cosa???".

Alice: "Arriviamo!".

Giulia: "Stavo per scrivere lo stesso!".

Io: "No, ragazze, davvero, non me la sento, sto a pezzi, non riesco nemmeno ad alzare il braccio! E poi ho bisogno di stare da sola, di affrontare questo dolore…".

Non ricevo risposta. Passano forse dieci minuti e sento una botta sulla finestra che mi fa saltare, la apro e mi affaccio sul minuscolo balconcino bianco della mia camera. E le vedo giù, le matte.

«Dài, scendi, sbrigati! Che abbiamo i cornetti caldi e il cappuccino nelle bottigliette di vetro! Peppe, il barista, ti ha mandato anche il dolcetto che ti piace tanto, ci ha chiesto dove fossi...» urla Giulia.

«Non gridate, pazze, sono le 4!» dico io, e poi aggiungo con un mezzo sorriso e la finta voce di rimprovero: «Ma cosa avete tirato contro il vetro?».

«Un sasso! Visto che mira? Al primo colpo eh!» esulta Alice ridendo.

«Dài, scendi, che aspetti?» È la voce di mia mamma, che si è affacciata anche lei, dalla finestra della sua camera da letto. «Vatti a mangiare quei buonissimi cornetti caldi, sono i tuoi preferiti!»

Dietro di lei intravedo anche l'ombra di mio padre: non si affaccia, ma c'è.

«Lo vedi? Lo dice anche tua mamma!» fa Giulia sforzandosi di mantenere un volume più basso.

«Dàiiii!» le fa il coro Alice, ed entrambe mi guardano allargando le braccia, con un sorriso che mi fa esplodere il cuore e mi ricorda quanto è bella la vita, anche adesso, anche ora che sto male da morire, anche in questa maledetta, terribile serata che mi ha mandato il cuore in mille pezzi...

Siamo state tutta la notte a parlare, o meglio, io ho parlato e loro hanno ascoltato, io ho pianto e loro mi hanno abbracciato, io ho stretto i pugni e ho urlato e ho detto parolacce e l'ho maledetto, e loro erano lì, a sorridermi, a farmi sfogare. E poi sono stata per un sacco di tempo in silenzio, senza dire una parola, mentre loro mi tenevano la mano, a guardare il cielo, a guardarmi dentro, a sentirmi persa, vuota, spezzata in due, a ripensare a tutto quello che c'è stato, alle nostre parole, alle sue. Alle promesse. Alle dichiarazioni. Ai *Ti amo*. Ai *Non potrei vivere senza di te*. Ai sogni. Ai castelli in aria, alle volte che ho pianto di gioia per lui, per noi, per quello che pensavo fossimo insieme, ai regali, al suo odore, alle sue mani, ai suoi occhi, ai suoi sbagli, ai suoi sguardi, ai nostri difetti, a quando facevamo l'amore e mi sembrava di volare, a quando pensavo che il mio futuro fosse già scritto, accanto a lui, con il quale volevo costruire tutto, mano nella mano. Io e lui, mano nella mano. Mano nella mano...

Rientro a casa che si sono fatte le 6, e il sole sta salendo, ho sempre amato l'alba, quasi come il tramonto.

Do un'occhiata al telefono: incredibile, non l'ho guardato mai, mentre ero con Giulia e Alice.

Sally non ha ancora visualizzato il messaggio, c'è solo una spunta grigia.

Apro il libro di Laura, in un punto a caso, e lei sembra sempre leggere nella mia vita...

> Buonanotte a te che sei triste, che pensi e ripensi e non smetti. Non ti ha più cercato, è sparito. Eppure aveva detto parole importanti, eppure quando ti abbracciava sembrava sincero, questa volta sembrava fosse proprio lui, quello giusto, quello senza la maschera, quello che resta, che non se ne va.
> Che ti prende la mano e non la lascia più.
> E tu ci sei cascata. Gli hai creduto.
> Perché sei pulita. Perché tu non giochi sporco.
> E allora prendi la mia, di mano, piccola, e stai tranquilla, perché io non mollerò la presa, io resto qui. E buonanotte, buonanotte a te...

Poi, distrutta, tramortita, confusa, mi butto a letto.

Chiudo la finestra e le persiane, accendo un po' di musica, metto una playlist scelta da Spotify in base ai miei gusti, ora suona *Bellissimo* di Alessandra Amoroso.

Se non hai avuto voglia di restare, di tenermi la mano, di tenerla stretta anche adesso che il mondo mi sta crollando addosso, anche adesso che è arrivata la pioggia e il freddo nel cuore, se hai mollato la presa così, così come si mollano le cose a cui non si tiene, perdendomi come si perde una cosa che non ci interessa, ecco, allora non te la meriti la mia sofferenza, non te le meriti le lacrime che stanno bagnando il mio cuscino, non meriti le mie ore di sonno, la rabbia e i pugni stretti. Se mi hai lasciata andare così, come si lascia andare un foglio bianco, senza valore, ecco, allora non te la meriti la mia parte più nascosta, quella più intima, quella che non hai mai capito. Se non hai avuto voglia di restare, sappi che non ci sarà nessun luogo nel mio universo in cui potrai tornare!

Prima di dormire, sento il bisogno di scrivere a Lorenzo. Gli mando un WhatsApp: "Ciao... Immagino tu stia ancora nel mondo dei sogni. Riccardo mi ha lasciato. E niente, sto malissimo, volevo dirtelo".

Dopo pochi minuti ricevo la sua risposta, non dorme: "Cavolo... ma perché? Non sai quanto mi dispiace. Ti abbraccio fortissimo".

Passa qualche altro secondo e arriva un altro messaggio: "Comunque... oh, non ci crederai ma anche Ginevra mi ha mollato".

"Oddiooo, assurdo... Ma come?"

"Eh ☺"

"☹"

"Per me la priorità adesso è soltanto Bianca. Tu invece cerca di essere forte, so quanto ci tenevi. Se ti va ci sentiamo domani."

"Sto a pezzi. In questo momento sento il mondo che mi crolla addosso. E forse non ho ancora realizzato bene quello che è successo. Sento solo un enorme vuoto scavarmi dentro. Ma ho i miei che mi amano. E le mie amiche, amiche speciali che mi salvano..."

"Ok, è normale che adesso stai così. Ma ne uscirai. Ne usciremo. Ok?"

"Non lo so se è ok ☺ però dai un abbraccio forte a Bianca, anche se non la conosco. Dev'essere terribile per voi."

"Lo farò, grazie. Spero che un giorno non ci odierà."

"Cazzo, che casino... Ma perché il mondo va così?"

"Questa è la vita, Marzia, ma ne usciremo, promesso?"

"Promesso ☺"

Lo scrivo, ma non ne sono così certa. E poi aggiungo: "E ho anche te, fra i miei amici...".

"Ci puoi giurare! E io te..."

"Ci puoi giurare! ☺"

"Ti chiamo domani."

Cagliari
23 luglio 2019, ore 18.24

Le voci aumentano, si fanno via via più forti e rumorose, gente che urla, che grida, paura, terrore, forse è un incubo, mi sembra di essere in un film dell'orrore. Cerco di ripartire e andarmene da qui, insieme a lei, amore mio, perché non parli più? E perché io resto immobile? Cazzo! Cazzo! Ma perché non posso muovermi, perché non riesco a liberarmi? E lei, lei dov'è? Amoreee!

19
Sei sicura di volermi perdere?

La vita di Lorenzo
Lunedì 10 giugno 2019

Mamma è in cucina che prepara la cena, la sento muoversi alle mie spalle. Bianca sta sul divano con me, in salotto, e guardiamo la tv. Ci siamo trasferiti qui due giorni fa, io e la mia piccola, in accordo con Ginevra. Per il fine settimana lei verrà a prenderla e staranno insieme, anche se non mi è sembrata tanto preoccupata di doversi separare dalla figlia.

Mi domando, anche se non è la cosa più importante adesso, come farò a pagare un affitto per una casa, senza far mancare niente alla mia piccola principessa, che merita sempre il meglio. Dovrò fare più lezioni private, e provare a ottenere di più dai gestori dei locali che mi chiamano. Ma se lavorerò di più, quando ci starò con Bianca? Oddio, che angoscia…

Mentre ci penso, squilla il telefono. È Valerio.

«Ohi, sto passando» annuncia.

«Ohi, ciao. Certo, vieni.»

«Perfetto. Come te la passi?»

«Dài, ancora sono vivo, me la cavo. Sto sul divano con Bianca, guardiamo *Caduta libera*.»

«Come sta lei?»

«È turbata, confusa... Ma preferisco non parlare adesso...»

«Va bene, ci vediamo tra poco, le ho preso un regalino. E ho sentito Sofia, sta arrivando anche lei.»

«Perfetto, vi voglio bene.»

Chiuso il telefono, per qualche secondo osservo Bianca che segue le immagini in tv. Lei si gira e mi chiede: «Era la mamma?».

Deglutisco.

«No, era lo zio Valerio. Tra poco viene qui e ha una sorpresa per te.»

Bianca passa immediatamente da un'espressione di tristezza a una di gioia, è incredibile quanto basti poco per far felici i bambini, e quanto sia meravigliosa la loro purezza.

«E che sorpresa è?»

«Eh, non lo so... La scopriremo insieme.»

Lei allarga le braccia e guarda in alto con un'espressione curiosa ed eccitata.

Mi domando di continuo se sia il caso di chiederle come si sente e cosa posso fare di più per lei. Ma non sono certo che sarebbe la strategia giusta, anzi sono sempre più convinto che sia necessario rivolgersi a uno psicologo, non voglio fare errori con lei. Sono sicuro che le ferite che questa faccenda le sta lasciando dentro non può ancora affrontarle in modo razionale, ma prima o poi si guarderà allo specchio e vedrà cicatrici di cui ci chiederà conto. E io mi sento già colpevole per queste ferite.

Mentre io e Bianca ci divertiamo a prendere in giro i concorrenti di Gerry Scotti che stasera non ne azzeccano proprio una, arriva mamma dalla cucina e porge un pezzettino di crostata a Bianca.

«Mamma, ma sono le 19.30... Ti sembra l'ora giusta per la crostata?» le faccio notare io, sorridendo.

«È *sempre* l'ora della crostata» risponde lei.

E Bianca esulta: «Sììì!».

«Non fa niente, dài, è solo un pezzettino. Tanto non mangeremo prima di un'oretta. Ho sentito che stanno arrivando Valerio e Sofia... ma restano a cena con noi?»

«Non lo so, adesso gli mando un messaggio e ti faccio sapere.»

«Ok, comunque da mangiare non manca.»

«Non ho dubbi, mamma...»

Sarebbe capace di sfamare un esercito tutti i giorni. Per lei, che a tavola si siedano due o dieci persone non fa alcuna differenza. E nonostante sia dispiaciuta per la situazione mia e di Bianca, è anche supereccitata per il fatto di averci a casa e di potersi sbizzarrire ai fornelli. La mattina esce presto perché continua con il lavoro di pulizie in alcuni appartamenti della zona, solo mezza giornata, e non vede l'ora di tornare per occuparsi di noi.

Quando le ho detto che ho rotto con Ginevra, è stata per trenta secondi in silenzio, guardandomi negli occhi. È come se in quei trenta secondi avesse elaborato un lutto, poi mi ha chiesto, in modo secco: «Sei ancora innamorato?».

Io sinceramente le ho risposto: «Non lo so più. Forse ho confuso l'amore per qualcos'altro».

«Ma stai male?»

«Non benissimo...»

«Ok, tesoro, mi dispiace da morire sapere che stai soffrendo. E mi dispiace che possa soffrirne Bianca. Ma se senti che lei non è la donna che deve starti accanto, se non ti rende più felice come prima, è giusto che vada così.»

«Certo, mamma, hai ragione, è la stessa conclusione a cui sono arrivato io. È la vita, no?»

«È la vita, tesoro mio.» Mi ha abbracciato forte, senza aggiungere altro. E da quel momento non ne abbiamo più parlato. Apprezzo molto la sua discrezione, la sua capacità di capirmi senza fare domande, la sua protezione silenziosa. Forse è proprio questo che rende magico il rapporto tra una madre e un figlio, mi dico.

Mentre Bianca è impegnata a mangiare il suo pezzo di crostata, prendo il telefono per mandare un messaggio a Valerio, ma in quel momento suona il citofono.

«Sì?» Sento mamma che risponde. «Ok, state a cena?» gli chiede ancor prima che salgano. Poi riattacca la cornetta alla base. «Come immaginavo, i tuoi amici stasera restano con noi.» E non potrebbe essere più contenta.

La guardo con un sorriso. Mi alzo e le faccio una carezza sul viso. Poi aggiungo: «Ma non ti ci abituare eh».

Lei mi guarda con la dolcezza che solo una mamma può esprimere. Scoppia in una risata fantastica e dice: «Ma chi ci si vuole abituare! Levati da torno che ho da fare...». Poi si gira e torna in cucina.

Nel frattempo Bianca si è alzata dal divano perché sta arrivando il suo regalino. E io penso che nonostante il dolore la mia nuova vita non è poi così male.

Dopo un minuto bussano alla porta, e Bianca è un fulmine. Corre subito tra le braccia di Valerio e Sofia.

Lui la solleva con un solo braccio, perché l'altro lo tiene nascosto dietro la schiena.

«E tu come stai, bellissima principessa?» dice Valerio mentre la fa dondolare. E Sofia la riempie di baci sul collo e sulla schiena, facendole il solletico.

«Ma quant'è bella questa bambina?» Tutti e tre non fanno altro che urlare e ridere.

«E dov'è il regalo di Bianca? Dove sta?» chiede Valerio con aria furbetta.

«Dove 'ta?» ripete lei, dolcissima e piena di gioia. «Secondo me 'ta per comparire dallo zio Valerio.»

«Perché, com'è lo zio?»

«Magico!» risponde Bianca in trepida attesa.

Lui la rimette giù. «*Et voilà!*» e da dietro la schiena tira fuori un enorme unicorno rosa peluche.

«Wow!» Non è Bianca ma sono io a esclamarlo. Perché lei è rimasta a bocca aperta, incantata, non riesce a crederci. Poi arriva anche il suo, di «Wow!», ma con un piccolo, emozionante ritardo.

«Wow!» L'ultimo invece è di mia madre.

«Ma è stupendo questo unicorno rosa!» esulta Sofia inginocchiandosi di fianco a Bianca. «Ti piace?»

«Tantissimo!» risponde lei abbracciandolo e baciandolo dappertutto.

«Cavolo, che bello, grazie Vale» gli dico con affetto fraterno.

Ne approfitto per salutare Sofia che sottovoce mi sussurra: «Come stai?».

«Alla grande» rispondo io, sorridendo un po' sornione.

«Ciao mamma Anna.»

«Ciao Valerio, quanto sei bello! Sei sempre stato bello!» risponde lei che ha un antico debole per il mio amico.

«Ciao Anna» aggiunge Sofia.

«Anche tu sei bellissima, ma Valerio è il mio preferito» dice mamma facendo l'occhiolino.

«Signora, lei è sempre stata un'intenditrice!» gongola lui.

«Ma smettila di fare il buffone» intervengo dandogli una pacca sulla spalla.

«Mettetevi comodi. Sarà pronto tra una mezz'oretta. Scappo in cucina perché ho il sugo sul fuoco.»

«Nelle tue mani siamo sempre più che tranquilli» dice Valerio.

«Sei un ruffiano di merda» gli sussurro nell'orecchio mentre mamma si allontana.

«Non t'ho insegnato ancora niente» risponde lui e ride beffardo.

«La smettete di fare i maschi alfa?» protesta Sofia incrociando le braccia e guardando Bianca, che senza mollare il peluche fa un'espressione di consenso. La solidarietà femminile non ha età.

Alle nove siamo a tavola, in salone. Mamma arriva in pompa magna con un antipasto di funghi e carciofi che basterebbe per dieci persone. Ed è solo l'inizio.

«Nonna, posso mangiare un altro pezzettino di crostata?»

«Che ti avevo detto?» dico io guardando mamma con finta aria di rimprovero.

«Piccola mia, certo che puoi. Ma prima devi finire tutto il resto.»

«Tutto tutto?» chiede lei preoccupata.

«Vediamo» risponde mamma. «Magari ti faccio un piccolo sconticino.»

Bianca sfodera uno dei suoi stupendi sorrisi.

«Di che crostata stiamo parlando?» interviene Valerio.

«Stiamo parlando della crostata *di una bambina*» puntualizza Sofia.

«E da quando in qua i dolci sono solo dei bambini?»

«Quando crescerai ti spiegherò.»

«Sei ingiusta» replica lui con un'aria da cane bastonato.

«E comunque, parlando di crostate, non ne ho mai mangiate come quelle che fa tua mamma» cambia discorso Sofia.

«Attenzione» riprende le parola Valerio, «a proposito di dolci, sapete che ho una cara amica che ha partecipato a un programma tv e nel 2015 ha vinto il premio per il tiramisù più buono d'Italia?»

«Non avevo dubbi» commento scuotendo la testa. «E chi sarebbe questa tua amica? Come mai non la conosciamo?»

«Che domanda è? Non capisco il tono.»

«No Valerio, è che non ci avevi mai raccontato di lei... Non sarà la tua solita mania?» rilancia Sofia.

«Quale mania, scusa?» Valerio fa finta di non sapere a cosa si riferisce.

«Quella di replicare sempre, quando qualcuno racconta qualcosa, che tu conosci tizio o caio che ha fatto la stessa cosa ma in modo migliore...» Lei cerca di metterlo alle strette.

«Ma di che state parlando?! L'unica mania è la vostra: quella di attaccarmi. E vi sta prendendo la mano.»

«Lasciate in pace il mio bel Valerio» interviene mamma dandogli una carezza sulla testa. «Perché ce l'avete tanto con lui?»

«Grazie signora, solo lei sa capirmi davvero.»

Lui sfodera il sorrisetto di chi sa perfettamente di essersi appena salvato in corner, mentre si avvicina a mia mamma e le dà un bacio sulla guancia.

"Che leccaculo" penso io, e glielo dico con gli occhi.

Poi la doccia fredda: «Mamma quando viene?». È Bianca a gelarci. Ci guardiamo tutti negli occhi, senza saper bene cosa rispondere.

«Verrà presto, tesoro» la rassicura la nonna.

«Pretto quando?»

«L'ora precisa non ce l'ha detta» improvviso io. «Ma quando arriverà, sarà felicissima di conoscere il tuo unicorno. Gliel'hai dato un nome?»

«No» risponde, spiazzata. Forse ce l'ho fatta a distrarla.

«E non glielo diamo un nome?» mi aiuta Sofia.

«Mostriciattolo» propone Valerio.

«Ma che nome è?»

Bianca però ride, ripetendo: «Mostriciattolo!».

«Che buffo» dico a Bianca.

«È bello» conferma lei.

«Ma potremmo dargliene uno più dolce» fa notare Sofia. «Tipo Pinkie. Ti piace?»

«Sììì» esplode Bianca.

«Preferivo Mostriciattolo ma ok» si gira Valerio.

«Pinkie mi sembra stupendo» cerco di chiudere io.

E per il resto della cena riusciamo a deviare i cattivi pensieri di Bianca. Nel frattempo mia madre ci propina una quantità di portate da pranzo nuziale: pomodorini essiccati calabresi e cipolle al forno, spaghetti all'arrabbiata, pollo con le patate, spezzatino... e ovviamente la crostata.

Verso le 10.30 suona ancora il citofono.

«Immagino sia Davide.»

«Sì, mi ha detto che passava per il caffè» confermo.

«Che carini i tuoi amici...» commenta mamma.

«Vero» rispondo io. «Ma tu non ti montare la testa» aggiungo puntando il dito verso Valerio.

«Già ce l'ha montata da tempo» scherza Sofia.

«Smettetela, mi state molestando» replica lui con il suo solito fare scanzonato.

«Davide, hai mangiato?» Mia madre lo accoglie così, ancor prima che varchi la soglia di casa.

«Salve signora, come sta? Sì sì, grazie, ho cenato» risponde con il suo modo impeccabile e rispettoso.

«Ecco, finalmente una persona perbene» dice Sofia, guardando prima Davide e poi Valerio.

«Che cosa vorresti dire, scusa?»

«Niente niente, lascia perdere» dice mentre si alza per salutare anche lei il nuovo arrivato.

«Come te la passi?» mi chiede Davide con un filo di voce.

«Tutto alla grande» rispondo, abbracciandolo.

Mi fa un cenno d'intesa e poi si rivolge a Bianca: «E tu piccolina?».

«Lui si chiama Pinkie» dice mostrandogli il peluche.

«Ma è stupendo!»

«Sicuro che hai mangiato? Non lo vuoi un po' di spezzatino?» insiste mia mamma, indomita.

Scoppiamo tutti a ridere. E Davide con la sua solita compostezza cerca un modo di declinare l'invito senza offenderla.

«Ma', non sta facendo complimenti.»

«Ok ma voglio esserne certa... Mangia almeno un pezzo di crostata...»

Quindi ci sediamo e prendiamo il caffè.

La serata scorre piacevolmente, Bianca si diverte perché si sente coinvolta e piena di attenzioni. A un certo punto ci ritroviamo a spolverare qualche vecchio aneddoto di quando eravamo piccoli, io Valerio e Sofia.

«Ma ti ricordi quella volta che sono venuto a salutarti sotto casa con Carlo, il mio compagno di classe?» dico a Valerio, che subito scoppia a ridere e a battere i pugni sul tavolo.

«Oddio, me la ricordo anch'io questa cosa» commenta Sofia.

«Raccontatemi, sono curioso» chiede Davide.

«Quante ne hanno combinate questi due mascalzoni» sentenzia mia madre.

«Maccalzoni!» urla Bianca ridendo.

«E quindi?» domanda ancora Davide.

«E quindi... io ero andato con un mio compagno di classe, Carlo, da Valerio...» Mentre parlo, lui si copre il viso con le mani. «Ero andato sotto casa sua a salutarlo. E a un certo punto gli chiedo se conosce una certa Rosalba, che abitava nel suo stesso palazzo. E lui, come fosse la cosa più normale del mondo, risponde: "La conosco più che bene. Ci siamo capiti, no?". E ti risparmio il gesto del braccio che ha accompagnato le parole... Insomma, Davide, lo sai chi era questa ragazza?»

«Ti prego, non dirmelo...»

«Ecco, hai capito, era la fidanzata di Carlo...»

Tutti quanti di nuovo ridiamo insieme, compresa mia mamma e compresa Bianca che per fortuna non può aver capito fino in fondo l'episodio che stiamo raccontando.

«E come potevo saperlo io?»

«Certo, tu e il tatto abitate su due pianeti diversi...» commenta Sofia.

«Oh, però pure tu hai riso eh» fa notare lui.

«Certo, i cretini come te fanno sempre ridere...»

«Nooo, non ci posso credere» dice Davide, divertito ma soprattutto imbarazzato. «Sempre meglio essere cauti quando non si conosce bene la persona con cui si sta parlando... E quel poveretto come c'è rimasto?»

«Eh, come vuoi che ci sia rimasto?» rispondo. «Era completamente rosso e non ha più detto una parola.»

«Per mesi» aggiunge Valerio, senza smettere di ridere.

«Sei perfido» gli fa notare Sofia.

«Sono sicuro che non lo ha fatto con cattiveria» cerca di giustificarlo mia madre.

«Signora, lei lo difende troppo» risponde di nuovo Sofia. «Davide, purtroppo sei arrivato tardi per bilanciare col tuo buon senso questo gruppo di pazzi.»

«Spero che tra i pazzi ti ci metti pure tu...» precisa Valerio.

«Sono d'accordo, non puoi esimerti, Sofia» aggiungo.

«E non intendo farlo!» risponde lei sorridendo e proponendo un brindisi.

Poco dopo, la serata finisce, gli amici vanno via. In effetti si sono fatte le 23 e Bianca deve dormire. Mentre mamma finisce di mettere a posto la sala e la cucina, io porto la bambina nella camera in cui sono cresciuto, l'unica disponibile. Prima di entrare nella stanza, passiamo davanti al pianoforte a muro all'ingresso: negli anni, nonostante fossi uscito da casa, l'ho mantenuto in buone condizioni, accordato e pulito. Anche perché tutte le volte che passo anche solo a salutarla, mamma vuole che le suoni qualcosa, in genere le sue richieste variano da Baglioni a Gino Paoli, passando per Mina, Fiorella Mannoia, Morandi, Lucio Dalla, Celentano, ma anche Zucchero, Jovanotti, Ramazzotti... e io lo faccio sempre volentieri per lei, in fondo si tratta di un paio di canzoni, massimo tre, poi si autolimita e mi dice qualcosa tipo: «Grazie, amore di mamma, può bastare, avrai così tante cose da fare! Quanto sei bravo! Vedrai che prima o poi si accorgeranno di te!». Lo sa benissimo, forse, in fondo, che in genere nessuno si accorge di un musicista trentasettenne che suona nei locali e insegna pianoforte ai privati, però è più forte di lei, deve dirmelo, deve crederci... e io, dopo che me lo dice, sorrido sempre e la abbraccio.

Per fortuna la stanza è abbastanza grande e ha un letto matrimoniale, io e mia figlia ci stiamo benissimo. È rimasta tale e quale a com'era quando ho lasciato casa per andare a vivere da solo, e Bianca da due giorni mi tempesta di domande su ogni oggetto che vede perché l'idea che questa è la camera dov'è cresciuto suo padre la rende elettrica. Le ho raccontato tutto: siamo partiti dalla mia collezione di plettri, arrivando alle cassette e ai cd, passando per il poster di Madonna. Ma il pezzo forte, quello che l'ha davvero colpita, sono state le stelle bianche appiccicate al soffitto, che s'illuminano di notte.

«Sai cos'è quello, invece?»

Indico un altro poster, proprio di fronte al letto.

Lei mi guarda interrogativa, senza ovviamente una risposta, allora glielo dico io: «È un film che quando ero piccolo volevo sempre vedere. Con Sofia lo avremo visto cento volte, o di più, sai?».

«Alloa lo voglio vedere anche io! Di cosa palla?»

«Di un ragazzo e di un professore mezzo matto che ha inventato una macchina per viaggiare nel tempo, proprio un'auto, con le ruote che lasciano strisce di fuoco sulla strada. Il ragazzo la usa per tornare indietro di tanti anni, a un periodo in cui i suoi genitori avevano la sua età e andavano a scuola, e li aiuta a innamorarsi...»

«Me la regali una macchina del tempo? 'oglio anche io tornare a quando tu e la mamma eravate piccoli, e giocare con voi...»

Trattengo il magone che sento salire nello stomaco e le do un bacio, poi dico: «Adesso è il momento di fare la nanna, ok? Domani magari andiamo a cercare la macchina del professore pazzo...».

C'erano le mie rincorse verso di te. Le attese. I silenzi. I vuoti. E ancora il mare. E il rumore delle onde dal balconcino di quella camera piccola e defilata ma che a me sembrava il posto più bello del mondo. Poi c'ero io che tornavo da te. E poi io che ritornavo anche quando promettevo di non tornare. Poi c'ero io che dicevo «Tienimi accanto a te, perché ti amo come non ho mai amato nessuno». E c'ero io, sempre io, che piangendo, con qualche difficoltà, ti chiedevo: «Sei sicura di volermi perdere?». Come se chiedertelo fosse davvero utile. Come se chi non vuole perdere qualcuno che dice di amare avesse bisogno di una domanda tanto stupida. C'ero io. Ecco. Questo è l'emblema della nostra storia: c'ero solo io.

Ricevo un WhatsApp quando ho già un occhio chiuso, e ho Bianca che mi dorme addosso e mi stringe forte.

Sofia: "Ti voglio bene. Sogni d'oro, a te e a Bianca...".

Rispondo: "A chi lo dici! Sogni belli, a te e a quanto sei preziosa...".

20
Ti guardavo andare via...

La vita di Marzia
Lunedì 10 giugno 2019

Sono due giorni che non sento Riccardo. Da quando se ne è andato, non ho fatto altro che pensare a lui, a noi, a tutto quello che abbiamo passato in questo anno favoloso. Non posso credere che tutto sia finito così. Davvero finiscono in questo modo certe cose? Davvero da un momento all'altro ci si ritrova in un angolo, al buio, lontani, senza riuscire a dare un nome e un senso alle domande? Davvero l'amore è questo?

Giulia e Alice sono state giorno e notte accanto a me e mi hanno aiutato a preparare gli esami. Mi hanno fatto anche il regalo più bello che potessi desiderare: hanno comprato tre biglietti per il concerto di Ultimo, che sarà a Roma il 4 luglio! Dio, quanto le amo! È all'Olimpico, e mi sembra un sogno! Lo adoro, è il mio cantante preferito, mi fa venire i brividi, mi riempie il cuore ogni parola di ogni suo testo, e poi quella voce, quegli occhi...

Anche Sally è venuta a trovarmi, la mattina dopo, non poteva crederci nemmeno lei. Anche i miei sono stati molto carini; è stata una cosa inaspettata, soprattutto da parte di mio padre, non è molto pratico in queste cose, ma ha cercato di farmi un discorso per spiegarmi che la vita è fatta di salite e di discese, e che a volte le cose migliori arrivano quando ci sembra tutto perduto. Non era molto originale né convincente, ma l'ho trovato dolce, ho apprezzato l'impegno. Anche perché fino a qualche tempo fa, gli unici nostri discorsi erano legati allo studio, al mio futuro universitario e lavorativo, a quanto fosse importante iscrivermi a Giurisprudenza, per poi diventare notaio, che poi, lui, mi avrebbe aiutato a entrare in uno studio, grazie ad alcuni contatti, e blablabla... È da quando sono piccola che mi parla di questo. Un vero e proprio lavaggio del cervello. Io invece quando ero bambina sognavo di fare il medico, salvare vite, essere davvero utile, sognavo di aiutare chi aveva bisogno, e anche di partire e andare nei paesi del Terzo mondo a dare il mio contributo, io sentivo che era questa la mia missione! Poi con il tempo ho ceduto al modello proposto dai miei, in particolare da papà, anche per non doverci discutere tutte le volte. Comunque, ultimamente lo sento tanto più vicino, è diverso, più dolce, ecco...

Riccardo invece è completamente sparito con tutti.

In questi giorni ho consumato il libro di Laura, dove ogni pagina sembra scritta esattamente per me. Forse in fondo davanti al dolore siamo tutti simili. Forse in fondo l'amore quando ci colpisce ci rende tutti vulnerabili, fragili, ma anche bellissimi.

La maturità ormai è vicinissima, e in questo periodo dovrei essere sotto con lo studio e pensare solo a quello. Ma come cazzo faccio a pensare solo a quello, visto che vorrei pensare solo a Riccardo? Ho da studiare tanto, troppo, e non so davvero da dove cominciare, dove trovare le energie, ma non gli permetterò di rendermi tanto debole.

A scuola non ci si va più. La mattina ci si incontra per ripassare in gruppo. Solo che io sono con loro senza esserci davvero.

Alice, che è portatissima per lo studio, mi aiuta in mille modi, cercando di spronarmi con dolcezza a restare concentrata. «Amo, tu sei forte, ce la devi fare»: questo mi ripetono di continuo lei e Giulia, mentre mi tengono per mano.

Ieri siamo andate in macchina a Ostia per il tramonto. Abbiamo bevuto birra e mi hanno fatto rilassare. Ho trovato due tesori di amiche e, in tutto questo schifo che sto vivendo, loro sono una meravigliosa certezza.

«Comunque non si capisce proprio il comportamento di Riccardo, oh» dice Alice buttando giù un sorso di birra.

«Sì, infatti, assurdo proprio» replica Giulia allargando le braccia.

«Non ditelo a me, sono totalmente senza parole. Certo, negli ultimi tempi era un po' diverso, strano, e mi chiedevo cosa avesse... ma mai e poi mai mi sarei aspettata una botta del genere. Forse sono io che sono sbagliata. Anzi, quasi sicuramente...»

«Non dire cazzate, tu non sei sbagliata! Tu sei meravigliosa» dice Giulia alzandosi in piedi, con le spalle al mare.

«Infatti non esiste proprio quello che stai dicendo, tesorino. Non lo ripetere più» aggiunge Alice.

«E allora perché? Spiegatemi perché è successo. Perché è andata così?»

«Perché lui non sa cosa si perde.»

«Molti non lo sapranno mai.»

«Non lo so... So solo che vi amo. In questo momento senza di voi non saprei come uscirne. Grazie» ho detto, e poi ci siamo abbracciate tutte e tre e abbiamo iniziato a cantare a squarciagola *Muhammad Ali* di Marco Mengoni, mentre il sole scendeva sul mare e Riccardo da lontano continuava a spaccarmi il cuore. In modo lento, ma inesorabile…

Prima di andare via, ho fatto un video e un selfie di noi tre con le birre, cantavamo Ultimo con dietro il sole rosso fuoco. Il video l'ho postato nelle Storie di Instagram, la foto, dove ci sono io in primo piano e loro due dietro di me, l'ho messa come post, io ho uno sguardo malinconico, ma ho anche l'espressione di chi si sente protetta, capita, coccolata, nel posto giusto, ecco, e con le persone giuste… Le Sue persone! Ho l'espressione di chi è caduta sprofondando, ma sa che ne uscirà! Sotto ho scritto:

> Il dolore è un filo sottile, invisibile e tagliente, che ti ferisce al minimo movimento, anche il più impercettibile. E ti unisce al cuore di chi sente quello che senti… Quel buco, quel vuoto, quel senso di smarrimento. E ci riesce, perché lo sente suo. Le persone che non capiscono il tuo dolore, che si comportano come se non esistesse, non sono persone cattive, o insensibili. Semplicemente, non vedono quel filo. Non gli appartiene…

Mentre sto sul letto e fisso il soffitto, mi rendo conto che i miei occhi sono bagnati. Bussano alla porta. È mamma, che chiede se voglio qualcosa da mangiare, ma ovviamente rispondo di no.

«Ti porto almeno un po' di frutta…»

È da ieri sera che sento un dolore forte alle articolazioni e ho l'impressione che la miocardite si stia riaffacciando.

«Grazie, mamma. Più tardi prometto di mangiare una mela. Adesso non ne ho proprio voglia.»

«Ok tesoro, ma ti prego, non farmi preoccupare.»

Quando richiude la porta, arriva un WhatsApp, è Lorenzo.
"Ohi, come sei messa il 21 sera?"
"Che, mi stai invitando a uscire?"
"Se non fossi così giovane e disperata, forse ☺"
"Mai una gioia oh."
"Comunque il 21 ci sei o no?"
"Direi di sì. Il 19 e il 20 ho gli scritti della maturità. Il 21 avrò bisogno di staccare un po' e di ubriacarmi!"
"Perfetto, perché noi abbiamo organizzato un barbecue alla casa al mare di Valerio. Ti ricordi che ne avevamo parlato? Ti va di essere dei nostri?"
"Che è, una festa a tema depressione?"
"Ovvio. Altrimenti non avrei pensato a te."
"Allora non posso mancare."
"Chiaramente puoi venire con chi vuoi."
"Va bene. Sento una mia amica, mi organizzo con lei."
"Come stai?"
"Più o meno come te."
"Fantastico."
"☺"
"Stai studiando?"
"Ci provo."
"Sono sicuro che ce la farai."
"Ti voglio bene."
"Anche io, biondina."
"Che stupida Ginevra..."
"Non ne sarei così sicuro."
"Ne sono più che certa invece."
"Qui se c'è uno stupido vero è quel Riccardo."
"♥"
"♥"

Il giorno dopo la fine con Riccardo, Lorenzo è passato sotto casa per un saluto. Ci siamo abbracciati, non ci siamo fatti troppe domande, perché le risposte erano già nei nostri occhi. È assurdo che i nostri destini abbiano avuto un corso tanto simile, tanto triste e tanto doloroso. Mi ha detto che la sua preoccupazione maggiore è l'equilibrio della figlia, ma sono sicura che anche il suo cuore ne abbia risentito.

Prima di spegnere il telefono, do un'occhiata alle notifiche e leggo un nuovo post di Laura su Instagram.

> Mi manchi da morire, e ci sei sempre tu nei miei pensieri, padrone di ogni spazio, di ogni angolo del mio cuore. Anche se non lo voglio, anche se, ti giuro, io non lo vorrei. E quando le persone che amiamo se ne vanno, quando ci lasciano, ecco, no, noi non smettiamo di amarle, o di pensarle. O di sperare, in un angolo nascosto e profondo del nostro cuore, che tornino. Non è così, non è automatico.
> Mi manchi da morire, e non lo so, non lo so... forse uscirò con un altro, certo, o con altri mille, ma non lo farò perché penso di meritare qualcosa di più bello o qualcosa di meglio, o perché sei tu a non meritarmi e ad averci perso, come dicono le mie amiche che mi vogliono bene. E non lo farò con l'illusione di dimenticarti, perché non ti dimenticherei. E non lo farò per stare meglio, perché se lo facessi con quell'intento, sarebbe stupido, perché la verità è che poi starei peggio.
> Mi manchi da morire, e non mi forzerò perché sia diverso da così, perché non funzionerebbe, e non andrò in giro a dire che non ti penso più, perché sarebbe falso, e sciocco, perché invece ti penso sempre, perché ti penso di continuo,

perché anche quando non ti penso, cavolo, qualunque cosa poi mi ricorda te, perché non c'è niente, non c'è una solo cosa al mondo che dentro di me sia slegata da te, e quando finirà, quando smetterò di pensarti, e di starci male, ecco, sarà una cosa naturale, sarà così, da un momento all'altro, ma adesso no, non è quel momento, perché mi manchi da morire...

Tutte le volte mi fa tremare il cuore. Tutte le volte sembra che sia io a scrivere, che il cuore che muove quella penna sia il mio. Ecco...

C'è anche un post di Loy su Facebook che giro subito anche a Lore:

> La fredda, glaciale eleganza di quella bellezza mummificata, perfetta, annoiata da se stessa, immobile e vuota. Che incanta e strega e divora. Come quei mostri che prima sembravano fate meravigliose, come quegli uomini violenti, vigliacchi, manipolatori... che prima sembravano dolci, premurosi e gentili. Tutta quella roba vomitevole, sporca, che in un attimo diventa la cosa più brutta che tu abbia mai visto. La scivolata più pericolosa che tu abbia mai fatto. L'errore più grande che tu abbia mai commesso. Il rischio più grande che tu abbia mai corso.
> E tutta quella vita che ti aspetta ancora. E tutto quel cielo che non ti ha mai lasciato. Con tutti quei colori che ti porti dentro. Con la certezza che tu sei imperfetto, sbagliato, debole e fragile, ma ancora ti agiti, balbetti e sudi quando guardi le stelle. E ancora ti batte il cuore quando la notte, nel letto, sogni e sai che no, non è solo nei libri. Non è solo nei libri...

Non smetterò mai di ringraziare Sally per avermelo fatto scoprire.

Mi spoglio, resto con addosso solo gli slip e una maglia bianca di lino finissimo, Riccardo impazziva per questa T-shirt, lo intrigava il gioco della trasparenza, il fatto che si intravedessero i capezzoli, mi chiedeva di tenere solo quella mentre facevamo l'amore, l'abbiamo fatto mille volte così, con questa maglia che alla fine era impregnata del nostro odore, del suo profumo, e tutte le volte poi io ci dormivo, perché amavo sentirmelo addosso quell'odore, respirarlo anche dopo che lui se ne andava, mi faceva stare bene, lo sniffavo, tipo una droga... E tutte le volte poi, prima di addormentarmi, ripensavo a noi, a quanto lo amassi, a quanto era stato bello fare l'amore, non mi sarei mai staccata, era come se averlo addosso fosse la mia dimensione naturale... Mentre penso e ripenso mi sdraio sul letto, e fisso la finestra, la stessa che fissavo quella notte maledetta, quella notte così triste, metto un po' di musica, suona Noemi feat. Fiorella Mannoia con *L'amore si odia*, meravigliosa... E i miei pensieri non smettono di andare...

Ti guardavo andare via, e intanto sentivo il mondo sgretolarsi lentamente sotto i miei piedi. Tu eri quello che aveva promesso di sposarmi, di proteggermi, di non lasciarmi mai. E adesso invece te ne stavi andando, da un momento all'altro mi lasciavi lì, da sola, sul mio letto, nuda, con i brividi di freddo nonostante il caldo, portandoti via il mio cuore, come nulla fosse.

E mentre te ne andavi sentivo che se ne andava anche un pezzo della mia vita. C'erano anche i miei sogni, nelle tue tasche, insieme a qualche spiccio, mentre scendevi le scale di casa mia.

E mi sentivo tradita, abbandonata, persa, senza un domani. Perché eri sempre stato tu, il mio domani. Mi hai fatto male, tanto male! Come nessuno me ne aveva mai fatto. E sono certa che non te ne sei nemmeno reso conto del dolore che ho provato.

Ma in quello stesso momento, mentre mi lasciavi senza darmi spiegazioni, farfugliando parole senza senso, senza alcun rispetto per quello che era stato il nostro amore, ecco, nel momento stesso in cui mandavi il mio cuore in mille pezzi, ho capito una cosa... Ed è che ti guardavo andare via, ma sapevo che ero io quella che non sarebbe più tornata.

21
Cercavo un po' di rabbia da dedicarti

La vita di Lorenzo
Martedì 11 giugno 2019

Quando mio padre ci ha abbandonato io avevo otto anni, era novembre, era un sabato pomeriggio, erano le 16.32, e io ero ancora un bambino felice e spensierato, me lo ricordo come fosse oggi. L'ho visto uscire con delle valigie, caricare la sua auto rossa, un'Alfa 156 che io adoravo. Poi è rientrato un attimo, è venuto da me e mi ha detto con lo sguardo serio e severo: «Lorenzo, io non posso più stare qui, ora non posso spiegarti bene perché, sei troppo piccolo per capire, e io sono troppo grande per essere davvero sincero... Comunque sei già un ometto, e diventerai un tipo in gamba, ne sono certo! Dài un ultimo abbraccio al tuo vecchio, vieni qui!». Ricordo di averlo osservato immobile con un ginocchio a terra e le braccia larghe, senza riuscire a muovere un solo muscolo del mio corpo, lo guardavo negli occhi, mi chiedevo se fosse vero quello che mi stava dicendo, "forse è solo un brutto scherzo" pensavo, "forse ora si alza e comincia a ridere forte prendendomi in giro per il fatto che ci sono cascato..." pensavo. Aveva dei grandi baffi, folti e neri, e una giacca di pelle di quelle con il collo di pellicciotto, i jeans stretti e gli stivali neri. Dopo un po', visto che io ero lì, imbambolato, freddato, ucciso, morto, e non mi muovevo, si avvicinò lui e mi abbracciò forte, sono quasi sicuro di avergli visto un riflesso lucido negli occhi. Io invece non ho pianto, nemmeno un po', ero troppo terrorizzato per farlo.

«Ti voglio bene, mi dispiace» aggiunse.

Mamma era dietro di noi, sulla porta d'ingresso, piangeva composta, e anche lei, come me, non disse nulla.

Dopo anni ho scoperto che se ne era andato per mettersi con una tipa di venti anni meno di lui, una ragazza che aveva conosciuto al lavoro: aveva aggiustato una perdita di acqua nel bagno di uno studio legale dove lei faceva l'archivista. Andarono a vivere a Messina, la sua città natale.

Firmò una lettera, dal giudice, dove rinunciava a vedermi, dove rinunciava a me, e mia madre firmò una lettera dove rinunciava a qualunque aiuto finanziario da parte sua, purché sparisse per sempre. Divorziarono in modo "consensuale". Mamma, che fino a quel momento per accordo comune con mio padre non aveva praticamente mai lavorato (se non una piccola parentesi in banca...), pochi giorni dopo iniziò a fare le pulizie da una vicina, poi da un'altra, e con grande dolcezza e dignità portò tutto avanti, come solo certe donne sanno fare, crescendomi, facendo da mamma e da papà, nonostante il dolore, nonostante il buio. Nonostante qualche volta, a casa, ci sentissimo soli...

Mio padre, Renato Russo, faceva l'idraulico, era un bell'uomo, era simpatico e amato da tutti, guadagnava discretamente perché lavorava tanto e bene. E poi, ecco, poi era un pezzo di merda. E per me, quel sabato pomeriggio di ventinove anni fa, è morto. Per sempre. Ecco perché, quando tre anni fa tentò di contattarmi su Facebook, scrivendomi parole mielose, pietose, stucchevoli, senza senso, senza dignità, chiedendomi di incontrarlo e di dargli un'altra possibilità, io, semplicemente, lo mandai a fare in culo. Prima di bloccarlo. Non puoi uccidere tuo figlio e poi tornare, come se nulla fosse, come se non fosse mai morto, come se non lo avessi mai ucciso, e chiedergli di volerti bene, e di perdonarti, mentre esce dalle fiamme del suo inferno. Non puoi... Non lo puoi fare, ecco...

Ricevo un messaggio da Marzia, è il link a un post di un certo Loy. Lei aggiunge: "Leggilo, ti farà bene, a me ha fatto bene ♥".

Lo apro:

> Voi lo sapete, qui tutto è iniziato così, con Loy che parlava di Loy, dei suoi vuoti, del suo buio, del suo dolore...
> Sono ripartito raccogliendo quel poco che restava della mia vita e del mio cuore, perché mi ero perso, avevo perso la strada, e avevo tradito me stesso, e avevo tradito i miei sogni, e abbandonato il piccolo Loy con gli occhi grandi e il sorriso dolce che scalciava per essere quello che era, per seguire la sua natura. Sono ripartito così, rannicchiato, in un angolo, nudo, faceva freddo, provando a cercare i pezzi persi, perdendone altri. Era tutto così buio che alla fine quel piccolo focherello che si è acceso mi è sembrato un miracolo. Era una luce piccola ma stupenda, come una stella minuscola e lontana solo per me, in un cielo infinito e desolato, ricordo di aver sorriso, di quei sorrisi indecisi, non risolti, ma pieni di speranza, ricordo che quella luce eravate voi, lo ricordo bene, voi a prendermi per mano, voi ad ascoltarmi, io a scrivere, a scrivere, a scrivere... io a superare il muro della paura di espormi. Io, un giovane uomo un po' malmesso che parla di

se stesso, delle sue perdite, dei passi falsi. Di sentimenti e sofferenza, un uomo che si apre al mondo mostrando le proprie fragilità senza temere di risultare un debole, oppure temendolo un po', ma fregandosene. Che racconta dei suoi errori senza farne un vanto, ma nello stesso tempo coccolandoli un pochino. Insieme abbiamo superato il modello del maschio che non deve piangere, che non può piangere. E abbiamo capito che un uomo che non ha paura di guardarsi dentro e di parlare dei propri sentimenti, delle proprie emozioni, non è un perdente, ma uno che forse ce la sta facendo. E lo sta facendo con amore. Ecco, in questi anni abbiamo fatto tanta strada insieme, e quando ho iniziato a scrivere il romanzo che sto concludendo, e che un giorno spero di pubblicare, ero follemente innamorato di una donna con la quale pensavo di passare la vita, lo speravo, e sognavo di farci un figlio, di sposarla, di invecchiare con lei, di ritrovarci vecchietti, su delle poltrone in pelle sbiadita e vissuta, davanti a un camino, mano nella mano, a sorprenderci, qualche volta, con la coda dell'occhio, a guardarci sorridendo, ancora innamorati, come il primo giorno. Come la prima volta.

Come quel giorno in cui le avevo chiesto con un biglietto: "Ti va di passare la vita insieme a me?".

Avevo fantasticato tanto su questo amore che mi ha fatto sognare. È stato bello comprare un sacco a pelo da pochi soldi, sei o sette candele, prenderla e portarla al mare, sulla spiaggia, in una notte di maggio, a guardare le stelle, a fare l'amore come se prima di quella notte io, l'amore, non lo avessi mai fatto. È stato bello baciarla, baciarla a lungo chiudendo gli occhi, come se prima di allora, io, non avessi mai baciato. È stato bello sentire il cuore in gola tutte le volte prima di vederla, e ritrovarmi emozionato a sussurrarle parole d'amore. È stato bello fantasticare sul giorno in cui l'avrei sposata. Sono state tante le cose belle, o quelle che io ho vissuto come tali dentro il mio cuore. Ma poi è arrivato il dolore, e no, non siamo mai abbastanza forti davanti al dolore, ci coglie impreparati anche quando ci dicono "Oh, sto per colpire, stai per morire". Non siamo mai abbastanza pronti. Mai abbastanza pronti... E no, non è il momento della rabbia, del vittimismo, e non è il momento di trovare del marcio dove forse del marcio c'è davvero, no, questo è il momento di attraversarlo, il dolore. Di affrontarlo senza riserve. Questo è il momento di dire "Eccomi, sono qui, fai quello che devi..."

Che il dolore, lo sappiamo, se non lo affronti ti corre dietro anche per tutta la vita, e quando ti raggiunge, perché lui ti raggiunge!, ti colpisce con una violenza doppia o tripla. Ecco, io ora ho questo dolore da affrontare, e so che ne uscirò, con un po' di lividi, con un po' di lacrime, con qualche cicatrice che mi renderà ancora più bello, e mi renderà ancora più pronto ad accoglierlo di nuovo, l'amore, quando arriverà. Perché lo so, questo dolore che mi spezza il cuore, che mi spacca in due e mi toglie il fiato, io lo trasformerò ancora una volta in amore. E sarà ancora più bello. Forse sarà ancora più bello...

Loy

(E questo post, questo sfogo, è il mio primo passo verso la felicità...)

In effetti questo Loy mi fa riflettere, è così pieno di rabbia, di dolore, di autenticità, di delusione. Di amore... Tutte le cose che ho dentro il cuore io adesso.

Io: "Bellissimo, davvero, grazie! Ma vale per entrambi, vero?".

Marzia: "Vero...".
Io: "Come stai?".
Marzia: "Eh, sto così... Gli esami sempre più vicini e lui un pensiero fisso, ma non mollo eh!".
Io: "No che non molli! No che non molliamo! ☺. Dài, ti chiamo dopo o domani per un saluto!".
Marzia: "Ok! A presto!".
Io: "A presto! E studia!".
Marzia: "☹".

Prima o poi l'amore che merito arriverà. Lo riconoscerò perché pronuncerà poche parole, e mi dimostrerà con i fatti che non sta giocando, che non sono solo "frasette" d'effetto. Mi dirà: «Io sono qui, questa è la mia vita, e se lo vuoi, se ti va, è anche la tua!». Mi farà sentire speciale, perché io sono speciale! E mi regalerà il suo mondo quando il mio andrà in mille pezzi.

L'amore vero, lo riconoscerò dal sorriso, dal mio sorriso. Ma prima che questo succeda, amerò me stesso! Cercherò di volermi bene! E non permetterò più a nessuno nemmeno di sfiorarlo, il mio amore, se non avrà gli occhi puliti, se le sue mani saranno sporche, se non capirà quanto valgo...

Questa sera suono di nuovo al Plink, non sono molto in vena ma devo farlo, anche perché a breve dovrò affrontare diverse spese, non posso restare a vita da mia madre, ho già chiesto in un'agenzia di zona tramite Valerio, gli ha descritto le mie esigenze e il mio budget, spero che presto esca fuori qualcosa di carino! Tornando alla musica, ecco, sì, ora è davvero essenziale che io lavori il più possibile, fra le serate e le lezioni, intensificando posso tirare fuori uno stipendio che mi permetta di fronteggiare le varie spese, l'affitto della casa, la macchina, quelle per Bianca insieme alla madre, e anche delle piccole vacanze, che ogni tanto sono necessarie. Ma quello che davvero vorrei, quello che davvero vorrei ora, sarebbe una stanza vuota, solo questo, una stanza vuota, lontana da tutto e da tutti, con un pianoforte a coda, nero e lucidissimo. Suonerei per ore, pezzi di artisti che amo, quelli che preferisco e mi fanno bene al cuore, come Ultimo, Vasco, Mengoni, Brunori Sas, Ron, Dalla, Elisa e Tiziano Ferro. E molti altri...

E poi suonerei roba mia, vorrei tanto farlo, io e il mio pubblico immaginario, io e le mie canzoni, le mie parole. Da quanto tempo...

Sarebbe bello ricominciare a prendermi cura dei miei sogni. Sarebbe bello...

Forse, nella stanza, farei entrare solo Bianca, la mia dolce tenerissima principessa, che sono sicuro si siederebbe su una sediolina, accanto a me, e ascolterebbe felice. Dio, Dio quanto la amo! E quanto sono angosciato per lei, sono terrorizzato dal fatto che possa vivere anche solo un millesimo del dolore che ho vissuto io, mi dilania, mi spezza in due. Non deve succedere, io devo proteggerla in ogni modo, dandole tutto l'amore del mondo.

Non lo so se Ginevra ha davvero pensato a questo, spero che abbia a cuore, come me, la serenità di Bianca.

E comunque mi manca, cavolo, Ginevra mi manca da morire, mi manca il suo odore, la sua pelle, mi manca anche il suo modo un po' freddo e altezzoso di parlarmi, e mi manca cenare tutti e tre insieme, guardare la tv tutti e tre insieme. E mi manca spogliarla, e fare l'amore.

Ecco, e sì, sto male...

Sono le 12.30 e mamma starà per tornare, oggi rientrava un po' prima perché la signora a cui fa le pulizie il martedì ha il marito in ospedale, da quello che ho capito, nulla di serio, per fortuna, ma ovviamente deve andare a trovarlo.

In pratica, è entrata un po' "in famiglia" in tutte le famiglie con le quali collabora. Le raccontano tutto, si confidano, si sfogano, le chiedono consigli, quasi come parlassero con lo psicologo. La amano tutti, lavorando soprattutto per persone della zona, ogni tanto mi capita di incontrare alcune delle sue datrici di lavoro, per esempio la moglie del macellaio sotto casa, o i proprietari del bar in piazza, gente che conosciamo da una vita. La amano e la rispettano, e quando mi parlano di lei gli brillano gli occhi, e io ne sono fiero, tanto. Che poi mamma da giovane, dopo il diploma di ragioniera, aveva anche iniziato l'università, Economia e Commercio, ma poi conobbe mio padre che le promise matrimonio, figli, mari e monti, e mollò gli studi, come successivamente mollò, sempre in accordo con lui, un ottimo posto in banca: appena rimasta incinta di me, diede le dimissioni.

Mentre penso a questo, sono seduto davanti al pianoforte a muro in salone, bianco e con la vernice un pochino rovinata, che non è propriamente quello che sognavo poco fa, ma fa il suo mestiere, e poi sa della mia vita... E mentre penso, passo dal suonare canzoni come *Ti scatterò una foto* di Tiziano Ferro, *Ti ho voluto bene veramente* di Marco Mengoni, e *Anche fragile* di Elisa, a *Una lunga storia d'amore* di Gino Paoli, la preferita di mia mamma, e la canticchio: *Fai finta di non lasciarmi mai anche se dovrà finire prima o poi questa lunga storia d'amore...*

E poco dopo sento la sua voce cantare con me, non l'ho

sentita entrare, mi mette le mani sulle spalle e canta, e cantiamo, e a me, non lo so perché, vengono gli occhi lucidi…

Appena finita la canzone, mi alzo per salutarla, e lei vede gli occhi lucidi, e mi guarda con i suoi, verdi, stupendi, espressivi, e senza dire nulla prende la mia testa e la porta al suo petto. «Si risolverà tutto» mi dice, «si risolverà tutto, amore mio!»

«Lo spero, soprattutto per Bianca…»

«La amiamo tutti, crescerà serena e meravigliosa, vedrai!» Poi aggiunge: «E tu ricorda: chi non sa riconoscere la bellezza e la rarità che ha la fortuna di avere fra le mani, non merita di trattenerle, di goderne…».

La guardo e le sorrido. «Mamma, grazie… ma tu sei di parte!»

«Sì, lo sono, puoi giurarci!» e ride.

«Potrebbe essere lei, fra noi, quella che merita di più, quella rara…»

Si gira senza rispondere e posa la borsa sul divano, quindi raccoglie le buste della spesa per portarle in cucina, e mentre sta per girare l'angolo, si ferma, posa le buste a terra, mi guarda negli occhi e mi punta il dito. «Sì, potrebbe essere lei quella rara fra voi due, potresti essere tu quello che ci perde, certo, amore!» e sorride con dolcezza, per poi tornare seria: «Ma non è così! Fidati di mamma, non è così! E se ne accorgerà presto!».

La guardo in silenzio e non rispondo, poi mormoro: «Che ti devo dire, speriamo, mamma…».

«Non lo so, non so se c'è da sperarlo, chi ha difficoltà a riconoscere la bellezza una volta temo che non saprà riconoscerla mai… Ma la vita è la tua, e saprai fare le tue scelte col cuore! Lo so…» Mi sorride ancora, si gira e se ne va.

Resto in piedi davanti al piano, imbambolato, a pensare alle sue parole, eppure mi sento di aver perso tanto io, mi sento così sbagliato, difettoso, “poco figo”, in confronto a Ginevra... In fondo lei ha scelto un altro uomo, che di sicuro sarà uno che sa il fatto suo, realizzato, magari è un imprenditore di quelli che girano in Porsche, vestito bene, sicuro di sé, senza velleità artistiche compromesse, non come me, indeciso, realizzato a metà, con dei sogni adolescenziali a cui ancora credo ma che ho abbandonato molto tempo fa, troppo grandi per la mia età, troppo lontani per un romantico irrisolto che crede nell’amore e in *due cuori e una capanna*...

Mi guardo nello specchio all’ingresso, e vedo un ragazzo cresciuto con i capelli troppo lunghi, con gli occhi verdi e troppo grandi, con una vita e un cuore andati in mille pezzi da ricostruire...

Arriva un WhatsApp, è Sofia: “Amico bello, come stai?”.

Io: “Me la cavo, dài...”.

Sofia: “Certo che te la cavi! Ma io voglio che tu stia bene!”.

Io: “Sei dolce!”.

Sofia: “Solo perché sono cicciottella come un bignè, vero? ☺”.

Io: “Sofia, tu sei *bona* come un bignè, è diverso...”.

Sofia: “Ah ah ah! Buona questa! Paraculetto!”.

Io: “Forse è arrivato il momento di tagliare i miei capelli, non sono più un ragazzino, sono troppo lunghi...”.

Sofia: “Vuoi morire proprio oggi? Spero che tu stia scherzando! E chi lo decide a che età si portano i capelli lunghi? Chi lo decide a che età si è *ragazzini*?”.

Io: “Parlare con te mi fa sempre bene...”.

Sofia: “E allora fallo più spesso! ☺ Così la smetti di dire cazzate! 😛”.

Io: “Ti voglio bene!”.

Sofia: “Io tanto!”.

Sofia: "Oh, Lore… lo so che è scontato… ma voglio dirtelo lo stesso: andrà tutto bene!".

Io: "…".

Sofia: "???".

Io: "Grazie!".

Corro a mangiare un boccone, poi oggi ho tante lezioni private alla scuola, tutti che spostano, rimandano da un giorno all'altro, e poi mi ritrovo a farne mille insieme per recuperare! Alcune per fortuna sono di gruppo, solo solfeggio, altre singole, e quelle succhiano molta energia, ma spesso ti procurano anche altrettanta soddisfazione.

Dopo pranzo, mentre sono in macchina per andare a scuola, mi squilla il telefono di continuo, prima Davide che vuole sapere come sto, che caro che è…

Poi Valerio: «Oh, dobbiamo sfidare a tennis Marcello e Luca, quei due sfigatelli…».

«Valerio, ma che cavolo dici? Sono superallenati e noi siamo fuori forma, non stiamo giocando praticamente mai, quelli fanno tornei tutti i giorni!»

«Ma se siamo molto più forti noi! Che poi scusa eh…» e usa un tono finto delicato che proprio non gli si addice, «ora, non per dire, ma *tu* sei fuori forma, in effetti, ecco… ti è venuta pure una bella pancetta, Lorenzo mio, dobbiamo lavorarci, io ho gli addominali spaccati, ho la v, ma mi hai visto? Ti ricordi l'altra settimana sotto la doccia?»

«No, non mi ricordo esattamente come sei da nudo, sotto la doccia non sto lì a farti le fotografie con gli occhi o ad ammirarti… Comunque quelli non li battiamo!»

«Li abbiamo battuti mille volte!»

«Valerio, li abbiamo battuti una sola volta, circa cinque anni fa, me lo ricordo come fosse oggi, Luca aveva la pubalgia e noi eravamo sul pezzo, all'epoca giocavamo quasi tutti i giorni!»

«Guarda, li sfido e mi gioco una cena!»

«Sì, come l'altra volta con Diego e Marco a padel…»

«Tu sei negativo! Devi pensare positivo, cazzo!»

Mi fa morire. Rido e rispondo: «Credere nelle favole, Valerio, non è pensare positivo, è semplicemente credere nelle favole!». Poi aggiungo ironicamente: «Avremo bisogno di un mental coach, ne ho conosciuto uno famoso, tempo fa, durante un festival musicale, lo faceva per i grandi artisti e per molti cantanti famosi… dovremmo trovare il suo numero di telefono!».

«Ma sai che io conosco il mental coach più famoso del mondo? È lo zio di mio zio!»

«Ah ah! Sì sì, lo so…» Scoppio a ridere e gli dico che sto facendo tardi.

«Perché ridi?»

«Così, non ci pensare…»

«Fai forse dell'ironia? Ah ah, proprio spiritoso! Pazzeeesco!»

Rido ancora e dico: «Ciao Vale, scappo!».

«Scappa, scappa, ma di questo tuo sarcasmo prima o poi dovremo parlarne!» protesta con la solita finta aria offesa.

«Ma certo!»

«Li sfido, eh! Vinciamo!»

«Ok, sfidali!»

«Pizza e birra!»

«Come ti pare, ma paghi tu anche per me.»

«Pagheranno loro!»

«Sì sì, come no… Ora scappo davvero!»

«Senti, l'ultima cosa…»

«Dimmi.»

«Come stai?»

Ecco, lui è così: voleva farmi questa domanda fin dall'inizio, ma doveva mantenere la sua maschera, quella facciata buffa che si è costruito, perché non ce la fa ad affrontare certe emozioni in modo diretto, perché ha una sensibilità "pazzesca" che in pochi hanno capito…

«Ti voglio bene, Vale…»

«Ma che cazzo me ne frega se mi vuoi bene?! Ti ho fatto un'altra domanda!»

«Male, ma bene. Penso a lei ma ce la faccio, me la cavo, e poi la priorità è Bianca, ne usciremo.»

«Ma che cazzo… Certo che ne usciremo! Razza di rammollito sentimentale!» Resta in silenzio per un attimo e poi, prima di attaccare velocemente, lo sento aggiungere: «Anche io ti voglio ben…».

E mette giù.

E io sorrido, perché Sofia, Davide, Marzia, e Valerio, mi regalano sorrisi…

Verso le 8 sono di ritorno a casa, parcheggio e arrivato sotto il portone trovo Bianca e Ginevra, e come sempre, quando la vedo, mi tremano le gambe, e le mani, poi sono ridotto uno straccio dopo quasi sette ore di lezione con l'aria condizionata mezza rotta; lei invece è vestita in modo impeccabile, ha un tubino nero, sandali neri con tacco altissimo, con quella pelle curata e morbida, coi suoi denti bianchi e perfetti, che le donano quel sorriso da star, con gli occhiali da sole neri, grandi e un po' quadrati, sembra davvero una modella! Una di quelle strapagate. Mi ha sempre fatto riflettere poi il suo non sentirsi minimamente in difficoltà in questa zona così diversa e distante da lei, dalla sua vita lussuosa, dalle sue abitudini da ricca, dal quartiere esclusivo nel quale è nata e cresciuta, lei viene qui, con la sua auto costosa, vestita da diva, con orologi e gioielli che valgono più di tre o quattro appartamenti di questa via, come se i palazzi alti e grigi e tutti uguali fossero un contrasto perfetto che valorizza il suo stile, come se lei fosse in grado di renderli fighi, o cool, quei palazzoni popolari, come se la sua vita fosse tanto bella e perfetta da non temere contaminazioni o insidie... La percepisco a suo agio, lei è sempre a suo agio...

E poi la sento così più "forte" di me, così più sicura...

«Ciao, tutto bene?» mi dice tenendo una mano sulla spalla di Bianca e sorridendo.

«Sì dài, come vedi sono a pezzi, oggi ho lavorato tanto e faceva un caldo infernale a scuola» dico abbozzando un sorriso, maledicendo il mio look basico e dimesso, e la T-shirt stropicciata.

«Accidenti, mi dispiace!» risponde mettendo una ciocca di capelli dietro l'orecchio. «Dunque, ci rivediamo venerdì, passo a riprendere la nostra principessa, qui?» e si china per baciare Bianca che resta immobile a fissarci con uno sguardo malinconico che mi spezza il cuore.

«Ok ok, a venerdì» rispondo quasi balbettando.

«A venerdì!» e la vedo entrare in una macchina assurda, ma non dalla parte di chi guida, credo sia una Lamborghini, di quelle auto che costano cifre pazzesche, e al volante c'è un tipo, un belloccio, con i capelli cortissimi e brizzolati, la pelle curata, l'abito scuro. Quando Ginevra entra, lui la guarda e le sorride, poi si gira verso di noi e, sempre con quel sorriso del cazzo, fa un cenno *rispettoso* di saluto con la testa e alza quasi impercettibilmente la mano.

Credo che questo sia stato il colpo di grazia, il fondo toccato, il punto di non ritorno del pugnale che entra fino nel cuore e lo buca per sempre.

Trovo la forza e il coraggio per sorridere a Bianca, per prenderla in braccio e stringerla, ma lei è come se capisse, come se sentisse, e mi stringe altrettanto forte, e mi bacia dappertutto, e mi dice: «Ti voglio bene, papo mio!».

E io muoio dentro, e scendono poche profonde lacrime a tagliarmi il viso, e lei le tocca con il dito e mi chiede perché piango.

«Non sto piangendo, amore di papà, ho un'allergia agli occhi terribile.»

«Aleggìa?» chiede spaesata.

«Sì, amore mio, allergia. È una malattia piccola agli occhi, ma passa subito, vedi?» Mi asciugo il viso con la spalla. «Vedi? Già non c'è più niente!»

È subito sollevata, e ride, e urla: «Sìììììì, sei guaritoooooo!».

E così saliamo, con Bianca felice che io sia *guarito*, che mi racconta cosa ha fatto con la mamma e con quell'amico della mamma *un po' noioso pecché è sempre serio e non chezza mai*, di nome Filippo Maria. Saliamo mentre Bianca mi abbraccia e mi dice che le sono mancato, e io sento un sollievo, l'unico sollievo mentre il mondo mi frana impietosamente addosso, insieme a tutti miei sogni, le certezze e le illusioni…

Cercavo un po' di rabbia da dedicarti, ma nel mio cuore non ne trovo più.

Pensavo di averne tanta, pensavo che la meritassi, per via delle mancanze, per quel tuo modo elegante e sobrio di rendere piccoli i miei sogni, per tutte quelle parole che non hai ascoltato, per tutti quei i gesti che non hai notato. Per tutte quelle emozioni importanti che straripavano dal mio cuore e diventavano parole per te, che tu hai ignorato sorridendo, un po' come se certi momenti fossero esistiti solo nel mio cuore, un po' come se in fondo, dài, dovevo capirlo che era tutto un gioco.

L'anello, le stelle, l'amore... Tutto un gioco.

Le mani, gli intrecci, gli abbracci... Tutto un gioco.

Cercavo un po' di rabbia, come quando cercavo un po' di me nella tua vita, come quando cercavo un po' di spazio nel tuo cuore. Ma non c'è più. Forse perché non ci sei più tu.

Forse perché, in fondo, avevi ragione, era solo un gioco...

22
Come quei professori che non ti hanno mai capito, che non sanno niente di te e di quello che hai dentro

La vita di Marzia
Martedì 18 giugno 2019

Domani è il grande giorno! Sono arrivati gli esami! È indescrivibile l'ansia e lo stress che ho provato nell'ultima settimana. Con Giulia e Alice abbiamo cercato di ripetere e ripetere ogni materia, tutto il possibile, abbiamo fatto schemi, riassunti, specchietti, specialmente per la seconda e terza prova che quest'anno sono un terno al lotto! Latino e greco erano l'incubo di tutti che si è materializzato! Il tutto, ovviamente, è stato arricchito da chili e chili di Nutella, biscotti, gelato, la prova costume quest'anno può aspettare, ma di brutto eh! Evviva! Nei momenti di maggior fatica ci siamo date forza ricordando che tra tre settimane andremo insieme al concerto di Ultimo, sarà il miglior modo per dimenticare questo periodo di stress.

Comunque abbiamo studiato davvero tanto, nonostante il mio pensiero sia sempre stato fisso su Riccardo. C'era in ogni pagina, lui, in ogni riga di latino, di italiano, nelle formule di fisica, soprattutto quelle che non capivo…

Riccardo, purtroppo, è ancora ovunque: nella mia vita, dentro la mia anima, nelle ossa, fra gli spazi tra le mie dita, nell'immagine che vedo quando mi specchio e mi chiedo se sono bella, e non sei mai bella quando non sei felice, e non sei mai felice senza l'amore. E per me, l'amore, aveva il suo nome, cazzo! Però piano piano sto imparando a conviverci con questo dolore, con questo vuoto, con questa mancanza che mi sento sulla pelle e mi porto dietro ovunque, come fosse un alone, un'ombra. Addosso, a volte, sento ancora il suo profumo, il suo odore, le sue mani, a volte sento ancora le sue parole rassicurarmi, certe volte lo sento ancora sussurrarmi nell'orecchio che non mi lascerà mai, che mi ama da morire, che vuole rendermi felice, vedermi sorridere e costruire un futuro insieme. E quindi sono qui, questa sera prima degli esami, a fare i conti con questa cosa, solo che io odio la matematica e i conti non li so fare, ci rimetto sempre, io, quando faccio i conti. Era lo stesso da piccola, quando si giocava a nascondino e dovevo contare fino a cinquanta con gli occhi chiusi, e cavolo se li tenevo chiusi! Solo che poi, finito di contare, mi perdevo sempre, e non vincevo mai...

Tre giorni fa ho rivisto Sally, siamo state bene bene. Ci siamo trovate in centro, abbiamo comprato due costumi, appunto... sono identici. Ma nemmeno l'ho provato perché so che non mi entra! Però io ho fede, tanta fede...

Abbiamo parlato un sacco, riso, scherzato e pianto, in realtà, ecco, ho pianto solo io...

E ci siamo raccontate un sacco di cose che al telefono sono sempre più complicate da raccontare, quelle cose solo nostre, quelle che abbiamo dentro e quando ne parli lo fai solo con pochissime rare persone di cui ti fidi e comunque è necessaria la presenza, il calore, potersi guardare negli occhi, e sapere che, nel caso, se serve, ci sarà qualcuno a prenderti per mano, a farti sentire a casa in un abbraccio lunghissimo e sincero... Insomma, tutto come ai vecchi tempi, tutto come sempre, anche lei era tesissima per gli esami, e per le prove nuove che nessuno conosce. Fra un po' di giorni tornano Benedetta e Geggy in Italia, che bello! Ci siamo ripromesse di incontrarci tutte insieme, Paco compreso, magari al nostro storico muretto dove ci si incontrava sempre, ovviamente ho posto come condizione che non ci sia Riccardo, ma da quello che ho capito non c'è rischio, si è fatto sentire poco con tutti, persino con Paco... Ha detto di stare male per me, per la mia sofferenza, perché gli manco, perché la nostra rottura lo ha devastato... che parlarne lo addolora, lo deprime, ma che era necessario, ché ha bisogno di un periodo per sé, per ritrovarsi, mah...

Oggi Rareza ha scritto una cosa sul suo blog:

> Ti sentirai dimenticata, tradita, proprio da quelle persone a cui hai donato il tuo cuore, quelle a cui hai tenuto la mano quando dentro al loro mondo era calato il buio. Arriverà da quelle persone, la pugnalata che proprio non ti aspettavi.
>
> E tu abbracciati da sola! E non scordarti mai di te stessa!
>
> Ti ritroverai davanti a uno specchio che non saprà parlarti della tua vita, dei segni sul cuore, delle cadute, dei colpi presi. E nell'immagine riflessa vedrai un corpo che non ti piace, ti sentirai imperfetta.
> Ma non è vero, perché gli specchi sono solo specchi, non hanno anima, non sanno niente della tua storia, non sanno nulla di quello che hai passato, niente di quello che hai dentro.

E poi tu, tu sei bellissima!

Arriverà la delusione per un amore che credevi grande e senza fine, ti sentirai persa, sola, smarrita. Maledirai il giorno in cui ci hai creduto. E di notte cercherai un suo abbraccio, senza trovarlo. Aspetterai un suo messaggio, una telefonata... che non arriveranno. Ti chiuderai in te stessa col cuore in mille pezzi e la tua vita da ricostruire.

Non smettere mai di crederci!

Perché poi, ti giuro che arriverà qualcuno a prenderti la mano, a dirti che non importa del passato, che non importa del dolore provato e delle crepe nel cuore, che non importa degli specchi e delle ferite, che se ti va, potete perdervi l'uno negli occhi dell'altra per il resto della vita. Che non è vero che l'amore non esiste, e che "il per sempre" non è solo nei libri. E che anche i vuoti più grandi, quelli più bui, anche quelli possono essere curati, compensati da un abbraccio lungo, infinito e silenzioso.
E lui farà così, per convincerti che è vero: ti abbraccerà da dietro, stringendoti forte al petto mentre tu chiuderai gli occhi e sorriderai. Mentre tutto il male, all'improvviso, passerà...

E tu... tu sarai felice!

εïз
Rareza

Mi ha fatto sognare, chissà se a me succederà mai di trovare un uomo che mi ami così, lo vorrei tanto, ne avrei così bisogno...

Questa sera, con Giulia e Alice, abbiamo deciso di andarcene a Trastevere a mangiare un panino e bere birra, fregarcene di tutto, mollare libri, penne, ansia e quaderni, quello che è fatto è fatto, domani affronteremo il nostro destino, per questa sera smettiamo di pensarci e ci andiamo a rilassare un po', in fondo ce lo meritiamo.

Verso le 20.30 parcheggiamo la mia macchina sul lungotevere, proprio all'altezza di Ponte Sisto, ma dalla parte opposta di piazza Trilussa, quindi lo percorriamo per raggiungerla, e a me tutte le volte scoppia il cuore, mi ricorda quella volta che Riccardo volle portarmi a ogni costo su questo ponte per baciarmi e dirmi che mi amava da morire, «come si amano le cose rare e speciali»... Non so perché ci teneva tanto a dirmelo proprio qui, mi aveva accennato qualcosa che aveva a che fare con Leonardo, il suo ex datore di lavoro, ma non so bene di cosa si trattasse, so solo che era davvero fissato con questo ponte, e in effetti, di sera, è proprio stupendo, dal panorama sul Tevere, alle luci che si riflettono sull'acqua, c'è un'atmosfera davvero magica!

Comunque cerco di non pensarci, ora vado a divertirmi con le mie amiche, perché questa è la mia serata, è il mio giorno prima degli esami!

Ceniamo in un posto fighissimo che ha una Fiat 500 vintage rossa al centro del locale, è pieno di ragazzi, italiani e stranieri, gli stranieri sono perlopiù americani. Accanto a noi c'è un altro gruppo di ragazzi che festeggia il giorno prima del trauma dei traumi, so che sognerò tutta la vita i miei esami di maturità, è una cosa che vale per tutti, tanto vale prenderla a ridere.

«Che poi, dài, abbiamo studiato così tanto che ce le meritiamo proprio queste patatine fritte! Io non sono preoccupata quasi per niente...» dico mentre le divoro una dopo l'altra in modo quasi bulimico.

«Oddio, Marzia, a guardarti mangiare sembri proprio nevrotica, invece!» dice Giulia e scoppiamo tutte a ridere.

«Cazzo!» e butto giù un sorso di birra.

«Ah ah ah!» Alice ride, ma anche lei sembra abbastanza nervosa. Oh, è il giorno prima degli esami! Mica un giorno così...

Però, man mano che mangiamo e, soprattutto, beviamo, la tensione diminuisce e ci rilassiamo davvero.

Cominciamo a parlare di Marianna, una tipa di classe nostra che viene criticata perché esce ogni sera con uno diverso e si veste in modo un po' troppo, come dire, "eccentrico"...

«Posso dire la mia? Secondo me è una stronzata questa cosa di giudicare! Cioè, ognuno fa quel che vuole nella vita, ma che dà fastidio a te o a me?» chiedo in forma retorica.

«Ma infatti! Sono stradaccordo! È che la gente deve parlare per forza, deve puntare il dito, perché è molto meno faticoso che guardarsi dentro!» dice Giulia e tutte annuiamo.

«E poi, ve lo dico, io non sono mica stata una santa prima di stare con Riccardo! Né sotto il profilo del vestire in modo provocante, cosa che amo ancora fare...» e faccio la linguaccia e rido, «né per quanto riguarda l'uscire con tanti ragazzi... E odiavo chi mi giudicava! Non te lo dicono in faccia, ma lo capisci! E forse in futuro non lo farei più, boh, adesso di sicuro non ne sento la necessità, ma non mi sento su nessun piedistallo rispetto a Marianna o a chiunque altro! Secondo me la purezza, la gentilezza è nel cuore, non nei vestiti...»

«Ma certo! E poi, cazzo, abbiamo diciott'anni!» dice Giulia.

«Appunto...»

«Ma tu, da un discorso a un altro, adesso come ti senti? Rispetto a Ric, intendo» chiede Alice.

«Spezzata, come se mancasse una parte di me, ma giorno dopo giorno cerco di conviverci. Che devo fare? Lo posso solo accettare...»

«Certo! Che stronzo, comunque! Tutte quelle parole e poi...» dice Giulia.

«Eh...» allargo le braccia.

«Gli uomini... Pensa pure a Christian e a come si è comportato con te! Senza parlare di Agnese che era una tua amica e mi fa senso solo nominarla...» rincara la dose Alice rivolgendosi a Giulia che accusa un po' il colpo ma nello stesso tempo apprezza la solidarietà.

«Mi credi che quando ci penso mi viene ancora da vomitare per quei due? All'inizio non pensavo di potercela fare!»

«Ti capisco benissimo, anche se le dinamiche sono state diverse con Ric, anch'io all'inizio non pensavo di potercela fare ad andare avanti, non vedevo proprio una via d'uscita. Poi capisci che invece c'è sempre un modo per uscirne, anche se non smette di fare male, anche quando il dolore è tanto forte da piegarti...» dico io proponendo un altro brindisi. «A chi cade e si rialza più forte e bella di prima! A chi ce la fa sempre!»

«*Cheers*!» è un coro.

«Io comunque, oh, ve lo dico, se ce la sto facendo, è anche e soprattutto grazie a voi!» e le guardo negli occhi seria.

«Marzia... che dolce! Ti adoro! Anche noi siamo più belle da quando ti conosciamo!» risponde Alice.

«Ecco, proprio così!» dice Giulia, «e anche se, quando Christian e quell'altra troia mi hanno spezzato il cuore, tu non c'eri, poi, parlartene, mi ha fatto bene, perché purtroppo no, certe cose non ti passano tanto velocemente, ti lasciano dei segni nel cuore, e avere amiche come voi con cui affrontare la vita è un dono immenso!»

«E allora facciamo un altro giro e lo dedichiamo all'amicizia! Che ne dite?»

«Dico che sei un genio!» risponde Giulia ridendo.

«A noi! All'amicizia!» urla Alice con le braccia alzate.

«E fanculo agli esami di domani! Ce li mangeremo prima di fare colazione...» dico sicura.

«Sìììììì!» rispondono in coro.

Appena ci salutiamo, in ascensore, mando un altro messaggio a Sally: "Andrà tutto bene! Spaccheremo tutto! In bocca al lupo, amo'! Sei sempre tu, per me! Siamo sempre noi!".

Prima di dormire metto una foto della serata su Instagram e scrivo una cosa di getto, pensando a Giulia:

> Lui ti ha tradita, ti ha spezzato il cuore. Ti fidavi, tu. Ma lui giocava sporco, mentre tu eri innamorata persa, credevi alle sue parole, lo amavi come forse non lo amerà mai più nessuno.
> Ti ha tradita, con quella che pensavi fosse un'amica, e il dolore è stato doppio, perché quello proprio non te lo aspettavi. Come si fa a tradire un'amica che si fida di te e poi a guardarsi allo specchio? Come si fa a dormire la notte, come si può tradire la fiducia di un'amica e poi sentirsi a posto con se stessi?
> Lui ti ha tradita, insieme a lei, e forse hanno riso di te, senza tatto, senza alcuna sensibilità, senza capire il male che ti stavano facendo. E adesso? Cosa resta della loro anima? Ades-

so dove troveranno la forza per credere nella loro vita? Ti hanno tradita, ma nel loro cuore non c'è nemmeno un po' d'amore, e tu hai sofferto, sei sprofondata, porti ancora i segni, quelli restano per ricordarti che effetto fa la lama quando entra... Ma poi ti sei rialzata, sei tornata a brillare come le stelle dopo la tempesta, e adesso guarda! Dio, quanto sei bella, adesso! Quanto sei forte, adesso!
Ti hanno tradita, giocando con i tuoi sentimenti, approfittando della tua ingenuità, della tua lealtà, credendosi furbi. Ma loro ora sono soli, e resteranno soli, anche quando avranno mille persone intorno, proveranno sempre quel senso di smarrimento, di vuoto, quello che provano le persone senz'anima. Tu invece troverai chi ti amerà come meriti, perché sei ancora quella che sei: pulita, sincera, leale...
E non ti hanno tolto niente dal cuore, perché non hai mai smesso di credere nell'amore, come fanno le donne coraggiose, hai trovato la forza per fidarti ancora. Mi hai regalato questa possibilità, di essere tua amica, amica vera, e io ti custodirò per sempre, sarò sempre al tuo fianco, sarò sempre lì a prenderti la mano, ad ascoltarti se avrai voglia di parlare, ad abbracciarti per sentire meno freddo nel cuore. Ti voglio bene, quando non ci sei mi manchi, sei tu, siamo noi, non tradirò mai la tua fiducia, perché per me sei preziosa, speciale, la mia dolcissima amica rara. Il mio regalo. Grazie...

E sotto al post, Alice commenta taggando me e Giulia, scrivendo: "Vi adoro, amorineeee! Sempre unite. Sempre insieme! ❤".

Poi faccio un giro su Instagram e scopro che Laura ha scritto un post dedicato a tutti noi maturandi:

È il giorno prima degli esami, e questa notte non dormirai, hai mille dubbi, ti chiedi come andrà e cosa ti aspetta. Pensi ai tuoi che non capiscono la tua emotività e quanto possa pesarti il loro giudizio. Voglio dirti che devi stare tranquilla, gli esami non dicono chi sei o quanto vali, non parlano della tua sensibilità, del talento straordinario che hai quando scrivi sul diario, quando balli da sola, quando canti o suoni o ami...
Come quei professori che non ti hanno mai capito, che non sanno niente di te e di quello che hai dentro.
È il giorno prima degli esami, ti senti sola, ma poi ti ricordi che puoi contare sulle Tue persone, quelle che ti stanno tenendo la mano adesso che hai paura. Quelle che ti resteranno accanto questa notte, anche solo col pensiero. Quelle che ci sono sempre quando ne hai bisogno, mentre trasformi la paura in eccitazione e decidi che stanotte ti divertirai, in giro o su un letto, a ubriacarti, a ridere, a urlare al mondo che gli esami sono solo esami e tu sei molto altro, molto di più. E le Tue persone, quelle speciali che hai nel cuore, questo lo sanno!
È il giorno prima degli esami, e mentre lo stomaco si contorce pensi a lui, che sa accenderti il sorriso anche adesso che sei nel panico, quando ti scrive o ti manda un vocale, perché la sua voce sa calmarti, e sorridi perché magari non state insieme e tu ci speri e ti fai i film, ti immagini con lui mano nella mano, mentre siete in macchina e ti porta al mare, a vedere il tramonto, ad aspettare che il sole accarezzi il mare, mentre ti stringe da dietro e tu hai il cuore in gola, mentre ti sussurra che ti ama, che sei speciale, mentre un tramonto pazzesco fotografa un momento che vorresti non finisse mai, quel bacio bello da morire che ti toglie il fiato,

che ti fa volare, che ti fa sentire capita, che ti dà la certezza che domani sarà solo uno dei tanti esami che dovrai affrontare, ma che tu sei altro, molto altro. E quel bacio, senza dire una parola, fra il cielo e le stelle, fra la luna e i tuoi occhi, questo lo sa…

Dio, quanto la amo!

Prima di dormire ascolto un po' di musica, per rilassarmi, metto Elisa con *Anche fragile*, la ascolto tutte le volte che mi serve un po' di forza e un po' di dolcezza, tutte le volte che ho bisogno di sentirmi meno debole, meno sola, meno sbagliata… E penso che se adesso Riccardo fosse qui mi abbraccerebbe da dietro, mi farebbe mille carezze e mi direbbe che non devo preoccuparmi perché andrà tutto bene. Solo che lui ora non è qui ad abbracciarmi, a proteggermi, a stringermi forte per farmi sentire al sicuro, e non lo so, non lo so se domani andrà tutto bene, ma so che lui mi manca come l'aria, e so che un cielo senza stelle ti fa pensare che anche se andrà tutto bene, non potrà mai essere davvero bello…

23
Io ti amo ancora da morire, tu?

La vita di Lorenzo
Martedì 18 giugno 2019

Mi sveglio alle sette, da quando vivo qui, i giorni in cui spetta a me accompagnare Bianca a scuola, sono stato costretto a spostare la sveglia indietro di mezz'ora. E non è mai bello, soprattutto quando la sera prima hai lavorato fino alle due.

«Sveglia, amore» le sussurro mentre mi dorme addosso, con quel viso angelico e le guanciotte.

A un certo punto comincia ad aprire gli occhi, poi due o tre sbadigli, e si stiracchia nel suo pigiamino di cotone rosa e coi cuoricini disegnati.

«Sonnoooooo!» dice con quella sua vocetta piccola e addormentata.

"A chi lo dici, amore" penso mentre impazzisco a guardarla per quanto è bella e tenera. «Lo so, ma poi si fa tardi, dobbiamo andare a scuola! Dài, che poi quando esci mangiamo fuori, io e te da soli, e poi vieni con me a vedere la casa che devo prendere, dove staremo insieme quando non starai con la mamma...»

Si alza di scatto e urla: «Sììì!». Poi mi dice, seria ma con una espressione da furbetta: «Papo...».

«Dimmi, amore...» Ma già so dove vuole andare a parare.

«E doooe mangiamo?»

Appunto... «E dove mangiamo? Eh?» le dico mentre le faccio il solletico. «Dove mangiamo? Io lo so dove vuoi mangiare tu!»

Mi guarda e si nasconde il viso con le mani, perché sa che ho indovinato. «Papi...» dice poi serissima, «ma pue tu vuoi mangiare al meddònal?»

Oddio, quanto è adorabile! «No furbacchiotta, ci vuoi mangiare solo tu, ma va bene, oggi andiamo lì, ma solo se adesso ti alzi subito e fai velocissima!»

In un attimo è in piedi, ci prepariamo e siamo fuori. Quando poi la lascio in classe mi saluta abbracciandomi, felicissima: «Papo ti 'oglio beeene!». E dopo un attimo: «Ma pendiamo le patatine andi andiii?» e allarga le braccia come per mimare la dimensione.

«Va bene, ma non dirlo alla mamma, ok? È un altro segreto solo nostro, questo! Giurin giurello?»

«'urin 'urello!» con una mano al petto e una alzata, in segno di promessa solenne.

Lasciata Bianca vado al circolo per una partitella di tennis decisa all'ultimo momento, è una sfida tosta, il mio avversario mi ha sempre battuto finora, avremo giocato una ventina di volte. Ha settantasei anni...

I miei orari sono compatibili perlopiù con quelli dei pensionati. Ma la cosa davvero orrenda è che questi dannati vecchietti si allenano seriamente, tutti i giorni, non hanno altro da fare, loro vivono per il tennis, sono ossi duri! E poi rubano, con la scusa della vista un po' ballerina, rubano decine di punti.

E infatti perdo anche questa volta.

Alle 14.30 io e Bianca ci presentiamo all'appuntamento con l'agenzia immobiliare. Il contatto che mi ha passato Valerio: conosce il proprietario, ogni tanto si incrociano al bar dove fanno colazione, e guarda caso al mio amico non è sfuggito il dettaglio che la ragazza che mostra gli appartamenti ai clienti è una ventenne molto carina.

La casa è al secondo piano di via Igino Giordani, a nemmeno un chilometro da casa di mamma, in un palazzo altissimo, saranno, boh, dodici piani.

Margot, la ragazza dell'agenzia, ha l'espressione allegra di chi ha ancora l'età per affrontare il lavoro con leggerezza, e in effetti, aveva ragione Valerio, è molto carina! Ci mostra prima il balconcino da giù, poi saliamo le scale – l'ascensore non c'è – e apre la porta per farci entrare. L'appartamento non è arredato, appena entri c'è un saloncino con angolo cottura e una finestra che dà sul piccolo balcone dove forse entrano un tavolino e due sedie.

Poi ci fa strada verso una camera da letto, di dimensioni ridotte ma carina, c'è una rete matrimoniale e si intuisce lo spazio per un armadio. Quindi il bagno, piccolo come tutto il resto ma nuovo.

Bianca si guarda intorno e sembra felice, le ho detto che questa sarà la nostra casetta, solo nostra, e che a parte la nonna Anna non potrà entrare nessun altro a meno che non sia lei a deciderlo.

«Ti piace, amore mio, la prendiamo?»

Fa sì con la testa, perché si vergogna di Margot, allora le prendo la mano e la porto di là, scusandomi con l'agente immobiliare. «Ehi... Devo sapere se ti piace, se la senti adatta a noi due, perché, se non ti piace, puff! Via! Ne troviamo un'altra. Capito, principessina mia? Lo so che è piccola, ma qui io e te metteremo il nostro amore, poi potremo andare su quel balconcino che sta là!» Bianca con gli occhi segue il mio dito che indica fuori. «Ecco, potremo andare lì, tutte le volte che lo vorremo, di sera, e guardare le stelle! E sai una cosa? Quel balconcino è perfetto per osservare il cielo! Quindi penso, ecco, penso che sarà davvero il caso di comprare un telescopio megaspaziale!»

«Ihihih» ride Bianca, con gli occhi pieni di stupore e di gioia: «Telecopio, papo!». Ne avevamo già parlato e le avevo promesso che appena possibile gliene avrei comprato uno. Se ci avesse sentito Ginevra lo avrebbe preso un minuto dopo, ma per fortuna molte delle cose che io e Bianca ci diciamo, soprattutto riguardo alle stelle, ai panini con la Nutella e alle patatine fritte, restano fra me e lei.

«Sì, amore, così le vediamo bene le stelle cadenti, e i pianeti, e cerchiamo di scoprire se lassù ci sono altre forme di vita, dobbiamo capirlo!»

«Sììì!» urla e mi abbraccia.

«E poi attacchiamo per tutta casa le stelle come nella nostra cameretta a casa di nonna, riproducendo la disposizione reale del firmamento, così ogni volta che resteremo al buio, avremo un cielo stellato a proteggerci, amore mio, ti piace?»

Bianca continua a fare sì con la testa, felicissima ed elettrizzata.

Poi, ultimo scoglio, le dico: «Come vedi, non abbiamo una camera in più, quindi la tua cameretta è la mia cameretta e la mia cameretta è la tua, che ne pensi?».

«'ameretta nostra!» dice con un sorriso delle meraviglie. «'osì dormiamo 'empre insieme!»

«Sì, amore mio, sempre insieme...» e mentre lo dico i miei

occhi si bagnano un pochino. «Ti amo, sei il mio cuore, la mia vita. Sei la cosa più bella e preziosa che ho! Lo sai?»

Bianca annuisce ancora. Felicissima della sua nuova casa...

Lo comunico all'agente immobiliare, scusandomi ancora per essermi assentato, ma lei deve aver sentito tutto, perché anche i suoi occhi sono commossi, e dolci: «Sono davvero felice che la prendiate voi!».

«Grazie, Margot!»

«E sono lieta di comunicarle che la sua richiesta di sconto è stata accettata dal nostro cliente, era la cifra minima per la quale ci aveva autorizzato a trattare... Quindi ok per 500 euro al mese più spese!»

Io all'inizio non capisco, non avevo ancora provato a chiedere sconti, e poi da 700 non pensavo sarei potuto scendere così tanto... «Ehm... ecco...» Ma mentre cerco di articolare una frase lei mi fa l'occhiolino, e poi guarda Bianca e le sorride, e con una tenerezza infinita dice: «Se scoprite che c'è qualcun altro lassù, che abbia anche un centesimo di quello che avete nel cuore voi due, me lo fate sapere?».

Io resto a bocca aperta, per un attimo, e poi rispondo: «Ma certo, Margot, certo! E...».

«Non lo dica!» Mi tende la mano e aggiunge: «In bocca al lupo per tutto!».

Quindi io e Bianca ce ne andiamo, salutando, guardando ancora una volta la nostra nuova casa, alla quale, però, potremo accedere solo il 1° agosto, per motivi burocratici...

Mando un messaggio a Sofia e a tutti gli altri, chiamo mia mamma che è felice ma anche un po' triste al pensiero che ce ne andiamo, ma la rassicuro sul fatto che ci dovrà preparare spesso da mangiare, quindi si tranquillizza subito.

Informo anche Marzia, per quanto sono contento, e in più, nel messaggio, le chiedo se è tesa per domani, il suo primo giorno di esami.

Quindi torno a casa di mamma, lascio Bianca con lei a fare i compiti, e corro alla scuola di musica.

Tutte le volte che ho visto Ginevra nei giorni scorsi, per via di Bianca, quando viene a prenderla, è stata la stessa cosa: mi sento mancare il respiro, mi sento brutto, sfigato e inadeguato, e vorrei chiederle se le manco, e dirle che lei mi manca tanto, ma poi, per fortuna, non lo faccio, sarebbe davvero ridicolo e inutile. Lei è sempre così calma, ferma, sorridente, bella, in forma, vestita da figa, gentile ma distaccata, non mi pare proprio stia soffrendo o che io le manchi... Che senso avrebbe? Per fortuna l'ho mantenuta, un po' di dignità...

E poi spesso viene con quel suo "amico" *noioso* e dal nome orrendo. Filippo Maria...

Mi chiedo se io abbia davvero vissuto la vita che volevo. Certe volte mi guardo intorno e ho l'impressione che lo facciano tutti tranne me, e questo mi getta in uno sconforto assurdo, mi fa provare rabbia, ecco, sento tanta rabbia scorrermi nelle vene, e davvero, davvero non so quanto sia una questione di amore o di gelosia, è che mi sento proprio schiacciato dalle mie stesse scelte, dal mio immobilismo che si protrae da anni, dalla mia vigliaccheria, sento di vivere, da troppo tempo, una vita che non mi appartiene. Dove sono i tuoi sogni, Lorenzo? Che fine ha fatto quel ragazzo di periferia che voleva rigirare il mondo con un pianoforte? Hai mai pensato davvero a te stesso?

Poi un giorno, fra tanto tempo, ti accorgerai che tutti quelli che avevi intorno hanno vissuto la loro vita, hanno fatto le loro scelte senza chiederti il permesso, secondo i propri gusti, secondo i propri fini, qualcuno di loro si è sposato, qualcun altro è partito, alcuni hanno creato le loro famiglie, hanno inseguito i loro amori, e quelli che non l'hanno avuto, il coraggio dell'amore e della felicità, adesso, probabilmente, ti dicono che l'amore non esiste, o che le persone sono tutte uguali... Loro hanno curato le loro amicizie, anche quando le loro amicizie erano i tuoi nemici. Ti hanno tenuto fuori dalla loro vita a tempo debito quando davi fastidio, e a tempo debito ti hanno tenuto dentro la loro vita, quando era utile, o strumentale alle loro esigenze. E poi, fra tanti anni, ti renderai conto che tu hai vissuto la vita degli altri, hai rinunciato ai tuoi sogni, hai messo da parte l'amore, l'hai messo in un angolo, hai messo all'angolo chi ti amava davvero per vivere la tua vita come volevano quelli che non ti amavano. Perché nessuno che ti ama può, allo stesso tempo, desiderare che tu sia infelice, o che il tuo sorriso si spenga...

Mentre guido per andare a scuola, penso e ripenso. O forse sono in trance, forse sto sognando...

C'è la tua pelle bianca, gli occhi grandi. Ci sei tu che sorridi mentre mi vieni incontro...

Ci sono due automobili accostate vicine e dolcissime, una capannetta di paglia sulla spiaggia, a dieci metri dal mare. Ci sono i nostri piedi nudi che corrono verso la riva. C'è il tramonto. C'è scattare foto col cuore. C'è *La stella più fragile dell'universo* che risuona nella mia testa perché mi fa pensare a te. Perché te l'ho dedicata una notte di giugno mentre tu dormivi. C'è un crudo di mare, il vino e un po' di focaccia. "Erano anni che non mi innamoravo, sai?" ti dico io. "E perché di me?" mi chiedi tu. "Perché ti aspettavo da sempre, perché sapevo che sarebbe stato speciale, perché l'ho sentito subito, quel giorno a quella festa, mi hai guardato, mi hai sorriso, e mi è mancato il fiato! L'ho sentito subito che eri tu! Che sei tu! Sei la donna della mia vita, e non ho mai provato niente del genere per nessun'altra. Nemmeno lontanamente. Ecco, ecco perché."

"Mi fai piangere di gioia" rispondi.

C'è un po' di alcol che scorre nel nostro corpo. C'è che ci baciamo di continuo. Ci sono io sul tuo collo. Dietro l'orecchio. C'è il tuo profumo sulla mia pelle che mi fa diventare matto. C'è fare l'amore e dirci milioni di volte "Ti amo".

C'è accarezzarci per ore ascoltando musica dopo averlo fatto, perché non conta l'atto in sé, non ora, non per me, non con te.

C'è dormire insieme la prima volta e cercarci di continuo con le mani. Il mio petto sulla tua schiena è una silenziosa dichiarazione d'amore: "Ti proteggo io".

Ci sono i cornetti caldi appena sfornati, alle sette del mattino. Ci sono i progetti. Le follie. Le promesse. Ci sono io che penso di continuo a come sarà quando succederà, quando arriverà. Ci sono io che compro un anello per "dichiararti" in ginocchio, o volando, che vorrei che fosse per sempre. Ci sei tu e il freddo improvviso. Ci sei tu che "ti amo" non sai più dirlo, "perché so cosa ho dentro, non serve dirlo" spieghi. C'è sentirmi dire da te che sono "dolce e speciale ma", che sono "raro ma". E che meriterei più coraggio, ma...

"Ecco, vedi, è tutto difficile, ma io ti adoro" mi dici.

"Prima mi amavi, ora mi adori e sono speciale..." dico. "Io ti amo ancora da morire, tu?" domando.

"Non chiedermelo, per favore" rispondi.

C'è il vuoto. Il silenzio. Tu che parli a monosillabi. C'è

ancora il rumore del mare. C'è la notte. C'è una "stella più fragile dell'universo" che non brilla più.

"Puoi dirmelo che non mi ami, sarebbe più facile per me, ti prego dimmelo. Ammettilo..." ti dico. "Va bene anche se mi dici che mi ami ma non abbastanza per continuare" insisto.

"Non è così" mi dici.

"Ma se sei disposta a perdermi, a lasciarmi andare, se non mi vuoi accanto a te e prima mi volevi, forse invece è proprio così" ti dico con un filo di voce.

Ci sei tu che non rispondi.

C'è tanto vento, e un anello sulla sabbia è abbandonato lì, da solo. Aspetta la sua onda per sparire. C'è il vuoto. Il vuoto...

Ecco, non hai avuto il coraggio di dirmelo che non mi amavi più, che forse non mi hai mai amato, che forse è stato davvero solo un capriccio, uno sfizio. Un gioco. Hai preferito che fossi io a prendere una decisione, come sempre, che fossi io a sparire, a dire "basta", è stato sufficiente, per te, trattarmi con quella freddezza massacrante, con quel distacco e quella superficialità che non meritavo. E forse mentre ti scrivevo aspettando una risposta, cercando un modo per non perderci, per non perderti, tu eri già altrove, con la testa e con il cuore...

Bastava dirmelo che non mi amavi, sai? Ne avevo bisogno per voltarmi con più sicurezza, per essere meno fragile davanti a tutto quel dolore. Ma tu non hai voluto farlo. Non me l'hai voluta concedere questa possibilità.

E io ti ringrazio lo stesso, perché mi hai insegnato tanto. Mi hai dato tanto. Più di quello che pensi. Anche se all'inizio ha fatto tanto male, troppo male. Ora sono più forte. Mi specchio, ora, e sono più bello. E di tutto l'amore che avevo dentro non ho perso nemmeno un grammo. Non te l'ho data questa soddisfazione. Non l'avrai mai!

C'è la tua pelle bianca, gli occhi grandi. Ci sei tu che sorridi mentre mi vieni incontro...

Ma all'improvviso cala la notte e non ti vedo più, c'è la stessa spiaggia di sempre, ma è desolata, non c'è più nessuno. Nemmeno io e te. Solo tanto silenzio.

Poi finalmente arriva un'onda più forte che porta via per sempre l'anello, e l'abbraccio. E l'intreccio delle nostre mani. Il mio petto sulla tua schiena. Le mie labbra sul tuo collo. I miei occhi nei tuoi occhi. Le due dolcissime automobili accostate. La focaccia, il vino, la musica, i fiori, i biglietti, le promesse, il tramonto e l'amore. E tutto il resto. E tutto il resto...

Cagliari
23 luglio 2019, ore 18.40

Sarà passata mezz'ora da quando tutto è cambiato, è come se fossi paralizzato, completamente paralizzato, e forse lo sono, forse sono morto, ma no, se sono qui a pensarlo non posso essere morto! Comunque mi stanno portando da qualche parte, non so dove. E sono triste, sono tanto triste, ho bisogno di lei, che era tutta la mia vita, io sono suo, solo suo!

24
Ho bisogno di qualcuno che lasci tutto per correre da me. Fino a quando non arriverà, non ho bisogno di niente

La vita di Marzia
Venerdì 21 giugno 2019

Alle 20 mi squilla il telefono. È Lorenzo.

"Scendi, biondina, sono qua sotto."

"Okkk, arrivo subitooo."

Giulia ha avuto un problema all'ultimo momento, ha dovuto badare alla nonna perché i genitori hanno avuto un impegno di lavoro. Per questo vado da sola e Lorenzo si è offerto di passare a prendermi.

In questi giorni ho cercato a tutti i costi di trovare un po' di concentrazione per lo studio in vista dell'esame orale e mi sono stupita di me stessa, perché nonostante il mio cuore sia spaccato in mille parti sono riuscita a tenere botta. Gli scritti sono andati bene, credo: alla prova di italiano ho scelto la traccia su Ungaretti, mi è venuto naturale dato che si trattava di analizzare una poesia che parla di sofferenza… In latino e greco forse è andata un po' peggio, perché i due testi trattavano la morte dell'imperatore romano succeduto a Nerone, li ho trovati noiosi…

Con Giulia e Alice abbiamo organizzato un programma intensivo e abbiamo previsto delle sessioni di pianto e disperazione per me, dove loro sono obbligate ad ascoltarmi per dieci minuti senza poter replicare e senza potermi contraddire. Ovviamente l'idea è stata delle due dolcissime anime rare.

Ho sentito più volte Sally. Anche lei sta preparando gli esami ed è strapreoccupata per me.

Questa mattina ho ricevuto un WhatsApp di Paco che mi ha fatto stringere il cuore: "Quando avrai bisogno di un abbraccio, io ci sarò".

Laura e Rareza sono diventati la colonna sonora della mia vita. Non so se amo più loro due o Ultimo. Ieri ho letto questo pezzo di Laura che, ne sono certa, è stato scritto esattamente per il mio cuore:

> Ho bisogno di essere messa al primo posto, perché non puoi amarmi solo a fasi alterne.
> Ho bisogno di una persona che abbia davvero voglia di ascoltarmi, di sapere di me, di quando sono caduta, di quando mi sono rimessa in piedi da sola, di quanto è stata dura.
> Ho bisogno di qualcuno che non abbia paura di andare fino in fondo, di guardare oltre le apparenze, oltre la facciata, che abbia il coraggio di vedere i tagli, i segni, le cicatrici...
> Ho bisogno di una persona con cui ridere, giocare, con cui sentirmi libera di sbagliare, di non essere sempre perfetta, ordinata, controllata. Con cui sentirmi libera di dire, di fare, di essere. Di essere, senza dover per forza anche apparire...
> Ho bisogno di un uomo che mi faccia sentire bella, in quelle sere in cui mi sento orrenda, che mi dica "sei stupenda", che mi abbracci, che mi stringa a sé, che mi protegga.
> Ho bisogno di qualcuno che lasci tutto per correre da me.
> Fino a quando non arriverà, non ho bisogno di niente.

Rareza invece mi fa piangere e sperare:

> Vorrei prenderti per mano, quando hai paura, quando ti senti persa in questo mondo che non ti capisce, quando ti senti immobile davanti a questa vita che ti spegne il sorriso.
> Vorrei prenderti per mano, quando va via la luce e hai paura del buio, quando fai domande sottovoce e nessuno ti risponde. Quando sei su un'altalena e hai il terrore di cadere.
> Vorrei prenderti per mano, tutte le volte che cadi, per aiutarti a rialzarti più bella di prima, o per restare a terra insieme a te con le gambe incrociate, con i baci sul collo, con una sola regola: o insieme o niente. Ovunque sia.
> Vorrei prenderti per mano, mentre corri all'impazzata cercando la tua felicità, sperando che a un certo punto, esausta, tu possa fermarti, guardare verso di me e abbracciarmi. Lasciarti andare. Sentirti protetta. Sentirti a casa.
> Perché, in fondo, vorrei solo questo: essere io, la tua felicità...

Prima di scendere vado in bagno per un'ultima controllata alle occhiaie, coperte parzialmente da un trucco forse un po' eccessivo ma necessario. Ho indossato dei pantaloncini corti con una maglietta che lascia scoperte le spalle e i miei sandali bassi con la frangia alla caviglia.

Mentre mi specchio, sento un brivido che mi percorre tutto il corpo, e un lieve giramento di testa. Chiudo gli occhi, faccio un respiro profondo, li riapro. "Tu sei forte" mi dico. E all'improvviso recupero un minimo di energia. Quindi mi giro e vado.

Lorenzo è in macchina che mi aspetta. Un New Beetle bianco, vecchio e sgangherato, ma fighissimo.

«Eccoci!» Appena entro lo abbraccio forte, con entusiasmo.

«Ma come siamo belli...»

«Senti chi parla.»

«Per favore, non scherziamo. Io sono solo un povero musicista sfigato.»

«Direi che sei tutto meno che sfigato. E poi... oh, guarda qui che jeansetto strappato... come siamo giovanili!»

«Brutta stronzetta, io non sono giovanile... sono giovanissimo!»

«Ah ah ah.» E poi aggiungo: «Però, parlando seriamente, stai davvero bene».

«Ti sei salvata in calcio d'angolo. Andiamo va'.»

«Ma questa cappotta funziona?»

«Ma certo che funziona, è medievale ma funziona perfettamente.»

«Allora scappottiamo. Oppure hai paura per la cervicale, nonnetto?»

Non faccio in tempo a dirlo che Lorenzo preme il pulsante che in pochi secondi apre la capote.

«Giovane, se mi ammalo mi avrai sulla coscienza!»

«Dài, sono sicura che sopravvivrai. Ma ce l'abbiamo un po' di musica buona?»

«Ehi, stai parlando con me!» e non finisce la frase che attacca Drake con *God's Plan*.

La giornata è fantastica, il cielo è limpido, l'aria è fresca al punto giusto. Da quando Riccardo mi ha lasciato, è la prima volta che provo una sensazione di leggerezza, sono felice di essere dove sono.

Dopo un'ora siamo a destinazione. La casa di Valerio è a cento metri dal mare, e quando arriviamo il sole sta per baciarlo. Sono incantata, rapita.

«Cavolo, che bello.»

«Be', sì, niente male. Pronta?»

«Pronta.»

«Come ti senti?»

«Mai stata così bene negli ultimi giorni. Grazie.»

«Grazie?»

«Sì, davvero, per me conta tanto quello che stai facendo...»

«Ma sei pazza? Siamo o non siamo amici? Tra amici non ci si dice grazie.»

«Ok...» Restiamo un attimo in silenzio e aggiungo: «E tu, Lore, tu come ti senti?».

«Io? Me la cavo.»

«Ok, ma ricorda che per qualunque cosa, io ci sono per te.»

«Lo so, biondina...»

La casa di Valerio è completamente bianca, incastonata su una scogliera che gradualmente scivola nel mare. Non conoscevo Gaeta ma la trovo davvero deliziosa, c'è un'atmosfera quasi magica.

Quando scendiamo dal Maggiolino, troviamo un tipo in Lacoste davanti al cancelletto d'ingresso. È insieme a quella che dev'essere la sua fidanzata: è minuta ed elegante, ha i capelli lisci, castani, lunghi fino a metà della schiena. È vestita in maniera sobria ma intrigante, mi fa subito un'ottima impressione.

«Ciao, piacere, Davide» mi saluta venendomi incontro con un sorriso aperto. «E tu devi essere Marzia» mi dice baciandomi quasi con un inchino.

«Piacere mio» rispondo. Poi Lorenzo mi presenta anche a Grazia, che ricambia con gentilezza.

Citofoniamo e viene ad accoglierci Valerio, che ci saluta con entusiasmo e ci fa strada nel vialetto. «Seguitemi» dice una volta entrati in casa, «mancavate solo voi. Il pezzo forte sta fuori.»

Sulla destra del grande terrazzo c'è un gazebo bianco sotto al quale sono già tutti seduti a tavola. Ma Valerio insiste che prima di salutare gli altri lo seguiamo dal lato opposto per godere della vista a strapiombo sul mare.

Resto come imbambolata per qualche secondo, con la bocca aperta, gli occhi chiusi, e il profumo della salsedine e delle onde che mi scoppia nel cuore.

25
Il cielo stellato sotto il quale ci sentiamo protetti

La vita di Lorenzo
Venerdì 21 giugno 2019

Raggiungo Marzia, che è appoggiata coi gomiti sulla ringhiera a contemplare il panorama che si gode dal terrazzo di Valerio. Sembra quasi assorta.

«Ti hanno rapito gli alieni?»

«Dio, è meraviglioso...»

«Sì, incredibile.»

«Non smetterei mai di guardarlo.»

«Perché sei una biondina romantica.»

Marzia si volta, mi sorride e dice: «Sai, adesso vorrei che lui fosse qui con me».

«Ti capisco, e sai una cosa? Anche io vorrei che Ginevra fosse qui.»

I suoi occhi si bagnano improvvisamente. Mi fissa e poi li abbassa mordendosi le labbra.

«Ehi, ok?»

«Sì, dài...»

«Lo so che è dura. Nessuno come me può capirti adesso, perché stiamo vivendo qualcosa di molto simile. Però questa dev'essere solo una bella serata, quindi pensiamo a divertirci, ci stai?»

Marzia mi guarda sorridendo e mi porge una mano. «Ok, affare fatto.»

Stringo la mano e il nostro patto è siglato.

«Lo sapevo che vi avrebbe stregato questo panorama» dice Valerio a Marzia.

«E non poco» risponde lei. «È così che conquisti le tue donne?»

«Piccola, ho mille risorse. Questa è solo una delle tante...»

Marzia ride e replica: «Ti giuro, Valerio, mi fai morire».

«Prima o poi farà morire tutti noi, non solo te» aggiungo simulando un cazzotto nello stomaco del mio amico. Poi ci avviamo verso la tavola e salutiamo gli altri.

«Eccoli! Aspettavamo solo voi!» ci accoglie Sofia andando incontro a Marzia con grande affetto. «Vieni, siedi accanto a me.»

E io prendo posto dove mi indica. A capotavola c'è il padrone di casa, al suo lato la sua ennesima fiamma di cui nessuno ricorderà mai il nome – però mentre me la presenta mi sussurra «Questa è quella giusta», facendo il figo –, poi a seguire ci sono Guido, più pallido che mai, Davide e Grazia, e altri due amici del calcetto con le rispettive ragazze.

Valerio si dà un gran da fare al barbecue, adesso ha cominciato a portare in tavola le bruschette calde. Sofia e Marzia gli danno aiuto, c'è davvero una bella atmosfera. Io verso il vino a tutti, e ho subito l'impressione che i bicchieri si svuoteranno alla svelta. In sottofondo suona una playlist che Valerio mi ha chiesto di preparare su Spotify: in questo momento va Ed Sheeran con una versione acustica di *Shape of You*.

«La cosa non può essere oggettiva...» È Stefano a parlare, uno dei compagni del calcetto, rivolto alla sua ragazza e a Sofia. A quanto pare, il tema è la bellezza estetica, e meno male che il padrone di casa non sta sentendo.

«Sono d'accordo, ma voi maschi, me lo concederai, avete dei parametri ben diversi dai nostri» replica Sofia.

«Quanto è vero» sottolinea la compagna di Stefano.

«Ma guarda, dipende da uomo a uomo. Non generalizziamo, dài, non siamo tutti dei Neanderthal...»

«Non generalizzare con voi uomini è complicatino» sussurra Marzia, per non farsi sentire.

«Ecco, diciamolo forte, Marzia, hai proprio ragione!» dice Sofia scambiando uno sguardo complice con lei.

«Purtroppo è la vita che ci porta a parlare così, noi non vorremmo mica generalizzare» aggiunge Marzia, stavolta con un tono più deciso.

«Be', dài, poveri maschietti, sono solo un po' basici» aggiunge la nuova ragazza di Valerio, che abbiamo scoperto chiamarsi Federica. Sento già che tra loro sta scattando la temibile completa incontrastabile solidarietà femminile.

«Dunque, per quanto mi riguarda, la prima cosa che noto in una donna è l'aspetto, perché è la prima cosa che arriva...» replica Stefano.

«Non deve ovviamente per forza essere oggettivamente bella, ma deve esserlo per me. E deve trasmettermi qualcosa che vada oltre» intervengo io.

«Esatto, era quello che intendevo dire. Deve trasmettermi qualcosa che vada oltre. Con lo sguardo, con il sorriso, con le movenze. Per esempio, io amo le donne di bell'aspetto ma semplici, poco truccate, ma che magari hanno un modo di fare e un sorriso che ti disarmano. O che magari vestono in un modo "figo" e originale, con indumenti non per forza firmati.»

«Attenzione, ragazzi, un maschio pensante» dice Sofia, molto stupita.

«Bisognerebbe vedere se ci crede davvero» puntualizza Grazia ridendo e dando man forte al fronte femminile.

«Gra', ma certo che le pensa, altrimenti perché dovrebbe dirle?» Eccolo, Davide con la sua proverbiale compostezza.

«Premesso questo, se dopo aver apprezzato l'aspetto esteriore mi accorgo che quella donna è "brutta dentro", ecco, io perdo interesse, mi disinnamoro rapidamente, comincio a vederla brutta anche fuori. Perché penso che la vera bellezza sia un mix di cose il cui peso interno è assolutamente maggiore di quello esterno. Tanto è vero che la bellezza che vediamo da fuori subisce il progressivo e impietoso deterioramento del tempo, mentre quello dell'anima può sfidare i secoli e i millenni. Non a caso, certe "belle" persone sopravvivono alla loro stessa morte.»

«Wow!» È Marzia a esclamarlo, e al suo seguono gli altri "wow" delle altre donne.

«Cavolo, questo sì che è parlare» commenta Federica.

«Ragazzi, è davvero quello che penso» dico io alzando le mani. Noto Sofia che mi fissa sorridendo, senza dire una parola. Poi abbassa lo sguardo sul bicchiere di rosso, continuando a sorridere. E sono sicuro che in quell'espressione ci sia un pizzico di orgoglio. Non nascondo che questo mi fa piacere.

«Ecco, è esattamente quello che volevo dire, ma tu l'hai detto molto meglio.»

«No, Stefano, è solo il vino che mi sta dando alla testa...» scherzo io.

In un momento di silenzio, Guido, che finora non aveva mai parlato e che io mi sono guardato bene dal cercare con lo sguardo, se ne esce con: «Love, ma Gineva?».

Sorrido simulando serenità, inghiotto un po' di saliva e rispondo: «Non l'hai saputo?».

«No. Cosa?»

«Mi ha lasciato.» Lo dico e cala il gelo.

Tutti guardano male Guido, e poi me con compassione.

«Tranquilli» li rassicuro, alzando il bicchiere al cielo. «Va davvero tutto bene.»

Si sente un brusio, nel quale distinguo nitidamente la parola *poverino*.

«Cavolo, mi dispiace, non lo sapevo... E com'è potuto accadeve?»

«È potuto accadere che un giorno lei è venuta e mi ha detto che non mi amava più.» E poi aggiungo a fior di labbra: «Proprio un minuto dopo che mi hai chiamato tu».

Sofia trattiene una risata.

«Tevvibile, mi dispiace un casino.»

«Comunque la stessa cosa è successa a me lo stesso giorno» aggiunge Marzia sollevando anche lei il suo calice al cielo.

«Noooo... Davvevo?» risponde Guido con lo sguardo apparentemente terrorizzato, ma non escludo che sotto sotto stia provando un profondo e sottile piacere.

Anche Valerio, visibilmente preoccupato dalla piega che ha preso la conversazione, arriva con il bicchiere in mano toccando il mio e quello di Marzia. «Evviva la figa!» esclama spiazzando tutti. È il suo modo per salvarci. E io lo trovo assolutamente geniale ed esilarante.

Scoppiamo tutti a ridere, per prima Marzia, con le lacrime. Ci alziamo per un brindisi e gridiamo in coro: «Evviva la figa!».

«Siete fantastici» dice Davide, un po' imbarazzato ma divertito.

«Che pazzevelli» commenta il povero Guido, visibilmente basito.

«Comunque non mi è andata in modo troppo diverso da Lorenzo» riprende Marzia tornando a un tono semiserio.

«Cioè?» chiede Grazia.

«Cioè negli ultimi tempi Riccardo era davvero strano... e da un momento all'altro mi ha detto che per il suo futuro prossimo aveva in mente altro...»

«Mi dispiace» dice Sofia, seguita dagli altri.

«Però ci teneva tanto che *restassimo in contatto* eh» aggiunge Marzia con un sorriso sarcastico.

«Ma che coglione! Scusa, mi è proprio scappato» dice Federica.

«Senza scusa. È proprio un coglione!» conferma Marzia. Poi riattacca: «Abbiamo detto che è sbagliato generalizzare, però a volte ti ritrovi davvero a fianco di persone che stanno in un universo parallelo. Proprio questa sera, riflettevo su una cosa apparentemente scema...».

«Su cosa?» chiedo io molto interessato. È incredibile come, nonostante la sua età, si stia integrando alla grande nel gruppo.

«Su cosa?» mi fa eco Sofia.

«Sull'amore... avete presente l'amore?»

Annuiamo tutti in silenzio.

«Ecco, quando amiamo qualcuno siamo convinti che l'amore, quell'amore che sentiamo, che proviamo, sia lo stesso che prova l'altra persona...»

Fa una breve pausa. In questo momento non c'è nessun rumore, solo il vento che soffia dal mare.

«... e invece non è così. Ce ne accorgiamo quando per esempio sentiamo dolore per delle mancanze che l'altro non percepisce come tali, o quando l'altra persona dice cose apparentemente banali, mentre a noi suonano gravissime, o bellissime, o bruttissime. Ecco, una cosa tipica, di quando si chiude una storia, è che uno dei due, in genere il più debole, chiede all'altro di sparire, di non farsi mai più sentire, perché magari quello è l'unico modo che conosce per uscirne, e l'altro non capisce. "Ma come? Non rimaniamo in buoni rapporti? Che male c'è a sentirci ogni tanto? Perché non vederci più? Nemmeno tipo un caffè o un messaggio ogni tanto per sapere come stiamo? Per gli auguri di Natale e del compleanno!" Vi giuro, è un classico, non è successo solo a me: un sacco di amici e amiche mi hanno raccontato la stessa cosa.»

«È incredibile quanto cazzo è vero...» intervengo, «anche Ginevra mi ha detto le stesse parole, più o meno.»

«Confermo. Ve lo dice un esperto» scherza Valerio, subito zittito dalle occhiatacce delle donne.

«Il fatto è che quello non innamorato non riesce proprio a provarlo, il dolore, né a capire la necessità quasi fisica di trovare un modo per reagire, proteggersi e ricominciare a vivere.»

«E il più delle volte lo fa in totale e banale buona fede» interviene Davide sorprendendo tutti. «Dico banale perché, va da sé, l'empatia sta nel mettersi nei panni dell'altro e comprendere il suo dolore e aiutarlo a trovare un modo per dimenticare il prima possibile. E l'empatia, lo sappiamo, non è mai banale...»

«Cavolo, Davide, è esattamente così» dice Sofia, aggiungendo: «Non me lo aspettavo da te...».

«Grazie» risponde lui con la consueta gentilezza e un filo di ironia.

«Ehi, volevo dire che non sono abituata a sentirti parlare di sentimenti in modo tanto aperto. Sono colpita.»

Davide sorride senza replicare, arrossendo di nuovo e incassando una carezza piena di ammirazione da parte di Grazia.

«Comunque, ragazzi, le cose stanno così, dobbiamo prenderne atto. Non siamo sempre tutti sulla stessa lunghezza d'onda, ma la vita va avanti...»

«... le bistecche e le salsicce sono pronte!» urla Valerio dalla sua postazione barbecue.

«Vengo a davti una mano» dice Guido alzandosi da tavola. Lo seguono Marzia e Davide.

La serata scorre, insieme al vino, liscia e incantevole. L'atmosfera è magica. Il mare là fuori è stupendo, sembra una tavola, calmissimo; tutto il contrario di quello che sento dentro. Mi chiedo come possano cambiare le cose in modo tanto drastico, cioè, lo sappiamo tutti che i sentimenti, con il tempo, si trasformano, ma come fanno a perdersi così?

La cosa che mi brucia di più è che sembrava che lei non aspettasse altro che io le parlassi, e in fondo, forse, mi brucia anche che l'avevo metabolizzata così tanto, questa rottura, se pur in modo latente, che adesso sento un dolore profondo, lancinante ma controllato, e forse non mi perdono nemmeno questo, cazzo, questa razionalità che invece di spegnerle del tutto, le emozioni, le sbiadisce. Le sfuma. Io me la meritavo una sofferenza di quelle che ti fanno dare di matto! Io la dovevo preservare la mia emotività adolescenziale!

Mando un messaggio a mia mamma. È tutta la sera che penso a Bianca, voglio sapere se Ginevra l'ha riportata a casa. Mi risponde di sì, che è tutto ok, stanno guardando delle vecchie foto di famiglia. Trovo la scena bella e commovente, Dio, quanto sono preoccupato per lei, non faccio altro che pensarci, vorrei tanto proteggerla da tutto questo dolore, vorrei solo regalarle sicurezza, tranquillità, gioia...

Mi alzo per andare in bagno, con tutti questi pensieri che mi girano per la testa, oltre al vino che scorre già nel mio corpo, e sulla porta incrocio Sofia.

«Anche tu in bagno?» mi dice venendomi incontro. Indossa un abito lungo morbido con uno scollo a v che le lascia la schiena scoperta, e non solo la schiena... E non posso fare a meno di pensare che è profondamente sexy.

«Troppo vino» rispondo, e aggiungo: «Ehi, ma quanto sei bella stasera?».

«Non sono bella. Sono grassa» dice lei, incassando con un sorriso il mio complimento.

«Tu sei pazza, non grassa, te l'ho detto mille volte e non smetterò mai di ripeterlo che sei pazza... e bellissima.»

Sofia resta in silenzio. Smette di sorridere e mi fissa. Siamo a pochi centimetri di distanza. Si avvicina ancora di più, quasi sfiorandomi le labbra, e mi sussurra con il tono più bello del mondo: «Grazie».

Rimango pietrificato per un istante, e sento un brivido percorrermi la schiena. Ci guardiamo dritto negli occhi senza dire una parola. Le sfioro una mano con la mia, e nella testa inizia a vorticarmi un'idea inconfessabile, che da un lato mi sconvolge e dall'altro mi emoziona.

Sono imbambolato, sembro un ebete, non parlo, non mi muovo, non respiro. Lei continua a fissarmi, sorridendomi, poi si avvicina di nuovo e mi dà un bacio su un punto della guancia che mi sembra terribilmente vicino alla bocca.

«Ok, ci vediamo dopo» dice poi, accarezzandomi il viso. Sorride e se ne va, lasciandomi completamente stordito, non so più neanche cosa ci faccio qui in piedi sulla porta. E non posso credere che fino a pochi minuti fa ero lì a pensare a Ginevra e adesso sono qui a pensare a Sofia, al suo profumo, al suo sguardo...

Quando torno a tavola, trovo una discussione accesa sul tema della dignità.

«Secondo me non c'è una sola verità, è molto soggettivo» dice Grazia.

«Ok, ma ci sono persone che le guardi negli occhi e capisci tutto, dài, quelle persone riservate, eleganti, degne, ecco...» le risponde Davide.

«Oh ragazzi, certi la dignità non sanno nemmeno dove sta di casa, parliamoci chiaro» dice Marzia.

«Già...» risponde Sofia, «senza contare chi la confonde con l'orgoglio e fa un casino dopo l'altro...»

«Dài, certi si sputtanano di brutto da soli, e ciao dignità!» dice Giacomo, l'altro amico del calcetto. Ha lentiggini e ricci rossi che lo rendono buffo, simpatico.

«Come quelli che sbagliano i goal a porta vuota...» aggiungo io, ridendo.

«Ma sentilo, l'ultima volta non hai toccato palla!» replica Giacomo.

«Ah ah, infatti avete vinto voi...» rispondo ironicamente.

«Valerio, lascialo stare, si sa che rosica, a lui glieli hanno montati al contrario i piedi...» interviene Stefano facendo ridere tutti.

«Il calcetto devi saperlo giocare, non basta la qualità, serve molta intelligenza tattica» faccio notare io, con un velo di presunzione volutamente ficcante.

«Ragazzi, sapete che io ho un cugino che gioca in una squadra di serie A di calcetto in Brasile?» dice Valerio.

Rimaniamo tutti per un attimo in silenzio, perché siamo abituati alle sue sparate, ma questa è proprio grossa eh!

Poi scoppiamo tutti a ridere, c'è addirittura chi sputa il vino che stava bevendo, un disastro...

«Mbè? Che c'è? A cosa devo tanta ilarità?» chiede Valerio con aria indispettita.

«Vale» dico io, «non è tanto che il tipo, ecco... non è tanto il fatto che giocherebbe in serie A» faccio una pausa e tutti ridacchiano, «ma il cugino brasiliano... Tu hai un cugino brasiliano?» domando, con la testa inclinata e le braccia larghe, cercando di trattenere le risate.

«Sì, e allora?»

«E in trent'anni non me lo avevi mai detto?»

«Anche io ti conosco da sempre» dice Sofia, mettendo il dito nella piaga, «e nemmeno a me lo avevi mai detto del cuginetto brasiliano campione mondiale di calcetto...»

«In effetti anche a me pare di non averne mai sentito parlare» si inserisce Davide con la solita *generosità*, «ma a me sfuggono tante cose, quindi magari me lo avevi detto e l'ho rimosso...»

«E allora? Eh? Non ve lo avevo mai raccontato! Ok! Devo parlarvi forse di tutto? Di ogni minima cazzo di cosa?» risponde Valerio infuriato, e aggiunge il suo intercalare più amato: «Pazzeeesco!».

«Ok, e come si chiamerebbe?» chiedo io fra il serio e divertito.

«Come si chiama? Ma che te ne frega?» dice Valerio accompagnando la provocazione con un gesto della mano.

«Oh, così… è solo per sapere! Non ti arrabbiare eh!» dice Sofia, con una punta di ironia.

«Ok ok… si chiama Fabriziño! Ok? Siete contenti ora?»

«Fabriziño?» chiedo io con le lacrime agli occhi e la voce strozzata.

«Fabriziñooo?» mi fanno coro Sofia, Marzia, Grazia e poi tutti gli altri. E giù risate.

«Sì, Fabriziño, e allora? I suoi genitori, che sono parenti di secondo grado dei miei, gli hanno voluto dare un nome metà italiano e metà brasiliano.»

Nessuno riesce a trattenere le risate, io davvero mi chiedo se ci fa o ci è, e come possa non rendersi conto…

«Comunque… Fabriziño o non Fabriziño, mi avete rotto! Vado a prendere il cocomero!» Si alza ancora con l'aria un po' arrabbiata ma anche per andare in cucina con un malcelato sorrisetto sotto i baffi, e noi ci sentiamo tutti sollevati dal fatto che questa conversazione surreale stia per volgere al termine.

Ma mentre Valerio è in piedi, con la sua faccia da furbetto sornione finto incazzato, è Guido che inaspettatamente attacca a parlare, con un tono molto impostato: «La dignità?» dice riprendendo il discorso precedente con grande serietà. «La dignità? Guavdave negli occhi qualcuno sapendo che i nostvi, di occhi, sono così limpidi che quella pevsona può sentivlo nel cuove, che nessuna delle cose dette, e nemmeno mezza, nemmeno mezza di quelle non dette, potvà mai esseve una bugia. Che nulla fva le cose spovche potvà intovbidive il cielo stellato sotto il quale ci sentiamo pvotetti. La dignità è divettamente pvopovzionale alla sevenità con la quale viusciamo a guavdavci allo specchio, a guavdavci intovno e, sopvattutto, a guavdavci dentvo... Questa è la dignità.»

«Cazzo!» esclama Marzia.

«Wow!» le fa eco Sofia, e poi tutti noi, che restiamo letteralmente senza parole, sia perché non ci aspettavamo un discorso del genere da Guido, sia perché è profondamente bello e vero e pieno di poesia, quello che ha appena detto.

«Già, caspita!» conferma Federica mentre Stefano e Giacomo applaudono. Bevono e applaudono. Ma più che altro bevono...

Anche io resto colpito, cioè da uno che ha studiato filosofia, ci mancherebbe, te la aspetti una riflessione profonda, ovvio, ma le sue riflessioni profonde sono di altro tipo, diverse, più "classiche", ecco, forse più basiche. Io me le ricordo le sue poesie, oh, le sue brutte, orrende, scolastiche poesie! Qui c'è qualcosa in più, qui c'è del romanticismo, della magia, qui c'è cogliere esattamente nel segno, in modo semplice ma non banale, qui c'è un Guido che non conoscevo...

«Guido, *chapeau*! Dovrebbero scriverci questo, sui vocabolari, alla voce "dignità"...» e faccio il segno delle mani giunte a mo' di grazie.

Lui è spiazzato dalle nostre reazioni. «Ma gvazie Lovenzo, gvazie a tutti, sono felice che la pensiate come me e che vi sia piaciuto il modo in cui l'ho espvesso!»

Per un attimo mi fa tenerezza, e provo una punta di senso di colpa nei suoi confronti. Anche se poi mi ricordo della Vespetta, quella che amavo tanto...

«Dio, Guido… “il cielo stellato sotto al quale ci sentiamo protetti”… che bello! Cosa darei per sentirmi così, protetta, e amata, sotto un cielo stellato…» Sofia abbassa lo sguardo e poi, per un attimo, lo rialza e cerca i miei occhi. E io i suoi. E non capisco cosa stia succedendo. Perché sento di nuovo un brivido sulla schiena.

«Stellato come questa notte» aggiunge Marzia visibilmente commossa. Sofia la guarda e si abbracciano. Poi le vedo confabulare qualcosa e scambiarsi il numero, tutte le precedenti volte che si sono incontrate, in effetti, avevo percepito un certo feeling, lunghe chiacchierate, sguardi di intesa eccetera, e poi entrambe mi avevano parlato bene dell'altra. Sono felice che possa nascere una bella amicizia anche fra loro.

E mentre guardano i rispettivi telefoni, Sofia alza ancora gli occhi e cerca ancora il mio sguardo, cerca di nuovo i miei occhi e non è una cosa così, in amicizia, è altro. È molto altro…

Questa cosa si ripete altre volte, per il resto della serata. E vorrei poter dire che mi fa sentire in difficoltà, invece no, posso solo dire che mi piace, mi confonde, sì, ma mi piace…

Verso mezzanotte la serata, molto bella, volge al termine, gli amici del calcetto prima, Guido subito dopo, cominciano ad andare, e in pochi minuti li seguiamo.

Salutati tutti, io, Sofia e Marzia usciamo e torniamo alle macchine.

«La mia è lì» dice Sofia indicando la Smart.

«Ah, ok» dico io, rimanendo imbambolato a guardarla.

«Ok» risponde lei sorridendomi, fermandosi in una posizione simile alla mia, per poi riprendersi e salutare Marzia: «Ciao, bellissima amica mia!» dice chinandosi un pochino, dall'alto del suo metro e settantotto, per abbracciarla con grande slancio.

«Ciao, amica gnocca!» risponde Marzia ricambiando l'abbraccio e l'entusiasmo.

«Ci sentiamo domani» dico io senza avvicinarmi per salutarla...

«Ok» fa lei, senza avvicinarsi per salutarmi...

E così andiamo, io e Marzia ci giriamo e camminiamo verso la macchina.

«Oh, è tardi ma io non ho sonno per niente. Tu?» dice lei con un sorriso furbetto, mentre metto in moto.

«In effetti nemmeno io» rispondo, e accendo la musica. Suona Ghali con *I Love You*.

«Bella serata, sono stata davvero bene.»

«Anche io, sono felice che ti sei trovata a tuo agio.»

«Assolutamente. Siete tutti meravigliosi.»

«Hai visto che tipo quel Guido?» dico ripensando alle sue parole.

«Più che altro Valerio, mi fa morire con quella cosa di doversi inventare sempre qualche amico o parente che fa questa o quella cosa meglio di chiunque altro al mondo! E poi quando dice "pazzeeeesco"! Ah ah ah! Muoiooo!»

«Sì, è un vero pazzo, ma che ci posso fare? È il mio migliore amico, purtroppo!»

«Vabbe' ma a me è simpaticissimo, si vede che è un pezzo di pane, e poi, fidati, per me ci marcia su quella storia, è il suo sketch, il suo show!»

«Sì sì, ci pensavo prima, lui ci fa! Non può essere così suonato, cazzo!» e ridiamo.

«Invece Guido... Molto particolare. Secondo me è il classico tipo che può riservare qualche sorpresa, sai?»

«Cosa intendi?»

«Non lo so, è una sensazione...»

«Potrebbe essere» rispondo un po' divertito e un po' serio. Poi aggiungo: «Come ti senti tu?».

«Dài, bene. Anche se ho dei momenti...»

«Conosco quei momenti.»

«Però devo dire che in questi giorni ho avuto modo di riflettere molto. Ovvio, ci sto male, ma sto facendo un grosso lavoro su me stessa.»

«È esattamente quello che sto facendo io. Lo dobbiamo a noi stessi.»

«Hai perfettamente ragione.» Poi, da un momento all'altro, cambiando tono e umore, Marzia dice: «Senti, vecchietto, ma te la faresti un'ultima birra?».

«Abbiamo bevuto già a cena, ma certo che ce la faccio. Te l'ho già detto che sono giovanissimo. E tu ce la fai?»

«Assolutamente, sono un po' su di giri ma sto benissimo. Non preoccuparti per me, nonno.»

«Vediamo se troviamo qualcosa di aperto per strada.»

«Magari vicino al mare.»

Dopo neanche un chilometro, notiamo un chioschetto aperto, di quelli che vendono cocomero, cocco e bibite. È proprio accanto a una spiaggia libera.

«Eccolo!» Lo indica. «Ci fermiamo qui?» propone Marzia elettrica. Ed è normale alla sua età. Ma anche io adesso mi sento vivo, nonostante gli anni in più.

Accostiamo e scendiamo.

«Due Corona con il limone. Andata?»

«Alla grande» risponde Marzia. «La amo.»

Quindi le prendiamo e facciamo un brindisi. «*Cheers!* A cosa?» chiedo.

«Alla nostra rinascita!»

«Alla nostra rinascita!» confermo.

«Ohi, Lore, guarda che luna» mi dice indicandola alta sul mare.

«Cavolo, è stupenda. Ci togliamo le scarpe e facciamo due passi a riva?»

«Figo» urla Marzia. «Ce le beviamo lì le birre allora.»

«Aspetta, dovrei avere un accappatoio nella borsa del calcetto. Lo prendo dal bagagliaio, se vogliamo sederci.»

Poco dopo ci inoltriamo sulla sabbia e mi pervade una sensazione a cui non so dare un nome.

E spero tanto che quella sensazione non mi spinga a fare cazzate...

«Dài, mettiamoci qui» dice lei indicando un punto a pochi metri dall'acqua.

«Ok» rispondo. Stendo l'accappatoio e ci sediamo.

«Sai che penso? Che quelli non ci meritavano» dice guardandomi seria per un attimo. Poi scoppia a ridere.

«Hai ragione. Scemi!» E le nostre birre si toccano per celebrare questa nuova granitica certezza.

«A te cosa manca di lei?» mi chiede con lo sguardo rivolto verso il mare.

Resto in silenzio per un attimo e mi rendo conto che rispondere non è così semplice. «Non lo so. Tante cose. Comunque se dovessi dirne una, mi manca abbracciarla di notte.»

«Cavolo, lo capisco... poi voi vivevate insieme da molto, no?»

«È da qualche anno. Tu e Riccardo dormivate spesso insieme?»

«Solo quando era possibile, nel fine settimana. Più spesso veniva lui da me. Paradossalmente i miei sono più aperti dei suoi, inoltre si sentiva a disagio a casa sua. Ha molto pudore coi suoi genitori.»

«E ti piaceva dormire con lui?»

«Da morire. Amavo addormentarmi mentre mi abbracciava. Perdermi accanto a lui, poggiare la testa al suo petto.»

La osservo e noto che i suoi occhi si sono bagnati. «Ehi, tutto bene?» le dico posandole una mano sulla spalla.

«Sì, tutto ok, è solo che...» La sua voce è strozzata, trattiene un pianto.

«Devi piangere, Marzia. Devi. Ti farà bene.»

«Ma io non voglio piangere per lui. Non voglio dargli tutto questo potere.»

«Infatti non devi farlo per lui ma per te stessa. Piangere non è essere deboli, ma liberarsi dal dolore.»

«Hai ragione, ma dove stanno gli uomini come te? Come ha fatto Ginevra a lasciarti andare, cazzo?»

«Guarda che ho mille difetti eh. Non mi sopravvalutare» dico per stemperare un po' il clima.

«Comunque mi fa impazzire che abbiamo passato quasi un anno perfetto, ti giuro, Riccardo sembrava l'uomo più innamorato del mondo. Mille attenzioni, mille premure... Per la prima volta avevo abbassato tutte le mie difese e mi ero lasciata andare...»

«Sei giovane, Marzia, e lo so che queste sono le frasi che diciamo noi vecchietti... Hai tante cose che possono succedere...»

«Lo so, ma che non mi abbia voluta mi fa male da morire. È come se mi avesse messa in un angolo, dimenticata, abbandonata. È una sensazione che mi distrugge e non mi fa dormire.»

«Capisco benissimo. È una sensazione, quella dell'abbandono, che ci colpisce tutti, a qualunque età. Tutte le volte che veniamo preferiti a qualcun altro scatta qualcosa, credo che sia qualcosa di atavico, che ci fa tornare fragili e indifesi come bambini. E non è una questione di maturità o di intelligenza, ma di sensibilità. È che quando vengono toccate certe corde, siamo tutti sullo stesso piano. E quando sul piatto mettiamo tutta la nostra vita, diventiamo vulnerabili, e chiunque non sfiori queste corde con la giusta delicatezza può farci tanto male.»

«Adoro parlare con te» mi dice Marzia, quasi pendendo dalle mie labbra.

«Grazie, anche io mi trovo bene. E non parlo così perché sono più bravo di te o più grande, ma perché sto anche io vivendo questo dolore che mi spacca in due e che mi spinge a pormi milioni di domande senza trovare una sola risposta convincente.»

«È questo il problema di quando ci sentiamo smarriti. Perdiamo ogni punto di riferimento, ogni certezza. E anche le domande più semplici diventano muri insormontabili.»

«Esatto.» E poi butto giù un sorso di birra e sorrido, malcelando una punta di sarcasmo.

«A che pensi?» mi chiede Marzia ricambiando la carezza sulle spalle.

«Niente. Ripensavo a quanto sono stato coglione...»

«In che senso? Mi sembri tutto fuori che coglione...»

«Pensavo a tante piccole cose, che per lei significavano poco ma per me contavano molto.»

«Tipo?»

«Tipo, ricordo che prima di...» Mi giro verso di lei, le punto il dito fingendo serietà, e aggiungo: «Ma prometti di non ridere!».

«Promesso» risponde lei solenne, decisa ad ascoltarmi.

«Ecco, per dirne una... Tutte le volte che la incontravo mi batteva sempre forte il cuore, avevo comprato un pacco di bigliettini bianchi, quelli per gli auguri, e insieme alla singola rosa che le portavo quasi ogni volta che ci vedevamo, le davo un biglietto chiuso, con scritte dentro alcune parole per lei, solo per lei. Mi sembrava un bel modo per non darla mai per scontata, un modo per ricordare a me stesso che l'amore si protegge anche così, occupandoci dell'altra persona con piccoli gesti quotidiani, cercando di renderla felice anche solo per un po'. Quegli attimi di felicità, mentre io le davo il biglietto e lei lo apriva e lo leggeva sorridendo, mi facevano sentire l'uomo più fortunato del mondo. Perché riuscivo a farla sorridere.»

«Mio Dio, Lore, ho i brividi. Lei non sa che tesoro ha perso» mi dice Marzia mettendo la sua mano sulla mia.

Io le sorrido con dolcezza e le dico: «Sei tenera». Poi continuo: «Non è cambiata la mia visione dell'amore, anche adesso che lei è lì, nel passato, anche adesso che è un dolore che sto attraversando senza concedermi sconti. Anche adesso che ho capito tutto e a volte mi sento un po' stupido. Anche adesso che ogni tanto la immagino di nuovo felice, a scartare sorridendo parole non più mie...».

«Mi fai venire i brividi. Sei tutto quello che una donna può desiderare, Lore. E giurami che non cambierà mai il tuo modo di vedere l'amore... Me lo giuri?» mi dice Marzia stringendo gli occhi per sottolineare la serietà della richiesta. E adesso le sue dita accarezzano le mie.

«Te lo giuro» rispondo io, passando velocemente dalla malinconia a un'eccitazione che mi confonde e mi mette paura.

Marzia continua a fissarmi e Dio solo sa quanto è bello il modo in cui mi guarda. I suoi occhi sono languidi, e sento che le mie barriere potrebbero crollare da un momento all'altro. Non faccio in tempo a pensarlo che sento la sua mano risalire lungo il mio braccio, farsi pericolosamente largo dentro la T-shirt, lambire i jeans, insinuandosi tra il tessuto e la pelle, e poi sento il rumore del primo bottone che esce un po' ruvido dalla sua asola, e ancora le sue dita scendere centimetro dopo centimetro dove non dovrebbero scendere...

Cagliari
23 luglio 2019, ore 18.45

Adesso riconosco nitidamente delle voci, parlano di me, e parlano di lei, dicono che è stupenda, piangono, piangono, vogliono arrivare da me, dicono che devono liberarmi da lei! Ma allora è davvero un incubo. Ma come liberarmi da lei? Ma che fate? Noi siamo inseparabili, ce lo siamo giurato! Io la amo! Io le appartengo! Noi staremo sempre insieme! Siamo nati per stare insieme! Ma non lo vedete?

26
Vorrei portarti il cielo di notte, dentro una bottiglietta da bere

La vita di Marzia
Lunedì 24 giugno 2019

Ieri, passando davanti a quella panchina in via Cristoforo Borri, mi è tornata in mente quella volta in cui io e Riccardo ci siamo seduti a parlare, a baciarci, a prometterci un futuro in cui avevo creduto con tutta me stessa. Mi ero trasferita da poco in questa casa, ero disorientata ma felice. Ero sempre felice quando stavo con lui, avrebbero potuto mandarmi anche dentro una grotta, o in guerra, se lui mi avesse preso per mano, avrei potuto affrontare tutto con il sorriso sulle labbra e nel cuore.

«Non ti lascerò mai» aveva detto tenendomi per mano su quella panchina, e poi mi aveva baciata, e c'era un lampioncino, accanto, che emanava una luce fioca e gialla, piena di poesia e romanticismo. E a me sembrava di vivere in un sogno, di essere in un film, uno di quelli che ti fanno piangere dall'inizio alla fine per quanto sono belli…

«Mi fai piangere di gioia» gli avevo risposto. «Se fossi una canzone, saresti una di quelle che ancora devono scrivere, la più bella canzone che scriveranno, quella che manca all'universo per far danzare tutte le stelle e i pianeti. Ecco, tu sei la canzone più bella dell'universo che nessuno ha mai scritto. E sei solo mio, tu e le tue note, amore mio della mia vita!»

«Piccola, ora mi commuovi tu! Sei così speciale, sei così rara...»

«Davvero?»

«Certo, amore, sei rara e speciale!»

«No, intendevo: davvero non mi lascerai mai?»

«Davvero davvero, piccola mia, te lo giuro!»

Troppo facile promettere e poi non mantenere, troppo facile esserci solo quando ci fa comodo e poi scappare. Troppo facile guardare un tramonto solo fino a quando finisce, il tramonto più bello del mondo è chiuso dentro il nostro cuore, immortalato, immortale, e non finisce mai!

Troppo facile essere come tutti, senza custodire gelosamente l'amore, senza proteggerlo, difenderlo, senza crederci fino alla fine!

Ma adesso basta! Mi ero ripromessa di mettere da parte astio e recriminazioni. Ha fatto la sua scelta, ognuno di noi mette al primo posto qualcosa o qualcuno, lui era il mio primo posto, prima di me, prima di tutto. La cosa non era reciproca, e adesso mi sento incompleta senza una parte del mio cuore, e mi odio per questo, detesto questa mia fragilità, questo senso di vuoto, questa spaccatura che mi spezza in due, che mi scava dentro e mi succhia l'anima.

Quando mi hai lasciato ho fissato per ore un punto del soffitto, c'eravamo io e il mio dolore in quella stanza, io e la mia disperazione. Non te ne faccio una colpa, semplicemente abbiamo dato un peso diverso a questa parola ormai abusata: amore. Io pensavo che, io e te, fossimo l'infinito, quella linea all'orizzonte che confonde il cielo con il mare, quei silenzi che portano con sé le parole più belle. Per me, amore, era tutto, per me, amore, eri tu prima di tutto, per me, amore, era un futuro per due, per me, amore, eravamo io e te mano nella mano, contro tutto e tutti, ora e per sempre, col cuore in gola e la voglia reciproca di regalarci un sorriso.

Per me, amore, era vedere un tramonto e pensare a te, era ascoltare una canzone nuova e pensare a te, era guardare un film e pensare a te, era scegliere un jeans o una maglia e pensare a te. Per me, amore, era tutta la mia vita mischiata con la tua, il mio sudore e il tuo, le mie lacrime e le tue, le nostre gioie, le nostre fragilità, i nostri errori, i nostri buchi. Per me, amore, eravamo noi. Non io, non tu, ma noi. Per te, amore, era molto meno, era un'altra cosa, eri solo tu...

Anche Lore è diventato una presenza fondamentale nella mia vita. L'altra notte, presi dallo sconforto, dal dolore e dall'alcol, stavamo per fare una cazzata, soprattutto io, e quanto l'avrei fatta! Ma lui è riuscito a fermarsi prima di fare un casino, che poi si sa, da queste cose non se ne esce mai davvero come si è entrati.

«Sarebbe un errore» mi ha detto mentre le mie mani cercavano la sua virilità e la mia bocca era sul suo collo, «e di errori ne abbiamo già fatti abbastanza entrambi. Sei bellissima, e questo momento è speciale... ma sarebbe un errore, tu hai quasi venti anni meno di me, sei in un momento di fragilità, io sono in un momento di fragilità, siamo entrambi provati, e confusi, e instabili... e la nostra amicizia io la sento già tanto profonda e preziosa... non voglio rovinare tutto! Sappiamo che domani ci pentiremmo, fermiamoci ora...»

«Hai ragione...» gli ho risposto allontanandomi dal suo collo, e dal suo profilo terribilmente sexy. «E poi secondo me, tu e Sofia potete innamorarvi, lo sento...»

«Io e Sofia? Oddio...»

«Sì, ho visto come vi siete guardati tutta la sera...»

«Ma... io...»

«Lorenzo, sono giovane ma sono una donna, e noi donne certe cose le vediamo, le sentiamo... ok?»

Lorenzo ha abbassato un attimo lo sguardo e poi lo ha rialzato guardando il mare.

«Non lo so, Marzia, ecco, non lo so, ammetto di sentire un trasporto per lei, sento qualcosa, sì, questa sera c'era una magia nell'aria, fra di noi, ma non so darle ancora una definizione, cazzo, sono così stravolto, così confuso: Ginevra, Sofia, adesso tu... wow... ma che succede?» ha detto mettendosi le mani fra i capelli, come se potesse impazzire da un momento all'altro.

«Lo capirai presto, quello che rappresenta davvero per te Sofia, Lore... ma nel frattempo sono felice che ci siamo fermati, perché io non voglio essere un ulteriore problema per te, e perché Sofia mi sta simpatica e mi sarei sentita terribilmente in colpa, domani, nei suoi confronti, e poi, sì, hai ragione, avremmo rovinato tutto, la nostra splendida amicizia...»

Lui mi ha guardato, mi ha accarezzato i capelli e ha sorriso: «La mia biondina...».

«Anche io ci tengo un sacco alla nostra amicizia, Lore, ma tanto!»

«Lo so, lo sento.»

«Non mi abbandonerai pure tu, vero?» gli ho detto sorridendo, e in cerca di rassicurazioni.

«Mai! Sarò sempre tuo amico!»

«Sai, qualche volta ho paura...» ho ammesso.

«Cosa intendi?»

«Ti avevo accennato del mio problema di salute... Il disturbo al cuore che ho scoperto alcuni mesi fa. Ecco, quando te ne ho parlato, l'ho un po' sminuito, in realtà non è una cosa da sottovalutare, all'inizio i dottori mi hanno detto che questa miocardite si poteva tenere a bada, ma anche che ci sono molte possibilità che degeneri, causandomi danni gravi al cuore... Ecco, in questi giorni ho avuto la sensazione che ci sia stato un peggioramento netto.»

Lorenzo mi ha fissato restando pietrificato, sembrava quasi non riuscire a replicare. Poi con un filo di voce mi ha detto: «Cazzo, Marzia, non avevo capito che fosse così grave...».

«In realtà sono stata la prima a negarlo, anche perché per diversi mesi i sintomi sono stati davvero minimi. Ma da qualche giorno ho continui dolori alle ossa, alle articolazioni, al petto, ho spesso la febbre, giramenti di testa. A volte sento come se il cuore si fermasse e ripartisse...»

«E non si può fare nulla?»

«Le cure sono molto limitate. Si tratta soprattutto di antinfiammatori, immunosoppressori, ma se la situazione dovesse peggiorare avrei difficoltà anche nel fare le cose più semplici, come alzarmi e camminare. A quel punto, l'unica via sarebbe il trapianto...»

«Cazzo, Marzia, voglio essere ottimista, tutto andrà per il meglio.»

«Ma certo» rispondo io, con un tono scherzoso. «Vecchietto, lo sapevo che non ti dovevo raccontare questa storia, alla tua età certe cose fanno paura... Comunque in questo momento sto benissimo, questa è stata una serata fantastica che mi ha alleggerito il cuore.»

«Ok, ma se dovessi avere bisogno di qualunque cosa, e

dico davvero qualunque cosa, mi prometti di chiamarmi?» ha risposto Lorenzo stringendomi forte la mano.

«Te lo prometto. Tu sei un grande amico. Il mio più caro amico.»

«E tu lo sei per me, dolcissima biondina.»

«Comunque sei bono, lo confermo! E fermarmi è stato difficile, porca puttana, che si sappia! Che venga messo agli atti!»

«Sei tremenda! Ah ah ah!» Lo ha detto e poi mi ha abbracciato forte. «C'è umidità qui, e si sono fatte le 4, meglio andare, che ne pensi?»

«Ok, abbracciami ma un'ultima volta.»

«Ok...» Ci siamo stretti forte prima di andare. E poi abbiamo sorriso, felicissimi, in fondo, della nostra decisione.

Ho appena sentito Sofia, ci sentiamo spesso dalla cena al mare, mi ha detto che le ha fatto piacere conoscermi meglio, che sono stata una piacevolissima conferma e che spera di rivedermi presto. Io la adoro troppo, per il suo stile, per la sua classe, per la sua dolcezza... E poi è troppo bella, bella e bona, una donna che se fossi lesbica le farei una corte che scansati! La cosa assurda è che lei non si vede, non lo vede che è così sexy, pensa che quei due o tre chili in più che ha la rendano brutta, non lo capisce che è proprio quello a renderla stupenda e speciale!

Comunque sono troppo felice di non aver fatto cazzate con Lore, perché lo sento, lo percepisco che a lei piace, e non me lo sarei perdonata.

Oggi le ho chiesto se c'è qualcuno che le interessa e lei mi ha risposto: «Eh, poi ti racconto, è lunga...».

Ma io so che è lui! E lei sa che io lo so, fra di noi c'è un feeling, di certe cose non è necessario parlare, o esplicitarle...

Le ho chiesto di consigliarmi qualche libro da leggere finiti gli esami, e mi ha detto che mi avrebbe mandato una lista nei prossimi giorni.

Ho sentito anche Guido ieri, l'ho scambiato anche con lui il numero a Gaeta, è troppo interessante come persona, e ho l'impressione che abbia da insegnarmi davvero tanto.

Mi ha scritto che ritiene che io sia una ragazza molto intelligente e curiosa, e quando ha saputo che mi sto avvicinando un po' alla lettura, mi ha consigliato di leggere Kavafis, un poeta greco di inizio Novecento, mi ha detto che posso trovare molte sue poesie anche sul web...

Ora sono a letto, e come quasi tutte le sere, leggo qualcosa di Laura, sul libro, che mi carica e mi emoziona:

> Lei non è il tuo trofeo. Non è una foto su cui sbavare, non è solo un weekend in un hotel di lusso, non dipende dai tuoi soldi o dal tuo potere. Lei non è in vendita!
> Lei non è un abbellimento della tua auto sportiva, non è i tuoi bisogni, e nemmeno i tuoi capricci.
> Non è il tuo "tutto e subito". Lei non è un numero fra tanti, e nemmeno uno di quei casi in cui ti vanti con gli amici di essere un toro. Lei non è un giocattolo, non è l'ultima telefonata dopo che ti hanno dato buca tutte le altre, e nemmeno la tua rassicurazione dopo i cento pali presi in discoteca.
> Lei non è il tuo luogo di violenza. Non è il tuo modo di sentirti grande o forte. Lei non è una bambolina che sta buona lì e sorride sempre, non è solo apparenza, ma soprattutto sostanza, lei non è solo "sì signore", ma è anche tanti "no".

Lei non è obbligata a fare niente. E tu non sei il padrone della sua vita.
Lei non è tua, perché non è un oggetto né una cosa, ma una donna, un essere umano, molto speciale, una creatura rara, e tu, se non la rispetti, non sei niente…

Poi ricevo da Alice, che a quanto pare ho contagiato, un post di Rareza, il nostro mito e writer preferito:

Vorrei portarti il cielo di notte, dentro una bottiglietta da bere, insieme a un sorriso, la luna e le stelle, adesso che ti senti tradita, ora che ti manca il fiato per urlare al mondo la tua rabbia. Adesso che il dolore ti scava dentro un buco infinito come il tuo amore, lasciando un vuoto che può comprendere solo chi ti ama.
Vorrei portarti a sentire la sabbia, sentirla sotto i piedi, fartela scivolare nelle mani, in quelle sere fresche di ottobre e magia, e poi vorrei dirti che nessuna delle parole che hai pronunciato con gli occhi è sfuggita al mio cuore, che sono tutte lì, protette e custodite, preziose come un segreto meraviglioso e nascosto.
Vorrei portati via, dal buio, da questo senso di malinconia, dalla tristezza che ti leggo negli occhi anche quando dici di stare bene, vorrei portati con me, ovunque tu voglia, in qualunque luogo ti senta protetta e al sicuro, perché, per sorridere, ho bisogno di vederti sorridere, e non c'è un solo posto in tutto l'universo nel quale io potrei essere felice se tu non sei felice…

ƸӜƷ

Rareza

E alla fine, prima di dormire, mi regalo anche una Buonanotte di Laura su Insta:

> Buonanotte a te che ti ritrovi nelle parole di un libro, mentre guardi il cellulare e leggi i vecchi messaggi, le parole di lui, quelle in cui credevi, quelle di cui ti fidavi. Lui che poi ti ha tradito, lui che, poi, ti ha spezzato il cuore...
> Buonanotte! Questo pensiero te lo dedico, queste parole sono per te...

E mentre sono a letto e suona Arisa con *La notte*, ripenso alle parole di Laura appena lette, e poi ripenso a te, sì, poi ripenso a te, Ric...

Volevo chiederti un'altra possibilità, non io, non per me, per il nostro amore.

Ma tu davvero volevi questo?

Tu davvero volevi tutto questo freddo nel nostro cuore?

Tu davvero, amore, volevi che finisse così?

Volevo chiederti se hai mai pensato a come sarebbe potuta andare fra me e te se non avessimo mollato la presa, se non avessimo avuto tanta paura. Se avessimo avuto più coraggio, quel coraggio che meritavamo entrambi.

Volevo chiederti di tornare, di ricominciare, come se fosse stato solo un attimo di distrazione, come se questa vita non ci avesse mai chiesto di pagare un prezzo così alto. Come se quando mi dicevi "Ti amo da impazzire, ti amerò per sempre", tu lo pensavi davvero.

Volevo chiederti di prendermi per mano, adesso che sento che tutto il mondo mi sta crollando addosso, ora che la pioggia è forte e le nuvole coprono le stelle, per fare questo pezzo di strada tanto duro insieme a te.

Volevo chiederti della tua vita, sapere come te la passi, se stai bene, se anche tu, qualche volta, ripensi a quando facevamo l'amore, se anche tu, qualche volta, vorresti chiedermi qualcosa. Qualunque cosa...

27
Uno sguardo che ci faccia sentire speciali…

La vita di Lorenzo
Martedì 25 giugno 2019

La notte della cena al mare da Valerio, dopo aver accompagnato Marzia e scampato quel *pericolo*, una volta a casa, ho controllato il telefono e ho trovato un messaggio di Sofia.

Che poi, fra parentesi, tornando a quella notte… mi rende un po' orgoglioso di me stesso essermi comportato così con Marzia. Sarebbe stata proprio una cazzata, una di quelle che fai e poi ti penti già mentre le stai facendo, e sono felice di aver resistito e detto no, nonostante l'occasione fosse molto favorevole e lei molto, molto eccitante, e poi l'alcol, il mare, l'empatia fra di noi, le stelle… Era davvero difficile tirarsi indietro, ma penso che sia questa la differenza fra noi esseri umani e gli animali, siamo fatti di istinti, di impulsi, di sesso e carne come loro, ed è bello, va bene, ma a differenza loro abbiamo la facoltà di scegliere, di pensare, di pesare, di seguire una scala di priorità, di dire no, di mettere davanti alcuni principi, alcuni valori, come quelli dell'amicizia, dell'amore, del rispetto. Quella sera avremmo fatto davvero un casino enorme, e ci saremmo mancati di rispetto, e avremmo mancato di rispetto ad altre persone, e Marzia sarebbe stata giustificata: ha diciotto anni, aveva bevuto e, come me, sta attraversando un periodo di grande fragilità emotiva e di confusione! Ma a lei, essendo così giovane, può capitare di farsi sopraffare da un attimo di debolezza... ci sta! Le verrebbe perdonato! Io no! Io ho trentasette anni e ho la piena facoltà e anche il dovere di distinguere cosa sì e cosa no, quando andare oltre e quando fermarmi. Perché poi, per me, sarebbe più complicato perdonarmela una cosa del genere, perdonarmi di avere incasinato un'amicizia, perdonarmi di essere stato a letto con una ragazza con la quale non poteva esserci un futuro né un seguito, sarebbe stata solo una *scopata*, e io e Marzia meritiamo molto di più, in particolare in questo periodo della nostra vita, in questo momento in cui io ho bisogno di attraversare ed elaborare un dolore troppo grande per essere svilito così, non me lo sarei perdonato tanto facilmente di comportarmi da coglione quando ho una figlia di tre anni che sta soffrendo perché i suoi l'hanno prima messa al mondo promettendole che sarebbero stati sempre tutti uniti e poi hanno deciso di lasciarsi, una figlia che amo più di me stesso e che vorrei fosse fiera del padre, un giorno, non me lo sarei perdonato di non dare valore alle cose importanti, a quelle che davvero contano. E poi ha ragione Marzia, non mi sarei perdonato nemmeno di aver fatto una cosa del genere alle spalle di Sofia. E questo mi fa tremendamente pensare... Cosa sta succedendo fra di noi?

Quella notte, nel suo messaggio c'era scritto: "Non lo so se vale solo per me, ma io sento qualcosa dentro, ora, e ti penso. E vorrei che fossi qui con me, nel mio letto, fra le mie braccia... Buonanotte".

E io le ho risposto: "Scusa, mi si era scaricato il telefono. Comunque... Non lo so se è una cosa normale, se è una cosa giusta o sbagliata, ma adesso, ora, 22 giugno 2019, alle 4.46, essere fra le tue braccia è davvero l'unica cosa che vorrei, l'unica che mi regalerebbe un pezzetto di felicità in questo periodo tanto triste... Buonanotte!".

Sofia: "❤".

Lorenzo: "❤".

Il giorno dopo ci siamo scritti e sentiti di continuo, e la sera siamo usciti.

Io mi sono messo una giacca estiva in lino blu che non mettevo da tanto, Ginevra la trovava "sciatta", a me invece è sempre piaciuta, e sotto una camicia bianca semplicissima. E poi jeans un po' corti alle caviglie e un paio scarpe nere con la suola bianca che mi piacciono un casino, le ho prese da Zara.

Sono andata a prenderla al supermercato dove lavora, sono entrato perché ero curioso di vedere il reparto libri, quello di cui si occupa lei, e mentre io davo un'occhiata alle novità leggendo trame e quarte di copertina, lei è volata negli spogliatoi a cambiarsi. Non ho potuto fare a meno di notare che il libro di quella Laura Massa di cui mi parla sempre Marzia era esposto in bella vista insieme ad altri in uno spazio separato, con sopra un cartello: "Bestseller".

Quando Sofia è uscita dalla porta riservata ai dipendenti, per un attimo ho provato le sensazioni della sera a Gaeta, mi è mancato il fiato, aveva un vestito scollato e delle scarpe con il tacco alto e un giubbino di jeans posato sulle spalle, aveva stile e personalità. Inoltre i suoi capelli erano di un tono diverso, sempre biondo, ma più scuro, e mettevano in risalto le labbra carnose e i lineamenti del viso... Altro che fuori forma e qualche chilo in più, Sofia è una bomba!

«Eccoti, sempre più bella!»

«La smetti di prendermi in giro?»

«Non ti prendo in giro! E lo sai…»

«Comunque anche tu non scherzi! Guarda che figo che sei! Bellissima questa giacca!» ha detto toccandola… e la cosa mi è piaciuta molto.

Siamo andati in un ristorante indiano in via Cavour, dove abbiamo mangiato tanto e benissimo. Anche se dopo ci sentivamo esplodere. Poi abbiamo passeggiato in zona Monti, che è una delle mie preferite del centro, la trovo così artistica, con un fermento culturale unico. La definirei un po' la "Soho romana", piena di botteghe e negozietti stupendi e caratteristici. Abbiamo camminato in via dei Serpenti, in via Panisperna, e nel frattempo abbiamo parlato tanto.

«Ci stai tanto male?» mi ha chiesto.

«Be', non so come dirti… sì, ci sto male, ma non come dovrei… credo.»

«Cioè?»

«È difficile da spiegare, prima di parlarle, prima di dirle che avevo capito che per lei era finita, e che probabilmente non mi amava più, avevo il terrore di affrontare questo dolore, per molto tempo ho evitato di guardare, di parlarle, perché sapevo che poi avrei sofferto tanto… Sai, Sofia, pensavo di aver costruito qualcosa insieme a lei, pensavo fosse importante, abbiamo fatto una figlia, cioè, una figlia, capisci?»

«Certo…» ha annuito ascoltandomi con grande attenzione.

«E poi ti ritrovi così, a casa di tua mamma, sul letto dove dormivi da ragazzo, insieme alla tua bambina, è tutto così incasinato… Sto male per il fallimento, perché ho creduto in qualcosa che forse non esisteva. Sto male perché in fondo non è neppure colpa di Ginevra, sono io che mi sono illuso di poter vivere un amore che forse non esisteva, sono io che ho tradito me stesso. Però, ecco, sai che c'è, che man mano che passano i giorni, mi sento meglio, il dolore terribile che pensavo di provare non è quel dolore! E questo mi sta facendo riflettere molto, mi chiedo come mai, sai, forse anche dentro di me qualcosa era cambiato e fingevo di non vederlo.»

«Sì, certo, capisco, del resto le emozioni, i sentimenti, non sono mica una scienza esatta, è davvero, come dici tu, tutto un casino...»

«Sì, Sofia, Dio, è tutto un casino...» Mi sono fermato un attimo e poi ho ricominciato a camminare. «Oh, sia chiaro, non è che non ci stia più male eh, o che non ci pensi più, è solo che ho l'impressione di pensarci e starci male in modo *diverso*. Sono terrorizzato, piuttosto, che Bianca possa soffrire, io so cosa significa soffrire per i genitori, anche se nel caso mio la colpa era solo di quella merda di mio padre... ma anche se è piccola, vorrei che per lei il trauma fosse il meno pesante possibile.»

«Ok...»

«Sofia...»

«Sì...»

«Cosa cerchiamo davvero nella vita?»

Lei mi ha guardato disorientata. «Eh... bella domanda! Cosa cerchiamo?»

«Dimmelo, dimmelo tu... cosa?»

«Forse solo una mano che prenda la nostra...» ha detto guardandomi negli occhi, e poi: «Forse solo uno sguardo che ci faccia sentire speciali...».

«Forse solo un abbraccio che ci faccia smettere di tremare...» ho aggiunto, incrociando i suoi occhi.

Lei, imbarazzata e completamente rossa, ha guardato l'ora e ha detto: «Ehi, si è fatta l'una!».

Eravamo nella stupenda, incantevole via della Madonna dei Monti, accanto a un'osteria di quelle antiche, davanti a un palazzetto con il tetto spiovente e la facciata completamente ricoperta di edera, con le lanterne e un cielo blu, immenso, tutto per noi.

«Allora, andiamo?» le ho detto, avvicinandomi un po'.

«Allora sì!» e le sue guance sono diventate ancora più rosse.

«Mi dispiace averti ammorbato con la mia storia, però vorrei dirti che, davvero, adesso, ecco, ora non sono triste, in questo momento sono felice...»

«Non mi hai ammorbato, mi fa piacere ascoltarti e poi è bello che ti sfoghi, ti fa bene! E sentiamo, perché saresti felice?»

«Perché ci sei tu...»

«Io?»

«Sì, tu, tu!» ho ripetuto e le ho preso la mano, lei mi ha fissato e ha sorriso, e io non ho resistito. Ho chiuso gli occhi e l'ho baciata, e lei mi ha baciato. E ci siamo baciati. Ed è stato un bacio bellissimo, e lungo, uno di quelli che voli, uno di quelli che tieni gli occhi chiusi tutto il tempo. Uno di quelli che l'universo lo sa che sta succedendo qualcosa di grosso. Uno di quelli che senti il sapore di menta della gomma da masticare che lei ha appena gettato, e non è solo un chewing gum, e non è solo menta, è il sapore della vita, di bellezza, di qualcosa che ti fa stare bene, che ti fa battere il cuore, che ti rigira sottosopra mentre l'universo trema e si blocca perché sa di questa cosa grossa che sta succedendo.

Dopo che ci siamo staccati, ci siamo guardati, seri, spaventati, con il cuore in gola e le mani sudate. Poi, senza dire una parola, ci siamo stretti, lei ha messo il suo viso sul mio collo, in quello spazio fra la spalla e il mento.

«Amo il tuo profumo...»

Sono state le uniche parole che ha pronunciato.

Poi ci siamo presi per mano, e in quella nuvola sospesa da terra, fra il cielo e la luna, abbiamo camminato volando verso la macchina, continuando a non dire una parola, continuando a dirci tutto con gli occhi, senza mai staccarci, senza mai mollare la presa, con le nostre dita incastrate le une nelle altre...

I giorni successivi è andata ancora così, è stato lo stesso, telefonate continue e messaggi: *Ciao*, *Ti penso*, *Mi manchi*, *Sei bella*...

Ieri, dopo il lavoro, è passata sotto casa, ma non è salita, sono sceso io, ha fumato una sigaretta, abbiamo parlato un po', mi ha raccontato della sua giornata al lavoro, dei clienti pazzi, di quelli carini e gentili. Dei nuovi libri arrivati. Mi ha detto che mi ha pensato spesso, quando ha ascoltato questa o quella canzone, dopo aver letto questo o quel passaggio di un libro. Mentre provava un vestito nuovo, mentre ricordava un vecchio episodio di noi due bambini su una barchetta a Ladispoli. O quando ha visto che in tv davano *Ritorno al futuro*, il nostro film preferito. E io le ho detto che l'ho pensata, mentre provavo questo o quel pezzo con la tastiera, mentre scrivevo un testo nuovo dopo tanti anni, mentre guardavo una foto di noi due bambini al mare a Maccarese... Poi c'è scappato un altro fantastico, infinito bacio. E credo che l'universo si sia fermato ancora, lo dico solo perché le lancette erano improvvisamente ferme, le macchine che passavano tutto a un tratto erano immobili, le persone che camminavano sulla strada sembravano quegli artisti di strada che si bloccano con la cravatta sospesa nella posizione di chi stava correndo. È stato un bacio magico. Un po' nascosto, un po' rubato. C'era la paura di essere visti, stava per tornare Bianca con Ginevra. Mamma era a casa e poteva affacciarsi, e tutto il vicinato poteva vederci. Ma l'abbiamo fatto, l'abbiamo voluto, l'abbiamo cercato. Ed è stato bello da morire...

E comunque, ripensandoci, che stupido! Non abbiamo corso nessun rischio, l'universo era completamente immobile...

Domani sera la rivedo, andiamo al cinema e poi mangiamo schifezze in un'hamburgheria attaccata al cinema. Questo è il programma. Un bel programma.

Suona il telefono, è Valerio, cavolo si è fatto tardi, devo andare a prendere Bianca a scuola, poi devo riscappare subito a lezione.

«Ohi, coso!»

«Eccolo, il mio pagliaccio preferito!» lo prendo in giro.

«Oh, ti avevo chiamato per sapere come ti buttava, ma mi pare che sei abbastanza in forma, brutto stronzetto...»

«Ah ah ah! Dài... Tutto bene! Si dice così?»

«Ma che ti manca? Hai una mamma deliziosa, una bambina che è la fine del mondo, stai uscendo con una bionda bonazza che scansate, e poi... e poi hai noi, i tuoi amici, in particolare me, l'uomo più talentuoso e intelligente del mondo che può trasmetterti tanto, tanta sapienza, tanto stile, tanta energia... Signor Russo, lei è davvero un ragazzo fortunato!»

«Valerio, ma quanto sei buffone? Eh? Me lo dici? Quanto?» ma non riesco a non sorridere, è questo il suo vero talento, far sorridere!

«Comunque, scherzi a parte, dimmi al volo che sto per entrare da una cliente, un negozio in centro, dimmi... come va con Sofia?»

«Come al solito farai il mollicone con la cliente, no? È figa? Comunque... con Sofia davvero bene! Ci stiamo vedendo spesso! Ci sentiamo sempre... Ecco, bene, proprio bene!»

«Questa è una bella notizia! Davvero... In fondo ho sempre pensato che eravate perfetti per stare insieme! E rispetto a Ginevra? Come ti senti?»

«Ma guarda, dirti che non ci penso e che dentro abbia smesso di bruciare sarebbe una bugia, fa ancora male, tanto... ma esco con Sofia, ci sto bene, sento delle cose dentro... non so, credo che anche questo abbia un senso, no?»

«Lo ha eccome! Ha un senso enorme, amico! Ora devo scappare davvero, però! Ti chiamo dopo! E sì, certo... ovviamente è figa la cliente...»

Che pazzo, non cambierà mai...

Attacco e mando un messaggio a Marzia.

"Amichetta, come stai? Solo per dirti ciao, e che ti pensavo! ☺"

"Loreeeeeeee! Io me la cavo, raccolgo ogni giorno un pezzo nuovo di me stessa!"

"Che risposta figa! Quindi sempre meglio?"

"Quindi sempre meno per terra e molto più in risalita. Quindi ce la faremo! E tu?"

"E io..."

"Oddio, Lore, ora che ci penso la tua vita è un bordello! 😛"

"Ecco, grazie, non avrei saputo trovare una definizione più precisa. Ma in fondo, sai, forse lo è sempre stata un gran casino... Comunque mi piace uscire con Sofia, mi fa stare bene, ci troviamo in tutto, anche sotto quel profilo..."

"Sì, sì, ho capito... Sai, lo immaginavo, lei secondo me è una bomba!"

"Ma mi sento ancora massacrato per Ginevra, cioè, è una sensazione strana... più che altro sento un vuoto dentro, una sorta di solitudine, a volte, e di fallimento, anche nei confronti di Bianca..."

"Bianca è intelligentissima e sensibile, ne soffrirà, ovvio, ma poi, nel caso le cose fra di voi non si aggiustassero, capirà. E, anzi, vi ringrazierà di averlo fatto, esservi concessi l'opportunità della felicità! E di averla concessa anche a lei..."

"Quanto sei saggia! Ti adoro, biondina! Ma sono così frastornato..."

"Ecco, più che altro concentrati su questo, Lore, su te stesso, su quello che senti, su quello che vuoi... Sofia è una figa, e non intendo solo esteticamente... A me piace da morire! Pensaci bene, ecco..."

"Già... Grazie, Marzietta!"

"Ti odio quando dici grazie..."

"❤"

"❤"

Sento una tale confusione in testa, ma forse, la verità è che devo solo capirlo quello che il mio cuore ha già capito, quello che lui già sa di volere...

28
L'amore resta

La vita di Lorenzo
Martedì 25 giugno 2019

Nascere in una periferia, ai margini della città e con qualche difficoltà economica, non ti rende speciale, cambia solo un po' le cose…

Che poi io Roma la amo davvero tutta, dal Colosseo a San Pietro, dai Fori Imperiali a Fontana di Trevi, il Ghetto, piazza di Spagna, Trastevere, piazza Navona, gli scorci dal lungotevere, i vicoli del Pigneto, le boutique artigianali del rione Monti, per arrivare alle vie del lusso, via Frattina, via Condotti, via Margutta… Lì dove abitavo con Ginevra, in quella casa con cui non ho mai legato…

Quelli nati con la camicia, benestanti, ricchi, coi padri potenti e le madri piene di gioielli, con la casa all'Argentario e le feste private, ecco, quelli non avevano mica una colpa ai nostri occhi, agli occhi di noi ragazzi del quartiere, che per entrare in certi locali modaioli ed esclusivi dovevamo elemosinare un po' di pietà dal tipo della sicurezza, che veniva dalle nostre stesse zone ma aveva un potere su di noi, un piccolo potere che in un piccolo uomo diventa arroganza, lo faceva sentire Dio, il nostro Dio, e solo raramente per compassione ci lasciava passare, ma la maggior parte delle volte noi restavamo lì, dietro la cordicella, dall'altra parte del mondo, a guardare entrare quelli che erano più fighi di noi, quelli della Roma bene, che per il solo fatto di essere nati in quelle famiglie ricche e influenti godevano di un pass per tutto ciò che a noi era negato. E, con loro, Dio era un sacco mansueto...

Faceva questo il mondo ai nostri occhi: ci escludeva. E per un bel po', in modo più o meno latente, abbiamo invidiato tutto ciò che c'era fra noi e quella cordicella da cui guardavamo il mondo migliore di noi, zitti, con i vestiti sbagliati, con le parole incerte, senza i sorrisi sicuri.

E se non stavi attento rischiavi davvero di odiarli, quelli oltre la cordicella, voglio dire, era facile cedere alla tentazione di odiare chi ti umilia, qualcosa che è quello che tu non puoi essere.

Che colpa ne avevamo se eravamo nati a Casal Bruciato e poveri? Era questo quello che ci chiedevamo dentro di noi mentre ci allontanavamo a testa bassa dalla discoteca.

Mia madre ha fatto i sacrifici, quelli veri, per permettermi di studiare, per pagarmi le lezioni di pianoforte, lei puliva i cessi nelle case degli altri per regalarmi il futuro che sognavo. E non mi ha mai detto cose tipo "io sto facendo questi sacrifici per te, ma per favore studia Ingegneria o non so cos'altro perché poi troverai un lavoro sicuro e ben retribuito", no, lei i cessi degli altri li puliva per regalarmi un sogno, il mio sogno, per vedermi felice. Per ricordarmi di difendere le cose in cui credo, quelle che sento vicine al mio cuore.

Ama sentirmi suonare, la ripaga di tutto lo schifo che ha dovuto subire, da quel bastardo di mio padre, dal destino, dalla vita...

E niente, noi che siamo nati in periferia, fra questi palazzi alti, grigi e tutti uguali, con le antenne sui tetti e i fili calanti, con i portoni di alluminio e le strade sterrate, ecco, no, non siamo speciali, e non si può mica generalizzare! Però io vedo una luce diversa nei nostri occhi, io sento un amore dentro, io sento una sensibilità dentro, io sento un dio dentro di noi, un dio che non esclude, un dio senza cordicella e sguardo disgustato, sento qualcosa di magico su questo asfalto, un miracolo, tanta poesia... Roba che non ho percepito in quegli ambienti di ricchi, dove tutto si basa sui soldi, sull'apparire, sul possedere. Dove i legami sono solo interessi, numeri, denaro.

E io adesso lo so, adesso l'ho capito, quello che volevo fare nella vita, era solo sedermi su un marciapiede, solo quello, con un paio di birre, con qualcuno al mio fianco che potesse capirmi, che sapesse sentire quello che avevo dentro. Qualcuno che trovasse bello e commovente mettersi a guardare con me tutto quel grigio, il parco non curato con l'erba alta, le altalene arrugginite, le ringhiere alle finestre, la fatica, il sudore dei sacrifici, il sapore della dignità, la voglia di farcela e di riscatto, sì, ma a modo nostro. Non a modo loro!

Io volevo solo suonare, e inventare parole, parole di rabbia, parole d'amore, parole di sangue e di bellezza.

Io volevo solo volare, con la fantasia, immaginare un mondo diverso, un mondo dove un ragazzo com'ero io, con i vestiti del mercato e le scarpe sbiadite, nato a Casal Bruciato, ai margini della città, la mia città, potesse entrare in qualunque locale del centro senza essere squadrato dalla testa ai piedi da nessun piccolo Dio. Senza più cordicelle, senza sentirsi escluso.

E io in quel locale avrei piazzato un pianoforte, dentro, al centro della pista da ballo, e avrei dimostrato a tutti quei fighetti come suona la vita vera, che sapore ha la poesia, la dignità, l'orgoglio… E di cosa sono capaci quelli come noi, nati ai margini, che non hanno nulla di speciale, forse, ma possono rendere speciale qualunque cosa…

Mentre penso a questo, prendo una foto. Ci siamo io e mia madre seduti sul divano, io ho in mano il *Microfono d'oro*. Questa foto rappresenta molto per me, lì dentro non c'è solo il primo e unico premio vinto nella mia vita, nell'ambito di un minifestival musicale che si svolge in una piccola provincia italiana, lì dentro c'è molto di più, lì dentro c'è il mio sguardo bambino e improvvisamente adulto, c'è il profumo delle cose più belle e più care, di quelle più vere e sincere, lì dentro c'è un salotto, quello dove sono cresciuto, quello dove si faceva tutti insieme l'albero di Natale "più figo di tutto l'universo", mentre mio padre, prima di mollarci, stonava canzoni sacre come *My Way* accompagnato al pianoforte da mio zio, lì, in quella foto, c'è un divano, quello dove sono seduto ora, quello ai piedi del quale spesso, da piccolo, dopo che lui ci ha abbandonato, mi addormentavo tardissimo mentre mamma guardava la tv, in quelle notti in cui dormire, per me e per lei, no, non era proprio possibile, in quegli anni nei quali sperimentavamo un dolore che ci rendeva non solo mamma e figlio, ma anche marito e moglie e amici e complici e tutto il resto. Quegli anni in cui ho compreso il potere degli sguardi, del supporto, della lealtà, delle parole non dette, delle cose che iniziano e finiscono, di quelle che restano, di quelle che contano, che contano davvero. In quella foto, se guardi bene, dentro la libreria, c'è una foto di me preso in braccio dal Papa durante una gita scolastica a San Pietro, lì dentro, in quella foto, potete vedere il sorriso orgoglioso di mia madre, un orgoglio che anticipava il successo che non ho mai avuto, che già lo attraversava e lo superava e in qualche modo, ingenuamente, lo dava per scontato, perché per lei avevo già vinto, ero già il musicista e cantante più bravo e famoso del mondo...

In quella foto c'è lo sguardo di un venticinquenne che non sa cosa sarà della sua vita, che fa i conti con le mancanze e i vuoti e i buchi neri, ma che sa quali sono le cose da proteggere, quali quelle da mettere nel cuore quando arriveranno, un venticinquenne in tuta sgualcita e sorriso timido con un bel po' di sbagli e passi falsi nel cassetto, oltre ai sogni, ai plettri, agli spartiti e ai fogli bianchi, oltre ai biglietti da riempire, oltre alle parole sincere da dire, oltre alle mani da sfiorare, oltre alla fiducia, alla rabbia, alle rincorse, al batticuore, e al nodo in gola. Oltre l'equilibrio e l'inquietudine. Oltre la dolcezza e l'entusiasmo. Oltre la paura e le insicurezze. Oltre il muro e le fragilità.

Lì, dentro quella foto, c'è un salotto di una casa che non esiste più. Non in quel modo. Ma quello che rimane è davvero l'unica cosa che conta, l'unica per la quale valga la pena esserci, lottare e vivere: l'amore. E io lo so, io lo so che tutto il resto passa... i soldi, le macchine, i gioielli, il potere, i viaggi, le case e il successo. Tutto passa. Ma l'amore resta, e ti salva. Quando tutto sembra finire, quando tutto sembra poterti uccidere, quando il mondo sembra crollarti addosso, lui resta. E ti salva.

29
Tu, che sai toccarmi ovunque senza nemmeno sfiorarmi

La vita di Lorenzo
Mercoledì 26 giugno 2019

Alle 19 squilla il telefono, è Ginevra che mi dice se porto giù Bianca.

«Scendiamo, è arrivata mamma» dico a Bianca che è sul divano con l'aria triste. «Ehi, che succede, dolcissimo amore mio?»

«Niette…» risponde lei con il labbro inferiore che le arriva ai piedi.

«Amore di papà, dimmi che succede.»

«Vieni anche tu con noi, 'tasera?»

«Purtroppo no, non è possibile, lo sai come stanno le cose, adesso, ma andrai con la mamma e ti divertirai, poi fra due giorni ci rivediamo!»

Bianca resta con la testa bassa senza dire una parola, allora aggiungo: «Poi papà ti porta un regalo grandissimo, lunedì!».

Lei alza lo sguardo di scatto con gli occhi che le brillano e chiede urlando: «Che regalo?».

«È una sorpresa! Ma giuro che sarà bellissimo! Però tu mi devi promettere che da adesso a quando ci rivediamo non smetti per un attimo di essere felice e di sorridere! Me lo prometti?»

«Prometto!» dice mettendosi una mano sul cuore e alzando l'altra, a mo' di giuramento solenne, Dio, quanto è dolce e quanto mi massacra vederla così...

«Bravissima, amore mio!» Nel frattempo arriva un WhatsApp di Ginevra: "Io sono giù ad aspettare, eh...".

"Lo so, ma Bianca era triste e ho dovuto parlarle, ora scendiamo."

"Ok..."

Va di fretta la regina...

Scendiamo, e ogni volta mi devo preparare all'incontro, perché vederla, nonostante tutto, mi tocca, mi turba, mi fa male...

Ginevra indossa un chemisier lungo con una cintura in vita, delle zeppe color cuoio e una grande borsa arancione, è davvero molto bella, io ho una T-shirt bianca, i jeans e un paio di Adidas.

«Piccola di mamma!» dice abbracciando Bianca, poi si alza, la fa entrare in macchina, e girandosi verso di me: «Ciao» mi dice, guardandomi seria negli occhi, «tutto bene?».

«Tutto bene!» rispondo io, meno debole di quanto pensassi.

«Ok...»

«Ok...»

«Allora la riporto lunedì?»

«Lunedì va bene» rispondo ostentando calma. Ma la verità è che la calma ce l'ho davvero. Lei resta per un attimo immobile, mi guarda in modo diverso, quasi a scrutarmi, come per cercare dettagli nel mio sguardo, segnali di fragilità, di sofferenza.

«Ti trovo bene! Allora buon fine settimana!» mi dice poi con un sorriso distensivo, quasi ammiccante.

«Anche tu, anche tu stai bene, come sempre...» rispondo quasi balbettando per poi aggiungere: «Buon fine settimana a voi! Ciao Bianca!». E la cerco con lo sguardo dentro la macchina, così lei si avvicina al finestrino e inizia a salutarmi alzando le braccia.

Quindi Ginevra sale in macchina e parte, io mi giro e risalgo. In ascensore mi specchio e sento qualcosa, una sensazione, una cosa a cui non so dare un nome, c'è anche un che di compiacimento, c'è una conferma: non mi tocca più come prima.

C'è un'altra conferma, e mi colpisce parecchio: Sofia.

Si chiama Sofia, questa nuova conferma, è stupenda, e questa sera abbiamo dei programmi...

«Senti, poi ho preso i biglietti per *Carmen y Lola*... Va bene?» mi dice Sofia appena salita in macchina.

«Ma certo, lo avevamo detto! Era quello che forse mi piaceva di più, fra le opzioni! Sei stupenda.»

«Bene! Era quello che piaceva di più anche a me!» e sorride. «E poi era l'unico che cominciava in un orario compatibile con il nostro...» e poi dopo qualche secondo di esitazione, aggiunge: «E grazie... anche tu sei bellissimo!».

«No no, oh, per favore! Non cominciamo eh! Tu sei bella e io guido! A ognuno il suo!»

«Ahahahah! Che scemo!»

«Sì, ho capito ma... non va bene eh!»

«Cosa?»

«Che non mi hai dato ancora un bacio!» e le sorrido.

«Ah, cavolo, hai ragione!» e ride.

Quindi accosto un attimo e ci baciamo, a lungo, e mentre la bacio le accarezzo il viso, e posso sentire il suo profumo, l'odore della sua pelle, ed è qualcosa che amo, ma la cosa davvero stupefacente è che lo sento mio, mi trasmette serenità, mi fa sorridere, lo respirerei tutto il giorno, ecco, lei, Sofia, non so ancora cosa sia di preciso nel mio cuore, ma so che il suo odore è il mio odore, so che lei è il mio odore... e so che ogni volta che ci baciamo, e stiamo vicini, e io le sono addosso, ecco, sento che il mio cuore si avvicina di più al suo. È davvero strano quello che mi sta succedendo, non lo capisco fino in fondo. Anzi, non lo capisco per niente. Come posso passare così velocemente dal dolore per una rottura con una donna che ho amato profondamente, che mi ha spezzato il cuore e ancora mi fa stare male, a un trasporto, uno slancio, un sentimento a cui non riesco ancora a dare un nome?

Il film è stato interessante, per l'argomento, l'ambientazione...

«Amo i film spagnoli, sai?» dice Sofia uscendo dalla sala.

«Anche io! E mi piace un sacco l'iperrealismo!»

«Oddio, sì, sai che da quello che ho capito gli attori sono tutti non professionisti?»

«Sì, incredibile, e li ho trovati bravi da morire! E poi l'argomento, il messaggio finale... proprio un bel film!»

«Sono d'accordo!»

«Ottima scelta, batti cinque!» dico.

«Pensavo preferissi un bacio!» risponde con aria da paraculetta.

«Ah ah! Pensavi bene!» Ha una camicetta bianca che lascia intravedere quello che basta per impazzire, e quando si avvicina per baciarmi preme il suo seno sul mio petto e io, ecco, io, appunto, impazzisco...

«L'hamburgheria è quella» mi dice indicando un locale mentre attraversiamo piazza Cavour.

«Sai che non la conoscevo?»

«È davvero buona.»

«Andiamoci a sfondare!»

«Affare fatto!» Salta e viene ad abbracciarmi felicissima, e io non mi trovavo in una situazione così piacevole non so da quanti anni. Ginevra è magrissima di costituzione, alta e slanciata, in più segue una dieta fissa che non le permette di mangiare praticamente nessuna delle schifezze che invece qualche volta amo mangiare io, alcol compreso. E invece è davvero liberatorio poter condividere hamburger, patatine fritte e un paio di birre con le persone con cui stai bene... Si vive anche per questo! E della mia pancetta o di qualche chilo in più di Sofia non frega nulla a nessuno, anzi, continuo a pensare che lei sia la donna più bella ed eccitante che io abbia mai conosciuto...

Dopo cena siamo pienissimi, era tutto così buono che alla fine abbiamo esagerato, io ho anche preso una porzione doppia di cheesecake, che nella loro versione è servita dentro un bicchiere di vetro quadrato.

A cena, oltre a mangiare, abbiamo parlato tanto, tantissimo, di tutto, di lei, di me, di come ci immaginiamo da vecchietti. Con lei il tempo vola, scorre così velocemente che non te ne accorgi nemmeno.

«Ti saluta Marzia» mi dice mentre camminiamo mano nella mano. «Mi ha appena mandato un WhatsApp.»

«Dài! Quanto le voglio bene!» Poi rifletto e aggiungo: «Quindi quando stiamo insieme, scrive a te?».

«Certo! Solidarietà femminile!» esulta Sofia facendo un'espressione da smorfiosa.

«Bene, bene» rispondo io, «ci sta!»

«È una ragazza dolcissima, e fa davvero il tifo per noi, sai?»

«Lo so, io la sento davvero come fosse un'amica di sempre!»

«Anche io la sento già molto vicina, ci stiamo scrivendo spesso e ci siamo confidate molto...»

«Davvero?»

«Sì. Nonostante la differenza di età, siamo troppo in linea, e mi dispiace da morire che anche lei stia soffrendo così tanto. Lo ama davvero tanto quel ragazzo!»

«Dici "anche" riferendoti a me?»

«Be', sì...» e ride.

«Che ridi?» e rido.

«Piccolo, soffri tanto, tu!» Mi accarezza il viso e usa un tono da presa in giro.

«Ma che spiritosetta!»

«Ah ah ah!»

Nel frattempo siamo arrivati su via Tacito, dove abbiamo lasciato la macchina. «Prendiamo un caffè?» le propongo indicando un bar molto noto di zona Prati.

«Ok, ma se lo prendessimo da me?» mi chiede prendendomi un attimo in contropiede.

«Ok...» rispondo io.

E andiamo...

Sofia vive per conto suo, nella stessa zona dove siamo nati, e dove, a un paio di chilometri, vivono ancora i suoi, che sono persone meravigliose, è una famiglia stupenda, ha anche un'altra sorella che ha studiato a Barcellona e ora vive e lavora a Madrid.

L'appartamento è molto carino, piccolo ma grazioso, ha un salottino, arredato con tanto gusto, pieno di libri, candele e mobili di bambù.

«Accomodati qui sul divano, vado e torno, io uso le capsule Nespresso, ti piacciono?»

«Le adoro! Con quella schiumetta!»

«Bene! Torno subito!» sorride e se ne va con quella sua cavalcata piena di vita.

Poco dopo la vedo tornare con il vassoio e le tazzine.

«Zucchero di canna?» chiede chinandosi un poco per afferrare il cucchiaino.

«Sì, grazie» rispondo, e quando si sporge per girare il caffè, non posso fare a meno di sbirciare nella scollatura ma distolgo subito lo sguardo perché è davvero troppo per il mio cuore...

Poi si alza per passarmelo.

E si siede sul divano vicino a me con in mano il suo.

Bevo il mio caffè.

Beve il suo caffè.

E poi silenzio.

Imbarazzo.

Desiderio e trasporto.

«Ti è piaciuto?»

«Tanto!»

E dopo averlo detto si avvicina un po' con il viso e lo sguardo basso, e io la afferro con delicatezza e la bacio.

E inizia qualcosa da cui, ho come l'impressione, uscirò cambiato...

Non è solo un bacio travolgente, questa volta, è molto

di più. È sentirci, stringerci, cercarci ovunque con le nostre mani, con le nostre dita.

Sento la sua lingua calda scorrermi sul collo e penso che potrei letteralmente impazzire da un momento all'altro, mi dice con il fiato corto: «Vieni di là...».

Io non rispondo, mi alzo e la seguo.

Si appoggia sul letto vestita, e io su di lei, sul suo petto, le slaccio lentamente la camicetta, poi i jeans, e quando arrivo giù le sfilo le scarpe, vederla in intimo è ancora più sconvolgente, risalendo la lecco tutta, partendo dal piede destro, lecco la gamba lentamente, l'interno coscia, arrivo alle mutandine, lambendole, e passo alla gamba sinistra, scendendo sempre lentamente, e con le mani la sfioro lì, premendo un po' con il polpastrello dell'indice, e lei resta stesa sul bordo del letto con la schiena appoggiata al materasso, quasi in trance, poi mi stacco con delicatezza, mi alzo e mi tolgo la camicia, lei si tira su con la schiena, restando seduta, e inizia a leccarmi la pancia e mi sbottona i jeans, facendoli cadere giù, io li sfilo dopo aver tolto le scarpe, e resto solo con gli slip, sento la sua lingua caldissima leccarmi sopra il tessuto, e le sue mani accarezzarmi lentamente il pene da sopra.

Non credo di essere mai stato tanto eccitato nella mia vita. A un certo punto sento le sue unghie infilarsi dentro gli slip, lateralmente, poi afferrarli e tirarli giù permettendo alla mia erezione di liberarsi davanti al suo bellissimo viso. Sofia alza gli occhi, e lo fa in un modo così sexy e potente da farmi smettere di respirare per un attimo, poi mi guarda, e il suo sguardo è malizioso, complice, penetrante, pazzesco... e poi li abbassa di nuovo, sul mio pene, e con la punta della lingua inizia a giocare con il glande, per poi continuare a leccare lungo tutta l'asta, fino alla base, e io sento il piacere percorrermi tutto il corpo, e lo sento fino a dentro le ossa quando lo accoglie fra le sue labbra, facendole scorrere lentamente su e giù, io porto le mani alla testa, quasi cercando un modo per contenere il piacere. Dopo un paio di minuti, prima di esploderci dentro, al piacere, mi stacco, le prendo il viso fra le mani chinandomi, e la bacio, tanto, con dolcezza, a lungo, ci guardiamo per un attimo, i suoi occhi sono espressivi, languidi, i miei sono pieni di lei... Quindi ci sdraiamo sul letto, completamente nudi, e continuiamo a baciarci, mentre io le sono sopra e mi struscio, la cerco, la trovo...

E quando entro è un po' come uscire, uscire da un tunnel di pressione e negazione, uscire da anni di voltafaccia a me stesso e al mio cuore, uscire da una maschera, per essere finalmente quello che sono.

E la sua pelle è la mia pelle, il mio odore è il suo odore...

Entro, e resto dentro per un po', muovendomi lentamente, bagnandomi della sua felicità.

«È bello...» mi sussurra.

«Da morire...» le rispondo, mentre i colpi diventano più decisi, e i respiri più affannati, mentre il nostro sudore lentamente si mischia, divenendo un solo sudore, come avevano già fatto la pelle e l'odore... come fanno, a ruota, anche le nostre mani, che intrecciano le dita in una morsa di passione e di intesa. E io entro ed esco, entro ed esco, pur non uscendo mai da lei, da noi. E ogni volta che rientro lo faccio in modo più energico, e tutte le volte la sento gemere, ansimare, e tutte le volte devo trattenere un piacere che ormai vuole esplodere prepotentemente insieme al suo.

Quando succede, quando veniamo, prima lei e subito

dopo io, sento i nostri corpi incendiarsi, contrarsi fortemente per poi distendersi in un piacere infinito, folle, inaspettato.

Crolliamo uno di fianco all'altra, con le mani ancora unite, perché nessuno dei due ha lasciato la presa, ci abbandoniamo quasi in trance, su un altro mondo, su un pianeta lontanissimo e stupendo, con le dita intrecciate e il sorriso sulle labbra...

Quindi, senza dire una parola, mi giro verso di lei, la prendo e la abbraccio da dietro, il mio petto si appoggia sulla sua schiena calda e meravigliosa, e la bacio sul collo, le accarezzo i capelli, la spalla, il fianco...

Non diciamo una parola ma le diciamo tutte, quelle più importanti, quelle che parlano della magia che ci avvolge, lei ha gli occhi chiusi, sembra quasi sognare, io li ho aperti, ma solo perché voglio guardarla.

È stato il sesso più bello della mia vita, è stato fare l'amore come non lo avevo mai fatto, come non pensavo fosse possibile. È stato azzerare tutto, dentro di me, riposizionare ogni cosa, tutti gli elementi, i gradi, i livelli, le priorità e la scala dei valori.

È stato ritrovare, ritrovarmi. Perdermi...

Tu, che se non ci sei, non c'è la cosa più bella.

Tu, che quando il mondo ti crolla addosso, sorridi come se niente fosse.

Tu, che sei il dettaglio che dà senso a tutto il resto.

Tu, che guardi il tramonto e quello diventa il tramonto più bello del mondo.

Tu, e il vuoto che sento dentro quando non ci sei.

Tu, e l'aria che manca se non ci baciamo.

Tu, che tutte le mattine sai essere la cosa più bella della mia vita.

Tu, che sei la casa in cui mi ritrovo tutte le volte che mi perdo.

Tu, che sai toccarmi ovunque senza nemmeno sfiorarmi.

Tu, che mi capisci senza fare domande.

Tu, che quando manchi, manca tutto.

Tu, che sai rendere "Buonanotte" la parola più bella del mondo.

Tu, che le parole non bastano mai…

Tu, che giorno dopo giorno stai diventando tutto questo…

«Ehi…»

È la voce di Sofia, dolce e sottile, che parla rimanendo nella stessa posizione e con gli occhi chiusi.

«Ehi…» rispondo io sottovoce, mentre le mie mani, le mie dita continuano ad accarezzarle i capelli e tutto il resto…

«Ricordi quella volta a Ladispoli? Ne abbiamo parlato più volte, e te ne ho accennato anche ieri…»

«Quella volta sulla barchetta in riva al mare, intendi?»

«Sì, quella…»

«Ricordo…» dico io, per poi aggiungere: «Avevamo otto anni, quell'anno mio padre se ne andò…».

«Lo so…»

«Era una barchetta di legno, vecchia, tutta colorata…»

«Sì, aveva una base arcobaleno e la scritta "Kiss" ripetuta milioni di volte…» le scappa una mezza risata, un attimo dopo torna seria, «io ti avevo portato un fiore, era una piccola margherita bianca.»

«Oddio, sì, certo!»

«E ti avevo detto che dovevamo salire sulla barca perché ti dovevo dare un bacio e poi ti dovevo dire una cosa...»

A questo punto resto in silenzio e la faccio continuare.

«Poi siamo saliti, in modo goffo, ricordo ancora gli sguardi dei nostri genitori che ogni tanto ci guardavano mentre prendevano il sole o chiacchieravano, io ero imbarazzata, emozionata, e mi vergognavo...»

«Sì» dico, ma non è solo un "sì", è un "vai avanti, ti ascolto...".

«Quando siamo saliti ti ho dato la margherita, e poi, dopo mille resistenze, e quando avevo l'impressione che nessuno ci vedesse, mi sono sporta verso di te, per il bacio, ma tu, goffo e impacciato più di me, ti sei sbilanciato inciampando e sei caduto in acqua fra le risa di tutti, dei nostri genitori, dei loro amici, anche io ho riso, e anche tu...»

«Sono sempre stato goffo...»

«Sei sempre stato bellissimo, e il mio amore» risponde Sofia, lasciandomi di stucco.

«Ehm...» Cerco di imbastire una risposta, senza trovarne una davvero intelligente o adatta.

«Ecco, quello che voglio che tu sappia, Lore, anche se ti suonerà folle, è che quel giorno io volevo dirti che ti amavo, e che ti ho sempre amato, e adesso quello che vorrei dirti, ecco... vorrei dirti che non ho mai smesso...»

«Sofi...» rispondo, praticamente paralizzato, incredulo, felice ma terrorizzato, «io... io davvero non so che, ehm, ecco... vedi...»

«Ehi... per favore, non devi dire nulla, niente! Non te l'ho detto perché volevo rispondessi "anch'io" o cose simili, me lo avresti già dimostrato in questi anni, se fosse stato così. Te l'ho detto perché ci tenevo che tu lo sapessi, una volta per tutte, e l'ho fatto per me, per rispettare i miei sentimenti, il mio cuore, perché non dirlo sarebbe stato un po' come nasconderlo, nascondermelo, quasi come fosse una vergogna, invece non lo è...»

«No, Sofi, non lo è, tutt'altro...» e la abbraccio forte da dietro mentre lei si rannicchia addosso a me, quasi a volersi nascondere o a cercare protezione dopo essersi spogliata, dopo essere rimasta davvero "nuda" e vulnerabile.

«Voglio solo tu sappia una cosa» dico mentre la stringo forte, «tu per me sei speciale, preziosa e unica, e non lo so, non lo so perché le cose siano andate così, non so cosa cercavo davvero in Ginevra, e sento in modo sempre più forte che lei non era la donna della mia vita, sento che forse è stata una costruzione tutta mia, forse è stato cercare qualcosa che, nella mia testa, riempisse dei vuoti, colmasse delle lacune e mi rassicurasse su certe fragilità probabilmente dovute a mio padre... io ho l'impressione di non amarla più, e forse non l'ho mai amata davvero e...»

Mi interrompe e dice: «Ok, ok... diamo tempo al tempo, andiamo piano...».

Poi si gira, mi bacia e si appoggia con la testa sul mio petto, e io sento che poche cose al mondo potrebbero essere belle come lei e quello che sta accadendo.

Quanto sei bella?

Pensa alla luna e alle stelle mentre si specchiano sul mare, in una notte d'agosto, magica, sospesa, indimenticabile. Ecco, tu sei bella così. Più o meno. Ma un po' di più...

Questo penso mentre la guardo, con gli occhi di nuovo chiusi, avvinghiata al mio corpo, col viso sul mio petto, all'altezza del mio cuore...

30
Vorrei chiederti come stai

La vita di Marzia
Venerdì 28 giugno 2019

In questi giorni, io Giulia e Alice abbiamo studiato ancora, per l'orale, ma con più moderazione, perché ormai sentiamo di aver fatto davvero tutto il possibile, bisogna anche essere fatalisti, dài! E poi preferiamo ripassare i testi di Ultimo, siamo elettrizzate perché la settimana prossima c'è il concerto, non vedo l'ora!

Riccardo non si è fatto sentire, una parte di me sperava che prima dell'orale o dopo si sarebbe fatto vivo per un in bocca al lupo o per sapere come fosse andata, in fondo siamo stati insieme fino a pochi giorni fa, ed è stato un rapporto intenso, e poteva starci... Ma un'altra parte di me sperava che non lo facesse, che non mi scrivesse, perché mi avrebbe fatto male sentirlo solo per una cosa di circostanza, magari avvertirlo un po' freddo, un po' distaccato, sarei morta... Meglio così, molto meglio così!

Vorrei chiederti come stai, se mi pensi, se alla fine, quello che volevi, era proprio questo: stare senza di me.

Vorrei prenderti per mano, dirti che in fondo va bene lo

stesso, perché è stato bellissimo, e che comunque vada, rimarrai per sempre nel mio cuore.

Vorrei dirti che quando penso o faccio qualunque cosa, non so, immaginarmi un viaggio, fantasticare sulla mia casa dei sogni, ecco, io ragiono sempre per due, io e te, come se ancora stessimo insieme, come se ancora tu fossi nella mia vita, come se il tempo non fosse passato, come se tu, quella notte di giugno, non te ne fossi mai andato dicendomi che non sapevi più cosa volevi o se mi amavi. Come se io, quella notte, non fossi mai morta. Come se le nostre mani non avessero mai smesso di prendersi e cercarsi.

Vorrei dirti che ti penso, e che non mi sforzo di non farlo, sarebbe stupido e inutile, tu sei ancora dentro di me, e io non posso ignorarlo.

Vorrei dirti che anche se tutti mi ripetono che sei tu, quello che ci ha perso, io sento che non è così, sento che non ha vinto nessuno, perché abbiamo perso tutti e due. Come al campeggio, quando ho perso la testa per te. Come quando volevi dirmi "ti amo", la prima volta, ma balbettavi perché avevi perso le parole. Come adesso, che vorrei dirti "ti amo", ma non lo faccio, perché ho perso te...

Prima ho sentito Sofia al telefono, la sento spesso dal giorno della cena, siamo state un'ora al telefono, come ci parlo bene! Poi sarà che essendo più grande, la sento un po' come un'amica e un po' come la sorella maggiore che non ho mai avuto!

Sono felice che fra lei e Lore le cose stiano andando come immaginavo, quei due si amano, io lo so.

Ieri Sofia era al settimo cielo, mi ha raccontato una cosa personale, che è successa fra lei e Lore, e mi ha detto che è stato magico... Ero emozionata per lei, mentre la sentivo parlare potevo percepire quanto è innamorata, ovviamente le ho anche consigliato, pur essendo molto più giovane di lei, di andarci piano, con i piedi per terra, visto che Lore esce da una storia lunga e importante e che ha una figlia... Mi ha detto che lo sa, che faccio bene a dirle quello che penso, e che ho ragione su tutto. Sono troppo felice di avere questo rapporto con lei, la stimo tantissimo!

Abbiamo parlato anche di me, mi ha chiesto come stessi, e io le ho risposto la verità, che sto ancora male, che ci penso ancora, ma che piano piano vedo uno spiraglio...

Poi mi ha stupito e fatto riflettere da morire quando mi ha detto: «Ci stai male perché, tu, sul piatto, avevi messo tutto, la tua sensibilità, il tuo equilibrio, tutta la tua vita. Senza muri. Senza bluff. Come fa chi affronta l'amore a viso scoperto. Come fa chi ha coraggio! Tu dicevi parole in cui credevi, gli dicevi che lo amavi perché lo amavi davvero, e lo pensavi, lo sentivi, lo provavi in ogni parte del corpo, nelle ossa, sulla pelle, nell'anima! Sapevi difendere quelle parole, perché non erano solo parole, erano il tuo cuore, la tua pelle, la tua storia, erano tutta te stessa, tutto quello che potevi dare... Erano parole alle quali seguivano fatti, così concreti, reali e profondi che persino adesso che lui se n'è andato, deludendoti, tradendo la tua fiducia, ecco, anche adesso, tu ancora ci pensi, ancora lo difendi, perché le cose che amiamo davvero, le difendiamo fino all'ultimo, non riusciamo a buttarle via così, da un momento all'altro, come se non avessero rappresentato niente, solo perché ci hanno fatto male, solo perché ci hanno ferito. Solo perché, qualche volta, ci hanno ucciso. Quando amiamo qualcuno, profondamente, lo proteggiamo in un angolo nascosto del nostro cuore, anche quando se ne va, anche quando ci abbandona. Anche quando ci manda al tappeto con un colpo mortale. Uno di quelli che non ti aspetti. Che non hai messo in preventivo. Uno di quei colpi che non vedi nemmeno partire...

«Questo significa amare davvero, si ama non per essere ricambiati, si ama perché è una cosa che ci nasce dentro come una magia, e svilirla solo perché proviamo rabbia, non farebbe altro che farci stare peggio, svilirebbe noi stessi. Tu sei una ragazza, sei giovane, sì... ma hai lo spessore e la stoffa di una donna con la D maiuscola, una di quelle donne che tutte le volte che cascano poi si rialzano più belle. Una di quelle donne che quando entrano in un posto, in un luogo, in una stanza, in un cuore... lasciano il segno, e non se ne vanno più! E lui, questa cosa, prima o poi la capirà, lo pagherà sulla sua pelle, forse quando sarà troppo tardi, non lo so, ma se ne renderà conto!

«E credimi, tutto questo dolore finirà, ma tu manterrai comunque il bello di questo amore così grande, che ti ha fatto male e al tempo stesso ti ha emozionata e riempita così tanto. Lo metterai lì, in un posticino nascosto, piccolo e segreto del tuo cuore. E poi tornerai a stare bene. E poi tornerai a sorridere».

Le ho risposto che aveva ragione da vendere e che avrei fatto mie le sue parole, custodendole gelosamente nel cuore.

Ci siamo ripromesse di vederci, io e lei da sole!

Mi scatto un selfie e lo posto sul mio Insta, sotto scrivo:

Con il tempo ho capito che quando non si ha il coraggio di saltare, di proteggere l'amore, è perché non si crede davvero in quell'amore, in quel miracolo. E allora poi devi subire le scelte del tempo e degli altri. Hai scelto di non scegliere, quindi di perdere. Quindi di perdermi...

Poco prima di cenare scrivo a Lorenzo.

Io: "Ciao amichetto, come va?".

Lorenzo: "La mia biondina preferita! Tutto ok, dài, e tu? Stai studiando?".

Io: "Troppo, ma mi sono rotta, infatti ora sto rallentando! Mi frigge il cervello! Abbiamo studiato davvero tanto!".

Lorenzo: "Ah ah ah! Sei brava! Andrà tutto bene! Per il resto?".

Io: "Per il resto, così... Ci penso a Riccardo, ci penso...".

Lorenzo: "Lo so, Marzia, lo so che ci pensi...".

Lorenzo: "Ma non te la sentiresti di uscire con un altro?".

Io: "Ci ho pensato, ma in questo momento non credo sarebbe utile, né corretto verso me stessa, ecco... Ma sai, mai dire mai!".

Lorenzo: "Certo, devi fare quello che ti senti!".

Io: "Ecco... E comunque piano piano me ne faccio una ragione, e la notte adesso dormo! Davvero! Invece dimmi di te, ho sentito Sofia, prima...".

Lorenzo: "E che ti ha detto?".

Io: "Eh... Quello che mi ha detto non posso mica dirtelo! E la riservatezza dove la mettiamo? 😛".

Lorenzo: "Hai sempre ragione!".

Io: "Dimmi qualcosa tu!".

Lorenzo: "Ci sto bene... lo ammetto! Ci sto da Dio...".

Io: "E a Ginevra ci pensi? Quando la vedi che effetto ti fa? Hai ancora quella sensazione?".

Lorenzo: "Un po', ma in modo diverso, forse meno doloroso, ecco, sono ancora scosso, Marzia, lo ammetto, e mi sento confuso, è tutto un casino nel mio cuore e nel mio cervello, e fra le cose che mi turbano di più, al primo posto, c'è sempre Bianca e il suo equilibrio, mi chiedo come stia reagendo dentro di sé, cosa stia provando davvero, e cerco in tutti i modi di trasmetterle affetto, protezione, certezze... Oltre a questo, avverto solo tanta confusione dentro di me, ma una cosa la so: Sofia mi fa stare bene! E amo passare il tempo in sua compagnia... quando sto con lei, tutto mi sembra risolvibile...".

Io: "E ti pare una cosa da poco? Io faccio il tifo per voi, un sacco! Ma in silenzio!".

Lorenzo: "E io ti voglio bene, un sacco... Ma in silenzio...".

Io: "Mi saluti Bianca?".

Lorenzo: "Certo!".

A cena i miei mi chiedono come vada, come mi sento, sia sotto il profilo emotivo che della salute, che carini! Il clima a casa è sempre più caldo. Mi pare davvero un piccolo miracolo! Mi sento protetta da loro, adesso, come forse non mi sono sentita mai...

In camera metto una playlist su Spoty che mi ha passato Lore e che io ho integrato con alcuni pezzi che amo e che rappresentano il mio stato d'animo di questo periodo, ora suona uno di questi... sono i Thegiornalisti con *Love* che mi fa pensare ossessivamente a Riccardo!

Cerco Rareza sul suo blog, e leggo il post di oggi:

Ti guarderei per il resto della mia vita, senza stancarmi mai, e tutte le volte lo farei per scoprire un dettaglio che mi fa impazzire. Tipo quel segno minuscolo accanto all'occhio destro che non ho mai capito se è un piccolissimo neo o il punto che Dio ha messo come a dire: "Il bello si ferma qui, più di questo non posso".
Oppure, non so, quel tuo modo straordinario di stringere un po' gli occhi, per capire meglio, per guardarmi dentro. E tutte le volte, come la prima volta, mi manca il fiato. E le tue mani... starei lì di continuo a osservare le tue mani muoversi e posarsi su un qualunque oggetto della casa, rendendolo l'oggetto più prezioso dell'universo. Tu sei questo per me, un meraviglioso insieme di dettagli che ti rendono unica, speciale. Che mi rendono unico, speciale. Che mi hanno fatto innamorare. Perdutamente.

εїз
Rareza

E cazzo, come faccio a non pensare a lui? Come si fa a leggere queste parole senza sognare, senza pensare a un amore in cui avevi messo tutta te stessa e ti ha lasciato a terra, in mille pezzi, come si fa, Rareza, eh? Come si fa...

31
Non te l'ho mai detto...

La vita di Lorenzo
Martedì 2 luglio 2019

Nell'ultima settimana io e Sofia ci siamo visti e sentiti tutti i giorni, quando ho avuto Bianca a casa e non avevo serate nei locali, è passata a salutarmi dopo il lavoro e mamma l'ha praticamente costretta a rimanere a cena con noi, ma c'è da dire che lei non si è fatta pregare. In più, Bianca la adora da sempre, è la sua "zia" preferita, e come darle torto.

Mamma non fa mai troppe domande e non è una di quelle che esagerano con consigli e perle di saggezza, però osserva molto e capisce al volo tante cose, soprattutto quelle che mi riguardano. È per questo che una mattina mi ha detto: «Lo sapevo che tra te e Sofia c'era un legame speciale, fin da ragazzini, e non sai quante volte ho immaginato di vedervi insieme, e quanto mi rendeva felice immaginarlo, ma la vita vi ha portato su strade diverse ed è andata comunque bene così... Però, ecco, adesso sapervi insieme mi fa percepire un'armonia particolare, è come se due pezzi dell'universo avessero finalmente trovato il loro posto, combaciando perfettamente. Non importa quanto tempo ci è voluto, importa dove siete arrivati, no?». Dopo un discorso del genere, cosa potevo fare, se non abbracciarla così forte da stritolarla, e ringraziarla mille volte, e dirle che le voglio tutto il bene del mondo?

Poi ho avuto due serate, una al Plink e una in un club privato, e lei è venuta ad ascoltarmi, ed è stato bello avere qualcuno per me, non solo degli amici come capita spesso, qualcuno di speciale che era lì unicamente per me, ad ascoltarmi, a fare il tifo. Ho sentito un'emozione forte, che non provavo da tempo, ha risvegliato qualcosa in me, per quanto riguarda la musica e il mio lato artistico, ed è una vibrazione stupenda. Lei era lì, a bere il suo rum, a brindare a noi, a crederci, a credere in me, a credere nel mio talento.

Con gli occhi, mentre cantavo, le ho dedicato alcune canzoni, erano d'amore, ma se le dedichi con gli occhi e non sono tue, la cosa dovrebbe essere meno compromettente, credo…

Comunque l'ho guardata spesso mentre cantavo *E…* di Vasco e *Cascare nei tuoi occhi* di Ultimo o *Quanto tempo e ancora* di Biagio Antonacci, che è l'unica che ho eseguito con la chitarra. E lei mi sorrideva, e mi guardava, e aveva ancora quel rossore sulle guance che mi fa impazzire.

«Ehi, sei stato bravissimo!» mi ha detto a fine serata. «Quando hai cantato *Tradirefare* di Giorgia ho avuto i brividi tutto il tempo!»

«Oddio, dici sul serio?»

«Certo che dico sul serio! Bellissimo anche come l'hai suonata. Sei speciale, in tutto…»

Ho apprezzato che abbia evitato di fare cenno alle tre canzoni… è una donna di raffinata intelligenza!

Eravamo seduti a un tavolino di quel club, e avevo appena ordinato anche io un rum, quando lei mi ha detto: «Comunque volevo parlarti... Ecco, lo so che ti ho spiazzato l'altra sera, quando ti ho detto quella cosa...».

«Quale cosa?»

«*Quella*, hai capito...»

«Ah ok...» e ho buttato giù un sorso.

«Ecco, volevo dirti che capisco bene la tua posizione, la tua confusione, la rottura con Ginevra, il dolore per Bianca, e il tuo, di dolore... Lo capisco che accelerare non è la cosa più giusta, quindi, come ti ho già detto, voglio che affrontiamo questa storia nel modo più sereno possibile, in base ai tuoi tempi, senza fretta, senza correre... Ok?» e mi ha sorriso.

«Dio, quanto sei speciale!»

«No, tu lo sei!»

«Comunque, vorrei che sapessi che io davvero sento di non essere più innamorato di Ginevra, è una cosa che sto realizzando giorno dopo giorno, anche perché...»

«Anche perché?» ha incalzato lei.

«Anche perché non puoi provare certi sentimenti per due persone contemporaneamente...»

Lei ha fatto un lungo sospiro e poi trattenuto un sorriso meraviglioso, prima di dire: «Ok, fermati qui, sennò fra qualche giorno, o fra qualche ora, potresti pentirti di quello che stai dicendo... E io, lo vedi, ti sto dicendo di andare piano, di non correre, e lo faccio per te, per Bianca, perché comprendo la situazione... Ma lo dico anche per me e per il mio equilibrio! Sai cosa provo per te, e quanto sono coinvolta... mi capisci?».

«Certo...»

Quindi Sofia è tornata a sorridere e ha cambiato discorso: «Bianca come sta?».

«Eh… non so, sembra bene, ma sai, i bambini tendono a interiorizzare, a nascondere, si tengono tutto dentro… I primi giorni, l'hai vista anche tu, era un po' triste, ovviamente, ora la percepisco più serena, e anche mamma ha avuto la stessa impressione…»

«Bene!»

«Comunque, d'accordo con la madre, intendiamo farla seguire da una psicologa specializzata in questo genere di situazioni, ci abbiamo parlato pochi giorni dopo che io me ne sono andato da casa, per un supporto costante, dobbiamo essere certi che davvero tutto sia ok, nei limiti del possibile, ha tre anni e mezzo, è un'età delicatissima in cui si determina il suo carattere, la sua psicologia, il suo equilibrio…»

«Già, esattamente. Fate bene, è davvero importante.»

Le sorrido e la abbraccio, poi sono io a cambiare discorso: «Sai… da quando ho chiuso con Ginevra, e soprattutto, ecco, ehm… sì, soprattutto da quando ci vediamo io e te, mi è tornata la voglia di buttare giù qualcosa di mio, di comporre qualche melodia, di scrivere pezzi miei…». Abbasso lo sguardo.

«Oddio, Lore, ma è stupendo!»

«Sì, mi fa sentire vivo, mi fai sentire vivo tu…»

«E tu così mi fai impazzire, mi fai scoppiare il cuore… lo sai?»

«Non lo so, non lo so se non mi baci…» e rido.

«Che furbo!» e ride.

Poi mi bacia, ci baciamo, e la serata finisce a casa sua, sul suo divano, sul tavolino davanti al divano, per terra, e poi sul letto… e tutte le volte è magico nello stesso modo, e tutte le volte vorrei non finisse mai…

Non te l'ho mai detto che qualche volta sento un buco nel petto, come se la vita mi scavasse dentro, come se un vuoto spaventoso mi risucchiasse, ecco, certe volte mi sento sull'orlo di un precipizio, e quasi sempre, quando mi succede, chiudo gli occhi, mi rannicchio, e immagino che tu sia accanto a me, a prendermi per mano, e all'improvviso mi sento felice, sicuro, e non c'è più paura, non c'è più paura…

Non te l'ho mai detto che non c'è nessuno, nemmeno una sola persona, una sola donna al mondo che mi fa l'effetto che mi fai tu. E quelli che tu chiami difetti per me sono motivi per continuare a guardarti tutte le volte come se fosse la prima volta, per continuare a fissare ogni singolo centimetro del tuo corpo come si guardano le cose che ci stupiscono di continuo e alle quali non riusciamo ad abituarci, e non mi abituerò mai a quello che vedo quando ti guardo, a quelle linee, a quelle curve, che disegnano la mia felicità, a quel timbro di voce che sa di violino e pianoforte, a quello sguardo che ti toglie il fiato, a quegli occhi che ti raccontano l'amore e tutti i suoi segreti.

Non te l'ho mai detto che non mi abituerò mai ai tuoi vestiti buffi, alla tua pelle dorata, alle tue mani di seta, che quando si muovono fissano i confini del mondo, il mio mondo, e quando sono sul mio corpo mi calmano, mi rigenerano, mi rendono vivo.

E non te l'ho mai detto che non mi abituerò mai a osservare quelli che tu chiami "chili in più", considerandoli il patrimonio più importante dell'umanità, da proteggere come il tesoro più prezioso.

Non mi abituerò mai a guardarti, a guardare la donna più bella del mondo. Quella che con una sola parola sa curarmi, che posa gli occhi sul mio mondo, quando è grigio, e lo colora.

Non te l'ho mai detto…

32
Nemmeno uno, fra i vuoti che mi hai lasciato addosso, ha il sapore dell'amore...

La vita di Marzia
Giovedì 4 luglio 2019

Mancano quattro giorni agli orali, e poi la mia vita cambierà, cambierà ancora. Ma in fondo forse la nostra vita cambia sempre, con le scelte che facciamo, con quelle che non abbiamo il coraggio di fare, con quelle degli altri, con quelle che ci vengono imposte anche quando ce le presentano come scelte nostre, libere, belle, giuste. Quando libere, invece, non sono, e nemmeno belle o giuste, perché "giusto" è solo ciò che ci fa stare bene...

Comunque mi sento molto meglio, sto elaborando la cosa di Ric meglio di quanto pensavo, forse anche il suo modo di liquidarmi, così frettoloso, così poco dignitoso, così poco rispettoso di quello che c'è stato, di ciò che dice di aver provato e di provare, ecco, l'ho trovato squalificante prima di tutto per lui stesso, mi ha aiutato a soffrire di meno, perché soffrire per amore va bene, ci sta, ma deve valerne la pena, deve succedere quando pensiamo di stare perdendo una persona di spessore, unica, speciale. E come può essere speciale uno che ti lascia il giorno che gli dedichi una canzone cantandola e sputtanandoti davanti a tutti? Come può essere speciale uno che dice di amarti fino a un minuto prima di dirti che però è finita perché “in questo momento ho bisogno di altro”, e poi ha la faccia tosta di dirti, mentre sei in un fiume di lacrime, che “però tu per me sei speciale, restiamo in contatto, non ci perdiamo eh”? Ma vaffanculo, Riccardo, tu non sei uno speciale, uno per cui vale la pena soffrire, uno *solo per pochi*!

E piano piano la smetto di farmi il sangue amaro... Sento che ogni giorno che passa va meglio!

In ogni caso, oggi è il gran giorno, quindi sticazzi di tutto il resto! Il giorno che aspetto da settimane! Con Giulia e Alice andiamo al concerto di Ultimo! Lì ci incontreremo anche con Sally, Paco e altri loro amici che non conosco. Questa sera piangerò dalla prima all'ultima canzone, ho il cuore a mille, e in questo periodo ci voleva proprio una botta di gioia, di felicità, di amore... Perché lui, Ultimo, è anche amore! Sofia mi ha detto che se ci fossimo conosciute prima sarebbe venuta con noi, lo ama anche lei e si era riproposta tempo fa di informarsi sul concerto, ma poi le è sfuggito... Abbiamo provato a fare un giro di telefonate, ma i biglietti sono letteralmente introvabili!

Mi ha detto che è felice, che le cose con Lore sembrano andare sempre meglio, che entrambi si sono ripromessi di non correre, nonostante lei si sia esposta in modo chiaro, palesando il fatto che lo ama, che lo ama da una vita... Oddio, che dolce che è! E quante palle che ha! Mi ha anche raccontato un piccolo episodio di quando lei e Lore erano bambini e lei voleva dichiarargli il suo amore e baciarlo su una barchetta, mi ha commosso, non tanto e solo per l'episodio in sé, quanto per il fatto che dopo tanti anni lei ancora se lo ricorda nitidamente come fosse successo ieri, il suo primo momento di vero romanticismo...

Sono già le 15, dobbiamo essere certe di prendere una posizione decente al concerto, e ci sarà il mondo lì, quindi dobbiamo andare con molto anticipo.

Prima di uscire leggo una pagina del libro di Laura:

> Io non sono i miei vestiti, e nemmeno il mio corpo. Io non sono la tua alternativa, ma l'unica scelta. Io non sono quella che chiami quando non hai niente di meglio da fare, e, anzi, fa' una cosa, quando non hai niente di meglio da fare: cancella il mio numero!
>
> Io non sono meglio o peggio di nessuno, sono quella che sono, anche imperfetta, anche sbagliata. Perché sono solo una donna che è caduta e si è rialzata mille volte, piena di luci e ombre, fatta di musica e rumore, di forza e fragilità, che accoglie dolcezza e seduzione. E adesso che lo sai: prendimi o lasciami! Dentro o fuori!
>
> Io non voglio piacere a chiunque, perché mi basta essere speciale per le persone che amo. Io non sono l'opinione che hai di me, perché quella cambia in base a come ti fa comodo, perché quella è la tua opinione, è la tua idea, e io, con le tue idee, non c'entro niente. Io non sono bianco o nero. Io non sono buona o cattiva. Io sono tante sfumature, così tante che non sono mai una cosa sola, così tante che non sono mai un solo colore. Io non sono solo i miei vuoti. Io non sono solo i miei sbagli.
>
> Ma sono tutte le mie storie andate a rotoli, e la voglia di crederci ancora. Io non sono il tuo vizio, e nemmeno la prima che capita.
>
> Io non sono per tutti, perché sono solo per pochi. E se tu non lo capisci, tu non sei fra quei pochi, sei uno per tutti. Uno dei tanti...

E vado sul blog di Rareza, come tutti i giorni, c'è un nuovo post, e anche la foto di un nuovo murales con l'indicazione della zona:

> Cercherà di sminuirti, di renderti "piccolo", solo chi non sa come essere "grande".
>
> ƸӜƷ
> Rareza

Quanto è vero! Quanto vorrei trovare un uomo così, Rareza, ti prego, cercami, rapiscimi, portami via con te, in qualunque posto, ma con te!

Mi scatto una foto davanti allo specchio del bagno, pronta per il concerto, ho una T-shirt nera con il viso di Ultimo, la fascetta in testa col titolo dell'ultimo album, gli occhiali da sole grossi di Max Mara, e degli short cortissimi. La posto su Insta e scrivo:

> Nemmeno uno, fra i vuoti che mi hai lasciato addosso, ha il sapore dell'amore...

33
Senza dire una parola...

La vita di Lorenzo
Giovedì 4 luglio 2019

«Papi, 'uando ci riediamo?»

«Fra due giorni, amore mio, ora tu vai dalla mamma, ti diverti con lei, giochi coi colori, e poi torni da me! E noi facciamo un sacco di cose superbelle insieme!»

«Sììì!» Bianca alza le braccia al cielo, felicissima. «Supe' beelleee?»

«Sì, amore mio, superbelle! Andiamo allo zoo, mangiamo panini con la Nutella!» E poi a bassa voce aggiungo: «Ma questo non dirlo alla mamma eh! È un nostro segreto! Ok?».

Fa sì con la testa, con un'espressione dolcissima e piena di complicità. «E poi 'ediamo anche sio 'alerio e sia 'ofia?»

«Sì, piccolina, anche loro!» e mentre lo dico penso, stupendomi di me stesso, anche Guido.

In questi giorni l'ho sentito, dopo la cena al mare l'ho rivalutato, ed è stato davvero piacevole parlarci. Sta legando anche con Sofia e gli altri, e con Marzia che lo stima troppo! Finirà per starmi simpatico, chi l'avrebbe detto!

Prima di portare giù Bianca, passo in cucina e vedo mamma, appena rientrata, intenta a ordinare la spesa, la aiuto e poi le do un bacio…

«Oh, mio dio! È successo qualcosa di grave? Di grosso? A cosa devo tanta dolcezza?» chiede lei visibilmente felice. La verità è che il nostro rapporto non si è mai basato su troppa fisicità o su eclatanti gesti d'affetto, come abbracci, baci, carezze o roba varia, forse perché li troveremmo un po' teatrali, non so. O forse perché quando all'interno di un rapporto d'amore genitoriale c'è una rottura che ha causato tanto dolore come nel nostro caso, inconsciamente si sceglie di amare con un approccio apparentemente più distaccato e razionale, perché, in situazioni come queste, abbracciarsi, guardarsi negli occhi… significa un po' guardarsi dentro e rinnovare tutto quel dolore…

«A niente, mi facevi pena, sei così vecchietta ormai che non riesci nemmeno a sistemare la spesa nella dispensa!» le dico ridendo.

Lei prende la cucchiarella e finge di darmela addosso. «Brutto stronzetto, ora te lo faccio vedere io chi è la vecchietta!» risponde, guardandomi negli occhi e dicendomi "ti voglio bene" con lo sguardo.

«Ti voglio bene» mi faccio forza e lo dico proprio. «E grazie per quello che stai facendo per me e per Bianca.»

«Vai a quel paese!» risponde fintamente arrabbiata. «Ma che mi tocca sentire! Siete gli unici amori che ho, voi due! Tu sei il mio unico figlio! Darei la mia stessa vita per te!»

Ora ha gli occhi lucidi, e io altrettanto, quindi la abbraccio forte, e non diciamo più nulla, perché, fra di noi, nulla è necessario dire…

Quando scendo, Ginevra è già davanti al portone, anche questa volta è venuta senza il suo "amico", ha la sua macchina.

Io sono sceso in bermuda, Havaianas e T-shirt bianca, una di quelle che usi per casa, vecchie e consumate... E me ne rendo conto solo quando la vedo, perché invece lei, come sempre, è in supertiro, vestita con un tailleur pantalone con dei quadri delicati, occhiali Chanel e una borsa grande di cuoio, bellissima, curatissima, perfettissima.

Però la guardo e, come l'ultima volta, sento solo una lieve fitta, c'è ancora un trasporto, sì, ma è minimo, è solo un leggero filo... e questo mi fa sorridere, mi fa tirare un sospiro di sollievo, e la cosa deve percepirla anche Ginevra...

«Tutto bene?» mi chiede, ci chiediamo, come di consueto.

«Sì, grazie, tu?»

«Lo vedo...» e sorride, non so se felice o innervosita. «Tutto ok anche io, grazie!»

«Meno male! Senti, allora la riporti sabato, giusto?»

«Esatto!»

«Ok grazie, allora ti saluto.» Poi mi chino su Bianca: «Amore, ti adoro, ci vediamo presto, stai bene con la mamma eh! Fai la brava come solo tu sai fare! Ti voglio tanto bene!» e la stringo forte.

«Comunque mi fa piacere vederti così, che stai meglio, lo sai che voglio solo il tuo bene» dice Ginevra.

«Grazie» rispondo io, «anche io voglio lo stesso per te. E come te sono felice di vedere che stai bene, spero sia tutto ok con il tuo amico brizzolato...» e sorrido, un po' divertito.

Lei guarda Bianca, e assecondando il mio "codice" risponde: «Non ho più amici brizzolati...». Poi aggiunge: «In amicizia, come in amore, qualche volta facciamo delle scelte sbagliate...».

Sento come se volesse dirmi qualcosa, qualcos'altro oltre

al fatto che non vede più quel tipo, ma mi limito a salutarla e salgo.

In ascensore per un attimo ripenso alle sue parole, al modo che aveva di guardarmi, e sento dentro qualcosa che si muove: purtroppo non li cancelli dieci anni così, con un clic, o forse sì, qualcuno ci riesce, io no... e il suo sguardo, le sue parole, sento che hanno scavato un po' nel mio cuore, in quella stessa porzione di cuore in cui era entrata la lama, la pallottola che mi aveva ucciso. È una sensazione strana, di illusione, di speranza, ma anche di fastidio, di irritazione, di rifiuto, ora che la mia vita sta prendendo un'altra piega, molto più vera, molto più autentica, molto più serena...

Ieri notte ho lavorato in un locale, una festa privata aziendale, e ho fatto tardissimo, gli accordi prevedevano dalle dieci alle due di notte, ho suonato e cantato musica revival per tutto il tempo, e questi non la finivano di ballare, di gridare e di ridere, e dentro di me pensavo: "Ma una casa non ce l'avete? Maledetti!".

Quel genere di lavoro mi annoia, e un po' mi umilia, se devo dirla tutta.

Oggi, finite le lezioni alla scuola, torno a casa e mi preparo, ceno con Sofia a casa sua. Sono felice di andare, e non vedo l'ora di vederla, di passare del tempo con lei, anche se, davvero, magari anche solo per pochi minuti, ma ci stiamo vedendo tutti i giorni. E poi ho il bisogno fisico di una serata rilassante, e lei mi trasmette serenità, oltre a tutto il resto...

Alle 21 sono da lei, le ho preso dei fiori, no, anzi, esattamente le ho preso un fiore: una rosa rossa, con un biglietto allegato: "Tu sei importante. L".

«Quando mi apre la porta ha già il sorriso, mi regala subito un po' di bellezza, perché, dài, chi ci ama ci sorride, ci fa sorridere, non ci rende tristi o insicuri… Quello non è amore, è qualcosa di poco sano, di tossico, da cui stare alla larga.

Ha un vestitino rosso con dei fiorellini bianchi che adoro, un po' anni Cinquanta, ma con una scollatura che già mi fa sognare…

«Ciao!» rispondo dandole la rosa e il biglietto.

Mi fa entrare e dice: «Oddio, grazie» guardando la rosa, «è stupenda!».

«Come te! Stupenda come te!»

«Mi fai arrossire…» Dicendolo abbassa gli occhi sul biglietto, lo legge e arrossisce, si avvicina con gli occhi chiusi e mi abbraccia, sussurrandomi nell'orecchio: «Mi rendi felice… anche tu sei importante. Tanto importante!».

«Vieni qui!» le dico, e la bacio, e cavolo, tutte le volte sento un brivido, il suo bacio non è solo un bacio, è vita, è sole, è bello, è casa…

«Sai, mi piace un sacco lo stile di casa tua, molto zen, molto India…»

In sottofondo suona una playlist lounge, ma credo che il pezzo che sta passando ora sia *Rotation*, di Herb Alpert. Brano pazzesco…

«Grazie» dice Sofia, «be', tu eri abituato a quella casa pazzesca!»

«Vero, era stupenda, ma non l'ho mai sentita mia.»

«Eh, me l'hai sempre detta, questa cosa…»

«Comunque, parlando di case… quella che ho visto è davvero un buco!» e rido.

«Ma che ti frega? Devi starci bene con Bianca e sentirla tua.»

«Quanto è dolce... Quel giorno era felicissima mentre le dicevo che avremmo attaccato le stelle ovunque sul soffitto... Ha tanto bisogno di amore!»

«Ecco! Di amore... non di una casa di lusso! Poi, ovvio, se c'è anche quella è un di più, ma prima deve esserci altro...»

«Lo sto capendo giorno dopo giorno quanto conti l'amore...» e ci guardiamo in quel modo, ecco, sì... quel modo che sa scaldare in un attimo l'atmosfera... «E poi adoro la tua libreria!» e la indico, dietro di lei, su tutta la parete.

«Be', quella, lo sai, è il mio cuore...»

«Che bella espressione, dolcissima!»

«Anche tu lo sei» dice con un sorriso disarmante.

«Anche tu... lo sei... per me...» Sofia fa un'espressione quasi stupita, e per poco non le va di traverso il boccone.

«Ehi, Lorenzo Russo, lei si sta un po' allargando questa sera, è sicuro di ciò che sta dicendo?»

«Ehm... ecco, è che amo le tue grandi tette, mi capisci?» e scoppio a ridere.

«Ma che stronzo!» e ride, per poi aggiungere: «Anche io, comunque, anche io le amerei!» e ridiamo entrambi uscendo da un terreno che si stava facendo minato...

«Vado a dare un'occhiata alla pasta e al sugo, va'!»

«Ti serve una mano, belle tette?»

«Ma no, figurati! Grazie, però, stronzetto!» e prima di andare mi accarezza i capelli e mi dà un bacio.

Dopo qualche minuto torna con una padella in mano.

«Noooo! Me l'hai fatta!»

«La tua "cacio e pepe", sì! Ricordi ai tempi dell'università? Quante volte te l'avrò preparata? Anche a casa di tua mamma! La mangiava con noi! Che periodo!»

La serata va avanti così, fra chiacchiere, vino e ottimo

cibo. Parlando del più e del meno, dei vecchi tempi, di questi nuovi, di Bianca, dei libri. E con gli occhi, ecco, con gli occhi parliamo anche d'amore... E a me piace parlarne con lei. È stupendo parlare d'amore con gli occhi a Sofia, è una delle cose che mi riesce meglio...

Finito di cenare, beviamo un passito e poi iniziamo a cercarci di nuovo, con gli sguardi, con i baci, con le mani...

«Andiamo di là?» le chiedo.

Lei non risponde, annuisce mentre continua a baciarmi, e lentamente ci spostiamo in camera da letto. Quando si toglie il vestito, in penombra, mi sento morire...

«Dio, quanto sei bella!» dico mentre mi sfilo la maglietta.

«Smettila, non è così...» dice col respiro affannato e gli occhi chiusi, mentre con la lingua gioco un po' con i capezzoli, e poi la passo sui suoi seni, in mezzo al petto, e risalgo sul collo, dietro l'orecchio... e il mio indice, lentamente, si insinua fra le sue gambe bagnandosi dei suoi umori...

Fare l'amore con lei è come raggiungere il nirvana, è volare, è la cosa che mi emoziona e mi eccita di più al mondo...

Dopo, come sempre, ci ritroviamo abbracciati, io dietro di lei a farle le carezze, a disegnare lettere, numeri e forme con la punta delle dita sui suoi fianchi, perché amo farla stare bene, amo vederla serena, sicura e...

«Sai, sento di amarti!» dico, forse senza rendermene conto, ma mi esce spontaneo, così, dal cuore.

Lei si gira di colpo e mi guarda, nei suoi occhi vedo tante, tante emozioni, ma una, ne sono certo, le supera tutte: la felicità. «Lore!» esclama.

«Ehi» rispondo accarezzandole il viso.

«Ma… lo sai cosa hai appena detto?»

«Sì… stanno uscendo direttamente dal cuore le mie parole, ecco, puoi fidarti…» sussurro mentre la prendo fra le mie braccia.

Lei non dice niente, vedo i suoi occhi bagnarsi, poi mi abbraccia forte e si appoggia con dolcezza, quasi come fosse una bambina, con la testa sul mio petto, rannicchiandosi tutta su di me.

Poi non parliamo più. Restiamo così, tutta la notte, ad ascoltarci senza dire una parola…

34
Ma adesso abbracciami...

La vita di Marzia
Domenica 7 luglio 2019

Il mio esame orale è domani, Giulia e Alice lo hanno fatto mercoledì scorso, e io non mi sento per niente agitata, anzi, sono certa di aver fatto davvero tutto quello che c'era da fare, studiato, ripetuto, analizzato, provato a simulare discorsi districandomi da sola fra salti temporali e concettuali, sento di aver dato il massimo, ecco! E poi, parlando con Giulia, Alice, e anche Sally, abbiamo deciso, scherzosamente, che se bocciano una bocciano tutte, si rifiuta il diploma, nel caso, e si ripete tutte insieme! Che poi, se fosse possibile per legge, io lo farei davvero, sono le mie amiche, sono tutto quello che ho, insieme, unite sempre! Contro tutto e tutti! Professori compresi...

Il concerto di Ultimo è stato divino, il più bello della mia vita, ma non avevo dubbi! Lo stadio era pieno, e c'era un clima stupendo, l'emozione era nell'aria, aleggiava in modo circolare, la potevi toccare con le mani. Quando è partita la prima nota della prima canzone, *Colpa delle favole*, ho pensato di morire, è esploso lo stadio, aspettavamo tutti lui, da ore, e lui si è presentato come lo avevamo sognato: suonando il piano, con gli occhi pieni di amore e un'energia pazzesca e speciale! Canzone dopo canzone, il livello di magia ed emozione è salito sempre di più, *Quando fuori piove*, *Cascare nei tuoi occhi*, ma la prima che mi ha fatto crollare in milioni di lacrime è stata *Amati sempre*, forse per il momento, forse perché mi sento così fragile, forse perché quello stronzo di Riccardo in certi momenti mi manca ancora da morire e mi fa sentire sola, anche in uno stadio con centomila persone intorno, e mi fa sentire sbagliata, e non abbastanza bella, non abbastanza sexy... Comunque, le ha suonate tutte le mie preferite, *Il ballo delle incertezze*, *Rondini al guinzaglio*, e ovviamente anche *La stella più fragile dell'universo*, quella che mi aveva dedicato Riccardo, una volta, con un messaggio alle tre di notte, c'era scritto: "Sei il mio miracolo di bellezza, dopo di te la mia vita non potrà mai più essere la stessa. Un futuro senza di te è un cielo senza stelle". E se ci ripenso ancora mi tremano le gambe...

Comunque ho cantato così tanto e con tale foga che ho perso la voce, e sono sicura che lì dentro l'Olimpico, fra quegli scalini e la musica che andava, ho lasciato anche qualcos'altro: pezzi di me stessa, del mio cuore, dei miei ricordi. La musica è anche questo, fare i conti con te stessa, col tuo passato e chiudere il cerchio. O quasi...

Nei momenti in cui l'emozione si è fatta sentire più forte, Giulia, Alice e Sally mi hanno abbracciato forte, anche Paco, e più mi abbracciavano più avevo voglia di liberarmi e piangere, perché forse succede così, quando ti senti protetta e al sicuro fra le braccia di chi ti ama, cascano le difese, i muri, e capisci che puoi mostrarti per quello che sei: nuda, debole, persa. Bellissima...

Questa sera abbiamo deciso di uscire, come prima degli scritti, Giulia e Alice gli orali li hanno fatti il giorno prima del concerto di Ultimo, e Sally il giorno prima ancora... Io sono l'ultima, e voglio festeggiare sia questa sera che domani!

Alle otto siamo a cena in un posto vicino alla mia vecchia casa, in zona Parioli, è una pizzeria a cui sono legata perché ci andavo fin da piccola, è anche una delle meno care della zona, per una pizza e birra te la cavi con quindici euro, offro io anche per Alice e Giulia.

Poco prima di sederci, vedo Giulia, che era andata in bagno, parlare con un ragazzo, alto, moro, con gli occhi azzurri, un figo assurdo, nonostante la faccia da bravo ragazzo e il look curato, da quando la conosco non le ho mai visto quell'espressione serena e felice sul viso... Io e Alice ci guardiamo altrettanto felici e curiose, e senza dire una parola ci capiamo al volo. Poi si salutano, continuando a parlare e a guardarsi sorridendo, e lei si viene a sedere.

«E chi era quello?» chiedo io e mi fa il coro Alice.

«Uno che ho conosciuto adesso...» risponde lei con il sorriso infinito di prima e lo sguardo sognante.

«Bene!» dico io.

«Bene!» dice Alice.

«Oddio, ho il cuore a mille! Non so che dire, solo che mi piace troppo, davvero tanto, e sento una sensazione dentro che... Ecco, non so... e ci siamo scambiati il numero...» Poi aggiunge emozionata: «Facciamo che non diciamo niente e incrociamo le dita?».

«Sì... sì sì! Facciamo così!» dice subito Alice.

«Oh, domani ho l'esame orale, io eh! Lo facciamo un brindisi?» dico io per cambiare discorso, alzando il calice di birra.

«*Cheers*!» urlano loro...

«Ti fa effetto essere qui, in questo posto legato alla tua infanzia?» mi chiede Alice mentre ceniamo.

«Un po', sì, mi rende felice...» e mentre lo dico sento come un tonfo al cuore, ma non è emozione, è qualcosa che non va nel mio corpo... So cos'è, ma ogni volta si manifesta in modo più sinistro... Mi fermo un attimo, lascio le posate nel piatto e resto con lo sguardo nel vuoto e le mani al petto, cerco di respirare, avverto un dolore più forte del solito, dei brividi, e poi comincio a sudare, forse anche per il panico e la paura...

«Ehi, Marzia! Che succede?» urla Giulia, e Alice la segue.

«Tranquille!» dico con un filo di voce mentre mi riprendo. «Tranquille, è normale...»

Non mi era mai successo di stare male davanti a loro, e io non gliene ho mai parlato, forse perché la verità è che rifiuto di parlarne anche a me stessa, rifiuto il fatto che questa malattia abbia colpito proprio me, e forse è anche che ne ho una paura fottuta, perché ci tengo troppo a vivere, ci tengo troppo alla vita!

«Ma come è normale? Tu stai male!» dice Giulia visibilmente preoccupata.

«No, ma infatti, amo', cos'hai, come ti senti?» chiede Alice. «Se vuoi andiamo al pronto soccorso o chiamiamo un'ambulanza!»

«No, no! Niente ospedali! Ora vi spiego...»

Quindi ho spiegato tutto: della miocardite, del fatto che inizialmente i sintomi erano davvero sporadici e che ultimamente invece stanno un po' aumentando, che mi dispiace non avergliene parlato prima, e che dopo la maturità ho intenzione di affrontarla in modo più serio, andando a fare ulteriori controlli... Mi sento anche un po' in colpa perché a loro non lo avevo ancora detto, mentre invece Sally e Paco, Benedetta e Geggy sono informati.

Per fortuna il fastidio passa in fretta, e anche i brividi e i dolori alle ossa, quindi chiedo loro, ancora preoccupate, di non pensarci più, perché va tutto bene e questa sera ci si divertirà! Loro accolgono la mia richiesta con un gran sorriso, abbracciandomi forte e poi brindando con i bicchieri di birra gelata al cielo!

Verso le 22.30 siamo fuori dal ristorante, arriva un messaggio di Sofia su WhatsApp: "Tesa per domani? ❤".

Io: "Macché! Ho appena mangiato una pizza con Giulia e Alice in un posto vicino a dove abitavo io prima! Ora andiamo a piazza Caprera e ci facciamo altre due birre lì!".

Sofia: "Davvero? E a noi non ci inviti per le birre in piazza Caprera?".

Io: "Oddio, magariii! Ma non pensavo vi andasse... non volevo disturbare!".

Sofia: "Disturbare? C'è Lorenzo qui che scalpita, sai, alla sua età certe cose fanno emozionare...".

Io: "Ahahah! Oddio, allora vi aspetto, ci vediamo lì alle undici? Passano anche Sally e Paco e Benedetta e Geggy, due mie amiche appena tornate da Londra!".

Sofia: "Ok! Se non alziamo troppo il livello di anzianità, lo direi anche a Valerio, Davide e Guido... che ne pensi?".

Io: "Penso che sarebbe la cosa più bella del mondo! Mi rendete felice!".

Sofia: "Allora a fra poco! ❤ E... qualche giorno fa mi ha detto che mi ama e che vuole che stiamo insieme! Ma ti dico tutto dopo a voce... ☺".

Io: "Oddioooo! Davvero? Ma è stupendooo! Sei felice?".

Sofia: "Tanto...".

Io: "Lo immagino... Allora mi dici! Sono troppo felice anche io per te, per voi... Sofi! Davvero troppo! A fra poco! ♥".

Alle 23 siamo tutti lì. Ed è una festa, la piazza è insolitamente deserta, credo per via del caldo.

È domenica e c'è solo un ristorante ancora aperto, ma sembra vuoto. Siamo dietro corso Trieste, praticamente dove ho abitato per una vita. Lo stile dei palazzi, eleganti e signorili, è il Liberty, e al centro della piazza c'è una fontana che di notte si illumina, con dentro due statue di donna, una che dorme e l'altra che danza.

L'atmosfera è bella, stasera, stupenda, fa un caldo assurdo, ma siamo in estate, ci sta...

Benedetta e Geggy corrono ad abbracciarmi, era una vita che non le vedevo, cazzo che bello rivederle e come le trovo bene, serene, consapevoli!

«A Londra non ci guardano come un errore quando ci baciamo, lì è normale che due donne possano amarsi, come lo sarebbe per due uomini, o per un uomo e una donna, non fa differenza... E non è solo questione di leggi, ma di educazione emotiva, di sensibilità, di cultura...» dice Benedetta con un gran sorriso, allargando le braccia e spiegando, in quattro parole, perché hanno deciso di sposarsi l'anno prossimo e di restare lì per il resto della loro vita, tornando in Italia solo in vacanza o per venire a trovare delle persone.

Le presento agli altri, e dopo un secondo è come se ci si conoscesse tutti da una vita.

Valerio, nel suo Suv parcheggiato sulla piazza, ha una cassa di birre ancora fredde e accanto un'altra cassa piena di ghiaccio… Quanto è pazzo! Quanto lo adoro!

«Servitevi, giovani, che la festa abbia inizio!»

Paco e gli altri ridono e bevono, io rido e bevo, e non ci penso proprio al fatto che domani ho l'orale. Per un attimo, vedendoli tutti insieme, mi rendo conto che manca solo una persona all'appello, quella stessa persona per cui, circa un anno fa, avevo completamente perso la testa e con la quale pensavo di passare tutta la mia vita! Il tatto dei miei amici è immenso, nessuno mi ha chiesto o parlato di lui, nessun cenno, nessuna battuta, che grande fortuna ho ad averli accanto, ad avere questa grande famiglia ormai allargata anche a Lore, Sofi e gli altri… E comunque l'attimo di tristezza è davvero solo un attimo, passa presto, appena Lorenzo prende la chitarra e comincia a suonare *Arrogante* di Irama, e da quel momento è un solo splendido coro, andiamo avanti così, con le braccia al cielo, e i sorrisi sinceri, gli sguardi pieni di vita, c'è chi mentre canta salta e urla come me Giulia e Alice, chi si prende per mano, come Sofi e Lore, chi ogni tanto si bacia come Benedetta e Geggy… L'aria è quella di una festa, e io sono felice, il mio cuore un po' ammaccato è felice, e questo non ha prezzo, sento che piano piano sto uscendo da quel tunnel di tristezza e dolore, e lo devo a queste meravigliose anime rare. Si va avanti a cantare, bere e suonare per parecchio, fra gli sguardi sospettosi di qualche passante e le proteste inizialmente contenute di alcuni abitanti. Ma a un certo punto un tipo sulla sessantina si affaccia e ci urla di andarcene, minacciando di chiamare i vigili.

Restiamo per un attimo in silenzio, imbarazzati, Davide poverino è fucsia dalla vergogna, lui così attento alle regole! Ma è ovviamente Valerio a salvarci come sempre: «Prrrrrrrr!».

La sua pernacchia è chiara, limpida, irriverente, folle. Dissacrante. E meravigliosa!

Diventiamo tutti rossi, ci guardiamo incurvandoci come per nasconderci, è quell'attimo in cui ti chiedi se fare un passo indietro, scappando, tornando a essere una persona rispettabile, o andare oltre e fregartene.

Vince la seconda, ce ne freghiamo. Perché scoppiamo a ridere, come se avessimo tutti non diciotto anni ma dieci, e ricominciamo a bere urlare e cantare!

Verso le 2 la situazione degenera, Lorenzo ha smesso di suonare e abbiamo messo su un po' di musica con una cassa bluetooth che Sally aveva in macchina, l'alcol si fa sentire parecchio... E quel pazzo di Valerio, sudatissimo per il caldo, si butta completamente vestito in acqua, dentro la fontana, continuando a ballare e cantare, io lo guardo esterrefatta, ma dopo un attimo lascio il telefono in mano ad Alice e lo seguo, suona Rino Gaetano, e non posso fermare le mie gambe e il mio corpo, ballo e canto come una matta. Benedetta e Geggy non si fanno attendere troppo, ci seguono a ruota, e in men che non si dica, a parte Guido che ci tiene i telefoni e i portafogli, e Davide che ci ricorda che non sarebbe consentito entrare nella fontana e che stiamo violando diverse norme, siamo tutti nella fontana, completamente vestiti, a urlare e cantare che *Il cielo è sempre più blu*, insieme a Rino, nanannnanààààà!

A un certo punto, da molto lontano vediamo una macchina con un lampeggiante, all'apparenza una pattuglia dei vigili, e sembra venire nella nostra direzione.

«I vigiliiiiii!» urla Valerio.

«Cavolo!» dice Lorenzo.

«Gesù...» si preoccupa Davide sull'orlo dello svenimento.

«Veloci, andiamo via! Viaaa!» incita Sofia ridendo, ma anche impaurita.

Usciamo velocemente tutti dall'acqua, e cominciamo a correre. Ma mentre corriamo, Guido urla: «Se ne sono andati, non evano qua pev noi!» e alza le braccia velocemente ridendo come a dire "è tutto ok, nessuno ci insegue!". Davide riprende colore, noi ci guardiamo l'un l'altro, completamente zuppi, follemente zuppi. E scoppiamo a ridere, sollevati per il pericolo scampato.

In macchina Sally e Paco hanno due grandi teli da mare, ci asciughiamo tutti con quelli.

Mezz'ora dopo, una volta asciutti, o quasi, io mi rendo conto che è davvero tardi. Si sono fatte le 3.30. «È stato divertente» dico, «grazie ragazzi! Siete speciali, siete davvero la mia famiglia!» e dopo averlo detto li guardo tutti, uno per uno.

«E tu la nostra!» risponde Giulia.

«Esatto!» aggiunge Sally.

«Penso che sia arrivata l'ora di andare a casa, giusto per farmi una doccia e riuscire...»

Ridono tutti. Ci abbracciamo forte, siamo ancora eccitati, nessuno si aspettava potesse succedere quello che è successo...

«Domani spaccherai!» mi incoraggia Valerio.

«Di più!» dice Lorenzo.

«Per forzaaaa!» urla Alice e le fanno il coro tutti gli altri.

Quindi, salutati tutti con calore, io Giulia e Alice ce ne torniamo verso la macchina, e poi a casa.

Bello...

Ora sono a letto, e sono le 4, dormirò sì e no due ore, ma fa lo stesso, mi sento carica, felice e a duemila.

Leggo una pagina di Laura:

> Ci ritroviamo a commettere sempre gli stessi errori, noi che mettiamo il cuore in tutto quello che facciamo. Ci fidiamo, non mettiamo paletti, non alziamo muri, lasciamo il cuore completamente aperto, e ci mostriamo nudi e vulnerabili agli occhi di chi dice di volerci bene, e quindi lasciamo entrare nella nostra vita amori e amici che poi, troppo spesso, si rivelano non solo sbagliati, ma anche disonesti. Permettiamo a persone che non hanno minimamente a cuore la nostra felicità, anche se dicono il contrario, di intromettersi nella nostra sfera più intima, di entrarci senza porre filtri, di intossicarla. Di intossicarci. Se mi ami, come amico o come partner, non sei sempre lì a giudicarmi, a puntarmi il dito, a svilire il mio talento, o i miei piccoli o grandi successi. Non cerchi di manipolarmi secondo il tuo tornaconto. Se mi ami e mi vesto da figa perché ho bisogno di sentirmici, figa, tu mi devi dire "sei uno schianto", perché, dirmelo, è una carezza al cuore, e mi rende felice, al di là che io lo sia o meno, una figa. Non devi sminuirmi o farmi sentire inadeguata, o volgare. Se mi ami come dici, non mi massacri accusandomi di qualunque cosa, generandomi magari anche dei sensi di colpa che mi fanno soffrire.
> C'è un momento, nel nostro percorso, emotivo e psicologico, e di crescita, in cui dobbiamo guardare dentro la nostra vita, dentro la nostra casa, e poi dobbiamo avere il coraggio di mettere fuori, per sempre, chi non ci ama, chi non ci rispetta. L'amore, il vero amore, parte da noi stessi,

da quanto ci vogliamo bene. Da quanto ci rispettiamo. E qualche volta, per fragilità e debolezza, questo non accade, e permettiamo a una parte di mondo marcia di affossarci. E invece no, volersi bene significa dire addio a chi non ce ne vuole. Volersi bene, qualche volta, significa azzerare tutto e ricominciare. Ricominciare da se stessi…

E un post di Rareza:

> "Sei diversa!" ti dicono, ma che ne sanno di te, di quello che hai dentro, di quanto hai sofferto. E adesso certo che sei cambiata, il dolore ti cambia! E adesso certo che sei diversa, ti sei chiusa! Il mondo fuori! Non ti fidi più. Non ci credi più. Le parole non sono gesti, e tu l'hai capito sulla tua pelle. Perché ti fidavi delle sue, e lui ti ha ingannata. Si è preso gioco di te. E io vorrei poterti regalare un abbraccio, uno di quelli che ti fanno sentire al sicuro, uno di quelli che ti soffiano sulle ferite aperte e te le curano. Vorrei poterti convincere che andrà tutto bene, e che tornerai a sorridere. Che tutta la pioggia del mondo non potrà mai bagnare il tuo cuore finché ci sarò io a proteggerlo. Sei cambiata, lo so, ma adesso abbracciami!
>
> εïз
> Rareza

Comunque io me lo meritavo uno come Rareza… Ma dov'è? Dove stai, Rareza, fatti trovare!

Punto la sveglia del cellulare alle 6.30, poi crollo mentre suona una playlist:

Better Now di Post Malone

In My Feelings di Drake
SAD! di XXXTENTACION
7 rings di Ariana Grande
Cupido di Sfera Ebbasta feat. Quavo
Davide di Gemitaiz feat. Coez
Tesla di Capo Plaza feat. Sfera Ebbasta & DrefGold
Ti ho voluto bene veramente di Marco Mengoni
Invincibile di Marco Mengoni
Ostia lido di J-Ax
1950 di Amedeo Minghi
Questo piccolo grande amore di Claudio Baglioni
Avrai di Claudio Baglioni
Non c'è di Laura Pausini
La solitudine di Laura Pausini
...

35
E niente, ora ti spiego, funziona così: io ti amo, e poi ti amo. E poi ti amo. E ti amo. Ecco. Più o meno funziona così…

La vita di Lorenzo
Lunedì 8 luglio 2019

Mi sveglio con Bianca che salta sul letto e urla: «’Veglia! ’Veglia! ’Veglia!».

Guardo l’ora e sono ancora le 7.

«Ma che ci fai già in piedi?» chiedo cercando un po’ di clemenza.

«Ma come, papà? Dobbiamo andare a prendere il dolzetto poesia!»

Il “dolcetto poesia” è una delizia prodotta da un pasticcere di Ponte Milvio. È una monodose, riservata alle clienti donne, che contiene una piccola poesia, anche di una sola parola, scritta sul momento per la persona che dovrà mangiare il dolcetto.

«Ok tesoro, ma a quest’ora? Non vuoi stare ancora un po’ a dormire?»

«No, ho dommito già tanto!»

«Ah, bene…» dico rassegnandomi all’idea di dovermi alzare.

«Evvivaaa!!!» urla Bianca lanciandosi su di me e stringendomi. E tutte le volte l'emozione è così forte che penso valga la pena vivere anche solo per momenti come questo.

«Lo sai che papà ti ama da morire, e che tu sei la sua gioia più grande?»

«Sì» dice Bianca continuando a stritolarmi.

«E tu mi vuoi bene?»

«Tattissimo» risponde con dolcezza disarmante. «E tattissimo anche alla mamma.»

«Lo so, piccola mia...» Quindi la abbraccio ancora e mi alzo.

Nel frattempo entra mia madre, che si stupisce: «E che ci fate già svegli voi due pigroni?».

«Andiamo a prendere il dolzetto poesia.»

«Il dolzetto poesia? Chissà cosa ti scriverà questa volta Diego...»

«Chissà» risponde Bianca allargando le braccia.

Nel frattempo prendo il telefono e scrivo a Sofia: "Ohi, buongiorno ♥. Spero tu abbia fatto sogni d'oro. Io e Bianca stiamo andando da Diego Poesia, come vedi mi ha svegliato *all'alba*... Immagino che tu sia ancora tra le braccia di Morfeo. Ti penso...".

Appoggio il cellulare e già arriva una notifica. Cavolo, dev'essere già in piedi anche lei.

Riaccendo e resto per un attimo paralizzato. Non è Sofia, ma Ginevra: "Ciao. Stavo ascoltando la nostra canzone, suona a ripetizione da ieri sera. Non faccio altro che pensarti. Volevo dirtelo...".

Non riesco a muovere un dito, sento un formicolio in tutto il corpo e mi gira la testa.

Cazzo.

Cazzo.

È una sensazione elettrizzante, ma anche terribile. Come le montagne russe. Come volare su Marte e poi cadere all'inferno, in una deriva folle.

Continuo a fissare lo schermo del telefono come a voler trovare lì dentro la forza di reagire. Poi però lo lancio sul letto, come se potessi liberarmi di qualcosa che mi scotta tra le dita.

«Sei pronto, papà?» Sento la voce di Bianca in sottofondo.

«Sì» rispondo come un automa. «Sì» aggiungo senza che me lo chieda di nuovo. «Sì» ripeto come fosse un mantra dietro il quale proteggermi.

Mi siedo sul letto e guardo il pavimento. Cerco di dare un nome a tutte le emozioni che mi stanno travolgendo, ma è impossibile, perché sono troppe, troppo grandi e io sono solo uno. E sono solo io...

Riprendo il cellulare in mano e rileggo il messaggio. Lei è ancora online. Cazzo.

"Bello."

Lo scrivo senza neanche rendermene conto. Le rispondo "Bello" perché forse penso che lo sia davvero. Sono confuso, lo ammetto.

A farmi tornare alla realtà in un attimo è la risposta di Sofia: "Buongiorno amore, che bello che andate da Diego Poesia".

Sono totalmente sottosopra, rigirato, sento di avere ogni singolo pezzo fuori posto, ma dentro di me c'è una parte che è felice per le parole di Ginevra. E un'altra è totalmente terrorizzata.

Suona ancora il telefono. È di nuovo mia moglie: "Sì, bello... ☺".

E poi, ancora: "Ti andrebbe di cenare con me stasera?".

In macchina, Bianca non ha fatto altro che cantare. Ha voluto che mettessi la sua playlist preferita, che va da Marco Mengoni a Jovanotti, passando per Sfera Ebbasta, Gué Pequeno e alcune canzoni dei cartoni animati. E io sono felice, pur non volendolo ammettere, e canto con lei.

Arrivati a Ponte Milvio, parcheggiamo al di là dell'arco e ci passiamo sotto a piedi. Il parapetto è strapieno di scritte d'amore, e Bianca si diverte a leggerne alcune e mi chiede di decifrare quelle che non capisce:

> E niente, ora ti spiego, funziona così: io ti amo, e poi ti amo. E poi ti amo. E ti amo. Ecco. Più o meno funziona così...

«E che siifica, papo?»

«Amore, tante volte per esprimere i nostri sentimenti, soprattutto noi adulti, usiamo tante parole, quasi sempre inutili, difficili... Oppure facciamo gesti e azioni complicati, che non si capiscono, che creano solo tanta confusione! Invece dovremmo imparare da voi bambini, visto che lo siamo stati anche noi grandi, bambini. Dovremmo imparare da voi la potentissima arma della semplicità, dell'essere diretti, genuini, sinceri. Hai presente tu che quando senti il desiderio di dirmi che mi vuoi bene, mi dici che mi vuoi bene? O quando sei da mamma e ti manco, al telefono mi dici "Papo, mi manchi!", ecco, noi adulti quando amiamo, dobbiamo imparare a dire "Ti amo". Perché la semplicità è l'unica lingua dell'amore. Tutto il resto, è qualcosa che ci allontana, dall'amore. È qualcosa che allontana i cuori e le persone. Per esempio, io adesso ti guardo e penso che sei stupenda e che sei la mia vita, e sai che faccio? Imparo da te e te lo dico: sei stupenda, amore di papà! E sei la mia vita!»

Bianca mi guarda sorridendo, con gli occhi pieni di gioia, e poi si getta fra le mie braccia e mi stringe fortissimo, e a me viene un nodo in gola per la felicità e l'emozione. E sono certo che abbia capito perfettamente cosa significasse quella scritta, tanto semplice e significativa...

Attraversiamo il ponte passando sotto la meravigliosa Torretta Valadier e arriviamo sulla piazza, dalla quale si può vedere la chiesa della Gran Madre di Dio che a me e Bianca piace tanto. All'angolo, poco prima della chiesa, sulla destra, c'è la pasticceria di Diego Poesia. C'è già tanta gente ad aspettare, nonostante siano appena le 9.

Prendo Bianca in braccio ed entriamo. Appena la vede, Diego le sorride.

«Ehi tu, principessina, non vorrai mica un dolcetto poesia?»

A lei si illuminano gli occhi e con un sorriso stupendo risponde: «Sìììììì, voglio il dolzetto poesiaaaa!».

E io approfitto senza ritegno della sua presenza per saltare la fila.

«Dammi due minuti, perché una bambina bella come te merita qualcosa di speciale» dice Diego rivolgendosi a bianca.

Lei reagisce con grande trepidazione. Poi si gira verso di me e mi abbraccia forte, felice.

«Amore di papà, hai sentito che ti ha detto? Che sei speciale!»

Bianca sorride, un po' imbarazzata, e mi stringe di nuovo.

Dopo pochi minuti ecco Diego che ci porge Poesia, il suo famoso dolce, con accanto il bigliettino per Bianca. Lo apriamo e restiamo entrambi a bocca aperta. C'è scritto: "Ho pensato a un colore che potesse rappresentarti, ma tu sei tutti i colori del mondo, sei il colore nuovo e speciale che mancava all'universo".

Non riesco a trattenere l'emozione. Diego se ne accorge e mi dice: «Eh eh, sono papà anche io, e sono contento che abbiate apprezzato le mie parole».

«Davvero tanto» rispondo, asciugandomi velocemente gli occhi per non farmi vedere da Bianca. «Grazie di cuore, Diego.»

«Bene» dice lui con tono solenne e benevolo, girandosi poi verso gli altri clienti.

«Quanto ti dobbiamo?» domando, senza smettere di accarezzare i capelli di mia figlia. È vicina a me e sta mangiando il suo dolcetto.

«Oggi siete miei ospiti.»

«Ma no, così mi imbarazzi...» provo a protestare.

«Non insistere» risponde Diego con un sorriso fermo. «Ogni giorno una poesia è in omaggio. Oggi siete voi i fortunati, perché quella piccolina se lo merita.»

«Bianca, hai sentito? Oggi sei la regina delle poesie. Di' grazie!»

Bianca alza la manina. «Grazie, Diego!»

E lui ricambia il saluto.

Usciamo e Bianca è al settimo cielo. Tiene in mano il biglietto tra le dita come se il vento volesse soffiarglielo via da un momento all'altro.

Nel frattempo arriva un messaggio. È Sofia: "Amore, com'è andata? Cosa c'era scritto?".

Guardo soltanto l'anteprima, senza visualizzare. Non so perché lo faccio, non lo so...

Verso le 11.30 sono di nuovo a casa. Siamo stati a fare la spesa per la nonna.

«Ecco i miei amori» ci accoglie sulla porta. Bianca, senza nemmeno salutarla, le legge il contenuto del foglietto.

«Mio dio, ma è stupenda! E poi tu sei davvero così, sono proprio per te queste parole!» Mia mamma la prende in braccio con un'espressione piena di orgoglio e amore. «Che volete mangiare per pranzo?»

«Non ho molta fame» rispondo, mentre Bianca urla: «Le patatine fritte!».

«Che significa che non hai fame?»

Per lei il cibo è una cosa importante.

«Niente, mamma, ho fatto colazione tardi e non ho più appetito.»

«Non me la racconti giusta» dice come se potesse leggermi nel pensiero. E quante volte negli anni ho creduto che forse è proprio così.

«Giuro, non ho niente» mento con un mezzo sorriso, confermandole che invece qualcosa ce l'ho eccome. «Vado in bagno» aggiungo, e sparisco.

Alle 15 ho tre lezioni private attaccate a scuola, e alle 19 il calcetto. Con Ginevra siamo rimasti per le 21 al Relais, un ristorante dietro via Tomacelli di alto livello che Ginevra ama. E sì, le ho detto di sì, l'ho detto. L'ho fatto.

Mi sento frastornato, confuso, felice e triste, pieno di energie e scarico allo stesso tempo. Sofia nel frattempo mi ha scritto più volte, ho visualizzato i messaggi senza risponderle, nei suoi confronti mi sento una merda, mi faccio schifo, e so che la ferirò in modo profondo. E questo mi rende una persona pessima. Ma sento di dover incontrare Ginevra, sento che il mio cuore mi porta ancora lì, non so per quale ragione, ma mi porta lì. Forse per capire, per capire fino in fondo... Non lo so, e non so che ne sarà, di me, di noi, di Sofia, e di tutto questo casino...

Mentre mi specchio con l'acqua aperta squilla il telefono, mi sale l'ansia, lo tiro fuori, non è Sofia, fiuu... è Valerio, rispondo: «Ohi, Vale...».

«Oh, alle sette meno un quarto al campo?»

«Ok! Perfetto!»

«Dopo pizza e birretta?»

«Non posso...»

«Dài, l'ho detto anche a Davide e Guido.»

«Guido? Oh, ma che vi siete fissati? Un motivo in più per non venire...» e ridacchio innervosito, lo stress mi fa rimettere in discussione i buoni propositi verso di lui.

«Ah ah ah! Povero, a me è così simpatico! Ma, a parte questo, che hai da fare?»

«Eh...»

«Eh?»

«Eh...»

«Oh, che vogliamo fare, andiamo avanti tutto il giorno con i monosillabi?»

«Ginevra...»

«Ginevra?»

«Eh...»

«E ricomincia...»

«Dài, hai capito... La vedo, ci ceno, mi ha cercato. È terribile...»

«Cazzo. E Sofia? Lo sa?»

«No...»

«Cazzo, hai ragione... è terribile.»

«Grazie eh!»

«Eh...»

«Inizi tu, ora?»

«Eh, oh...»

«Ci vediamo al campo, Vale', a dopo...»

«Ok...» E passato un attimo di silenzio, aggiunge: «Lore...».

«Sì?»

«Io sono dalla tua parte, tu sei una bella persona, sai quello che fai, saprai gestire questa cosa, lo so...»

«Io no, io non lo so, ma grazie, grazie lo stesso, apprezzo le tue parole!»

«Erano di circostanza... Perché è proprio una situazione di merda...» e ride come un pazzo.

«Ok... a dopo Vale!»

«Ehm... no dài, intendev...»

«Ho capito, Vale', ho capito, giuro! Giuro!» Il secondo "giuro" lo pronuncio lentamente, quasi in modo supplichevole, so che vorrebbe aiutarmi, ma a volte quando ci prova fa casino. Comunque riesce a strapparmi un sorriso, e questo è già un dono prezioso del quale essergli grato. «Alle sette meno un quarto lì, Vale, al resto penserò io, me la caverò, tranquillo...»

«Ti voglio bene. E voglio bene anche a Sofia...»

«Ok, ora devo proprio scappare però, a dopo!»

«... Ma un po' più a te!»

Resto un attimo in silenzio, non replico, non attacco, non faccio niente, poi lui aggiunge: «Ehm... Ok, vado anche io, a più tardi, bello!».

Attacchiamo e dopo pochi secondi ricevo un messaggio da parte di Davide: "Ciao Lore, Vale mi ha detto, sono felice per te e Ginevra, davvero! Spero che Sofia non l'abbia presa troppo male!".

Prima o poi Valerio lo ammazzo.

Chiamo subito Davide: «Senti, ho davvero poco, pochissimo tempo, ora, ma una cosa, una cosa importante: io e Ginevra non siamo tornati insieme, non so cosa ti abbia detto quello svitato, ma non siamo tornati insieme, non ci siamo nemmeno rivisti, la vedrò questa sera a cena e non so cosa succederà, non lo so... ma Sofia, ecco, Sofia ancora non sa nulla, fra poco le parlerò, quindi, mi raccomando, se la senti, se la sentite, non fatene parola, ti prego, vi prego, dillo anche a Valerio, a Guido, se dovesse già saperlo, a tutti, ok? Ora devo scappare, mi prometti che lo farai?».

Davide, che è rimasto tutto il tempo in silenzio ad ascoltarmi, risponde prontamente: «Ma certo, Lore, puoi contare su di me! Ci penso io!». Fare una cosa del genere gli costa sicuramente uno sforzo, ma è un vero amico ed è disposto a superare i suoi limiti, anche morali, se serve ad aiutare qualcuno.

«Lo so, lo so che posso contare su di te e sulla tua sanità mentale, grazie, davvero, grazie! Per me conta tanto! Ora devo scappare!»

Attacco, sono agitato, mamma bussa alla porta chiedendo se tutto va bene e avvertendomi che lei e Bianca stanno iniziando a mangiare.

«Tutto ok, grazie! Voi mangiate, mangiate tranquille...»

Poco dopo la sento allontanarsi senza dire una parola.

Rileggo i messaggi di Sofia: "Ohi, sei ancora vivo? Mi fai preoccupare...".

Ho la tachicardia.

Guardo bene il telefono e mi rendo conto che mentre ero impegnato a farmi venire un infarto sono arrivati anche altri messaggi.

Marzia: "Ohiiiiiii! Finitaaaaaa! È andata alla grandeeee! ♥♥♥".

Cavolo, mi sono completamente dimenticato!

Io: "Ohi, Marzia! Evvai! Ma non avevo dubbi! Sei una forte, tu, amica dolcissima! ♥".

E poi le mando un vocale: "Comunque vorrei che poi mi raccontassi tutto, come è andata, cosa ti hanno chiesto, ci tengo! E ti prometto che poi festeggeremo insieme! Solo che ora, ecco, ora devo scappare perché sto in ritardissimo, e in più, non ho visto subito il tuo messaggio perché sto nel pallone, cavolo! Ecco... sto per fare una cazzata: questa sera vedo Ginevra...".

Ascolta e risponde subito: "Oddio, davvero?".

Io: "Sì. Mi ha scritto questa mattina presto, mi ha detto che mi pensa e mi ha chiesto se mi va di vederla per cena".

Marzia: "E tu?".

Io: "Ho detto sì...".

Marzia: "E Sofia?".

Io: "Eh... Sofia... Non lo so, mi sta scrivendo da questa mattina ma non le ho ancora risposto, cazzo sono davvero nel pallone, non so come dirglielo, devo spiegarle, ma è qualcosa di cui non so nulla nemmeno io, che devo capire, qualcosa che sto facendo ma di cui non sono convinto, devo parlarle, sto cercando la forza dentro di me per dirle che, ecco, non lo so...".

Marzia: "Capisco, sei in una situazione che non invidio, Lore! Anche perché, davvero, non sai cosa ne sarà della serata, di te e Ginevra. Mi avevi detto di sentire qualcosa di forte per Sofia...".

Io: "Ed è così, ma il cuore mi spinge anche verso Ginevra, voglio vederla, capire cosa ha da dirmi. È stata una storia importante, un amore grande, o almeno credo... E poi abbiamo Bianca, non è una cosa così, anche se so bene come si è comportata e quanto siamo lontani come universi…”.

Marzia: “Ti voglio bene, Lore, sii onesto con Sofia, parlale chiaro a prescindere da come andranno le cose, e poi ascolta il tuo cuore, farai la scelta giusta! Ma pensaci bene prima di farti scappare una donna come Sofia, lo so che non dovrei dirtelo, che non sono affari miei, ma lo dico davvero solo per il tuo bene, e perché adoro te e lei!”.

Io: “Hai ragione, e non devi giustificarti, tu puoi dirmi tutto quello che ti pare, Marzia! È solo che sento una tale confusione, mi sento dilaniato, diviso in due, spero di fare la scelta più giusta…”.

Marzia: “Posso solo dirti che ci sono, sono qui, per qualunque cosa!”.

Io: “Grazie Marzia, lo so… grazie! Ora scappo!”.

Chiudo il telefono ed esco dal bagno, loro sono in cucina a mangiare, sento le posate battere sui piatti. Vado in camera mia, preparo la borsa per il calcetto, ho bisogno di sfogarmi, non vedo l’ora di giocare! Prendo la valigetta con i quaderni pentagrammati e tutto il resto, saluto mamma e Bianca che corre e mi salta addosso.

«A che ora tonni, papi?»

«Torno tardi, amore, ho tanto lavoro da fare e devo pure giocare a calcetto, vengo dopo cena…» Guardo mamma che mi scruta per capire cosa mi stia succedendo. «Ma tanto tu e nonna avete un sacco di cose da fare, e poi questa sera, in via del tutto eccezionale, puoi guardare i cartoni su Netflix.»

«Ooookkk…» risponde poco convinta, per poi aggiungere: «E quando vado da mamma?».

«Domani, credo…»

«Anche se non è sabato?»

«Ma certo, qualche volta vai anche in altri giorni... Questa sera la mamma ha da fare e non può venirti a prendere, verrà domani, principessina mia!»

«Ok» ripete ancora poco convinta e poi aggiunge: «Papi...?».

«Sì, amore, dimmi...»

«Te l'ha detto mamma che ha da fare?» mi chiede dandomi scacco matto davanti a mia madre che mi guarda con i suoi grandi occhi azzurri, e mi sorride con un'espressione che sta per "ora vediamo come la metti!".

Restituisco a mamma un sorrisetto di intesa, e rispondo a Bianca: «Sì, amore, l'avevo sentita per sapere proprio questo, se ti veniva a prendere... Ora però devo proprio scappare perché c'è una ragazza che mi aspetta a scuola per fare lezione di pianoforte, non posso farla aspettare, capisci?».

Bianca annuisce e torna alle sue patatine fritte, mamma mi guarda e mi accarezza con lo sguardo. Poi si alza e mi accompagna alla porta senza dire una parola, e solo quando sono fuori mi dice: «Non so cosa ti stia capitando, ma voglio dirti solo una cosa: mamma c'è, è sempre dalla tua parte! E... buona fortuna!».

Devo trattenere la commozione, sarà il momento di fragilità, la pressione, non lo so, ma devo girarmi di scatto verso l'ascensore per non mostrare gli occhi lucidi. «Grazie, ti voglio bene anche io!» dico velocemente mentre entro nell'ascensore e chiudo la porta.

Arrivato giù, sento il telefono squillare, e il cuore accelera di nuovo. Lo prendo, è Guido e ne sono incredibilmente sollevato, in un altro momento mi avrebbe agitato... In ogni caso adesso non ho voglia di parlargli, aspetto che smetta di suonare e lo rimetto in tasca. Dopo nemmeno un minuto, salgo in macchina e metto in moto, e sento squillare di nuovo il cellulare: non molla, Guido! Ok, dài, mi dico, gli rispondo e lo liquido velocemente, ma quando guardo lo schermo vedo che non è lui, ma Sofia...

Sento il cuore battermi così forte che ho paura possa esplodere, sudo e mi tremano le mani. Cosa faccio? Cosa le dico? Per un attimo mi era anche balenata l'idea di mentire, inventarmi una scusa, vedere Ginevra e prendere tempo, ma è troppo grossa la cosa, e sarebbe veramente meschino da parte mia, Sofia non merita questo, Sofia si fida di me...

«Ehi...» rispondo, e sento il nodo in gola come una pallina da tennis.

«Ehi, latitante, che fine abbiamo fatto?» chiede Sofia con un tono dolce e leggermente preoccupato.

«Guarda, avevo dimenticato la modalità silenziosa, sono una frana...»

«Lo so che sei una frana!» ride. «Ma poi li hai visualizzati i miei messaggi, c'erano le spunte blu...»

«Sì, è vero...» rispondo e non so cos'altro dire.

«Ok...» e poco dopo chiede: «Devi dirmi qualcosa, Lore?», con un tono deciso ma pacato e gentile.

«Ecco, Sofi...» e mi interrompo, mi sento un vero deficiente.

Lei resta per qualche secondo in ascolto, cerca di capire. «Lorenzo, per favore, parlami» dice poi, «cosa succede? Lo sai che a me puoi dire tutto?»

«Mi ha scritto Ginevra questa mattina...»

«Mmm...»

«Dicendomi che mi pensava...»

«Mmm...»

«Mi ha chiesto di vederci, per cena, vorrebbe parlarmi...»

Sofia smette di rispondere, e io smetto di respirare.

Dopo circa trenta interminabili secondi di silenzio, sento la sua voce, un filo di voce: «Cosa hai deciso? La vedrai?».

«Sì...» rispondo immediatamente, con un tono basso, la voce strozzata, il cuore in frantumi.

«Ok...» risponde lei, con un tono tristissimo, «ok...» aggiunge, «complimenti!» e via via il suo tono si fa sempre più duro: «Dopo quello che ti ha fatto, dopo come si è comportata, torni da lei! Bravo! Congratulazioni!». Adesso sento anche che la sua voce è rotta dal pianto. «Bravissimo, Lore! Bravissimo!» Non riesco a dire una sola parola, mi sento solo l'uomo più piccolo e meschino del mondo. Lei continua, piangendo, come un fiume in piena: «E tutte quelle belle parole che mi hai detto? "Penso solo a te", "Il mio cuore è tuo", eh? Addirittura "Sento di amarti!" mi hai detto, Lore, dicevi di amarmi, e che potevo fidarmi di te e delle tue parole... Dove finiscono, adesso, tutte queste belle parole? Cosa ne facciamo di quello che abbiamo condiviso, dei momenti speciali in cui avevo creduto? Vai, Lore, vai da lei! È un tuo diritto, è la tua vita! Ma sparisci per sempre dalla mia! Sparisci per sempre dalla mia vita!».

Le ultime parole le pronuncia urlando, piangendo, per poi attaccare. Provo a richiamarla subito ma è staccato, sono provato, triste, dispiaciuto. Fisso il cruscotto e penso...

E lo so che è sbagliato, ma qualche volta, anche quando sappiamo che è sbagliato, che il fuoco è reale, che brucia sul serio, che fa male davvero, vogliamo provare lo stesso, metterci la mano in quella fiamma. È come se solo facendolo riuscissimo a chiudere quel cerchio, a mettere il punto. Una volta per tutte. Per poi voltarci, finalmente, senza più dubbi, senza rimpianti. Come se quell'errore, l'ennesimo della nostra vita, fosse necessario al cambiamento. Al passo successivo. A quel passo che ci avvicina a ciò che cerchiamo: la felicità. Ecco, per essere felici, e capire cosa vogliamo, qualche volta, abbiamo bisogno di cadere, di farci male, di scottarci. Di provare anche se già sappiamo. Di attraversare il dolore invece di lasciarcelo alle spalle. Senza sconti. Senza scorciatoie. Senza scappare...

Alla scuola arrivo con dieci minuti di ritardo, e Caterina, la ragazza a cui devo fare lezione, è fuori ad aspettarmi.

Alle 18 sono fuori dalla scuola, ho provato a scrivere a Sofia, visualizza e non risponde. Ho tentato più volte anche di chiamarla, ma nulla...

Gli amici sono al corrente di tutto, così se dovessero incontrarla o sentirla, sanno come comportarsi, mi sento in pena, corro in macchina per andare al circolo, solo il calcetto può salvarmi, oggi.

Durante la partita sono nervoso, giro a vuoto per il campo, sbaglio i passaggi più semplici, appena ricevo la palla in attacco tiro verso la porta, ma solo con potenza e rabbia e la spedisco alle stelle. A un certo punto un avversario mi salta con una finta, non so cosa mi succede e gli rifilo un calcetto per farlo cadere rovinosamente a terra, quello si rialza e mi grida in faccia: «Ma che cazzo fai?» e allora proprio non ci vedo più, gli do una spinta, lui me la restituisce, i compagni mi portano via tirandomi per un braccio... Valerio mi calma, mi abbraccia e mi dice nell'orecchio parole che io neanche sento, poi piano piano torno in me, capisco di essere stato un cretino e chiedo scusa a tutti per l'episodio. Sono cose che succedono, in fondo, mi dico. Dentro, però, mi sento ancora pronto a esplodere, c'è qualcosa che proprio non va, qualcosa che non riesco a mandare via...

Dopo il calcetto io e Valerio andiamo a casa sua, così mi preparo lì, non è il caso di tornare da mamma e Bianca per poi riuscire.

Venti minuti e sono pronto, ho messo una camicia azzurrina, un pantalone blu scuro e i mocassini estivi. Alle 21 sono davanti al Relais, Ginevra è già seduta, ha un abito nero aderente, ed è stupenda, non è solo bella, è la rappresentazione perfetta del mondo cui appartiene e al quale anche io ho cercato di appartenere, e che tuttora, lo ammetto, esercita un fascino su di me, io che sono altro, io che sono nato in un'altra famiglia, io che non ho la sua classe...

«Ciao» le dico quando la raggiungo al tavolo.

«Ciao!» mi risponde lei con un sorriso di quelli che ti fanno battere il cuore e risvegliano tutti i sensi. Si alza e mi abbraccia, e sento il suo profumo, *quel* profumo entrarmi dentro l'anima, inebriarmi, tanto da farmi girare la testa.

«Come va?» le domando.

«Adesso molto meglio...»

«In che senso?»

«Nel senso che mi sei mancato» risponde lei.

«Ok...» dico io, spiazzato.

«Ok?» chiede lei cercando di capire.

«Sì...» e sorrido guardandomi intorno, il locale me lo ricordavo più piccolo e meno lussuoso, invece è davvero spettacolare, ed è pieno di fiori ed erbe aromatiche che decorano i tavoli e il resto della sala.

«E io non ti sono mancata?» mi chiede Ginevra.

«Direi di sì, direi che... ehm... non mi sei solo mancata...»

«E che altro?»

«Sono stato male, parecchio.»

«Lo so, e anche io lo sono stata, terribilmente...»

«Sì?»

«Ne dubiti?»

«Be', ecco, è stata una scelta tua quella di lasciarci, avevi un altro, il belloccio brizzolato... Dicevi di non essere certa di amarmi...»

«Non ho mai detto questo!»

«Ginevra...»

«Ok, ero confusa, chiunque può passare un momento così, di... di confusione, sì!»

«Va bene, va bene, e adesso?»

«E adesso siamo qui, e ho capito...»

«Mmh...» Non so esattamente perché, ma ho paura di scoprire cosa abbia capito, provo una sensazione strana, diversa da quella che mi aspettavo, le sue parole stanno toccando corde che non credevo, e questo mi destabilizza...

«Ordiniamo?» propongo sorridendo, cambiando bruscamente argomento.

«Va bene» risponde lei.

Mangiamo della tartare di tonno rosso e beviamo un ottimo Chianti del Castello di Volpaia.

Mi sento nervoso, elettrico, su di giri, e anche fuori posto, a dirla tutta... È un mix micidiale di sensazioni che mi pervade, ma il sapore dominante di questo mix ha un retrogusto amaro, lo sento forte...

«E cosa ti ha fatto cambiare idea?» le chiedo abbassando lo sguardo in modo nervoso.

«Non lo so, ho capito che ti amo, Lorenzo!»

«Lo hai... *capito*?»

«Sì.»

«E dopo dieci anni, hai avuto bisogno di questo, per capirlo?» le domando sorridendole in modo controllato, e bevendo un sorso di questo vino da duecento euro, molto probabilmente l'ultimo della mia vita.

«Lorenzo, perché la fai così complicata? Ti amo, tu mi ami… e poi c'è Bianca!» Come fosse la cosa più naturale del mondo. Poi alza il calice per un brindisi: «Sei bellissimo!» dice guardandomi negli occhi.

«Grazie, anche tu, tu molto di più» rispondo ricambiando lo sguardo, e vedendola arrossire. E vorrei dirle anche altro, ma lei mi anticipa.

«Ti va un rum a casa?» propone abbassando per un attimo gli occhi.

«Ok…» rispondo col cuore in gola.

Ci alziamo e vado per pagare, sapendo che questa cena mi costerà un mese di lezioni private.

«Ho già fatto io» mi sussurra Ginevra nell'orecchio, passandomi di fianco.

«Ma…»

«Ti ho invitato io e pago io…»

«Hai sempre pagato tutto tu» dico mentre usciamo.

«Perché io sono stata fortunata nella vita, e ho più soldi di te, solo per questo» risponde lei, sorridendo.

«Ginevra, guardami, ma tu sei sicura di amarmi?» le dico quando siamo fuori in strada.

Lei resta un attimo sorpresa, quasi spiazzata. «Io… io, ecco, penso di sì, certo, amore mio… e tu?» Si avvicina, molto, e mi bacia sulle labbra, ma io quasi subito indietreggio leggermente staccandomi e rispondo: «Io penso di no… Lo sto sentendo ora per la prima volta…».

«Ma amore, ma come? Mi hai sempre detto di amarmi! Sei stato tanto male quando abbiamo rotto, e adesso? E poi... a Bianca non ci pensi? Lei ha bisogno di due genitori uniti, e di una casa dignitosa dove crescere... Insieme possiamo darle il massimo: il tuo talento, l'amore, il benessere, le scuole migliori, le vacanze nei posti più belli, ogni comodità... Anche questo è amore!»

Io la guardo basito, e un po' disgustato... «*Una casa dignitosa*? Anche quella dove sono nato io è dignitosa! E se ci tieni tanto a saperlo, Bianca la adora! E adora la semplicità della nonna, della sua cucina, del nostro modo di amare le persone a cui teniamo, che abbiamo a cuore, quel modo che mi ha insegnato e trasmesso mia madre, proprio con dignità, ecco, questa parola di cui abusi senza conoscerne il reale significato! E a Bianca ci penso, sì! Io ci penso! Ci ho sempre pensato! E lei non ha bisogno di due genitori che si comportano come due estranei! Lei ha bisogno di un modello di amore sano, sincero! Ed è sincero spiegarle che non ci amiamo e quindi non possiamo più stare insieme, e che forse ameremo anche altre persone, perché nessuno, nemmeno i suoi genitori, deve rinunciare alla felicità, ché quando si rinuncia alla felicità non si vive, si sopravvive solo, come zombie, come fantasmi! Non credo che le faremmo del bene, Ginevra!»

«Ma io ti amo!» protesta. Sembra aver già finito gli argomenti e questo mi mette tristezza.

«No, tu non mi ami, e nemmeno io ti amo. E mi brucia dirlo, mi fa malissimo, ma... forse non ti ho mai amato come avrei dovuto! E lo sto capendo e mettendo a fuoco solo adesso! Io di te ho amato la bellezza, la classe, ho amato la serenità, quel tuo atteggiamento un po' superbo che in fondo mi ammaliava, e forse inconsciamente ho amato anche i tuoi soldi e la tua vita, perché in qualche modo erano uno scudo alle mie insicurezze, un paracadute alla mia fragilità, tu mi hai permesso di sentirmi meno sfigato, Ginevra, più figo, ecco! Ma ho sempre vissuto con disagio le dissonanze fra la mia natura e la tua, fra quello che ho sempre sognato e quello che mi sono ridotto a vivere. E poi, fattelo dire, ho sempre odiato quella casa! Me l'hai fatta odiare tu, con tutto quel personale di servizio, e le tate per Bianca e la puericultrice, e i collaboratori domestici, e la ragazza per i compiti, e il falegname, l'elettricista, il giardiniere per i bonsai... E poi con quella tua maniacale attenzione ai dettagli, al design, alla perfezione, "e non toccare questo", "e non appendere quello", "e non lasciare roba in giro", "e le cornici sono superate e tristi", "e la televisione grande è roba da gente di borgata", e che palle! Io sono di borgata, Ginevra! Forse in questi anni ce lo siamo scordati entrambi!»

Mi guarda pietrificata, con le lacrime agli occhi, senza replicare o dire una parola, quindi concludo il mio affondo: «Ecco, Ginevra... insieme abbiamo fatto una cosa meravigliosa: Bianca! È la bambina più bella del mondo, una principessina che ameremo per tutta la vita con tutte le nostre forze! Ma io e te...». Le parlo mettendole le mani sulle spalle e guardandola negli occhi. «Ecco, io e te ci abbiamo provato, forse c'è stato un lungo momento in cui è sembrato potessimo riuscirci, ma era un'illusione! Perché io, no... io non ti amo, io non ti amo! Mi dispiace! Ma ti voglio bene. E te ne vorrò per sempre, ma l'amore è altro, e noi siamo ancora in tempo per andarcelo a prendere con la persona giusta!».

«Ma io posso darti tutto quello che vuoi, Lorenzo! Possiamo comprare un'etichetta discografica per le tue canzoni, puoi ancora farlo! Possiamo farlo insieme! Posso comprarti tutto, posso darti tutto quello che vuoi, amore mio, non mi lasciare...»

«Ecco, Ginevra, no, non puoi darmi tutto quello che voglio, e nemmeno comprarlo... ecco il punto! Ed è per questo che la vita è meravigliosa! Perché non si può comprare tutto...»

Lo dico e poi mi giro per andarmene. Con un solo pensiero in testa: Sofia.

E mentre corro verso la macchina, ringrazio il cielo per essere nato in una famiglia semplice e umile che mi ha permesso di essere quello che sono, libero di prendermi la vita, di respirarla, di esserne padrone. Una famiglia, che poi eravamo io e mia madre, che mi ha insegnato a mettere al primo posto i sentimenti, e all'ultimo i soldi.

E se mai ne guadagnerò un po', di soldi, so che li spenderò tutti per restare libero.

Per mia figlia, per la donna che amo, per costruire un futuro d'amore con lei...

E ringrazio il cielo di avermi salvato, anche se con un po' di ritardo, da situazioni assurde nelle quali non ero lucido e non vedevo tutto quello che c'era da vedere. Tutto quel torbido in cui stavo già sguazzando, annaspando come nelle sabbie mobili.

Qualche volta la fortuna si presenta nella forma del dolore, un dolore che ci salva dal diventare marci.

Marci per sempre.

Se potessi parlare a Bianca, adesso, in questo momento, le direi alcune parole, e subito dopo essere entrato in macchina, prendo un vecchio quadernino grigio che è lì da anni, dove ci sono appuntati alcuni testi di canzoni solo abbozzati, e scrivo:

Amore di papà, scegli sempre la libertà, scegli sempre chi ti resta accanto e fa pazzie per te, senza chiederti nulla in cambio, senza chiederti di cambiare.
Scegli chi parte e ti raggiunge a qualunque ora, ovunque tu sia, magari solo per prenderti la mano mentre siete seduti su un marciapiede, con una birra e le patatine da un euro.
Scegli l'amore, piccola mia!
È già davanti ai tuoi occhi.
Devi solo prenderlo...

Ho appena chiuso un capitolo fondamentale della mia vita, dieci anni, non dieci giorni... una donna con cui ho fatto tante cose ma, pensandoci ora, condividendone, però, profondamente, pochissime. Ché non basta guardare insieme un tramonto per condividerne la poesia, l'emozione, la magia...

Ho appena chiuso un capitolo importante, con una donna che forse, in fondo, non mi ha mai capito, che forse, in fondo, non ho mai capito... Perché qualche volta ci ritroviamo a camminare accanto a qualcuno, a prendergli la mano per portarlo a guardare il mare, più per ostinazione che per sintonia di vedute, perché magari a quella persona, del mare, non gliene importava nulla.

Ho appena chiuso un capitolo fondamentale della mia vita, con una donna con la quale ho fatto una figlia, una meravigliosa, stupenda creatura, che resterà sempre, qualunque cosa accada, la cosa più bella e importante della mia vita.

E ho messo questo punto definitivo, ho chiuso questo capitolo, con la massima consapevolezza, senza provare rancore, senza nemmeno un dubbio, il che non è per forza meno doloroso, ma è un dolore diverso, è un dolore latente, che ti ricorda che la felicità non sta nel vincere, nel prevalere, la felicità è perfettamente al centro di quella strada che ti porta verso le cose che ti fanno stare bene, quelle che ti permettono di essere quello che sei, di essere te stesso, di seguire i tuoi sogni, il tuo cuore, il tuo istinto... E adesso mi sento insolitamente sereno, se non fosse per Sofia, la penso intensamente, è lei, è lei la donna della mia vita! E sono pronto a correre su quella strada, quella della mia felicità, dei miei sogni, del mio cuore...

Riflettevo su quanto a volte ci ostiniamo su cose che non fanno per noi, lontane dal nostro mondo, dalla nostra sensibilità. Dai nostri valori. Qualche volta ci creiamo un'idea solo nostra delle cose, idealizziamo momenti e persone, idealizziamo persino noi stessi, proiettandoci in un mondo fasullo, non autentico, e gli altri, con le nostre idee, con le nostre idealizzazioni, è evidente, non c'entrano niente, non possono saperne nulla. Per esempio, a volte ci ostiniamo a credere che sia amore, che sia vero, che sia bello. Che sia giusto. Che sia sincero. Che sia reciproco. Qualche volta dobbiamo farci male per capire che era qualcosa custodito solo nel nostro cuore, o nella nostra mente, e che nel cuore dell'altra persona c'erano emozioni e sensazioni completamente lontane dalle nostre ambizioni. O che nel nostro cuore c'era tutto meno che quello che credevamo: l'amore. E che, qualche volta, lì dentro, non c'era proprio niente.

L'amore, quello vero... quello che provo per Sofia, quello che adesso mi sta facendo esplodere il petto.

Se le nostre mani sono calde e toccano il ghiaccio, non possiamo negare di sentire freddo, non possiamo negare a noi stessi come stanno le cose. E se l'altra persona nega che sia ghiaccio, nega che sia freddo, ecco, questo non basta, non può bastare a farci smettere di tremare. Perché il freddo resta, arriva fino al cuore, quando cerchiamo amore dove amore non c'è. Quando ci illudiamo di amare qualcuno che invece non amiamo affatto. Basta girarsi. Basta smettere.

Quando ci sentiamo deboli, dobbiamo ricordare che quello è il nostro momento di forza. Nel vuoto possiamo perderci o volare. È allora che possiamo smettere di tremare. E di sentire freddo...

Cagliari
23 luglio 2019, ore 18.50

Le voci dei tizi si fanno sempre più insistenti, sembrano preoccupati,

io
non
voglio
morire
così!
Immobilizzato!
Bloccato!

E poi smettetela di parlare di lei, di dire che ci dividerete! Mi state spaccando in due! Mi spezzate! Ma perché? Perché fate questo? Ma voi sapete cos'è l'amore? Voi sapete cos'è la simbiosi? Aiutatemi a ritrovarla, a riprendere lei! Io, senza di lei, non sono niente!

36
Immaginati come l'infinito

La vita di Marzia
Giovedì 11 luglio 2019

Siamo tutte in attesa dei quadri ma anche tutte fiduciose, le cose hanno girato per il verso giusto, il mio orale è andato liscio come l'olio e alla fine mi hanno fatto addirittura i complimenti per la scioltezza e la padronanza con la quale mi sono mossa da una materia a un'altra, trattando molti argomenti di diversa natura. Sono orgogliosa di me stessa, e in fondo è la cosa che conta di più.

Questa mattina andiamo a Fregene, io, Giulia e Alice. Non vedo l'ora di spalmarmi al sole, quest'anno è la prima volta che faccio il bagno al mare! Volevo andare già il giorno dopo l'orale, ma ho dormito per non so quante ore consecutivamente! Sarà stato un mix di stanchezza e tensione accumulata.

Ho indossato il costume nuovo che avevo comprato con loro, e nonostante i chili di cioccolata, gelato e schifezze divorate in quantità industriale nei mesi scorsi, sono felicissima perché mi è entrato alla grande! E faccio la mia discreta figura...

Giulia sta sentendo e vedendo Emanuele, il ragazzo che ha conosciuto quando eravamo a cena ai Parioli, sono usciti già il giorno dopo, e a quanto pare è stato davvero un colpo di fulmine per entrambi, che figata! Quindi sta a duemila, sembra che stia toccando il cielo con un dito, e io prego perché stavolta le vada bene, se lo merita troppo!

Invece Alice vuole presentarmi un suo amico che lavora come barman allo stabilimento di Fregene dove stiamo andando, che poi non è proprio uno stabilimento di quelli classici, ma più una sorta di chiosco attrezzato sulla spiaggia, ci sono stata già una volta con Sally, la scorsa estate, ed è fichissimo, con tutti gli ombrelloni di paglia e i cuscinoni sulla sabbia per vedere il tramonto.

L'ho ringraziata ma le ho spiegato che non credo di sentirmela di uscire con qualcuno, non ancora, almeno, ma lei insisteee! Dice che è un figo pazzesco...

Mentre siamo in macchina mi squilla il telefono, è Lorenzo. In questi giorni l'ho sentito spesso, sta davvero male. E la cosa assurda è che ho sentito molte volte anche Sofi, e pure lei sta malissimo. Ma io dico... Mah!

Chiedo scusa a Giulia e Alice, abbasso il volume della musica, metto gli auricolari e rispondo.

«Ohi, Lore!»

«Marzia!»

«Come va?»

«Abbastanza di merda, grazie.»

«Lo immagino... Mi dispiace da morire sentirti giù!»

«Lo so, ma me la sono proprio cercata, questa volta, quindi...»

«Certe volte la vita ci fa fare alcune scelte, non essere troppo duro con te stesso. Sono sicura che ti perdonerà!»

«L'errore vero che ho fatto è stato dirle che la amavo e molte altre cose, il giorno prima di fare quella cazzata! L'ho illusa e poi le ho dato una pugnalata! Sono proprio un coglione!»

«Lore, ora però devi smetterla di colpevolizzarti, ok? È stato quello che è stato, se son rose fioriranno...»

«Mah... uno non dovrebbe calpestarle quando nascono, però! Poi ho saputo che tra pochi giorni se ne va da sola in Sardegna... Mah... Comunque... E tu, dimmi, come stai? Ti sento meglio, vero?»

«Incrociando le dita, sì, mi sembra di essere sempre più lontana da Riccardo, ci ha perso lui!» e lo dico ridendo.

«È proprio così, amica mia, proprio così!»

Quindi ci salutiamo, e io sono davvero dispiaciuta di sentirlo giù. Infatti gli prometto che lo richiamerò in serata.

Verso le 22 siamo a casa, siamo state davvero tanto, e bene! Aveva ragione Alice: Jacopo è un gran fico, cazzo! E sembra anche simpatico, a metà pomeriggio è riuscito a farsi sostituire da un collega ed è stato con noi, sul cuscino, a bere un drink, e ad aspettare il tramonto, che a Fregene è davvero spettacolare!

Abbiamo parlato parecchio, mi ha raccontato che studia Economia alla Sapienza e per avere qualche soldo da spendere fa il barman nei locali o negli stabilimenti d'estate.

Anche a lui piace leggere un certo tipo di libri, infatti conosceva Laura Massa e anche Luca Anselmi, fantastico! È la prima volta che mi capita di parlare con un ragazzo che apprezza questo genere, normalmente lo liquidano come stucchevoli frasette d'amore... E questo gli ha fatto guadagnare un sacco di punti! È moro, con i capelli mossi all'indietro, alto e con un fisico sportivo, infatti pratica kick boxing a livello agonistico. E mentre parlavamo, mi sembrava interessato.

Nel momento più bello del tramonto, quando il sole stava per toccare il mare immerso in quella giostra di colori che vanno dal rosso al viola al turchese, mi ha detto: «Noi sappiamo che il tramonto è quel momento in cui il sole scende sul mare, lo bacia, mentre il giorno muore e le stelle, poi, si accendono. Ma adesso che lo sto guardando con te, ecco, adesso so che è non è solo questo, adesso so che è un momento magico, il più bello di tutti, mi fa tremare le gambe, mi fa battere forte il cuore. Adesso so che non è solo un tramonto, siamo io e te». Dopo averlo detto, mi ha guardato e ha fatto una mezza risata, come se avesse esagerato di proposito con le parole, ma poi per un attimo è diventato serio e ha continuato a guardarmi, come a confermare il contrario, per poi regalarmi infine un sorriso distensivo, disarmante, ambiguo, bellissimo. Uno di quei sorrisi che ti ritrovi senza l'intimo e nemmeno sai perché...

Ero confusa, intrigata, e mi piaceva quel *gioco* delicato, sofisticato, leggero... Jacopo, va detto, sa il fatto suo!

Poi ci siamo scambiati il numero ripromettendoci di sentirci e magari, perché no, vederci...

Giulia era al settimo cielo, e Alice di più.

Adesso sono davvero cotta, mi sdraio un po' sul letto, nuda, con solo gli slip addosso, fa un caldo terribile! Accendo il ventilatore, lo punto verso di me, e mentre cerco di rilassarmi arriva a trovarmi di nuovo *lei*: sento un dolore forte al petto, per un attimo mi pare di non poter respirare, che il mio cuore si sia fermato, ho l'impressione che non batta più, poi invece riparte, ma sento ancora quei fottuti fastidi alle ossa, e ho la sensazione di avere la febbre, ma non me la misuro... Mentre i sintomi passano gradualmente e mi tranquillizzo, mi viene sonno e mi addormento.

Mi risveglio verso le 23, non ho nemmeno cenato, scendo in cucina a prendere qualcosa da mettere nello stomaco. Quando risalgo controllo il telefono, ci sono dei messaggi, ce n'è uno di Sofia che mi saluta, mi chiede come sto e mi ribadisce quanto si senta ferita dal comportamento di Lorenzo... Non so come darle torto...

Ce n'è anche uno di Sally, mi informa che Riccardo partirà domani per la Spagna, e che sa che la cosa forse mi farà stare male ma che era giusto lo sapessi...

Sento una fitta allo stomaco, come fosse una pugnalata, una lama, la stessa lama che insiste e taglia e ferisce...

Lo leggo e lo rileggo, chiudo gli occhi, ci rifletto bene, poi apro Spotify e metto un pezzo, uno di quelli che adoro, solo miei, *Ipernova* di Mr.Rain. Uno di quelli che sa curarmi, ma che sa farmi anche tornare in mente tante cose che mi uccidono...

Mentre lo ascolto piango, un po', non tantissimo, quanto basta per rigarmi il viso, quanto basta perché sia davvero l'ultima. Ciao Riccardo, fai buon viaggio! Prenditi la tua vita, le cose che per te contano! Io ti ho amato tanto, più della mia, di vita, e adesso ti auguro il meglio.

Poi, senza scompormi, ringrazio Sally per avermelo detto, rispondo a Sofia, mi accordo con Alice e Giulia per tornare al mare anche domani, questa volta a Ostia.

E poi basta, non ci penso più, non coscientemente...

E prima di rimettermi a dormire, leggo Laura:

Immaginati come l'infinito.

Non permettere a nessuno di disegnare i tuoi confini. Nessuno può dirti dove inizi o dove finisci. Solo tu sai chi sei e dove puoi arrivare. E puoi arrivare dove vuoi, tu sei il vento, tu sei la luce!

Immaginati come l'infinito.

E smetti di credere che non ce la farai senza di lui, non hai bisogno di niente, non hai bisogno di nessuno.

E non ti serve un'altra chance, perché sei tu la chance!

Immaginati come l'infinito.

Tu sei la luce.

Tu sei il vento.

Tu sei l'amore!

Stupenda! Meravigliosa! Era esattamente quello di cui avevo bisogno! E quanto è vero, poi... Se chiudo gli occhi, sento che posso farlo, mi immagino come l'infinito! Io sono luce! Io sono vento...

Mi chiedo se prima o poi capirai quello che ti sei lasciato sfuggire, se ti renderai conto di quanto ti amavo.

Se mi rimpiangerai. Se sentirai la mia mancanza e un vuoto enorme come lo sento io adesso.

Se qualche volta tornerò a trovarti nei sogni.

Se in quelle notti in cui ti sentirai un po' solo, quelle in cui farà freddo, quelle in cui avrai paura, ecco, chissà se in quelle notti mi cercherai, nel letto, sotto le coperte, per un abbraccio di quelli che ci scaldano il cuore, per sentirti dire che sei bellissimo e che andrà tutto bene, chissà se in quelle sere, nel sonno, stringerai il cuscino immaginando che sia io. A me succede, sai?

Ripenso spesso alle nostre lunghe chiacchierate al telefono, quelle dei primi tempi, di notte, dolcissime, ci facevamo domande per sentirci più sicuri, per essere certi che stesse succedendo davvero, che non era un sogno, che era la nostra favola. Solo nostra.

E che emozione poi abbracciarci sotto casa, baciarci, fare l'amore in macchina o su da me, giurarci che ci saremmo protetti sempre, che non erano solo parole, le nostre, che non era solo un gioco. Che eravamo prima noi e poi tutto il resto.

Me lo chiedo spesso, sai, se un giorno lo sentirai nel cuore quello che ti sei lasciato sfuggire, mentre quella notte te ne andavi lasciandomi in lacrime. Mentre mi perdevi…

E poi basta, poi non ci penso davvero più…

37
Volevo raccontarti di questa cosa che sento dentro, una cosa speciale, ed è solo per te

La vita di Lorenzo
Domenica 14 luglio 2019

È da lunedì notte che cerco di parlare con Sofia, una settimana… ma niente, non c'è modo! L'ho chiamata, le ho scritto mille messaggi per farle capire che la amo davvero, che amo solo lei, che ho avuto bisogno di rivedere Ginevra, di guardarla negli occhi, per capire davvero che non l'amavo, che non l'avevo mai amata…

Marzia e gli altri la sentono, dicono che è delusa e che non vuole più vedermi.

Ieri Valerio mi ha raccontato che si sono sentiti, e lei gli ha detto che domani partirà per la Sardegna, da sola, per rigenerarsi… Me lo hanno confermato oggi anche Marzia e Guido.

Controllo spesso il suo Facebook, ma il più recente è sempre un post pubblicato il giorno dell'ultima volta che ci siamo sentiti, quando le ho detto che avrei rivisto Ginevra. Il post è una riflessione di quella Laura Massa, Marzia ha contagiato anche lei, l'ha condiviso alle tre di notte, ed è bello, ma di una tristezza infinita:

Qualche volta hai bisogno di piangere. Sono anni che ti colpevolizzi, anni che infliggi a te stessa un dolore che ti devasta, un dolore che non ti meriti. In qualche modo hai sviluppato la convinzione che sia colpa tua, lo hai fatto perché questo ti serve per non pensare, per non odiare, per giustificare una parte di mondo che non ti ama anche se dovrebbe, che non ti capisce perché non vuole capirti, perché non gli fa comodo capirti, una parte di mondo che pretende che tu sia in un determinato modo, e quando non sei in quel determinato modo, quando non sei come dicono loro, allora sei cattiva. Allora sei colpevole. Allora è colpa tua!
Qualche volta hai bisogno di piangere.
Perché hai subìto questa violenza velata, meschina, subdola per troppo tempo. Dovevi essere protetta, invece ti hanno usato come scudo per le loro fragilità, per i loro fallimenti. Più ti facevano sentire in colpa, più tu dicevi sempre sì, più ti facevano sentire in colpa, e più tu eri disponibile, affabile. Accomodante.
Più ti colpevolizzavano e più cercavi in tutti i modi di recuperare mancanze, sbagli, errori che in realtà erano irrecuperabili, e sai perché? Perché semplicemente non li avevi mai commessi.
Adesso sei più forte, adesso sei consapevole. Adesso sai che non è colpa tua. Anche se, qualche volta, hai bisogno di piangere, per tutta quella cattiveria che hai subìto da chi doveva amarti e non ti amava. Per questa vita che a volte ci promette più di quanto riesca davvero a regalarci. Ma adesso hai imparato a sorridere di chi odia vederti sorridere. Ma non è stato un percorso facile. È stato tutto meno che facile. È stato devastante, ma ne sei uscita più forte, e più bella. Nonostante i segni. Nonostante le ferite ancora aperte.

Ecco perché, ecco perché qualche volta, di notte, quando nessuno ti vede, tu hai ancora bisogno di piangere…

Ho provato ad andare al supermercato dove lavora, con la scusa di prendere un libro, ma quando mi ha visto è sparita dietro una porta di servizio.

La mattina dopo mi sono presentato con un mazzo di rose, sempre lì al supermercato, però un tipo della Security, enorme ma educato, mi ha consigliato di allontanarmi, gli ho chiesto se poteva almeno farle avere le rose e il biglietto, è stato gentile, ha detto che avrebbe provato ma senza garantirmi nulla…

Nel biglietto c'era scritto:

Volevo perdermi nel buio di questa mattina di luglio che mi fa tremare il cuore, amore mio, ma poi ti ho pensato, e ho pensato che forse ancora tutto è possibile, e allora è entrato un riflesso di luce dalla finestra. L'ho seguito… Era un arcobaleno, meraviglioso come i tuoi occhi.

Volevo dirti che alla fine avevi ragione tu, tutto quello che cercavo, tutto quello di cui avevo bisogno, era già dentro al mio cuore, e non aveva a che fare con i soldi o il successo, solo che io non lo sapevo, non lo capivo… Come quando in cielo cerchi una stella, una sola stella, la più bella, la più luminosa, e poi all'improvviso te la ritrovi davanti agli occhi, ecco, tu sei sempre stata lì, nel mio cuore, davanti ai miei occhi.

Volevo parlarti di quei momenti difficili, quelli che mi hanno fatto barcollare, quelli che mi mettono in ginocchio, quelli che mi hanno messo fuori strada, sai quei colpi che ti stendono? E no, non siamo mai abbastanza preparati per andare giù al tappeto, e allora commettiamo un sacco di

errori, impauriti scappiamo, ci nascondiamo, e io mentre correvo per ritrovare la strada, scemo, perdevo te! La cosa più importante e bella della mia vita!
Volevo raccontarti di questa cosa che sento dentro, una cosa speciale, ed è solo per te, è come un miracolo, un terremoto di felicità, hai presente l'esplosione d'amore più potente dell'universo, la più grande della storia? Ecco, tu sei questo per me. Sei questa cosa pazzesca, immensa e meravigliosa che può uccidermi o salvarmi. E io di questa cosa volevo parlarti. Di queste due possibilità... Vieni a salvarmi?

Sono stato più volte anche sotto casa ad aspettarla, per ore, ma niente, una sera ho provato a citofonare, era in casa, e quando ha sentito la mia voce mi ha detto di non cercarla, che non abbiamo più niente da dirci. Che non ha più niente da dirmi...

Me ne sono andato e le ho scritto un messaggio, l'ennesimo:

Mi piacerebbe che fossimo insieme, adesso, in questa caldissima notte di luglio col gelo nel cuore.
La tua assenza, il fatto che non mi cerchi, non mi rispondi, non mi richiami, mi fa stare male, mi fa sentire freddo.
E ho sbagliato, amore, lo so, e so anche che non basta chiedere scusa quando si spezza il cuore di una persona. Ma vorrei sapere se esiste una sola cosa che io possa fare per recuperare, anche solo un po', anche solo un po' alla volta, per dimostrarti quanto ti amo.
Mi piacerebbe che fossimo insieme adesso, ti prenderei la mano e non direi nulla, nemmeno una parola. Ti prenderei la mano e basta. E mi batterebbe forte il cuore.

Si aggiusterà tutto: ripenso alle parole di mia madre, e io ho voglia di crederci... mentre suono, mentre suono una canzone per lei, una canzone mia, d'amore, di quando ero forse al liceo, o al primo anno dell'università... E adesso so che era per lei, solo per lei... All'epoca le avevo dato un titolo e imbastito qualche parola, niente più, qualche accordo e un accenno di melodia, ora però si sta scrivendo praticamente da sola.

Anche quando farà freddo, è questo il titolo. E adesso, mentre suono e scrivo, fa freddo, fa tanto freddo...

Verso le 12.30 mi alzo per mangiare velocemente qualcosa e poi andare a prendere Bianca. Poco prima di uscire sento una notifica sul telefono, è un WhatsApp, guardo con foga, sperando sia di Sofia, invece è Guido: "Lore! Come stai?".

Io: "Ciao, come va? Io così e così... ma si va avanti, dài...".

Guido: "Dobbiamo trovare un modo!".

Io: "In che senso?".

Guido: "Come in che senso? Un modo per far sì che Sofia possa perdonarti, in fondo lei ti ha sempre amato, e pure tu, io l'ho sempre saputo, sai?".

Io: "Sì? Spiegati meglio, che modo, Guido? E poi cosa intendi quando dici che lo hai sempre saputo?".

Guido: "L'ho sempre saputo perché mi ricordo anche ai tempi dell'università... c'era già amore fra di voi... si vedeva, si respirava, era lampante...".

Io: "Cavolo, è proprio così, ma io non ho mai avuto il coraggio di vederlo. Ho sbagliato, e non credo che riuscirò a rimediare, anche se lo vorrei, lo vorrei tantissimo!".

Guido: "Tutti sbagliamo, Lore, tutti!".

Io: "Eh... C'è chi sa farlo meglio e chi peggio...".

Guido: "Delle donne, mi travolge quell'istinto che le spinge a crederci anche quando tutto sembra perduto, anche quando il mondo crolla loro addosso, anche quando il loro cuore va in mille pezzi. Una donna ci crede, perché sa che l'amore non è solo una parola, è un impegno, una costruzione, una fiamma da alimentare, è un miracolo, una sensazione quasi spirituale che non si può banalizzare in quattro parole e qualche tatticismo di seconda classe, l'amore è uno slancio verso l'infinito. Verso il nirvana. E crederci, nonostante tutto, è divino, è meraviglioso, è la cosa più bella del mondo. E Sofia è una donna, una donna con la D maiuscola! Non si tirerà indietro davanti all'amore...".

Io, coi brividi sulla pelle: "Dio, Guido, mi stupisci, le tue parole mi fanno vibrare il cuore, hai un grande dono!".

Guido: "Ma come? Mi prendevi sempre in giro ai tempi dell'università, dicevi che le mie poesie erano orrende! 😛".

Io: "E sbagliavo, cazzo se sbagliavo! Ho sempre sbagliato su tutto, anche su questo! Scusa! Scusami, se puoi...".

Guido: "Scusarti? Ma di cosa?".

Io: "Di tante cose, troppe...".

Guido: "Ora smettila di dire stronzate, ok?".

Credo sia la prima volta che gli sento dire una parolaccia...

Io: "Ok, ma...".

Guido: "Niente ma!"

Io: "Ok... 😊".

Guido: "Ascolta... La verità è che le cose non vanno sempre come vorremmo, siamo brividi passeggeri, siamo attimi di un'emozione che non può durare, siamo la paura di sbagliare, siamo correre forte contro tutto ciò che ci rende infelici, come se quell'infelicità fosse la cosa più rassicurante che conosciamo, come se ci avessero insegnato che per essere felici bisogna rinunciare a tutto, quando invece la verità è che senza quel brivido, senza quel bacio, senza quelle mani, senza quell'abbraccio caldo e stretto che ci fa sentire a casa, ecco, senza tutto questo, non ci resta niente...".

Io: "Cazzo... quanto è vero!".

Guido: "Sai quella storia della barchetta di voi due bambini al mare e di te che cadi nell'acqua? Me la raccontò Sofia tanti anni fa, e poi l'ha ritirata fuori altre volte, anche di recente...".

Io: "Oddio, sì... io non lo avevo mai capito, le avevo dato importanza, ma non l'importanza che meritava, che aveva...".

Guido: "Ho una mezza idea! Da affinare, diciamo...".

Io: "Sarebbe?".

Guido: "Vediamoci domani, tutti insieme, e parliamone! Fidati di me!".

Io: "Oddio, mi fai paura... Ok, Guido, ok!".

Guido: "Tranquillo, Lore, andrà tutto bene...".

Io: "Grazie, non sai quanto contino le tue parole per me...".

Resto per qualche secondo a guardare il telefono e mi sento un cretino. Per anni ho sottovalutato e preso in giro una persona che si sta dimostrando essere meravigliosa, brillante e sensibile, senza pensare che l'ho addirittura additato come uno che porta sfiga... Mi faccio pena da solo!

Mentre continuo a pensarci, esco per andare a prendere Bianca, e in macchina squilla il telefono, è Marzia.

«Lore!»

«Ehi, ciao! Come ti senti?»

«Dài...»

«Ho sentito Guido! Dice che ha un'idea per farti riconquistare Sofia, ma va affinata.»

«Ah, tu lo sapevi già? A me lo ha appena detto...»

«Mi pare fantastico! E poi mi fido di lui, mi è piaciuto fin dall'inizio. Visto? Te l'avevo detto che ci avrebbe riservato qualche sorpresa!»

«È vero, lo hai detto subito, tu! E adesso mi fido anche io di lui, e so che mi sbagliavo sul suo conto... è un grande! Spero solo che la sua idea sia davvero vincente e che possa servire...»

«Vediamo, ma io ho una sensazione positiva...»

Sono arrivato a scuola di Bianca, lascio la macchina come sempre sul lungotevere all'altezza dell'Ara Pacis, anche se non si potrebbe. Esco e corro a prenderla a piedi, in cinque minuti sono lì.

Mentre rientriamo in macchina, vedo Bianca pensierosa.

«Amore, cos'hai?»

«N'ente!» risponde, con un muso lunghissimo e gli occhioni.

«Amore, come niente!? Dài, parla con papà... lo sai che a me puoi raccontare tutto!» e le sorrido.

«No!»

«Come no, amore di papà? Dài, dimmi...» Lei resta lì, con quell'espressione imbronciata. «Cuccioletta, se mi dici cosa ti fa essere così triste, dopo, a casa, prima suoniamo e cantiamo una canzone insieme, poi papo ti fa le carezzine in testa per tantissimo tempo e ti fa addormentare insieme agli angioletti...»

Intuisco che sta per cedere, mi è sembrato di vedere un principio di sorriso.

«E poi questa notte ti racconto della stella Fiorellino...»

«Fioellino?» chiede con gli occhi supercuriosi e il sorriso finalmente deciso.

«Sì, amore, è una stella speciale! Ma una storia lunga, te la racconto mentre ti faccio le carezzine, questa sera a letto, ok? Ma tu mi devi dire tutto, adesso... Cosa ti turba, piccolina?»

«Ok» dice con una dolcezza che ogni volta mi disarma, poi dopo una pausa riprende: «Ieri ti ho visto...».

«Mi hai visto?»

«Sì.»

«Quando, amore?»

«Mente sonavi il piano...»

«Ok... ma papà lo suona sempre!» e mentre lo dico capisco *cosa* ha visto.

«Ma tu piangevi... pecché piangevi, papo? Ei tiste?»

Cavolo, mi ha beccato, ero convinto dormisse!

«Oddio, amore, ecco... no! Sai perché piangevo?»

«Pecché?»

«Perché stavo suonando *Poetica* di Cesare Cremonini, ed è un brano che mi commuove da morire, mi piace così tanto che mi fa piangere, pensa! Quindi, amore di papà, è una cosa bellaaa!»

«Sììì?» chiede con un sorriso pazzesco.

«Sì, tesoro mio! Anche se devi sapere che anche i grandi qualche volta piangono, e che ci sono dei momenti in cui siamo tristi, in cui piangere ci fa bene, e non dobbiamo mai vergognarcene! Capito? Dobbiamo accettare le nostre debolezze, le nostre fragilità, amore mio! Quindi, se tu sentirai di doverlo fare, di voler piangere, fallo senza vergognartene mai! Ok?»

«Ooook!» lo dice alzando le braccia

«E poi mi prometti che qualunque cosa, anche la più piccola, ti rendesse anche solo minimamente triste, tu me la vieni a raccontare e ne parliamo?» Fa sì con la testa, annuisce senza dire nulla. «Amore mio, ricorda, io e te, insieme, possiamo affrontare tutto, sconfiggere qualunque cosa! Io e te insieme siamo imbattibili!» Al che lei mi regala un altro dei suoi sorrisi meravigliosi e dolcissimi, e poi allunga una mano verso di me, come a cercare un contatto, e io che impazzisco, accosto un attimo, tolgo la cintura, la tolgo anche a lei, e me la spupazzo per dieci minuti. Quanto la amo! Quanto è dolce! Mi fa sentire l'uomo più fortunato del mondo. La stringo e la rassicuro. «Tu sei la fonte di ogni mia gioia, amore di papà, qualunque cosa mi faccia sorridere ha sempre a che fare anche un po' con te, non posso essere felice se tu non sei felice, non c'è mai il sole, dentro di me, se nel tuo cuore piove o c'è anche solo qualche nuvoletta a renderti un pochino triste o pensierosa. Io ci sarò sempre per te, amore mio, e anche la mamma! Ti amiamo e ti ameremo per tutta la vita, e questo, questo, te lo prometto, non cambierà mai!»

Nel pomeriggio ho molte lezioni private, ma per fortuna è saltato l'impegno di lavoro che avevo in serata, era una festa privata in una villa in zona Camilluccia che non ho capito per quali ragioni è stata rimandata. Meglio, perché sono stanco, senza energie.

Prima di cena sento Valerio e Davide per un saluto, ci saranno anche loro domani, ci vediamo a casa di Guido. Alle 21, dopo aver mangiato, sono già nel letto con Bianca, anche lei ha sonno, le faccio le carezzine promesse e le racconto il segreto della stella Fiorellino, mentre suona una playlist su Spotify a basso volume.

Poco dopo crolla fra le mie braccia. E guardandola, così bella e dolce, così intelligente e sensibile, ripensando a quello che mi ha detto oggi, alle sue preoccupazioni per me e per Ginevra, non posso che commuovermi.

Ripenso a una frase che ho letto oggi su un muro: "L'amore è una favola che ha il sapore delle cose vere". L'ho fatta mia.

E mentre suona *Ballando al buio* degli Stadio, il mio pensiero va a Sofia...

Vorrei prenderti per mano e portarti in un posto solo nostro, magari quel muretto dove andavamo spesso la sera d'estate, a parlare, a raccontarci di noi, del nostro futuro, di quello che sognavamo.

Vorrei portartici ancora una volta, ma questa volta sarebbe speciale, ci siederemmo con le gambe penzoloni, vicini, io te e le stelle, noi e il cielo di notte, e lì ti direi che ti amo, che in fondo ti ho sempre amato, pur senza saperlo, ti racconterei dei vuoti che solo tu sai riempire, dei brividi che sento tutte le volte che mi sfiori, dello stomaco che si rigira tutte le volte che ti guardo.

Vorrei prendere la tua mano e metterla sul mio petto, all'altezza del cuore, vorrei che sentissi come batte forte, che sembra quasi scoppiare per l'emozione, che sembra quasi esplodere per quanto ti amo.

Vorrei raccontarti di quella volta a scuola, che mi hai sorriso dal tuo banco, di quella fitta che mi ha spezzato il fiato, lasciandomi senza respiro, e senza il coraggio di farmi la domanda giusta, perché, amore mio, per le domande giuste, quelle davvero importanti, bisogna avere tanto coraggio, bisogna essere pronti.

Ecco, io vorrei dirti questo: che adesso sono pronto, che ti amo, che se non ci sei mi sento spezzato, mi manca una parte, non mi manca tutto, ok, ma solo la parte più bella...

E sì, vivo lo stesso, certo, senza di te, ma con te vivo alla grande, con te, vivere, non è solo vivere, è un sacco di altre meravigliose cose che nessuno può capire, con te è tutto stupendo e niente mi fa sorridere come quando ti penso, nulla mi diverte come le tue battute sceme, niente mi commuove più del tuo sguardo che cerca il mio quando ha bisogno di aiuto, di una carezza, di una parola. Come quando mi parli, come quando mi pensi, come quando mi ami in silenzio, come quando mi baci con gli occhi, come quando mi dici tutto senza dire una sola parola, come quando mi regali le stelle perché il mio cielo è nero, come quando mi porti il sole perché sono al buio, come quando tipo avvicino una mano sul tuo viso e lo sfioro dolcemente, come quando siamo abbracciati sul letto e ho la tua testa sul mio petto, e volo, volo! Perché niente mi fa volare di più che starti addosso, immobile sul tuo cuore, anima nell'anima. Tu, amore mio, che sei quel vuoto che mi colma il vuoto, il mio cielo.

38
Tu mi manchi, e lo so, lo so che sei appena andato via...

La vita di Marzia
Lunedì 15 luglio 2019

Nei miei silenzi potevi trovarci tutta la mia vita, le insicurezze, la fragilità. I miei silenzi parlavano della mia gelosia, che non era solo gelosia, ma era anche tanto amore, perché ti amavo così tanto che il pensiero di perderti mi terrorizzava, che quando guardavi un'altra io mi sentivo morire, che se il tuo sguardo non si posava su di me, io non riuscivo a sentirmi speciale. E allora nei miei silenzi ci mettevo tutta questa roba, fuggivo lì, come se potesse aiutarmi a soffrire di meno, forse un po' perché, in quel modo, speravo di attrarre la tua attenzione, speravo che i tuoi occhi si posassero sui miei, per renderli più belli. Per non lasciarli più. Nei miei silenzi potevi trovarci i miei occhi che cercavano i tuoi. Per non lasciarci più...

In questi giorni ho sentito spesso Jacopo al telefono, ci siamo scritti, ma abbiamo anche parlato parecchio... Non manda solo messaggi, il ragazzo, lui è uno che ti chiama per sentirti! Non è per niente una cosa banale, oggigiorno...

Alla fine ho ceduto a me stessa e ho deciso di vederlo, perché, oltre a essere un grandissimo gnocco, soprattutto ha un cervello, e pare davvero molto sensibile, senza pose da maschio alfa, senza maschere, strutture, filtri... Ecco, mi pare un tipo che non tira su muri, con il quale non è necessario tirarne su, e quindi nella peggiore delle ipotesi sarà una bella serata, parleremo, rideremo, e sarà comunque bello...

Ho sentito Sofia, è già in Sardegna, dice che Cala Caterina, e Villasimius in generale, sono posti meravigliosi. Mi ha detto che si sta rilassando, che sta pensando a se stessa, che va tutto bene... ma io l'ho sentita terribilmente giù e questo mi spezza il cuore, perché non se lo merita, né lei né Lore. Si amano, cazzo, si amano! Dovrebbero semplicemente stare insieme! Ma perché deve sempre essere tutto così complicato? Persino quando l'amore è forte, potente, profondo e reciproco? Certe volte sembra di essere in un gioco a ostacoli, la vita è più semplice, o almeno dovrebbe esserlo!

Lorenzo sta davvero a pezzi, sente di aver perso la sua grande occasione, il suo grande amore, e non riesce a darsi pace per esserne stato il responsabile. E in più ha davvero capito di averla sempre amata, in qualche misura, ha compreso quanto Sofia sia la donna, l'unica donna che lo renda felice e soprattutto che gli permetta di essere se stesso, di mostrare la propria natura, di credere ancora nei propri sogni. Non è un caso che da quando aveva iniziato a vederla aveva anche ripreso a scrivere pezzi suoi, a immaginarsi come autore, come l'artista che è.

Questa sera andiamo tutti insieme a casa di Guido, che continua a trasmettermi tante sensazioni positive, e tutte le volte che ci sentiamo velocemente, anche solo per un saluto, mi regala qualcosa di bello, un sorriso, una parola che mi fa riflettere, una nuova prospettiva.

Comunque, questa sera andiamo a casa sua, a quanto pare ha un piano, un'idea per farli rimettere insieme, mi ha accennato solo qualcosa, vediamo cos'ha in mente, sarebbe davvero fantastico se succedesse...

Prima di uscire leggo come sempre una pagina di Laura ispiratissima:

> Tu mi manchi, e lo so, lo so che sei appena andato via, ma dentro, adesso, sento il deserto di Atacama, enorme e infinito, il posto più bello di questa nostra terra da cui poter vedere le stelle. Tu ci sei mai stato nel deserto di Atacama? Io sì, tutte le volte che non sei con me, tutte le volte che mi lasci sola. E tu questo sei per me, quando te ne vai: una distesa infinita di stelle che mi sovrasta e mi fa sentire piccola e nello stesso tempo protetta, che mi illumina mi fa sentire viva ma poi mi lascia al buio, lo spettacolo più bello di sempre, dolce e malinconico come un finale che ti lascia triste e senza parole, che ti stupisce e ti emoziona e ti lascia un po' l'amaro in bocca ma che ti fa sperare che non sia davvero la fine, perché poi ricomincia sempre, come la luce del mattino dopo la notte. Come le tue parole dopo il silenzio. Come la tua mano quando torna a cercarmi. Come i tuoi occhi quando si posano di nuovo sui miei. Come il tuo corpo quando si appoggia ancora addosso al mio, come quando mi dici "Ciao! Ti amo!" e mi accendi il sorriso, e spegni il buio, e continui a mancarmi anche mentre mi stringi forte e dentro sento ancora il deserto di Atacama, quello enorme delle stelle, quello immenso delle meraviglie. Quello delle tue mani. Quello della mia vita.
> Tu mi manchi, e lo so, lo so che sei appena andato via...

Mi mette un po' di tristezza, perché mi ricorda un sacco come ero io con lui... E vabbe', è la vita... Però come scrive bene! La amo troppo!

E poi leggo un post di Rareza:

> Ti meriti una persona che si interessi di te, che si interessi davvero, che ti chieda se stai bene perché è realmente interessata a saperlo.
> Ti meriti una persona che senta quello che provi quando abbassi gli occhi dopo una domanda semplice: "Sei felice?". Perché se abbassi gli occhi dopo quella domanda, non sei felice, e soprattutto hai voglia di parlare, ti stai tenendo dentro cose che ti fanno male e non hai trovato nessuno con cui aprirti, con cui liberarti. A cui raccontare tutto.
> Ti meriti una persona che ti ami, che ti ascolti, che prenda la tua mano e ti aiuti a comprendere quale strada imboccare per ritrovare te stessa e da quale treno scendere per correre verso la tua felicità...
>
> ɛїɜ
> Rareza

È ufficiale, Rareza non esiste, o se esiste non è un maschio, ma una donna sotto mentite spoglie... Perché se esistesse e fosse un maschio, sarebbe quello che tutto le donne sognano, e allora farebbe bene a non uscire di casa, per la sua incolumità...

Suona *Hai visto mai* di Frah Quintale...

Mi arriva un WhatsApp di Valerio, è ora di scendere...

39
Vorrei passare la vita con te...

La vita di Lorenzo
Lunedì 15 luglio 2019

Guido abita a San Paolo, un quartiere che sta fra l'Ostiense, dov'è la scuola in cui insegno io, e la Garbatella, dove vive Marzia. Ci ha proposto una aglio olio e peperoncino, e quindi verso le 21 siamo da lui. Arriviamo tutti insieme, io, Marzia, Davide e Valerio, col Suv di Vale.

Ha un appartamento abbastanza grande, ci si è trasferito circa tre anni fa, e io non c'ero mai stato. Per parecchio tempo, subito dopo l'università, ha vissuto a San Giovanni, vicino alla stazione, in un bilocale piccolo ma carino e stracolmo di libri.

Anche in questa nuova casa vedo che i libri non mancano, il salone, che è un tutt'uno con l'ingresso, ne è invaso, volumi di ogni genere, da quelli di politica, perlopiù comunista e socialista, ai saggi storici, passando per romanzi contemporanei, biografie, reportage e poesia.

«Cavolo, sembra una biblioteca!» dice Marzia stupita, appena entriamo, guardandosi intorno.

«Eh, Mavzia... è la mia passione!»

«Ma roba di calcio ne hai? Tattiche, strategie o, non so,

qualcosa sul Re de Roma, il magico Pupone» chiede Valerio per nascondere il suo spaesamento.

«Il Pupone?» chiede Guido.

«Si riferisce a Totti, credo, l'ex giocatore della Roma» interviene Marzia.

«Ah! No, Vale, non mi intevessa il calcio...»

«E qualcosa sul porno? Nemmeno *quella* ti interessa?» Scoppia a ridere forte, da solo, a bocca larga, proprio come un deficiente! Certe volte sembra un bambino dell'asilo.

«Valerio, la smetti? Sei un cretino!» dico io, fulminandolo con un mezzo sorriso.

Marzia se la ride sotto i baffi, un po' imbarazzata e un po' divertita, mentre Davide, serio e gentile come sempre, con il suo solito stile da signore, cerca di mediare: «A Valerio va sempre di scherzare, lo fa anche per sdrammatizzare, a parer mio...».

«Davide, scendi dal mondo delle favole! È solo un po' scemo!» rincaro la dose io.

«Ah ah! Valevio, sei il mio mito!» replica Guido, che non si scompone mai.

«Scusa, ma qual è il problema? Non potrebbe avere della letteratura pornografica?» dice Valerio cercando di difendere l'indifendibile.

«Ma cosa cazzo sarebbe la letteratura pornografica?» chiedo.

«Quella dei film porno messa per iscritto» risponde, col tono di chi sa esattamente di cosa sta parlando.

«Senti, smettila di dire cazzate e, a questo punto, anche di guardarti i porno, perché mi pare ti diano alla testa!» L'atmosfera si scalda subito. «E comunque siamo qui perché IO sto male, sto soffrendo per amore, ok? Non per parlare di letteratura pornografica e di altre tue assurde cazzate... ok?»

«Oook! Ti rispetto solo perché questo è un momento molto delicato per te, perché sei fragile.»

«Grazie mille, troppo buono» rispondo con un sorrisetto ostentato di sfida.

«Comunque la letteratura pornografica è una cosa che esiste, è da cultori! È molto seria e rispettabile, io lo so perché ho un amico che ha un amico che ha scritto dei saggi sull'argomento! Altro che stronzate... Pazzeeesco!»

«Dei saggi? Un amico di un amico? Ah ah! Sei sempre più assurdo... Devi lavorarci su questa fissa di inventare cose e persone, sappilo! Ma adesso, per favore, torniamo a noi? Al motivo per il quale siamo qui? Io sto male... molto male davvero, lo capisci?» Adesso il mio tono è nervoso, inequivocabile.

Valerio rinuncia a replicare, abbassa gli occhi e mi dà una pacca sulla spalla, quasi come a chiedere scusa. E io ricambio.

Nel frattempo tutti gli altri ci guardano visibilmente divertiti.

Guido, prima di farci accomodare ci fa vedere velocemente la casa, in stile moderno ma con qualche accenno classico: la cucina, molto ampia con un tavolo rotondo al centro, la camera da letto, il bagno, il salone con appunto tutte librerie alle pareti, e poi il suo studio.

«Qui è dove mi vifugio a volte, lontano da quel mio lavovo tviste così distante dalla mia natuva, da quello pev cui ho studiato, e dal mio cuove...»

La stanza è scarna ma trasuda poesia, ha una grande massiccia tavola di legno posata sui cavalletti, sopra la quale c'è di tutto: libri, cd, penne, matite colorate, pennarelli, uniposca, bottigliette di vernice spray, fogli sparsi, quaderni, bloc notes, computer. E tre lampade da tavolo, una con la cappelliera rossa, una blu e una di quelle con il braccio estensibile. Sul muro ci sono appesi alcuni quadri, bacheche in sughero con i post-it pieni di scritte, una grande lavagna di quelle con i gessetti e la scritta: "Luce". Per terra ci sono scatole, recipienti, cianfrusaglie di ogni genere. Ecco, è qui che Guido è quel Guido che mi ha stupito, che mi ha fatto ricredere!

«Venite, vagazzi» dice Guido, portando con sé un pugno di matite colorate e una tavoletta di legno con dei fogli bianchi fissati all'apice con una molletta.

Quindi ci spostiamo tutti in cucina sedendoci al tavolo.

«Ti do una mano!» si offre Marzia, avvicinandosi ai fornelli.

«Allora, Guido, qual è questa idea che hai avuto?» chiedo io impaziente.

Lui posa la tavoletta con i fogli e le matite su una mensola della cucina e si mette ai fornelli.

«Ti vispondo dopo avev mangiato un bel piatto di pasta e bevuto un ottimo vosso, ok?» dice prendendo un pentolone per mettere l'acqua sul fuoco.

«Ok! Anzi, mi sembra ottimo!» gli rispondo sorridendo.

«Cazzo, Guido, sei un grande! E grazie ancora per l'ospitalità!» dice Valerio tirandosi su le maniche della camicia e alzando il pollicione in segno di approvazione. È davvero incredibile quanto Valerio lo rispetti e lo stimi, e devo dire che il suo fiuto è stato assolutamente formidabile. Valerio è anche questo, sembra un tipo superficiale che non nota nulla, ma poi alla fine *sente* tutto, *sente* tutti, perché è un ragazzo profondamente sensibile che indossa una maschera di protezione, e lo fa praticamente da quando è nato.

Dopo nemmeno dieci minuti, Guido mette in tavola una padellona di quelle vissute, forse in rame, e il profumino della pasta è di quelli prelibati. E infatti, mandata giù la prima forchettata, restiamo tutti stupiti.

«Prima categoria, caspita!» si complimenta Davide.

«Mmmmh! Mai mangiata così buona!» dice Marzia.

Io e Vale confermiamo annuendo con la testa, perché la bocca è sempre piena, praticamente ce la divoriamo.

Per fortuna ne ha fatto tipo un chilo, quindi io, di sicuro, farò il bis, e non credo che sarò l'unico...

«Gvazie, vagazzi, sono felice vi stia piacendo!» dice Guido entusiasta, per poi aggiungere alzando il calice di vino: «Alla nostva! All'amove!».

«All'amore!» Siamo un coro solo.

«E alla...» È Valerio che parla, e noi tutti restiamo in silenzio un po' terrorizzati, ma per fortuna ci stupisce: «... vita! Ah ah ah! Ci siete cascatiiii!».

E si ride tutti, rumorosamente.

«Ascolta, Lovenzo, vaccontami bene questa stovia di te, Sofia e la bavchetta... pevché mi è venuta in mente una cosa, un'idea, e sono sicuvo che funzionevà...»

«Ah, sì, la famosa barchetta! Cazzo, quanto tempo è passato? Sento questa storia da quando avevo, non so, sei anni?» dice Valerio e scoppia a ridere.

«Esattamente, Vale, io e Sofia avevamo otto anni e tu sei...» rispondo io.

«Ah!» replica lui.

«Ne hai azzeccata una per sbaglio!»

«Povero Valerio! La smetti di attaccarlo?» scherza anche Marzia.

«Ecco, una santa che mi difende!» Poi aggiunge con la

voce da piacione, gli occhi socchiusi e il tono basso: «Che fai stasera, bambola?».

«Ahahah!» ride Marzia.

«Dài, lasciatelo raccontare questa storia della barchetta! Ne ho sentito parlare anche io!» interviene Davide.

«Sì, Sofi ci tiene troppo, ne ha parlato anche a me» dice Marzia.

«Vabbe', ma se sapete già tutto, cosa ve la racconto a fare?»

«I dettagli, Lovenzo, abbiamo bisogno dei dettagli, l'amove vive di dettagli...»

«Ok» rispondo, «la storia è questa: avevamo otto anni, eravamo con i nostri genitori e altri loro amici al mare, a Maccarese, in un posto dove andavamo sempre, io e lei eravamo un po' distanti, a giocare sulla riva, vicino a una vecchia barchetta di legno malandata. Era tutta colorata col disegno dell'arcobaleno, e aveva una scritta ripetuta in rosso "Kiss", lei a un certo punto si è allontanata ed è tornata con una piccola margherita in mano...» Faccio una pausa per prendere fiato e buttare giù un sorso di vino, e mi rendo conto che sono tutti lì, in silenzio quasi religioso ad ascoltarmi, Guido ha in mano quella tavola con i fogli bianchi e pare concentratissimo a prendere appunti o, non so, giocherellare con le matite colorate. «E insomma, lei dolcissima viene da me con questa margherita e dice che è per me... che me la vuole regalare e che mi vuole dare un bacio e diventare la mia fidanzata, ma che dobbiamo salire sulla barca, la *nostra* barca, perché vuole farlo lì! E allora ci prendiamo per mano e saliamo su questa barchetta che all'epoca, per noi, non era tanto *etta*...» Tutti sorridono con gli occhi quasi a cuoricino, persino Valerio, ma quando incrocia il mio sguardo li rimette in quel modo ridicolo da duro, socchiudendoli... «Una volta saliti, lei mi dà la meravigliosa margherita bianca, e poi si avvicina per baciarmi. Ma io, un po' imbarazzato, un po' goffo, ecco, non lo so, mi sbilancio, inciampo, e cado nell'acqua!» Li vedo ancora sorridere quasi commossi. «E niente, a quel punto Sofia, i nostri genitori e i lori amici che ci guardavano da lontano, scoppiano a ridere, e io dietro a loro, ed è finita così questa cosa del fidanzamento, del bacio, della margherita...» dico con la voce leggermente strozzata, «sì, se ne è riparlato spesso nel corso degli anni, ma non troppo seriamente, sempre ridendo! Poi lei, giorni fa, in un momento di intimità...» sono costretto a fare un'altra pausa per l'emozione, «be', mi ha detto che lei mi ama da allora, che non era un gioco, che era una dichiarazione vera, che mi ha sempre amato...»

Mentre parlo mi rendo conto che i miei occhi sono lucidi. Marzia si alza per abbracciarmi, che dolce...

«Dài, Lore, vedrai che si risolverà tutto!» dice Davide.

«Ma sì, cazzo!» interviene Vale.

«Ecco come la visolviamo!» ci sorprende Guido, girando la tavola, e mostrando un'illustrazione stupenda e che lascia poco spazio all'immaginazione e ai dubbi... Restiamo tutti letteralmente a bocca aperta. Nessuno riesce a dire una parola per parecchi secondi, o a staccare gli occhi dal disegno...

«È quello che penso?» chiedo io mentre un brivido mi corre lungo la schiena.

«Noooo! Pazzeeeeescooo!» dice Vale.

Marzia sembra più che stupita! Sbalordita. Quasi sconvolta. «Ma tu... ma tu...» dice senza finire la frase, per poi prendere coraggio e aggiungere: «Ma tu sei Rareza? Cazzooo! Sei tuuuu?».

Guido sorride e annuisce con un leggero cenno della testa...

«Ma tu sei un genio, il mio blogger preferito! Insieme a Laura... E poi adoro i tuoi murales! Cazzo! Guido, non ci posso credere! Che bello sapere che sei tu!»

«Non ci posso credere, Guido e il tizio di cui mi hai parlato sono la stessa persona! Dopo che me ne hai parlato, ho notato anche io qualche scritta sui muri in giro per Roma... Sei una sorpresa dopo l'altra, Guido!»

«Gvazie vagazzi, ma adesso tovniamo a noi...»

«Ok, cosa hai in mente?»

«Ti pvesentevai da lei con questa bavchetta, questa che ho disegnato... somiglia alla vostva?»

«Praticamente identica.»

Sul foglio c'è appunto una barchetta che galleggia sulla riva, di notte, con le stelle e la luna, e si vede un uomo che impugna e suona una chitarra, con una margherita dietro l'orecchio, rivolto verso la riva, dove c'è una donna, bionda, bellissima, che lo ascolta sognante...

«Ok, ti pvesentevai così, su quella bavchetta, a Cala Catevina, dov'è lei ova, ti pvesentevai con la chitavva, cantandole una canzone, poi le vegalevai la mavghevita, e le divai che la ami, che l'hai sempve amata, e lei ti pevdonevà!»

«Oddio che bello!» esulta Marzia. «Sìììì, certo che ti perdonerà!»

Restiamo tutti lì, a guardare il disegno, a immaginarci la scena, almeno io... E penso alla canzone che ho scritto per lei, penso che voglio perfezionarla perché le arrivi dritta al cuore, le faccia capire tutto ciò che a parole non saprei dirle...

«È un'idea stupenda, Guido, sto sognando a occhi aperti... ma come pensi di realizzarla?»

«Allova, pev la bavchetta non ci sono pvoblemi, sai che io lavovo in un'azienda che gestisce divevsi povti... Ho tanti amici nell'ambiente, savà un gioco da vagazzi tvovave una bavchetta di quella fovma... Pev colovavla, ancova meno pvoblemi... Lo faccio io con le bombolette spvay!» dice allargando le braccia e sorridendo.

«Dio, ma è meraviglioso!»

«Secondo il mio piano dovesti andave lì in Savdegna con qualcuno che possa vaggiungeve Sofia in hotel, e favla uscive. Ho pensato a Mavzia, visto il vappovto che hanno instauvato, mi sembva la più indicata, essendo poi una donna...»

«Ma certo, ci puoi contare!» dice Marzia. «Partiamo subito!»

Io sono imbambolato, felice di avere tanto affetto intorno a me, e comincio a pensare che la cosa potrebbe davvero funzionare.

Poi chiedo a Marzia: «Sicura? Dici che per i tuoi non ci sono problemi?».

«Se sono sicura? Non vedo l'ora! E i miei pure non vedono l'ora di vedermi entusiasta per qualcosa! Per me non è ok, è stra-ok, Lore! Davvero!»

«Va bene, Guido, ma allora come ci organizziamo? Scendiamo tutti insieme, tu prima ti occupi della barchetta, magari ti diamo una mano se serve, e poi continuiamo io e Marzia?»

«No, io pavto da solo fva un paio di giovni e sistemo tutto, poi andate voi, lei vestevà lì fino al 24 luglio, l'ho sentita oggi.»

«Sì sì! L'ha detto anche a me ieri» conferma Vale.

«Ragazzi, se posso fare qualcosa, ditemi pure eh, io sono a disposizione!» dice Davide.

«Ok Guido, è tutto chiaro... ma perché non vieni con

noi? Mi dispiace che vai da solo! Poi per una cosa mia! Mi sento in colpa, e in difficoltà...»

«Non divlo nemmeno pev schevzo, Lovenzo!» Poi fa un attimo di pausa e tira fuori dalla tasca una foto, e ce la mostra: ci sono lui e una ragazza molto, molto carina. Si baciano, seduti su un muretto con dietro il mare, e sembrano il ritratto della felicità. «Lì, a Villasimius, ho una questione in sospeso, una questione davvevo impovtante, la più impovtante per il mio cuove...»

«Wow, ora capisco, capisco...»

«Oddio, questa sera morirò di emozioni!» dice Marzia. «Quindi sono per lei, quelle meravigliose parole che scrivi nel blog?»

«Esatto... sono pev lei!» dice Guido abbassando gli occhi. «Ma la colpa della nostva lontananza è solo mia, non ho avuto covaggio, sono scappato pevché tevvovizzato da quell'amove tanto gvande... Ma è avvivato il momento di sistemave le cose anche pev me...»

«Guido, è incredibile! Quindi, in qualche modo, siamo sulla stessa barca...» Solo mentre lo dico mi rendo conto del riferimento, e scoppiamo tutti a ridere.

«Comunque siete belli, tanto belli!» dice Marzia guardandoci.

«Siamo belli, tutti lo siamo, ma dove la trovo una famiglia di amici come voi? Voi mi state salvando la vita!»

Osservo ancora il disegno e dico: «Sai, Guido, a voler essere proprio pignoli, manca solo una cosa, ma è davvero una cazzata, cioè, non farebbe la differenza, ecco...».

«Cosa?» chiede lui.

«La chitarra, una in particolare! Era una chitarra da due soldi che mi regalò mia mamma a Natale, avrò avuto quattordici anni, era il periodo in cui io e Sofia eravamo sempre insieme, ci fu anche un bacio, cioè, per qualche mese ci considerammo "fidanzati"...» lo dico e sorrido. «E niente, in quel periodo già studiavo il pianoforte con un maestro privato, e presi qualche lezione di chitarra da un vicino di casa, e la prima canzone che imparai fu *Destinazione paradiso* di Gianluca Grignani, lei la trovava triste e malinconica, ma nello stesso tempo, come me, la amava; e in più adorava che io la cantassi quando eravamo soli io e lei, in cameretta. Non so quante volte, in quel periodo, quella *chitarretta* da due lire ha suonato quella stessa canzone! Subito dopo riuscii ad averne una di miglior qualità, me la passò un mio cugino più grande che non l'aveva mai usata, e quella vecchia la barattai con una canna da pesca di un mio compagno di classe, Alfredo... Te lo ricordi, Vale?»

«Certo che me lo ricordo! Abitiamo nello stesso palazzo, ora, abbiamo i box delle macchine uno accanto all'altro!»

«Che stupido che sono stato a darla via! Su quella chitarra incidemmo le nostre iniziali, e poi attaccammo un adesivo del nostro film preferito: *Ritorno al futuro*. Era un adesivo quadrato, e aveva la scritta arancione con la freccia. Me lo ricordo come fosse oggi! Solo che vallo a ritrovare oggi quell'adesivo! Per la chitarra e le incisioni non ci sarebbe problema, ma l'adesivo...»

«Scusa, ma cosa se ne fa uno di una chitarra con incise le iniziali di altri?» chiede Marzia. «Richiediamogliela, no?»

«Ma sai, eravamo piccoli, lui voleva avvicinarsi alla musica e io alla pesca... Erano tentativi, e poi chissà se ce l'ha ancora... E anche se ce l'avesse, non me la sento proprio di andare lì, dopo più di vent'anni, a richiedergliela... Proprio qualche giorno fa, Sofia mi ha ricordato quella chitarra, aveva gli occhi pieni d'emozione mentre ne parlavamo...»

«Ok, dài, vediamo di tvovave una soluzione, qualcosa che gli si avvicini, mi pave davvevo un piccolo dettaglio... Sul vesto, invece, divei che ci siamo, no?»

«Ma sì!» rispondo io. «Ci siamo alla grande, Guido!»

«Quindi siamo tutti d'accovdo, io divei che voi due potveste pavtive il 21, come vi suona?» chiede Guido guardando me e Marzia.

«Mi suona una bomba!» risponde Marzia.

«Sì, il 21 è ok!» confermo io emozionato.

E sento il cuore che mi batte forte...

Verso mezzanotte ci salutiamo, promettendoci di riaggiornarci per i dettagli, con un sogno da realizzare, con tanta speranza nel cuore, con una enorme certezza: ho gli amici più belli del mondo. E già questo mi rende un uomo fortunato, e felice...

A letto, mentre guardo Bianca dormire, la mia dolcissima bambina, mi giro e mi rigiro, e penso a lei, penso sempre a lei, solo a te, Sofi: vorrei passare la vita con te, perché non c'è nessuno che sa tenermi la mano come fai tu, e tenere la mano come fai tu, non è mica una cosa tanto banale, ci vuole coraggio, devi averne davvero voglia, devi metterci amore, perché non si tratta solo di un gesto, è molto altro, è molto di più, e ci sono momenti, mentre ci si tiene la mano, quando la luce è spenta e senti solo i sospiri, in cui si rischia di perdersi, di sprofondare, invece quando ci sei tu, accanto a me, io resto sempre lì, accanto a te, non vado da nessuna parte con la testa, e non ci sono mostri da combattere nel mio cuore, perché ci siamo solo noi, e il futuro fa meno paura…

Vorrei passare la vita con te, perché quando tipo passeggiamo, chiacchierando ore, il tempo non esiste, non ce ne accorgiamo nemmeno, e ogni posto, quando sono con te, è l'unico in cui vorrei trovarmi, dalle vie del centro ai marciapiedi della nostra periferia un po' sgangherata, tu rendi tutto meraviglioso, come se fossi un filtro magico, quello con cui posso guardare il mondo e vederlo più bello…

Vorrei passare la vita con te, perché quando facciamo cose stupide tipo io nel letto che ti faccio il solletico e tu che urli e cerchi di divincolarti come una bambina, o quando ti prendo in giro dicendoti che sei buffa mentre ti racconto una barzelletta bruttissima e tu inizi a ridere così tanto che poi inizi pure a piangere, o quando non afferri al volo cose banali perché hai la testa fra le nuvole, perché sei sempre nel mondo dei sogni, ecco, la verità è che io vorrei che quei momenti non finissero mai. Vorrei restarci per sempre in quel letto, fra le nuvole, dentro i tuoi sogni…

Vorrei passare la vita con te, perché solo con te mi sento speciale, perché capisci i miei silenzi, i vuoti, le insicurezze che mi porto dentro da quando sono nato, quelle che mi hanno spinto a rincorrere una vita che non è la mia, per essere qualcosa, per sentirmi qualcuno, per specchiarmi e vedermi "figo". Senza capire che "figo", se non mi specchio nei tuoi occhi, se non mi perdo nei tuoi sogni, se non ti guardo mentre dormi, se non ti abbraccio quando hai paura o senti freddo, non posso esserlo mai…

40
Vuoi sapere dell'amore?

La vita di Marzia
Mercoledì 17 luglio 2019

Ieri sono uscita con Jacopo, mi è passato a prendere lui con la moto.

Lui vive con i suoi a San Giovanni.

Quando sono salita, dopo aver messo il casco, l'ho abbracciato da dietro, per tenermi, e ho sentito subito il suo profumo, me lo ricordavo dalla prima volta che ci siamo visti a Fregene, il profumo è una delle cose a cui faccio più caso, non proprio il profumo in sé, ma il mix tra la fragranza e l'odore della pelle che è una di quelle cose che ci rende unici. Ecco, il suo mix è una bomba, per i miei gusti, e mentre andiamo, col vento in faccia, verso "un posto speciale" dove vuole portarmi a cena, e lo abbraccio, ecco, lo ammetto, sono tentata di muovere le mie mani, di accarezzarlo, e di baciargli il collo. Ovviamente mi trattengo, ma la sensazione bella rimane, e la serata si prospetta stimolante…

Dopo circa mezz'ora arriviamo in questo posto speciale dove voleva portarmi, dalla strada pensavo fossimo diretti a Fregene, e invece siamo arrivati a Maccarese, assurdo, lo stesso posto di Sofia e Lore.

Jacopo indossa una camicia di lino azzurrina con le maniche rigirate ai polsi, e un jeans semplicissimo. Ha due spalle assurde, è alto, cazzo, e troppo figo!

Io per l'occasione, sapendo che veniva in moto, ho rinunciato al vestito o alla gonna, ma ho messo un jeans nero, sopra un body, sempre nero, con del pizzo intorno alla scollatura, senza reggiseno. E una borsa a tracolla con una catena dorata. E sandali neri con tacco dodici...

«Eccolo, è quello!» dice. È un ristorantino piccolissimo sulla spiaggia, quasi una baracca. Ieri si era assicurato che mi piacesse il pesce, e quindi immagino si mangi proprio pesce.

«Sembra bello!» dico sorridendo.

«Ti spiego, è come se fosse un'osteria romana di quelle antiche a gestione familiare, hai presente?»

«Vivo da un anno a Garbatella...»

«Giusto! Ehm, ecco, è una cosa così, ma in chiave mare, pesce, pescatori...» spiega sorridendo, e poi, puntando il dito al cielo, aggiunge: «E cielo, stelle, luna...».

«Be', promette bene!»

«Ci tengo molto a questo posto. Il proprietario, pescatore e cuoco, ha quasi ottant'anni, è un omino piccolo e silenzioso, saggio e con gli occhi pieni di poesia... Ha una foto della moglie venuta a mancare accanto ai fornelli, la guarda sempre, e a volte, mi ha confessato, le parla, ci scherza, le racconta com'è andata la serata, cosa cucina, e via dicendo... e tutte le volte che penso a questa storia mi commuovo!»

«Dio...» ho gli occhi lucidi, cavolo, ormai piango per qualunque cosa, «come potrebbe non commuovere?» La cosa che mi stupisce è trovare in un uomo tanta sensibilità. Jacopo, qual è il tuo difetto? Su, dimmelo subito, non mi torturare!

«Comunque, ecco, è il mio posto speciale, perché quando vengo qui stacco da tutto, ci sono solo sei o sette tavoli, e Giovanni, l'anziano proprietario di cui ti accennavo, tende a riservarli agli amici, alle persone che gli piacciono, quindi è tutto così, molto carino…»

«Carino? Stupendo, direi!»

Jacopo mi sorride e poi ci incamminiamo, facendo un pezzetto di passerella sulla spiaggia, e poi salendo una scaletta.

La sala è piccola e suggestiva, tutta in legno, con i tavoli e le sedie consumati, dal tempo e dall'amore. Ci accoglie una signora che saluta affettuosamente Jacopo. «Ciao Lina!» risponde lui con grande entusiasmo e affetto mentre si abbracciano, prima di sederci al nostro tavolo, che affaccia proprio sul mare. Ci viene incontro quello che deve essere Giovanni, un vecchietto minuto e dolcissimo, saluta Jacopo dandogli la mano, ma il vero saluto, quello affettuoso, è con gli occhi, espressivi e pieni di vita, di storia e di malinconia.

«Ti presento Marzia! Ci tenevo a portarla qui da te…»

«Piacere, giovane fanciulla!» dice Giovanni facendo un piccolo inchino che mi lusinga e un po' mi imbarazza. «Se sei amica di Jacopo sei amica nostra, e se Jacopo tiene a te, allora vuol dire che sei speciale… Benvenuta in questa casa! Spero sia di tuo gradimento!»

«Lo è, grazie mille.»

Giovanni ci sorride ancora e ci saluta, scusandosi perché deve tornare in cucina.

Ordiniamo un antipasto misto di mare. E poi mangiamo un piatto di pasta con i ricci che è la fine del mondo.

Durante la cena parliamo tanto, bevendo un ottimo e aromatico Gewürztraminer, che poi è il mio vino preferito, pur capendone davvero ancora poco…

«Sto bene!» dico improvvisamente prendendo in mano il calice. «Grazie per avermi portato qui, in questo posto così speciale per te, e anche per me, ora... Brindiamo?» dico alzando il bicchiere.

«Ma grazie a te! Davvero! Grazie di apprezzarlo, e anche io, anche io sto bene...» lo dice con un tono e un'espressione dolcissima, e poi alza anche lui il calice. «Ok, Marzia... a cosa brindiamo?»

«A quando si sta bene... Alle persone che ci fanno stare bene... Che ne pensi?»

«Dico che mi piace, è bello come brindisi! Allora *cheers*! Alle persone che ci fanno stare bene!»

«*Cheers*!»

«E dell'amore? Dell'amore cosa mi dici, Jacopo? Dài, dimmi qualcosa che sai dell'amore, qualunque cosa!»

«Cavolo, andiamo sul pesante... Non è mica una domandina tanto semplice, la tua, eh! Non per tutti...»

«Ma tu non sei come tutti!» e gli sorrido...

«Grazie, neanche tu...» e mi sorride...

«Dunque, cosa so dell'amore... Vuoi sapere dell'amore?

È come se a un certo punto un cielo stellato si spegnesse completamente.

Te lo immagini un cielo che si spegne?

Click.

Nero.

Il

cielo

si

è

spento!

Poi alzi gli occhi e vedi che c'è ancora una stella accesa,

solo una,
è la tua stella,
rara e speciale in mezzo a miliardi di stelle.
Capace di eclissare l'intero universo. Questo è l'amore.

Una luce. Una piccola fiamma nel buio. Tutte le parole del mondo in uno sguardo. Una sensazione di leggerezza. Le cose che non hai mai detto a nessuno nel suo cuore. Un istinto magico. Un singolo granello di sabbia diverso da tutti gli altri. Un profumo. Un silenzio. Un miracolo. L'inizio di ogni cosa.

Ecco, io so questo dell'amore...»

Resto in silenzio a fissarlo per qualche secondo, ok, no, più di qualche secondo! Porca puttana! Mi ha stesa. E adesso? E ora? Jacopo, Jacopo... Ma non potevi essere un po' meno perfetto, un po' meno wooow? Un po' meno tutto... Che cazzo!

«Sono senza parole...»

«Sei sempre incredibilmente bella, con o senza le parole...»

«Ecco, appunto...»

Dopo la meravigliosa cena, Jacopo mi propone di fare una passeggiata sulla spiaggia.

Arrivati vicino alla riva ci fermiamo e guardiamo entrambi il mare senza dire una parola. È una tavola lucida, e la luna, uno spicchio, si specchia come fosse una piccola magia.

«Che bello» dico, quasi in trance.

«Sì, troppo» risponde lui, cercando la mia mano con la sua. Trovandola pronta e accogliente.

A questo punto mi giro e lo guardo, incrocio i suoi occhi, e i nostri occhi si incontrano, cadono gli uni negli altri, ed è bello da morire.

«Mi piaci, Jacopo...»

«Anche tu...»

«Però... lo sai che io sono uscita da poco da una storia che mi ha fatto a pezzi?»

«Sì.»

«E adesso, ecco...» e mentre cerco di dire qualcosa di sensato, lui mi bacia. Ed è un bacio dolce, lungo, eccitante, pieno di passione. E baciarsi è importante, baciarsi è tutto...

«I miei hanno una piccola villetta qui a Maccarese... Ti va?»

«Ok...» rispondo senza pensarci un attimo.

Dopo dieci minuti siamo lì.

È una di quelle villette-seconde case del mare, un po' scarne, umide e con i divani orrendi.

Mi dice di seguirlo su, saliamo le scale e a destra entriamo in una camera da letto.

«Eccoci» dice lui.

«Eccoci...» dico io.

Ricominciamo da dove ci eravamo fermati, baciandoci, e non è cambiato, anzi è ancora più bello.

Mentre ci baciamo comincio a slacciargli i bottoni della camicia, fino a sfilargliela. Ha un fisico pazzesco, appoggio le mani sul suo petto, lo accarezzo, scendo un po' giù, e poi ancora più giù... fino al primo bottone dei jeans, poi il secondo, il terzo...

Nel frattempo la sua lingua è sul mio collo, e le sue mani sulla mia camicetta, che si sfila velocemente, come i suoi jeans, i miei tacchi, le sue scarpe, e i miei pantaloni...

Restiamo nudi, uno di fronte all'altra, e sento la sua erezione dura e calda e grande premermi addosso, mentre le nostre lingue continuano a cercarsi e a trovarsi, in modo quasi spasmodico. Quando mi bacia il collo e mi lecca dietro l'orecchio ho l'impressione di poter venire da un momento all'altro, raramente sono stata così eccitata nella mia vita...

Decido di chinarmi, fino ad arrivare con la mia bocca sul suo pene. «Mi piace il tuo cazzo, sai?» gli sussurro mentre inizio a leccarlo, sulla punta, toccandolo con la lingua e allontanandomi, giocando un po' con la mia saliva, creando piccoli rivoli di piacere.

«Oddio, mi fai morire...» dice con gli occhi rivolti verso il soffitto, e sento che le sue gambe tremano, e le contrazioni aumentano quando comincio a prenderlo fino in fondo, ad accoglierlo dolcemente, su e giù, con la bocca e una mano ad avvolgerlo, stringerlo, e dettare il ritmo...

Vado avanti per un bel po', e lo sento quasi esplodere dentro la mia bocca. A un certo punto lui si scosta, col fiato corto e il respiro affannato, e mi porta con delicatezza sul letto, mi allarga le gambe e si infila con la testa, poi con la lingua entra lì, dove sono più sensibile, leccando prima esternamente e poi fino in fondo, fino a dove può arrivare una lingua calda, passionale ed esperta... Non capisco più niente, volo su un altro pianeta.

Quando gli prendo la testa e lo allontano, sono già venuta due volte e ho voglia di venire la terza con il suo pene dentro di me.

Mette il preservativo, velocemente, e poi mi prende con tutta la sua forza e la sua dolcezza, con la passione e la pazienza, dentro e fuori, dentro e fuori, lentamente, con sapienza, con il ritmo del piacere, lo sento muoversi dentro di me e ogni colpo è un centimetro in più verso il paradiso. Ogni colpo è un passo verso l'esplosione di una felicità che non ha a che fare con l'amore e, anzi, forse serve a scacciarlo una volta per tutte, l'amore, serve a mettere l'ultimo punto.

Lo sento ansimare, sempre più forte, sempre di più, e dentro di me la sua virilità è sempre più bollente, sempre più grande, sempre più dura...

Dopo qualche secondo esplodo in un gemito incontrollato, che dura diversi interminabili, meravigliosi secondi, mi contraggo, lo afferro, stringo, lo graffio, mi inarco, e scaccio via il dolore, e scaccio via il buio, e scaccio via quel che rimane dell'amore... A un certo punto lo sento venire dentro di me, nonostante il preservativo, sento un fuoco accendersi, è una lava che cola, e cola... E io piango, e piango...

«Ehi, tutto bene?» mi chiede, preoccupato e dolcissimo.

«Sì...» e lo stringo forte, e tremo, e non so cosa mi prenda.

«E allora perché piangi?»

«Non lo so, Jacopo, non lo so... Ma tu davvero non c'entri niente!» lo rassicuro mentre continuo a stringerlo a me. «È stato bello, bellissimo...»

«Anche per me... Tantissimo» e mi accarezza i capelli.

Io ho ancora le lacrime agli occhi, e avverto, leggera, quella vecchia sensazione, di quando mi sentivo sporca dopo averlo fatto con qualcuno che non era ancora lui, che non era ancora Riccardo. Ma poi guardo Jacopo e penso che no, di sporco non c'è niente, anche se le sue mani non sono quelle di Riccardo, anche se il suo odore, se pur meraviglioso, non è come quello di Riccardo, e il suo corpo statuario non è il corpo meno perfetto ma speciale e solo mio di Riccardo.

Perché alla fine è di questo che ci innamoriamo, delle unicità, dei dettagli, di quelle cose piccole, apparentemente insignificanti, ma solo nostre, quelle cose che proteggiamo nel cuore, quelle che sentiamo come uniche e speciali dentro di noi. Quelle cose che superano l'Io e Te e diventano Noi, e quando diventano Noi, ecco, diventano le più belle dell'universo, fuori da ogni canone, fuori da ogni schema, oltre quei concetti di estetica, banali e superficiali, ai quali il mondo vorrebbe piegarci, e non possono essere scalfite da niente e da nessuno, nemmeno da Jacopo, che è il ragazzo più dolce e più figo che io abbia mai baciato. Non basta, purtroppo non basta... Ecco, l'amore è questo: quando tu pensi a lui, lui che ti ha lasciato, lui che ti ha tradito, lui che non ti pensa...

E il punto è che non sono pronta per un'altra storia, ma nello stesso tempo so di essere pronta per voltarmi, con un amore finito, sbagliato, impossibile, che manterrò comunque sempre nel mio cuore, in un piccolo angolo nascosto in cui forse ogni tanto tornerò a sbirciare senza far rumore.

Alla fine ci giriamo sempre dall'altra parte, e ce ne andiamo sorridendo, senza dire una parola...

Forse ho messo un punto, sul serio, stasera. Forse Jacopo è stato l'inconsapevole volano verso la mia libertà, verso una pacificazione con la mia vita.

A casa mi specchio, e dopo tanto tempo mi vedo bella e sexy, ed è una sensazione stupenda, quasi una liberazione...

Fra qualche giorno partirò con Lorenzo per la Sardegna, e sono felice, adesso ho bisogno di questo, di dare, di fare per gli altri, di sentirmi utile perché si realizzi un sogno, un miracolo, io ancora ci credo, io ancora ci credo...

Mi ha fatto sentire la canzone che ha scritto per Sofia, mi è venuta la pelle d'oca, per le parole, per la melodia, per lo stile, un mix fra il pop e il rap, ma soprattutto perché la voce gli vibrava di emozione.

Sarà una spedizione d'amore, il loro amore che diventa un po' anche il mio e quello di chiunque altro, un ponte, una mano tesa verso un'altra mano, per le nostre mani, per un'azione circolare di bellezza e felicità.

Sarà stupendo, e so che ce la faremo!

41
Volevo dirti questa cosa...

La vita di Lorenzo
Sabato 20 luglio 2019

Volevo dirti questa cosa, da quando sei sparita la mia vita è cambiata. Adesso faccio più sport, mi curo di più, dormo di meno, e ho scritto delle canzoni. Ma non c'è un solo centimetro del campo di calcetto che non mi parli di te, e non c'è una sola volta che io indossi una camicia senza chiedermi se potrebbe piacerti, e dormo di meno perché ti penso, e scrivo canzoni perché ti amo.

Volevo dirti questa cosa, sei bella da morire, sei bella come le cose che adori ma che nello stesso tempo senti che potrebbero avere una fine, sfuggirti, perderti... Tu sei bella così, hai il sapore delle cose che finiscono, quelle impossibili, quelle che ci hanno fatto innamorare nei film, nelle canzoni, nei libri, quelle che sogniamo da quando eravamo piccoli. E ora che non ci sei più, adesso che non mi vuoi più, la mia vita è cambiata, va tutto bene, va tutto bene... Ma non come se ci fossi tu, perché senza di te, "va tutto bene" è solo un modo di dire, una facciata, perché tutto quello che c'è dietro è meno bello. Perché manchi tu. Perché ti ho persa.

Volevo dirti questa cosa...

È da lunedì che con Marzia e gli altri pianifichiamo ogni dettaglio per riconquistare Sofia a Cala Caterina, Guido è partito mercoledì per la Sardegna ed è tornato oggi, ci ha fatto vedere una foto della barca ormeggiata al porto di Villasimius dopo averla verniciata, è stupenda, meravigliosa, uguale a quella di allora, ma con un tocco di magia in più! Quando l'abbiamo vista siamo rimasti tutti a bocca aperta e a me sono scese le lacrime, strano, che novità, ultimamente non piango mai...

«Ma tu sai che sette anni fa ho conosciuto il writer più famoso del mondo?» mi ha detto Valerio, questa mattina al telefono, commentando la foto della barca.

«E te pareva» rispondo, «ma perché hai questa mania? Questa fissa di inventare cazzate quando qualcuno ti racconta una cosa, o fa qualcosa di bello... Sei sempre stato un tipo strano, ma stai peggiorando un sacco con l'età!»

«Ma di cosa parli?»

«Di te, lo sai! Non ti serve, non hai bisogno di cercare attenzioni in questo modo che ti peggiora, tu sei una bella persona, sei un tipo in gamba! Non hai bisogno di altro! E poi anche questa storia delle donne, di cambiarne una a sera... Pensi che ti arricchisca? Cosa ti lascia? Sì, il sesso, lo so, piace a tutti, poi noi uomini siamo un po' più fisici, meccanici, legati all'atto, ci guardiamo i porno... siamo più maiali, ecco, è la fisiologia, un po' la cultura, ok... ci sta, lo capisco, e in parte forse da single lo farei anche io, le guardo le donne eh! Ma tu, ecco, tu sembra che lo ostenti, e il brutto è che pare che questo senso di ostentazione sia rivolto soprattutto verso te stesso! Sei sicuro che sia la tua strada, Vale? Possibile che non ti innamori mai? Che non ti piaccia mai davvero nessuna?»

«Sto vedendo ancora Federica... E mi piace...» Valerio stavolta risponde serio, con un filo di voce, e quasi balbettante, saltando tutta la parte sulle sue manie, ma la cosa che mi sta dicendo, e il modo in cui lo fa, è una risposta a tutto il resto, ha un'importanza e un significato infinitamente più grande, è una cosa grossa, infatti resto ammutolito. Bene, sta uscendo ancora con Federica, la stessa della cena a Gaeta, quel giorno ironicamente mi aveva detto: «Questa è quella giusta» con il solito occhiolino da mascalzone come a dire "credici!", e invece forse lo pensava davvero! E non me ne ha mai parlato, in tutto questo mese, ovvio! Credo che siano passati vent'anni dall'ultima volta che ha frequentato la stessa ragazza per trenta giorni di seguito, forse l'ultima fu proprio Donatella: un capitolo della vita di Valerio delicato, breve ma terribile, di cui non abbiamo mai parlato in modo chiaro, se non all'epoca, e senza andare davvero a fondo alla cosa, considerato anche che avevamo sedici anni, ma per quella ragazzina, ai tempi della scuola, soffrì un casino, così tanto che io scoprii per caso che i suoi lo portarono da uno psicologo, per un mese non frequentò praticamente mai la scuola, fu un trauma! Di quelli che ti lasciano le cicatrici per tutta la vita... E c'è chi ancora non vuol capire quanto possano essere veri e profondi i sentimenti legati all'amore durante l'adolescenza.

«Grande notizia» dico con entusiasmo, con la speranza che si apra ancora, «è una cosa bella! E ti piace?»

«Sì» dice con la voce strozzata. Mi fa stringere il cuore, sembra di parlare con un bambino, forse adesso sto parlando con il Valerio sedicenne, forse stiamo ripartendo da lì...

«Ok» e dopo un attimo di esitazione, «poi me ne parli meglio, se ti va...»

«Ok...» risponde, sempre serio ma con un tono con il quale pare voglia dissipare la timidezza e l'imbarazzo. Ma già il fatto che non stia dicendo le sue solite cazzate per depistare, è qualcosa che mi emoziona, vorrei fosse qui, per abbracciarlo.

«Vale...»

«Sì...»

«Ti voglio bene, non scordarlo mai...»

«Anche io! E mi dispiace che stai giù, che stai soffrendo! Spero che in Sardegna andrà alla grande, vorrei che foste insieme, e felici, state bene insieme, tu e Sofi... Ma soprattutto, mi fa incazzare saperti triste, vorrei poterti togliere un po' di dolore... Vorrei poterlo fare!»

«Sei un grande amico, uno di quelli che speri di avere accanto nella vita, Vale!»

Nel frattempo, a casa, in sottofondo, suona Adele, con *Someone Like You*, uno dei miei pezzi preferiti in assoluto, presente in molte delle mie playlist.

«Pure tu, Lore!»

Restiamo un attimo in silenzio e posso percepire concretamente il senso di vergogna che sta provando Valerio per essersi aperto così... E infatti, dopo qualche secondo arriva la sua battuta, quella con cui finora ha sempre creduto di "salvarsi", quella che pensa possa proteggerlo dal dolore e dai colpi della vita: «Mi raccomando, Lore, se lei ci sta, se scende in spiaggia, *tack*! Fattela subito! Falle ricordare immediatamente quello che si stava perdendo... ok?». Abbozza una delle sue risate, però meno decisa del solito, e "ok" lo dice a fuggir via.

Questa volta non te la cavi così, caro Valerio, non ne esci così...

«Ehi...»

«Sì...»

«Te lo ripeto: ti voglio bene! Oggi restiamo qui, al fatto che ci vogliamo bene, a questa cosa bellissima che ti stai vedendo con Federica, al fatto che lei ti piace. Oggi non si va dove dici tu con le tue solite cazzate, ok?»

Non risponde, resta in silenzio, quindi aggiungo: «Ora devo scappare, amico, ci sentiamo questa sera per un saluto, se vuoi! Un abbraccio, Vale! E salutala, Federica!».

«Ok...»

«Ok...»

Ecco il punto: Valerio è di una sensibilità unica. È nato così, e spesso essere tanto sensibili, se non si hanno le giuste difese, è più una condanna che un dono. Per gestire una sensibilità fuori dalla norma ci vogliono gli strumenti, ché è un attimo ritrovarsi al tappeto, pieno di segni, col cuore in mille pezzi. E tutte questi atteggiamenti da maschio alfa, da *sotuttoio* o *iolofacciomeglio*, ecco, io lo so che dipendono da questa sua immensa, dolcissima vulnerabilità, che lo ha portato a reagire e a porsi così, davanti al mondo, per difendersi, per non soccombere. E io gli voglio bene, un mondo di bene, perché per me sarebbe disposto a tutto, si butterebbe nel fuoco, senza pensarci un secondo. E anche se finge di essere qualcosa che non è, un'immagine proiettata che non lo rappresenta nemmeno un po', io lo so che dentro di lui c'è tanta poesia, e tanto romanticismo... e la telefonata di oggi, dopo anni, è un varco, una crepa dentro quella corazza, oltre quella maschera che non gli rende giustizia. So che poco fa, senza dirmelo, mi ha detto: *Oh, sta cambiando qualcosa!*

Mentre pensavo a questo, mi è arrivato un messaggio di Davide, mi chiede come sto, come mi sento, mi dice che è convinto che in Sardegna si aggiusterà tutto e che mi chiamerà in serata per un saluto perché adesso è di turno in hotel e non può stare al telefono per ragioni diverse dal lavoro, perché non è consentito e sarebbe scorretto. In realtà non lo controlla nessuno, essendo il direttore, ma lui è così! È la correttezza fatta a persona, ligio, onesto quasi in modo maniacale, non gli ho mai visto infrangere non dico una legge, ma nemmeno una regolina, nemmeno una di quelle più banali...

Rispetto al viaggio, invece, quello che mi preoccupa è che anche in questi giorni ho tentato di contattare Sofia, ma non vuole proprio saperne, o non mi risponde ai messaggi o attacca quando la chiamo, un muro vero! Poco fa, sul quaderno grigio che ho usato per scrivere il testo della canzone, ho scritto qualcosa per lei:

> Non lo so se quello che ho nel cuore riuscirò a spiegartelo con quattro parole.
> Potrei dirti che ti amo, che non posso vivere senza di te, che sei la canzone col finale più bello, quello che ricomincia sempre, quello che non finisce mai.
> Potrei dirti che baciarti mi ha insegnato che volare è possibile, e che tutte le volte che ti guardo sento il vuoto sotto i piedi.
> Potrei dirti che sei bella da morire, potrei dirti che "oh, sei tutta la mia vita".
> Ma tutto questo, tutto quello che potrei dirti, non basterebbe a spiegare quello che ho nel cuore, quello che sento dentro. Un po' come non basterebbe descrivere una notte d'agosto in riva al mare, con le stelle, la musica e il cielo blu, con gli sguardi, il falò e il rumore della vita, quella

> vera, quella che ti fa saltare, quella che parla dei tuoi occhi e di quanto mi manchi. E tutto questo io non potrei raccontarlo a nessuno, nemmeno a te, perché per capirlo lo devi respirare. Perché per crederci lo devi vivere. Ci devi essere. Ecco, per comprenderlo, devi correre fuori, a perdifiato, verso il mare, fino alla riva, fino alle stelle e al cielo blu, fino alla musica e alla magia, ma se poi arrivo lì, e tu non ci sei, il mare è solo mare, le stelle sono solo stelle, e la magia non è magia. E tu, tu non lo saprai mai quello che ho nel cuore, quello che volevo dirti, e quanto ti amo... Perché non potrei spiegartelo con quattro parole.

Anche loro, gli amici, quando l'hanno sentita, hanno cercato di parlarle, di spendere delle buone parole per me, spiegandole che sto malissimo e che voglio solo lei, e che per Ginevra davvero non provo più nulla, e che non l'ho presa in giro ma ho avuto solo un attimo di cedimento, di confusione, un momento che mi è servito per chiudere il cerchio e mettere un punto definitivo a un capitolo sbagliato della mia vita, Bianca a parte. Ma lei, mi dicono, resta in silenzio o cambia discorso.

Marzia, qualche giorno fa, parlando di questo mi ha detto: «Lore, le hai fatto davvero tanto male, un male profondo, pazzesco, credo che lei sia stata molto peggio di me, io in fondo l'avevo capito che le cose con Riccardo non stavano girando, ultimamente, lei invece custodisce questo immenso amore per te da una vita, da sempre, e quando pensava di potersi aprire, quando aveva sentito nel cuore, fidandosi delle tue parole, quelle parole che le avevi detto, parole importanti... Cose grosse che in una donna innamorata fanno breccia, ti segnano... Ecco, quando aveva creduto che i suoi sogni si stessero realizzando, come succede solo in certe favole, tu le hai dato una pugnalata, di quelle che non ti riprendi più, di quelle che ti chiudi a riccio per tutta la vita, di quelle che alzi muri, muraglie, fortezze, e punti i cannoni!».

Io l'ho ascoltata con la coda fra le gambe come un cane bastonato. «Hai ragione, hai ragione, sono una merda, e non volevo ferirla, ma io la amo davvero, da morire, in un modo che di più sarebbe impossibile, lei, mia madre e Bianca, in tre modi differenti, sono le mie prime ragioni di vita... quelle per le quali potrei sacrificare la mia, di vita!»

«Lo so e ti credo, con tutto il cuore, Lore, per questo noi dobbiamo convincerla, sono sicura che alla fine capirà, e ti perdonerà, lo sento...»

«Sei speciale! Un'amica e una persona speciale, Marzia...»

«E tu? Senti chi parla! Tsè!» e ride.

E rido...

Adesso sento una fitta continua e lancinante all'altezza del cuore, e mi parla di te, amore mio...

Avevo dimenticato di dirti che non c'è un solo angolo di bellezza, nell'universo, che non abbia un po' il sapore delle nostre dita che si intrecciano dopo essersi cercate sotto le lenzuola...

Avevo dimenticato di dirti che quando ci siamo baciati, quella sera, davanti a quell'osteria del centro, ecco, lì ho capito che forse io, nella mia vita, non avevo mai baciato davvero nessuno!

Avevo dimenticato di dirti che la logica ha dei confini chiari, ma che quando mi guardi come mi guardi tu, la matematica diventa un'opinione, una scienza non esatta che serve solo a calcolare il tempo necessario perché i tuoi occhi si posino di nuovo sui miei, rimettendo in discussione, tutte le volte, le regole e le certezze, le stelle e le galassie, la luce e il buio.

Avevo dimenticato di dirti che, senza di te, il mondo è un contenitore pieno di mari, di terre, di fiumi, di persone, di case, di cose, di cielo e di sole, di fuoco e di aria, ma manca una cosa, senza di te, la poesia, l'amore, la scintilla che accende tutto e muove l'universo, ecco, senza di te, il mondo è pieno di meravigliose cose ferme, immobili. Inanimate...

Prima ho fatto un giro di telefonate per disdire tutti gli appuntamenti, le lezioni e gli impegni nei locali di lunedì e martedì, in realtà dovremmo rientrare a Roma in tempo, ma meglio essere cauti e non rischiare figuracce con i clienti.

Mi ha chiamato Marcello, un tizio del circolo sportivo, lo conosco poco ma a pelle c'è una certa simpatia reciproca, ha un giro diverso dal nostro... A lui e ai suoi amici mancava una persona per una partita a calcetto che avevano fissato per le 17 e sono andato, mi è parsa una manna dal cielo, ne avevo troppo bisogno! Ho i nervi tesi, una corda di violino, solo il calcetto può attenuare un po' questa cosa, in quell'ora di guerra, sudore, scatti e fuoco riesco a estraniarmi praticamente da tutto. E così è stato, *quasi*... Nel senso che la partenza di domani è troppo grossa per riuscire a smettere di pensarci, e io sto troppo male per Sofia, per come l'ho trattata, per il fatto di averla apparentemente illusa, anche se così non è stato. E poi, ecco, e poi la amo troppo, e la amo da morire, e la amo, la amo, la amo e la amo! E quindi, no, una partita di calcetto non è bastata a farmi dimenticare tutto per un'ora, ma un po' mi ha scaricato. In campo poi ero una mina vagante, sembrava davvero mi stessi giocando la coppa del mondo, a un certo punto Marcello, col suo accento toscano molto simpatico mi ha detto: «L'è tutto ok? Un tu farai mica uso di coca?».

«Come uso di droga, in che senso? No, no...»

E lui, ridendo ma anche serio: «Madonnina bona, un ti fermi mai, corri com'un pazzo, tu c'hai gl'occhi iniettati di sangue... e poi, oh, te lo dico: noi qui s'ha paura a mettere la gamba nei contrasti con te, ma che tu ci vòi mandare tutti in ospedale?».

«Oddio, perdonami, Marcello, non me ne sono reso conto! Sono un po' teso, ecco... Ma tranquilli, sono inoffensivo!»

«E menomale! Chissà icché tu facevi se tu eri pure pericoloso...» e ride ancora.

Comunque ci siamo divertiti, e, per inciso, abbiamo vinto, e ho segnato due goal! Uno dei quali, cazzo, da vero bomber! E poi, ecco, erano secoli che non vincevo a qualcosa...

In questi giorni ho finito la canzone per Sofia, *Anche quando farà freddo*, sono soddisfatto, secondo me è un bel pezzo, ha il ritmo e il sound che volevo, ma quello che conta davvero è che è scritta col cuore, per lei, solo per lei, e spero le piaccia, se deciderà di uscire sulla spiaggia...

Ora sono a casa, è quasi l'ora di cena, e Bianca è in cucina con mamma, la aiuta a preparare le polpette al sugo e la pasta fatta a mano, è felice con sua nonna, passare del tempo con lei, Bianca adora le cose semplici, purché, in quelle cose, ci sia amore, ecco cosa ci insegnano i bambini, che va bene tutto, a patto che ci sia amore...

Prima di mettermi a letto con la mia principessina, dopo cena sento di nuovo Valerio per un saluto veloce, poi mi chiama Davide, per un in bocca al lupo. Per ultima sento Marzia per sapere se è tutto ok, e per confermarle che sarò da lei alle 7 in punto.

Quindi prendo Bianca per farle le coccoline mentre le ricordo che domani partirò, come le avevo detto, per lavoro, che tornerò prestissimo, e che lei starà con la nonna, ma io la chiamerò spesso! Le chiedo di fare la brava, e le ricordo che manca poco al giorno del trasloco nella nuova casa, la nostra piccola casa stellata. Lei è dolcissima, chiede solo una volta (la prima di oggi, intendo): «E pecché pe' laoro devi pattire, papo?».

«Perché devo andare a vedere degli strumenti musicali in Sardegna, ma poi torno presto.»

Le chiedo se vuole che le racconti una storia nuova, e lei dice sì, e mentre le faccio le carezzine e le parlo dei *foglietti parlanti*, poco dopo crolla, come sempre meravigliosamente addosso a me...

Io resto con gli occhi aperti per un po', a guardare il soffitto, a pensare e ripensare a Sofia, a come potrà andare, a cosa potrà succedere...

Mi torna in mente la sera di Lecce, pochi giorni fa, toccata e fuga, una sola notte, tu avevi un corso di aggiornamento per commesse addette alla vendita nei corner libri dei supermercati.

Passeggiavamo nell'incantevole centro storico della città, non pensavo che Lecce fosse così incredibilmente bella...

Avevamo cenato in una trattoria di cucina locale, ed era tutto così meraviglioso! Tu, il posto, l'atmosfera, la semplicità delle cose piccole ma preziose, come bere il vino della casa con te, e parlare di tutto, raccontarci un sacco di episodi, tu del tuo lavoro, io del mio e del fatto che vorrei tornare a scrivere seriamente, mettere su una band... Mi sentivo così libero di aprirmi, anche rispetto ai miei sogni, ché i sogni, anche quando cresciamo, sono sempre lì, a ricordarci che la vita è una, e che l'unico modo di viverla è continuare a inseguire le cose che ci rendono felici, quelle che sentiamo nostre e ci fanno battere il cuore. E io ero felice quella sera, ti sentivo mia, e sono sempre felice quando sto con te. Stavo così bene, bene come forse non ero mai stato.

Avevamo appena visto il Duomo, in quella piazza che più che una piazza sembra un miracolo. E forse lo è...

E tu avevi detto: «Dio che meraviglia!».

E io: «Da pelle d'oca...».

«L'arte, i monumenti, viaggiare... Cosa c'è di più bello?»

«Tu! Tu sei più bella...»

«E tu un musicista figo e paraculo!»

«Naaaa... Sono solo figo!» e avevamo riso insieme.

Poi mi hai preso la mano e ci siamo incamminati per le stradine del centro verso Palazzo De Noha, il nostro incantevole albergo realizzato in un palazzo d'epoca.

Prima di entrare, ci siamo appoggiati su un muretto, mi hai guardato dritto negli occhi, e in quello sguardo c'erano milioni di parole, tutte bellissime, e allora ci siamo baciati, e come sempre è stato stupendo. Sentivo il cuore in gola. E mi tremavano le mani. Poi, senza parlare, siamo saliti in camera.

Ecco, Sofi, quella sera non te l'ho detto bene come avrei voluto, perché i momenti belli, quelli che ci fanno assaporare anche solo per un attimo la felicità, ecco, a volte ci terrorizzano, ci immobilizzano. Ci rendono stupidi, perché iniziamo a farci domande assurde, tipo quanto durerà, e quando arriverà il contraccolpo del dolore, della delusione. E allora per limitare i danni tiriamo il freno a mano, cerchiamo di razionalizzare, dosiamo l'entusiasmo, e roviniamo tutto...

E quindi, quella sera non te l'ho detto, ma... Hai presente quando passi davanti a un posto meraviglioso? Una casa, un paesaggio, un'isola vista dall'aereo... e dici: "Oddio, guarda! Pensa quanto sarebbe bello vivere là!"? Ecco, tu per me sei quel "là".

Peccato non avertelo detto...

Sto nel mondo dei sogni ormai da un po', con Bianca fra le mie braccia, quando suona il citofono, un solo colpo secco. Mi alzo di scatto, controllo l'ora: sono le 2. Bianca per fortuna non si sveglia, mamma sì e si alza con me, ovviamente è preoccupata, e pure io, chi cavolo è a quest'ora? Lo pensiamo entrambi...

«Chi è?» chiedo.

«Noi!»

Sembrano le voci di Valerio e Davide.

«Oh, che cavolo è successo?»

«Abbiamo una cosa da darti, possiamo salire un attimo?»

«Venite» dico io frastornato, poi tranquillizzo mamma spiegandole che è tutto ok.

Quando apro la porta vedo che hanno in faccia un sorriso di quelli stampati, soddisfatti...

«Ma che combinate, pazzi?» gli dico. «Che mi dovete dare?»

«Questa!» risponde Davide facendosi avanti e... non posso crederci, in mano ha la chitarra, e sembra proprio *quella* chitarra!

«Cavolo, ragazzi, sembra la stessa!» e nel frattempo la prendo in mano, la tocco, guardo l'adesivo di *Ritorno al futu-*

ro consumato, le iniziali mie e di Sofia, è tutto perfettamente uguale, ci sono solo le corde che stonano, sono nuove...

«Non "sembra", è proprio quella!» risponde Valerio compiaciuto.

«Nooooo! Ma come avete fatto? Siete andati a chiedergliela?» domando su di giri.

«Gliel'ho rubata!» risponde Davide. Ed è così surreale che quasi non ci credo. Io lo guardo esterrefatto, cioè, Davide che fa una cosa del genere? Rubare... Uno che non è mai nemmeno salito su un autobus senza il biglietto! Non ci posso credere, che poi in un altro momento sarei pure un po' infastidito dalla cosa, cioè non sono mica uno che fa il tifo per l'illegalità... ma in questa circostanza, paradossalmente, la cosa mi commuove, perché lui ha fatto questo gesto che va contro i suoi valori, va contro tutta la sua vita basata sull'assoluto rispetto delle regole, e l'ha fatto per me. Solo per me. È come se si fosse violentato per dimostrarmi affetto, per fare la sua parte in questa cosa che stiamo vivendo tutti insieme e a cui tengo tantissimo, insomma, sono davvero commosso, non so bene cosa dire e allora lo abbraccio. Poi li faccio entrare, e ci sediamo sul divano del salotto.

«Oddio, Davide, conoscendoti posso solo immaginare quanto ti sia costato farlo...»

«Eh...» risponde lui, abbassando lo sguardo.

«Ma come hai fatto, dove l'hai trovata?» chiedo ridendo per cercare di smorzare il suo imbarazzo.

«Ehm...» interviene Valerio stravaccato sulla poltrona. «In realtà avrei giocato un ruolo chiave anche io, eh... mo', va bene dare il merito a Davide, ma diamo anche a Cesare quel che è di Cesare!» dice sottolineando la cosa con un fischio e cercando lo sguardo di Davide come conferma.

«Vero, vero… Valerio è stato fondamentale nella cosa…»

«Praticamente, il giorno dopo che hai parlato di questa chitarra a casa di Guido, ho beccato Alfredo che entrava con la macchina nel box, io la mia l'avevo appena parcheggiata, e con la scusa di salutarlo, ho sbirciato, sai, un po' di fortuna qualche volta può esistere… e infatti, girando qua e là con lo sguardo nel box di Alfreduccio, che ti becco? La chitarra con l'adesivo quadrato arancione! Appoggiata lì, dietro a vecchie valigie, a portata di *mano*…»

«Assurdo! La teneva lì?» Mi scappa da ridere ma mi trattengo.

«Esatto!» Lui no, lui non si trattiene!

«Allora l'ho detto a Davide, e oggi ci siamo appostati lì, aspettando che tornasse a casa, e quando è arrivato ho fatto nascondere Davide dietro una colonna esterna, proprio davanti ai nostri box, io ho fatto finta di uscire dal mio come se avessi appena parcheggiato l'auto, e poi l'ho salutato ancora, e quando sono uscito dall'auto, prima che chiudesse la serranda l'ho chiamato chiedendogli se poteva aiutarmi a capire se le mie gomme erano ok, perché il computer di bordo mi segnalava un problema… e quando è entrato nel mio box… *tack*! Davidemanolesta è uscito allo scoperto, ha preso la chitarra ed è tornato a nascondersi di nuovo dietro la colonna… Quindi ho ringraziato Alfredo per il parere mostrandomi sorpreso dal fatto che il computer di bordo non segnalasse più alcun problema. E niente, il resto è storia…» dice Valerio allargando le braccia e guardando il suo compare.

Io lo ascolto, li guardo, e non riesco ancora a crederci… «Siete pazzi! Folli. Meravigliosi, ragazzi! E vi adoro!» Poi prendo la chitarra e chiedo: «Ma le corde nuove?».

«L'abbiamo portata in un negozio di strumenti musicali,

le hanno dato una registrata, hanno stretto le viti delle chiavette, hanno dato un'occhiata al capotasto e al pickup, e hanno montato le corde migliori che avevano...» dice Valerio con la sua solita precisione e padronanza.

«Ragazzi, io non ho parole! Facciamo così: pensiamolo come un *prestito*, un *prestito d'amore*... Poi gliela riposizioniamo lì, dove l'abbiamo presa, ed è come se non fosse successo niente, eh?»

«Ecco, è un'idea stupenda!» dice subito Davide, visibilmente sollevato.

«Oook!» risponde Valerio visibilmente indifferente. «Ma secondo me quello non se ne accorgerà mai che gli manca quella chitarra! Comunque ok...»

E mentre Valerio parla io inizio a suonarla, è accordata! Inizio il giro di *Anche quando farà freddo*, canticchio la prima strofa... loro restano lì, a bocca aperta, perché capiscono che è lei... poi smetto per un attimo di cantare e dico: «È questa... è questa la canzone che ho scritto per Sofi...» e li guardo serio...

Davide dice: «È stupenda, Lore, è davvero stupenda!».

Valerio non dice nulla, ma ha gli occhi lucidi e se li tocca facendo un'espressione ridicola e dolcissima, fingendo di avere tipo l'allergia o qualcosa del genere.

«Ecco, amici, dopodomani sarà il grande giorno...» parlo mentre continuo ad arpeggiare, «e comunque andrà, vi devo tanto, tutto...»

Dopo un po' ci salutiamo, con degli abbracci immensi che sanno di amicizia vera. Mi fanno l'in bocca al lupo, mi rassicurano sul fatto che andrà tutto alla grande, e poi li saluto promettendo di tenerli ovviamente informati.

Quando siamo sulla porta arriva mamma da dietro, che a quanto pare è rimasta sveglia, mi mette una mano sulla spalla e li saluta ringraziandoli con affetto di tutto quello che fanno per me e per l'amore che mi dimostrano, sottolineando, però, di non sapere nulla di quella chitarra e di come sia finita in casa nostra...

E poi rivolgendo loro un sorriso disarmante, di gratitudine, che scalda i cuori di tutti noi.

Saluto mamma, abbracciandola ancora, senza aggiungere altro o fare commenti. Le auguro la buonanotte, e torno in camera. Appena entro guardo Bianca, in penombra, sola nel letto... cucciola! La sua manina sembra quasi cercare la mia, sento lo stomaco contorcersi, mi siedo sul bordo e le accarezzo i capelli, è un po' sudata, sembra agitata, sarà un po' per il caldo, o forse sta facendo un incubo, un sogno brutto... Le prendo la mano sperando di tranquillizzarla, e con l'altra, la destra, afferro un taccuino, ne ho sempre uno sul comodino, e scrivo:

> Ci saranno quelle notti che sentirai il cielo nel cuore, lo zucchero filato e il sole, e ci saranno carezze, come quelle che ti sto facendo adesso io, cercando di non svegliarti...
> Ci saranno amiche leali, ragazzi gentili, momenti magici, e sarà tutto bello...
> Ci saranno quelle notti che sentirai il buio nel cuore, e il tuo cielo sarà senza stelle, sarai un po' triste e un po' spaesata, tu fidati delle tue sensazioni, resisti, amore di papà, sei tu la tua forza, sei tu il tuo cielo stellato! Credi in te stessa, e non smettere mai di sorridere!
> Ci saranno quelle notti che avrai paura, perché dovrai fare

una scelta, e non sarà facile, perché qualche volta, scegliere, comporta un dolore, per noi e per gli altri. Però, ecco, la felicità, la tua felicità, dipende da te, dipende dalle scelte che dovrai fare. Tu sii coraggiosa! E prenditi la tua vita, proteggi i tuoi sogni! Difendi le cose in cui credi. E così sarai felice, te lo prometto, sarai felice!
Ci saranno quelle notti che ti sentirai innamorata, con il cuore in gola, e un pensiero fisso. Diventerai rossa quando lui farà cose semplici come sorriderti. E impazzirai baciandolo. Ci ripenserai, subito dopo. Sarà stupendo.
Lui ti sembrerà quello giusto, gli donerai tutta te stessa, e sul piatto sarai pronta a mettere tutta la tua vita. Perché è così che si fa, quando si ama, è questo che fanno le persone coraggiose: credono nell'amore. Si fidano. Senza muri. Senza freni. Senza inganni. Con quell'ingenuità tipica degli eletti.
E poi ci saranno quelle notti in cui sarai triste, disperata, perché lui ti tradirà, si prenderà gioco di te, dei tuoi sentimenti, delle tue parole, ti spezzerà il cuore, e tu non sarai pronta, perché scoprirai presto che le persone belle, piccola mia, non sono mai pronte al male, all'inganno, alla meschinità. E di notte ti sentirai morire, ti specchierai e ti vedrai brutta, guarderai il tuo viso, il tuo corpo, e li troverai imperfetti, sbagliati. Maledirai quelle parole che non hai detto, quei gesti che non hai fatto, ti darai colpe che non avrai, e il tuo viso si bagnerà, soprattutto quando sarai sola, in un angolo, le tue mani tremeranno, ti chiederai perché, ti risponderai che è tutta colpa tua…
Ma poi ci saranno quelle notti in cui il tuo viso si appoggerà sul petto di un amore nuovo, che ti porterà con sé su un pianeta lontano, che ti farà volare, che ti farà sentire amata,

speciale, unica nel suo cuore. E allora ti specchierai e finalmente ti vedrai bella, perché questo sei tu, meravigliosa, la creatura più incantevole dell'universo. E anche quando sarai grande, piccolina mia, ci saranno quelle notti in cui avrai bisogno di un sostegno, di un aiuto, di una parola di conforto, e papà, ecco, ricordalo, papà sarà sempre lì, pronto a sorreggerti, pronto a proteggerti da tutto e tutti. Pronto a dare la vita per te. Perché ti amo nel modo più grande e assoluto possibile. Perché sei tutto per me. E ci saranno quelle notti, come questa notte, in cui vorrò gridarlo all'universo intero, quanto ti amo! Ma senza fare rumore, con dolcezza, in silenzio, per non svegliarti, per guardarti dormire...

Cagliari
23 luglio, ore 20.05

Ora, mentre loro parlano, sento un rumore strano, sordo, ripetuto, sinistro. Sembra un terremoto, una gigantesca motosega che squarcia tutto! Sono terrorizzato! Perso! Mi manca lei, mi manca da morire! E non mi sento più protetto, forse è arrivata la fine, forse mi stanno per uccidere, forse hanno già ucciso anche lei! Il rumore aumenta, c'è una luce forte, accecante, io sono anni che sto qui, rinchiuso, al buio, non la sopporto la luce, dove sei, amore? Che ti hanno fatto? Cosa le avete fatto? E adesso? Adesso, cosa volete da me? Perché mi state portando via da lei? Aiuto! Aiuto! Sento freddo! Dove mi mettete? Io sento un gran freddo! Amore! Sto morendo, mi sto spegnendo. Mi sento mancare, oltre a non riuscire a muovermi, adesso sento che mi sto davvero spegnendo...

42
Sai, amore, ti ho sognato...

La vita di Marzia e Lorenzo
Domenica 21 luglio 2019

Quando mi alzo, alle 6, Bianca dorme come un piccolo angelo. La valigia è pronta da ieri, mamma però è già sveglia e operativa. «Il caffè è pronto!» mi dice, e poi mi fa una carezza sul viso.

«Grazie!» le rispondo, sorridendo, e lei ricambia con un sorriso che è molto più di un sorriso, è uno scambio di intesa e complicità e amore...

«Mi raccomando, vai tranquillo, conosco te e conosco Sofia, so quello che c'è tra di voi, stai facendo una cosa meravigliosa per lei, e lei lo capirà, lo apprezzerà! Me lo sento...» mi dice mamma mentre bevo il caffè.

«Spero che quello che senti sia giusto, mamma, in ogni caso grazie per come mi stai sempre vicino.»

Quindi, prima di uscire, entro in camera e bacio Bianca, le accarezzo i capelli, ogni giorno è più bella, la bambina più bella del mondo, la bacio ancora sulla guancia, le faccio le ultime coccoline, appoggio delicatamente il mio viso sulla sua schiena, solo per respirarla un po', per sentire il suo calore, per regalarle il mio. Quindi, prima che l'emozione sia troppo forte, mi alzo e vado.

Alle 7 sono sotto casa di Marzia, davanti all'entrata del suo lotto alla Garbatella, la vedo uscire in jeans e T-shirt, col sorriso e gli occhiali da sole, piena di energie, e già questo mi trasmette un senso di speranza e felicità. Ha un piccolo trolley rosa ricoperto di brillantini, e uno zaino. Scendo, la saluto con un grande abbraccio e la aiuto.

Il bagagliaio del Maggiolino non ha molta capienza, ma riusciamo a farci entrare tutto, mettendo qualcosa nei sedili posteriori.

Non so dove mi porterà questo viaggio, non so se quello che sto facendo servirà davvero a qualcosa, ma so che voglio provarci, provarci fino in fondo, lo devo a Sofia, a quello che rappresenta per me, ma prima di tutto lo devo a me stesso, al mio cuore, all'amore immenso che provo per lei. Non mettere sul piatto tutto quello che ho sarebbe rinunciare per sempre a inseguire quei luoghi di bellezza assoluta che ci appartengono, che ci alleggeriscono il cuore e ci concedono chance di felicità, sarebbe il tradimento più grande che potrei fare alla mia stessa vita. La amo, la amo da sempre, anche se ero troppo cieco per vederlo, e ho commesso degli errori, sì, ne ho fatti! Non sono stato bravo a capire che la amavo fin dall'inizio, non sono stato pronto, perché certe volte anche i miracoli ci sfuggono di mano, forse perché, essendo miracoli, capita che non li crediamo veri, li sviliamo, li declassiamo a rumore anziché musica, come chi confonde vetro e diamanti, come chi confonde la pioggia con le lacrime, come chi pensa che un tramonto sia solo un tramonto e che le stelle siano solo punti gialli e luminosi nel cielo di notte. Forse tutto questo succede perché non siamo allenati alla magia, alla follia, alla parte più vera e spirituale della nostra esistenza, forse perché per guardare un miracolo devi ricordarti di chiudere gli occhi e aprire il cuore, sennò i miracoli restano tali solo per pochi, per chi li sa vedere, per chi sa andare oltre, e ci sfuggono come sabbia dalle dita. Ecco, io spero di avere la possibilità di recuperare, di riprendermi il mio miracolo...

«Pronti?» chiedo a Marzia che mi guarda e mi sorride ancora.

«Pronti!» risponde convinta. «Ho sentito Guido poco fa, a Cala Caterina ci aspettano!» Penso di essere profondamente fortunato ad avere amici come lei, come Valerio e Davide, e come Guido, con il quale non smetterò mai di sentirmi in difetto per tutti quei pregiudizi assurdi con cui l'ho giudicato fino a pochi giorni fa, quanto si può essere cretini... Anche con lui ho sbagliato tanto, anche con lui dovrò recuperare!

«Marzia, non sai quanto conti per me quello che state facendo, quello che stai facendo! Dal supporto morale all'aiuto con la barchetta, senza contare l'avermi voluto accompagnare in questo viaggio, è un momento cruciale della mia vita che stiamo condividendo, sono felice che tu sia nella mia vita, e ti devo molto! Grazie! Devo molto a tutti voi!»

«Lore, sei impazzito? A parte che non ho fatto nulla di che, a parte che mi diverte e mi rende felice poterti aiutare anche solo un po', e questo vale anche per tutti gli altri... Ma poi, dico, fra amici esistono forse questi discorsi? E poi anche tu mi hai aiutato con Riccardo, con la canzone, siamo pari! Anche se poi con quello stronz... Vabbe', lasciamo perdere!» e fa l'espressione di chi sta pensando cose cattivissime ma non vuole dirle. Le sorrido e lei continua: «Tornando a noi e alle cose belle... Ripeto, fra amici non ci si dice grazie, e noi siamo amici! Ok?».

«No, Marzia, tu stai facendo molto di più, e penso che tu sia stato un dono prezioso, come Valerio, Davide e Guido. E

Sofia... Dico sul serio! Un dono che proteggerò in qualunque modo!»

«Ehi, così mi commuovi!»

«Era ora, cavolo, biondina di ghiaccio!» dico stemperando l'atmosfera e rido.

«Ma sentilo! Oh, guarda che io cerco di trattenere le emozioni quando sono con te, perché non so se alla tua età le reggi certe cose...» ride forte.

«Ah ah! Buona questa!» poi torno per un attimo serio: «Non si dice, hai ragione, ok, ma permettimelo solo un'ultima volta: grazie!».

«Ti uccido!»

«Ok, parto!»

«Ecco, meglio per te...» lo dice e fa partire *Nera* di Irama. «Uuuuh! Che spettacolo questa!»

Io la guardo, sorrido, e penso che anche lei sia un miracolo, uno di quelli che, per fortuna, ho saputo vedere col cuore... Poi mi giro e metto in moto, e si parte!

Troviamo un po' di traffico sul raccordo, come sempre del resto, ma subito dopo il casello è tutto liscio, la Roma-Napoli scorre che è una bellezza, ma visto che abbiamo deciso di scappottare il Maggiolino ci siamo attestati a una velocità moderata, favorita da lunghe chiacchierate che in qualche caso sono sfociate in pause di silenzi nelle quali ognuno di noi si è rifugiato per confrontarsi con se stesso, con le proprie emozioni, con le domande, con le risposte, con i mostri, con le delusioni, con le speranze... E c'è una cosa, non una novità, ma una splendida conferma: io e Marzia è come se fossimo amici da una vita, perché possiamo permetterci di stare insieme e non parlare senza avvertire il minimo disagio, che bello!

«Questo pezzo lo amo!» dice alzando un po' il volume, mentre nello stereo è appena partito *90MIN* di Salmo.

«Credo sia uno dei più belli che ha scritto...»

«Che poi non è propriamente il mio genere preferito, ma lui è davvero un genio!»

«Esatto, lui è un genio, a livello di parole, di testo, di messaggio, nel suo genere ha davvero pochi rivali!»

«Sono d'accordo...»

Nel frattempo non ci rendiamo nemmeno conto che la canzone sta finendo...

«Oh, ce la siamo persa!» dice Marzia ridendo, «la rimettiamo dall'inizio?»

«Per forza!»

E quando attacca il basso insieme alla batteria, il nostro coro è di quelli entusiasti, sguaiati, a squarciagola, di quelli che sfidano il vento e tutto l'universo!

Durante il viaggio ho sentito mamma che con un enorme sforzo ha saggiamente evitato di farmi domande che mi avrebbero messo in imbarazzo su come mi sentissi, su Sofia e tutto il resto... Poi mi ha passato Bianca.

«Papo, 'uando torni?»

«Amore, papà è appena partito! Però torno prestissimo, giuro...»

«Va beeeene!»

«E che fate di bello con la nonna?»

«'rima abbiamo fatto coazione con una costatiiina buonissima che ho peparato io!»

«Davvero?»

«Sììì!»

«Ed era buona, dolce amore mio?»

«Buonissimaaaa, con la mammellata di mittilli!»

«Di mirtilliiii? Ma è supermega buona!»

«Sììììììì!»

«E me ne lasciate un pezzettino?»

«Sì, papo!»

Poi mi ha detto una cosa che mi ha steso: «Papo, io da grande voglio sposare te!».

Logicamente sono rimasto qualche secondo in silenzio senza sapere come rispondere.

«Ehi, amore, mi riempi il cuore di gioia, però quando sarai grande non potrai sposare me, perché io sono tuo padre, cucciolina...»

«E peccheeé?»

«Perché troverai qualcuno che ti amerà da morire, quasi come me, ma in modo diverso, e sarai felice! Ok, principessa?»

«Oooook...» e dopo un attimo di silenzio aggiunge: «E tu sposerai di nuovo la mamma, alloa?».

«Amore, ecco, questo non lo so, non credo, io e la mamma ci vogliamo un mondo di bene, ma adesso non stiamo più insieme... lo sai, vero?»

«Sì, lo so...»

Dio, quanto la amo.

Poi l'ho salutata con il cuore in subbuglio promettendole di chiamarla "sempe sempe".

Abbiamo anche sentito più volte Valerio, Davide e Guido che ci ha tranquillizzato su tutta la logistica.

«Senti... Io comunque ogni tanto ripenso a questa cosa che Guido e Rareza sono la stessa persona! Ma a te non sembra straordinario? Cioè, io lo seguivo con venerazione, capisci? E poi scopro che è lui! Ancora non ci posso credere! Ed è davvero bravo, è un artista fenomenale, disegna e scrive da dio! E poi... Ma quanto deve amarla quella donna di cui ci ha accennato? Quella con cui ha rotto tempo fa... Ma perché, dico, perché le cose belle devono essere sempre così difficili?»

Più che una domanda, la sua, sembra un'affermazione, quasi uno sfogo.

«Hai ragione, Guido è un grande artista, meriterebbe molto, molto di più! Sotto ogni profilo... E sulle cose belle che sono sempre difficili... eh, guarda io che ho combinato! Qualche volta siamo noi a renderle difficili! È colpa nostra! Comunque io ho provato a chiedere a Guido se in Sardegna, oltre all'enorme favore fatto a me di dipingere la barchetta, ecco, se avesse sistemato anche l'altra questione...»

«Oddio, io non ho avuto il coraggio, e credo nemmeno Vale e Davide... E cosa ti ha risposto?»

«"C'è stato un inizio, ma sai, Lore, le cose belle hanno il passo lento": questo mi ha risposto, e a me è sembrata una cosa positiva ma non ho chiesto oltre!»

«Sì, sembra anche a me una risposta positiva... Speriamo bene!» dice Marzia, dolcissima. Poi guarda il telefono e aggiunge: «Sssììì! Coglione!».

«Che succede?» chiedo curioso.

«Niente, sai Giulia, la mia amica?»

«Sì, certo! Quella alta e mora.»

«Lei! In pratica aveva perso la testa per un ragazzo, uno che vive lì in zona da noi, e aveva cominciato a uscirci, a vederlo, cioè, stavano proprio insieme! Questo la scorsa estate, quando ancora io e lei non ci conoscevamo... Insomma, per fartela breve, un bel giorno lo becca a baciarsi con una ragazza, e chi era lei? Una delle sue più care e storiche amiche! Ma ti rendi conto? Oltre al tradimento di lui, pure quello di lei!»

«Cazzo...»

«Esatto, ti rendi conto?»

«Terribile! Deve essere stato un bel colpo!»

«L'ha stesa! Lei ovviamente ha chiuso con entrambi, senza voler sentire nemmeno mezza scusa! E adesso che si è ripresa, che finalmente ha conosciuto un'altra persona di cui sembra persa, sai quei colpi di fulmine... Insomma, lo stronzo che fa? La ricerca piagnucolando, dicendole che la pensa tanto tanto, facendole lusinghe...»

«No, vabbe'! La faccia come il culo, lui!»

«E sai perché? Perché l'ha vista per strada camminare con quel ragazzo, tra l'altro uno figo stellare... Ma ti rendi conto che meschino?»

«Senza parole...»

«Mi ha mandato lo screenshot del loro scambio:

Christian: "Ehi, ciao, ti ho vista passare ieri, eri con un tipo, credo... Comunque volevo dirti che ti penso spesso. Ti ho pensato tanto. E mi dispiace per come è finita... E soprattutto volevo dirti che sei sempre stupenda! Ecco, volevo proprio dirtelo... ☺"

Giulia: "Volevi dirmi questo? Ma davvero tu, adesso, dopo quello che mi hai fatto, pensi di fare colpo su di me con qualche frasetta d'effetto, dicendomi che sono stupenda? Davvero mi sottovaluti così tanto? Ero stupenda anche quando mi tradivi di continuo e intanto mentivi senza vergogna fingendo di amarmi, lo ero anche quando ti prendevi gioco di me insieme a lei, pensandovi furbi solo perché dall'altra parte c'era una persona che si fidava, onesta, e forse troppo ingenua. Ero stupenda anche quando recitavi pateticamente il ruolo del bravo ragazzo, della persona pulita, dell'uomo affettuoso, sempre attento, riempiendomi di parole in cui non credevi, false, vuote. Ero stupenda anche quando ti dicevo che avevo bisogno di te, che avevo bisogno di vederti, di un tuo abbraccio, perché mi sentivo triste e sola senza di te, perché ti amavo da morire, e tu mi rispondevi che ne avevi bisogno quanto me, e che forse tu mi amavi anche di più di quanto ti amassi io, ma che l'università e lo sport non ti facevano respirare, e questo ti uccideva, e io, stupida, ti consolavo pure, ti dicevo di non preoccuparti, perché quello che contava era che ci amavamo, e avremmo avuto tutta la vita per recuperare, per stare insieme, e magari mentre ti dicevo questo tu eri con lei, a prendervi gioco e ridere di me, della mia fiducia, dei miei sentimenti... Sono stupenda? Sì, lo so! E lo pensa anche la persona con cui sto adesso. Che mi stima e mi rispetta. Quindi adesso prendi le tue belle parole, insignificanti e vuote come te, e torna da dove sei venuto, nel tuo teatrino da quattro soldi, a fare quello che sai fare meglio di chiunque altro: il pagliaccio. Ciao stupendo!"»

«Eh... Giulia è stata una grande, e lui se l'è proprio cercata!»

«Sì, coglione! Anzi... Stupendo...» ripete Marzia ridacchiando e visibilmente compiaciuta. «Mi dispiace, non sono cattiva, io, e non godo per le sfighe degli altri, ma non toccare i miei amici!»

«Sei la numero uno, Marzia, la numero uno!»

«Ma che dici?»

«Quello che ho detto, vedrai...»

Lei non risponde ma appoggia la sua mano sul mio gomito per un attimo e mi fa un piccolo sorriso che sta per "grazie, sono felice che pensi questo di me...", poi su Spotify passa *Torna a casa* dei Måneskin e lei urla «Yeah!» e alza il volume a palla cominciando a cantarla a squarciagola. E io la seguo!

Arriviamo a Napoli per le 10, l'idea è quella di andare a bere un ottimo caffè in centro, lasciare la macchina in un garage e scendere a Mergellina, per una passeggiata, e così facciamo. Il traghetto è stasera, quindi saremmo potuti partire più tardi, ma Marzia non ha mai visto Napoli e ho voluto almeno regalarle la possibilità di un giro in città. Mi sembrava il minimo, visto quello che sta facendo per me.

Il bar dove prendiamo il caffè è uno di quelli storici, che poi a Napoli non è solo una questione di caffè, è altro, è molto altro. In quelle poche operazioni eseguite dal barista ci sono secoli di arte e maestria, c'è uno stile di vita, c'è il sapore delle cose vere, dal prendere la tazzina immersa nell'acqua bollente, al riempire il contenitore di caffè macinato con la giusta quantità, l'esatta, perfetta quantità, ecco, è tutto parte di un rito, anche estetico, quasi religioso e un po' trascendentale, anche questo è amore, e Napoli lo sa...

Marzia non aveva mai bevuto il caffè a Napoli. Lo buttiamo giù in due sorsi, per quanto è corto e buono, e rimaniamo entrambi per uno o due secondi con gli occhi chiusi a sognare...

«Allora? Che ti dicevo?»

«Cavolo, è pazzesco! Pazzeeeescoo!» esclama Marzia, appena riapre gli occhi.

«Oddio, per un attimo quando hai detto "pazzeeeesco" mi hai ricordato Vale!»

Ridiamo e ringraziamo il barista. La giornata è stupenda, calda ma non torrida, camminiamo per ore senza una meta precisa: il porticciolo di Mergellina, la tomba di Leopardi, la riviera di Chiaia, via Caracciolo, San Gregorio Armeno, il chiostro di Santa Chiara, Port'Alba. Il panorama sul golfo è mozzafiato, ti fa sentire il cuore pieno di speranza, e poi il Vesuvio, Posillipo: com'è possibile tanta bellezza in un solo luogo?

«Quello che si dice su Napoli è pura verità, non ho parole!» dice Marzia mentre fa foto e video con il telefono. «Ho fatto mille Storie su Insta! Sotto ho scritto: "Napoli meravigliosa, vista insieme alle tue amiche del cuore ancora di più..."» mi fa l'occhiolino, «così quando Sofia visualizza, siamo tranquilli che non sospetta nulla.»

«Grande, Marzia! Hai tutto sotto controllo!»

«Eh, sì... Magari! Tutto a parte la mia vita, e il mio corpo...»

«In che senso? Cosa intendi?» le chiedo mentre siamo seduti su un muretto a goderci il panorama più bello del mondo.

«Dài, era una battuta...»

«Non lo era! Intendevi Riccardo?»

«Anche, sì...»

«Come va, come ti senti?»

«Sai qual è la cosa assurda? Che adesso che sento che la fase peggiore della sofferenza è passata, ecco, adesso sento che si sta trasformando in altro, in qualcosa di diverso, come se adesso sentissi che i conti io non devo più farli con quell'amore, con lui e con il fatto che mi ha lasciato. Adesso sento che quel mondo, quei sogni in cui avevo creduto e che quando Riccardo se n'è andato mi sono crollati addosso, ecco, sento che non mi toccano più come prima, perché forse erano solo una mia proiezione, ero io, ero io e la necessità di immaginarmi in quel modo, accanto a qualcuno che mi completasse, che mi aiutasse a essere me stessa, e adesso che è passata la fase acuta del dolore, ora mi sento come svuotata, persa, ora ho bisogno di raccogliere i pezzi e ritrovare me stessa, al di là di Riccardo, ho bisogno di riprendere in mano la mia vita, ho bisogno di volermi bene, ecco...» Lo dice con un sorriso dolcissimo e abbassa gli occhi.

«Capisco, Marzia.» Le accarezzo il viso. «Capisco... E non credere sia tanto comune questa tua profonda e importante autoanalisi! La maggior parte della gente non ci arriva proprio a capire e affrontare certe dinamiche interne, e quando lo fanno, spesso, è troppo tardi. Guarda me...»

«Lore, hai fatto il tuo percorso, i tuoi passi falsi, ma adesso sei qui, a ritrovare te stesso e la tua strada, e il fatto che tu abbia qualche anno più di me, ti rende ancora più bello, perché non ti sei arreso all'inerzia della vita, dei fatti, non hai lasciato decidere al tempo come fa chi mette la testa sotto la sabbia per paura di guardarsi dentro e scoprire che non è felice. No, tu hai scelto! Hai scelto di concederti l'opportunità di essere felice, e per questo io ti ammiro molto!»

«Marzia, tu hai la capacità di imbarazzarmi e di strapparmi un sorriso in qualunque situazione! E pensare che volevo strapparne io uno a te...»

«Ecco, adesso me lo hai strappato!» E anche se porta gli occhiali da sole, Marzia, lo so, quando ride, ridono anche i suoi stupendi occhi blu.

«Me lo dài un abbraccio?»

«Certo che te lo do, e quando me lo faccio scappare l'abbraccio di uno gnocco come te!»

Quindi ci stringiamo forte, e dopo esserci staccati lei mi dice: «Ti voglio tanto bene, Lore!».

Nella sua espressione però leggo un po' di preoccupazione, quindi approfitto per chiedere: «Ohi, senti... ma prima, quando ti ho chiesto se stavi giù per Riccardo, hai risposto "anche", non mi è sfuggito eh!» dico alzando l'indice a mo' di finto rimprovero.

«Vecchietto bono, non ti sfugge niente oh!»

«Non delle cose che mi interessano, non più...» Poi incalzo: «Quindi? Dimmi, dài!».

«Ma no, niente, lo sai... la mia salute, te l'ho detto che sta peggiorando...»

«Sì, mi avevi accennato che ti eri sentita un po' stanca, più del solito, e che avevi avuto dolori articolari, ma poi mi avevi detto che eri stata meglio e che secondo i medici era normale...»

Lei mi guarda e mi sorride con un'espressione che sta per "va bene, lo ammetto, in effetti non ti ho detto tutto".

«Marzia... c'è qualcosa che dovrei sapere?»

«Ehm... in effetti sì, ho fatto dei controlli, c'è un rischio serio al cuore, la miocardite ha fatto più danni del previsto, le medicine non stanno funzionando come dovrebbero...»

«Cavolo, Marzia, ma perché me lo hai nascosto?»

«Non lo so, non ne ho parlato con nessuno, forse perché, in fondo, volevo nasconderlo anche a me stessa... Di questa novità negativa, lo sanno solo i miei...» e dopo qualche secondo di silenzio, «... e Sofia... e adesso tu...»

«E cosa puoi fare, cosa si può fare?»

«Non molto...»

«Che significa?»

«Se le cose dovessero peggiorare, se la situazione dovesse precipitare, ecco, mi salverebbe solo un trapianto, ed è tutto meno che semplice...»

«Cioè?»

«Sono già in lista, perché questa cosa che ho non migliorerà, anzi...» e dopo un attimo di pausa mentre io la ascolto in religioso silenzio, «paradossalmente, al momento, rispetto a tantissime altre persone, io sono considerata "in buona salute", non in immediato pericolo di vita, in più il donatore dovrebbe essere compatibile con me, il gruppo sanguigno, la taglia, la tipologia di morte, quindi, è tutto un po' un casino... Ma adesso sto bene, quindi basta con questi discorsi tristissimi, ok?»

Io resto per un po' pietrificato, non so cosa dire, poi la guardo e mi butto: «Appena tornati a Roma cerchiamo di capire insieme se ci sono vie... se ci sono altre strade da battere, ok?».

«Oooooook, nonnino, però adesso smettila di rompere eh!» dice alzandosi dal muretto, «e andiamo a fare un altro giro, ti va? Ce la fai?» e ride ancora.

Io mi alzo e la abbraccio di nuovo, ma questa volta la stritolo.

«Oh, ma che mi vuoi uccidere prima del tempo?»

«Ah ah ah! Sei tremenda! Sì, ti voglio uccidere di bene!» Poi aggiungo: «Dimmi solo una cosa, Marzia, come stai adesso? Mi sto sentendo profondamente in colpa per il fatto che sei qui, potevi startene a casa a riposarti...».

«Ti giuro solennemente su tutto quello che ho di più sacro che da ieri non ho avuto nemmeno una volta un sentore di malessere, nemmeno minimo, mai stata così bene negli ultimi mesi, giuro!» Lo dice alzando una mano e portando l'altra al petto. «Ok così? Ora mi credi? Prometti di smetterla di preoccuparti e di rompere?» Le ultime parole le urla con una finta espressione di chi non ne può davvero più.

Io le sorrido e rispondo: «Ok, biondina, andiamo a fare un giro in centro...».

E ci incamminiamo lungo via Toledo, imbocchiamo Spaccanapoli e verso le 14 siamo in piazzetta Nilo, quella con il tabernacolo di Maradona. Decidiamo di mangiare una pizza in un posto storico, dove dobbiamo fare una fila assurda per entrare. Ma ne valeva la pena...

Dopo pranzo recuperiamo la macchina per fare un giro, per goderci un po' la città osservandola dal finestrino, alla fine arriviamo a Marechiaro, a Posillipo, parcheggiamo di nuovo e facciamo una passeggiata veloce, fra gli scogli, scendendo giù fino al mare. Ci fermiamo a osservare la famosa "fenestrella" che ispirò poeti e scrittori, dove c'è sempre un fiore fresco esposto, e penso a quando Riccardo mi ha regalato una felpa, una rosa rossa e un biglietto con scritto: "Sei tutti i fiori del mondo...".

Alle 17 ripartiamo e ci dirigiamo verso il traghetto, parte alle 19, ma è altamente raccomandato arrivare prima perché ci sarà un'infinità di persone e di auto in partenza.

«Mettiamo *Anche fragile* di Elisa?» chiede Marzia.

«Quanto la amo quella canzone!»

«È la nostra canzone, Lore, rappresenta tanto la nostra emotività, il nostro carattere, la sensibilità che ci accomuna...»

E quando parte la cantiamo sottovoce entrambi, e a me, come sempre quando la ascolto, vengono i brividi...

Per arrivare al porto passiamo di nuovo sul lungomare di Mergellina, e sulla destra noto un bar con una veranda in legno e mi riviene in mente un episodio di qualche anno fa.

Era il 2016, e io ero venuto per registrare una sessione di pianoforte come turnista per un cantante pop locale, era una domenica mattina e stavo facendo due passi a piedi proprio qui intorno, e vidi una Spider rossa, come quella del film *Il laureato*, tenuta da dio, era così figa che non potei fare a meno di fermarmi a guardarla e fotografarla. Accanto alla macchina c'erano quelli che dovevano essere i proprietari, un bell'uomo sui quarant'anni o poco meno, e una giovane ragazza, molto bella, mi chiesi se fossero una coppia, anche se la differenza di età mi sembrava eccessiva, poi entrai nel bar per prendere un caffè, e passando li sentii parlare, e lei diceva: «Papà, la ritroveremo mamma... me lo sento!». «Laura, amore di papà, ti voglio un mondo di bene...» E poi si abbracciarono. Ho pensato per anni a quella scena, a quella spider rosso fuoco tirata a lucido, a quelle parole, a quell'amore che sentivo nell'aria, palpabile, era lì e aveva toccato anche me. C'era l'amore, c'era la sofferenza, c'era una madre e una compagna da trovare, chissà dove, chissà perché... e io ho pregato per loro, perché la ritrovassero, perché fossero felici!

Mentre penso a questo sento l'esigenza fisica di parlare con mia figlia, anche solo pochi secondi. Abbasso il volume dello stereo scusandomi con Marzia: «Vorrei chiamare un attimo mia madre per salutare Bianca, ti dispiace?».

«Ma certo che no!»

Quindi compongo il numero.

«Ohi, ma'... come va?»

«Bello di mamma, come stai? L'avete trovata, avete fatto pace?»

«No, te l'ho detto, arriveremo domani in Sardegna, e nel caso sarà domani sera...»

«Come "nel caso"? Vedrai che ti perdonerà! Ne sono certa, mamma le cose se le sente, lo sai no?»

Resto un attimo in silenzio, poi dico: «Ok, vedremo... Senti, ma Bianca? Che fa? È ancora lì con te?».

«Sì, Ginevra dice che la passerà a prendere fra mezz'ora.»

«Ah, perfetto! Me la passi?»

«Ok. Ti mando un abbraccio enorme... Ti voglio bene!»

Dopo pochi secondi sento la voce della mia principessina.

«Papooooo! 'uando tonni?»

«Amoreee! Te l'ho detto prima, torno prestissimo, dopodomani sono da te! E dimmi, come stai? Quanta crostata hai mangiato?»

«'uanto manca a dopodomani?»

«Manca pochissimo, amore mio! Vedrai che in un battibaleno sarò lì!»

«Devi laorare tatto tatto?»

«Piccola bellissima, ho da fare una cosa davvero importante, ma ci metto poco, promesso!»

«Va bene, papo.»

«Poi quando torno cantiamo insieme la canzone di Marco Mengoni che ti piace tanto, ok?»

«Occheiiiiiii!»

«E poi ti porto anche un regalo bello bello!»

«Davveoooo? Sììììì!»

«Giuro, amore di papà! Mi manchi da morire, sei la mia vita, lo sai?»

«Sci...»

«Sci?» Quanto è dolce...

«Sci!» e sotto sento del rumore e poi mia mamma dire che è arrivata Ginevra. «Papo, devo scendere! Mi porto Pinkie.»

«Ti amo! Papà ti ama! Non scordarlo mai, mai! Promesso?»

«Pomesso!»

Attacco che ho il magone allo stomaco, pazzesco come ci si possa sentire per la distanza, nonostante io sappia che la rivedrò tra quarantotto ore... È l'alchimia che si crea fra un padre e una figlia, un legame magico che non si può spiegare se non ci si passa, se non lo si vive. Darei la mia vita per lei...

«Sta bene?» mi chiede Marzia.

«Sì sì, dice che le manco, ma sta bene!» rispondo sorridendo.

Nel frattempo arriviamo al molo, e come da programma c'è un casino di gente, ci mettiamo in fila e aspettiamo il nostro turno per imbarcare il mio Maggiolino, che nonostante i suoi anni continua a fare il suo lavoro.

Saliamo a bordo solo alle 18.50. Chiusa la macchina, ci avviamo verso le scale che ci portano su e con qualche difficoltà riusciamo a trovare la nostra cabina, posiamo i bagagli e ci rilassiamo.

La cabina è abbastanza accogliente, ha due letti, un bagno, un armadio e un oblò da cui si può guardare il mare. Siamo entrambi un po' stanchi, ma anche elettrizzati per domani.

«Dici che uscirà, che mi vorrà vedere?» chiedo a Marzia, riferendomi a Sofia, a domani, alla sorpresa che abbiamo preparato.

«Ma certo che uscirà!» risponde Marzia sicura, mentre si stira sul letto e poi alza le gambe in aria come quelli che fanno yoga.

«Speriamo...» rispondo sorridendo. Ti penso tanto, Sofi...

Sai, amore, ti ho sognato...

Eravamo seduti sugli scalini del palazzo dove vivono ancora i tuoi, c'era una luce strana, però, e noi eravamo piccoli. Bambini. La strada era sterrata, e il nostro quartiere ai margini della città, con i suoi palazzi grigi tutti uguali, sembrava diverso. Più freddo, più lontano...

Io ti dicevo «Sei bella!», e tu mi guardavi con quei tuoi occhi delle meraviglie, poi esplodevi in un sorriso dei tuoi, uno di quelli che mi fanno battere il cuore tutte le volte, e tutte le volte mi ricordano che la felicità ha il sapore delle cose semplici. E il quartiere all'improvviso sembrava meno grigio. Meno freddo.

Nel sogno, io ero agitato, imbarazzato, avevo altre cose da dirti, amore mio, le avevo dentro, dentro al cuore, ma non riuscivo a dirle. Mi tremavano le gambe. E sudavo, sudavo tanto. Ma il coraggio non mancava!

Avrei voluto prenderti la mano, solo che non potevo muovere la mia. Sai i sogni, amore, quelli in cui vorresti rigirare l'universo ma resti immobile, paralizzato.

Ecco, io in quel sogno avrei voluto rigirare l'universo per te. Avrei voluto dirti che ti avevo scelto, che eri tu, che non me la immaginavo una vita senza di te, che se volevi potevamo andare sull'altalena, al parco dietro casa, che ti avrei spinto io, per farti volare, per farti essere felice, che ti avrei protetto io dalle cadute. Ti avrei protetto io...

Poi a un certo punto, nel sogno, eravamo diventati grandi, grandi come siamo ora, così grandi che non riusciamo più a dirci nemmeno "scusa" o "mi manchi".

Tu eri grande ma avevi ancora lo sguardo di te bambina, e lo stesso sorriso. Io ero grande, ma avevo ancora il coraggio di me bambino, e la stessa emozione.

Infatti ti prendevo per mano e dicevo: «Ti amo, lo sai che ti amo?».

Poi, tutto a un tratto eravamo di nuovo piccoli, sugli stessi scalini, e tu mi guardavi ancora, e mi sorridevi come sai fare solo tu: rendendo il mio mondo un posto più bello.

Poi mi sono svegliato di soprassalto. Ero tutto sudato. Emozionato. E mi tremavano le gambe.

Ti amo, lo sai che ti amo?

Lo sai che rigirerei l'universo per te? Te l'ho mai detto, amore?

Verso le 21 chiedo a Marzia se ha fame.

«Andiamo a mangiare qualcosa?»

«Ma sì, dài...»

Il ristorante all'interno del traghetto ha l'aspetto di un ristorante all'interno di un traghetto: tavoli rotondi, sgabelli, radica ovunque.

Marzia prende dello spezzatino con patate e verdure, io una bistecca precotta e della cicoria ripassata. Ci spariamo anche una bottiglia di rosso.

«Ragazzina, vedi di non bere troppo eh!»

«Anche tu, il classico nonnino alcolizzato...»

«Ah ah! Sei terribile. Bionda e terribile!»

«Lo puoi urlare!»

Verso le 22.30 siamo di nuovo in cabina, e il vino ci ha dato una bella botta.

Iniziamo a parlare, ovviamente ricadiamo su Sofia, ma anche su Riccardo, e su Ginevra...

«A pelle mi è sempre stata sul cavolo, posso dirtelo?»

«Ah ah ah! Potevi dirmelo anche prima eh!»

«No, dài, non mi sembrava carino...»

«Sai che c'è? Non è colpa sua, lei non ha avuto la possibilità di essere diversa, di scegliere, di credere in se stessa, nelle cose vere, in quelle che contano...»

«Cioè?»

«Cioè è vissuta in un ambiente che l'ha messa in trappola, in una gabbia d'oro, lei non sa, non ha mai saputo cosa fosse vivere la propria vita davvero, seguendo certi valori... La sua famiglia non l'ha aiutata in questo, e in qualche modo non è colpa di nessuno...»

«Ora capisco meglio cosa intendi...»

«Non è cattiva, io le voglio bene, ma lei non credo avrà mai modo di guardarsi realmente dentro, di cambiare, forse, potrebbe accadere se decidesse di seguire una terapia, ma dovrebbe prima sentirlo lei...»

«E tu perché ci sei stato così tanto tempo, perché hai scelto lei e non Sofia, perché ci hai fatto una figlia?» Poi forse si rende conto di aver messo la quinta, perché torna sui suoi passi: «Oddio, scusa, sono stata poco delicata e molto invadente...».

«No, hai ragione... Perché? Perché qualche volta i fantasmi delle persone si incontrano, si incastrano, si colmano, ma è solo un'illusione, temporanea e passeggera, io avevo dei mostri dentro che si incastravano perfettamente con i suoi, ecco... Ma un paio d'anni fa sono stato in analisi, per un anno circa, poi ho smesso, è una cosa che non sa nessuno, a parte te adesso...»

«Ed è stato grazie all'analista che hai capito chi sei e cosa vuoi?»

«Avevo bisogno del mio tempo, di tempo e coraggio per capire bene quello che già avevo dentro ma fingevo di non vedere... Un giorno lo psicologo mi ha detto: "Lei non ha bisogno di nessuno che la completi o che la renda più *figo*, lei è già completo, lei è già *figo*...".»

«Ha usato proprio la parola "figo"?»

«Sì, facendomi anche un po' il verso... Era una parola che ripetevo sempre, in effetti, quasi come un'ossessione, me lo fece notare lui, è come se Ginevra potesse farmici sentire, come se senza di lei io mi credessi uno "sfigato", un musicista fallito di una periferia romana dimenticata da dio, ecco... E lui mi diceva: "Lorenzo, lei è già *figo*, molto più di quello che crede! Io la guardo e penso: *è un figo*, ok?".»

«Lo adoro! Lo amo proprio il tuo psicologo!»

«È morto...» dico.

«Cazzo, e come?»

«Cancro...» E mi ritrovo a piangere. «Sai, mi ero affezionato molto, gli volevo bene, era davvero l'unico che mi conosceva, che aveva saputo capirmi fino in fondo...»

«Mi dispiace tanto!» dice Marzia mettendosi in ginocchio sul letto, sporgendosi verso il mio.

«Tranquilla, è la prima volta che lo racconto a qualcuno, e allora mi sono emozionato, ma sto bene. Comunque, ecco perché non sono più andato... Ma quel giorno a casa di Ginevra, quando stavo per fare quella cazzata, ecco, lì ho capito che lui mi aveva già detto tutto, mi aveva messo nelle condizioni di capire, di fare da solo, di essere quello che sono, un *figo*! E di uscire per sempre dalla mia, di gabbia, per correre verso la felicità...»

«Lore, grazie per questo insegnamento che mi stai dando, grazie!»

«Tu sei giovanissima e già più in gamba di me...»

«Magari...»

Quindi si alza e viene ad abbracciarmi, e restiamo così, per un bel po', senza aggiungere altro.

Poi, come nulla fosse, si rialza e torna sul suo letto.

Continuiamo a parlare fino a tardi, è incredibile quante cose abbiamo voglia di dirci e come ci risulti facile farlo, aprirci, liberarci.

Verso le 4 di notte, crolliamo. Esausti. Alleggeriti. Con una missione da compiere.

43
Anche quando farà freddo

La vita di Marzia e Lorenzo
Lunedì 22 luglio 2019

Alle dieci in punto siamo a Cagliari già nel nostro Maggiolino.

Decidiamo di andare a fare colazione in un bar al Poetto, stupendo...

«Eccola lì» dico a Marzia, indicando una montagna con una forma concava, «quella è la famosa Sella del Diavolo... la chiamano così perché, vedi, sembra proprio che qualcuno ci sia seduto sopra.»

«Vero!» dice Marzia con entusiasmo, mentre mangia la sua brioche con un latte macchiato.

«Questo mare fantastico e cristallino che vedi è il Golfo degli Angeli... La leggenda vuole che ci fu una battaglia, migliaia di anni fa, fra il bene e il male, fra diavoli e angeli, e che alla fine prevalse il bene, gli angeli mandati da Dio, e Lucifero fu sconfitto e sradicato dal suo cavallo, e rimase solo la sua sella che nel tempo si cementificò» spiego mentre bevo il mio caffè.

«Che figata! Succederà lo stesso anche questa sera!» e mi sorride, poi si allontana per rispondere al telefono, mentre io ne approfitto per pagare. Dopo qualche minuto torna verso di me.

«Ci sei? Ripartiamo?»

«Ci sono! Era un mio amico, scusami! Tra l'altro mi ha scritto Guido, e dice che il tizio ci aspetta per pranzo, così ci mostra la barca, e vediamo se è tutto ok, se abbiamo tutto quello che ci serve...»

«Perfetto! Andiamo tranquilli, ci mettiamo circa un'ora e mezza ad arrivare a Villasimius, anche due, perché il paesaggio che incontreremo è stupendo, e vale la pena goderselo...»

Prima di ripartire mando un messaggio a Guido: "Ciao, ci tenevo a ringraziarti ancora, sei un amico e ti devo un favore grosso come una casa... ☺ Stiamo partendo ora da Cagliari, per l'ora di pranzo saremo dal tuo amico!".

Dopo pochi secondi arriva la sua risposta: "Non dirlo nemmeno per scherzo! Ti voglio bene, e fra amici non serve dire grazie! Buona fortuna, Lorenzo!".

La costiera sarda da questo lato è stupenda, suggestiva, meravigliosa! Sulla destra costeggiamo il mare, che poi chiamarlo mare è riduttivo, non può essere solo mare qualcosa che ha tutti i colori del mondo racchiusi in sé, è di più, non solo mare, non solo acqua, è magia, poesia, incanto, rapimento, seduzione...

Io e Marzia non diciamo quasi una parola, perché siamo occupati a goderci questo spettacolo incantevole, e forse, un po', non parliamo perché inizia ad avvicinarsi il momento, quel momento! Sento, lentamente, dentro di me, un'ansia salire, un magone, un senso di inquietudine e sospensione, e ho l'impressione che per Marzia, pur in modo diverso, sia lo stesso. Anche lei ci tiene tanto, ha preso fortemente a cuore questa cosa, vorrebbe davvero vederci insieme, uniti, e questo mi emoziona, mi commuove, è una ragazza d'oro, rara e preziosa.

Sergio è un tipo simpatico, abbastanza anziano, gli do un settantacinque anni, apparentemente un po' rude, il classico uomo di mare, presto scopriamo che è vedovo e che lavora al porto di Villasimius da quando era un ragazzo. In realtà capiamo subito anche che è di una gentilezza unica, insiste per invitarci a mangiare qualcosa a casa sua, e alla fine accettiamo.

A tavola, nella sua cucina vissuta e caratteristica, piena di colori, cianfrusaglie e vecchie foto, ci racconta un sacco di cose di sé, della moglie morta dieci anni fa, dell'amore che li legava, e di quello che lega lui al mare. Ha lavorato per una vita come dipendente di una società che gestisce tutto ciò che riguarda le imbarcazioni ferme in banchina. E anche adesso che è in pensione da diverso tempo, collabora e dà una mano tutti i giorni, perché nessuno ha la sua esperienza e le sue capacità.

Ci dice di voler molto bene a Guido, che è «unu bravu picciocu», per motivi soprattutto personali, non legati al lavoro, ma non entra nei dettagli, e noi non chiediamo. Ma capisco sempre di più che Guido è una persona piena di risorse, che semina amore e rispetto.

Sergio si mette ai fornelli e ci serve ottimo vino e delizioso cibo, piatti della tradizione sarda: carciofi con bottarga e ventresca di tonno, spaghetti ai ricci di mare, anguille arrosto e, per finire, sebadas, seguite da mirto e liquori vari. Alla fine io e Marzia scoppiamo.

«Siete giovani! Dovete mangiare!» dice con quella tipica

cadenza sarda che sa sempre un po' di ordine e un po' di rimprovero… e questo fa sorridere.

«Signor Sergio, più di così?» dice Marzia con le mani sulla pancia.

«Ah ah ah!» ride lui. «Hai un viso simpatico tu, mi piaci! E pure tu!» rivolgendosi a me.

«Grazie signor Sergio, e grazie per il supporto con la barca, per noi… ehm, per me è davvero importante.»

«Gli amici di Guido sono amici miei. Non so cosa cerchi, ma ti auguro di trovarla!»

«Grazie, grazie ancora. Cerco qualcosa di speciale che ho perso, per colpa mia, e spero di recuperarla!»

«Se il tuo cuore è sincero la recupererai» assicura ancora con quella cadenza imperativa e solenne, che in questo caso suona come un sollievo.

«Spero che abbia ragione, signor Sergio» rispondo.

«Ma certo che ha ragione» interviene Marzia, scambiando un'occhiata di intesa con il padrone di casa, che le sorride, forse è la prima volta che glielo vedo fare, e poi le fa l'occhiolino.

«L'avevo detto che mi piaci, sei una ragazza sveglia, che capisce le cose della vita, andrai lontano.»

«E mi dica, signor Sergio, come faremo questa sera?»

«Dunque… tu lasci la ragazza in hotel, giusto? Nell'hotel della spiaggia dove dobbiamo arrivare con la barca dipinta da Guido… Ho capito male?»

«No no, esattamente, verso le 20, 20.30 lascio lei in hotel…» Il piano è appunto questo: Marzia prende la stanza che ho prenotato a nome suo e mio, porta i nostri trolley in camera, che è sullo stesso piano e corridoio di quella di Marzia (nei giorni precedenti è riuscita a farselo dire), io ritorno al porto e poi verso le 20 scatta l'ora x del nostro piano, Marzia manda un messaggio a Sofia, se non le risponde subito la chiama o, in ultima istanza, va alla reception e chiede di contattarla al telefono della camera.

«Ecco! Poi tu torni qui, e quando mi dài l'ok, ti traino con un gommone fino alla spiaggetta dell'hotel… ti lascio a trenta metri, con i remi in un minuto sei a riva.»

«Ah ok, perfetto!»

«Considera che ci impiegheremo circa quindici minuti per arrivare, il mare sarà una tavola questa notte, e il tempo è ottimo, quindi calcola tu quando partire, in base alle tue esigenze, io sono a tua disposizione.»

«Signor Sergio, ecco, io le sono davvero, davvero grato per la sua disponibilità!»

«Smettila sennò mi arrabbio!» dice Sergio serio, questa volta fa quasi paura, poi versa un altro bicchierino di mirto, l'ennesimo, a me e a Marzia. Poi, con un sorriso aperto che lascia intravedere la mancanza di molti denti, il che gli dona, ai miei occhi, una connotazione di tenerezza e simpatia, dice: «Alla vostra! Alla salute! Alle cose che abbiamo perso, a quelle che contano, a quelle che vanno recuperate!».

«Salute!» esclamiamo noi in coro.

Pieni, soddisfatti, tesi, e sempre più ansiosi del momento che si avvicina…

Nel frattempo si sono fatte le 17, Sergio gentilmente ci porta a vedere la barca, quando arriviamo restiamo senza parole, Marzia urla «Cazzo!» e poi si mette le mani davanti alla bocca chiedendo scusa a Sergio.

«Va bene» dice lui, «niente scusa… Va bene!»

Sembra esattamente quella dei miei ricordi, Guido ha applicato anche un effetto vintage, o non so cosa, so solo che è praticamente identica all'originale, ma mi fa emozionare ancora di più, è come se stessi riavvolgendo il nastro, tornando indietro nel tempo per fare la scelta giusta...

«È stupenda... Perfetta!» dico con un filo di voce.

È tutto pronto, adesso non mi resta che fare del mio meglio, dare il mio meglio, e sperare che basti...

Sono le 21 in punto e mi trovo sulla barca, Sergio mi ha appena lasciato. Arriva un WhatsApp di Marzia: "Sono qui, ho provato a scriverle e a telefonare ma non mi ha risposto, ora sono alla reception, ho chiesto di lei, la stanno chiamando in camera, ti aggiorno...".

"Ok..."

Ho il cuore che mi esplode, non so se riesco a reggere ancora. E se non c'è? E se c'è e dice a Marzia che non ne vuole proprio sapere? E se Marzia non riesce a essere abbastanza convincente, visto che in fondo ha solo diciotto anni?

L'acqua è calmissima, fa un rumore stupendo, e la barchetta oscilla appena su questa tavola azzurra, trasparente anche di notte. Imbraccio la chitarra per esorcizzare l'emozione, accenno con la massima delicatezza alcune note, è il giro di *Anche quando farà freddo*, è in La minore, ho scelto questa tonalità perché avevo bisogno di qualcosa di dolce e malinconico, romantico e profondo. Il giro l'ho trovato in pochi passaggi, l'armonia, le parole e la melodia, poi, in questi giorni, sono davvero venute da sé, è stato quasi tutto automatico, come quando il sole tramonta, o gira, o nasce, come quando sale la luna o cala, o come quando inizia a nevicare, come quando piove e la terra si bagna, è venuto tutto naturale, perché era per Sofia, e la verità è che, in fondo, tutto ciò che la riguarda, per me, per il mio cuore, è sempre stato meravigliosamente semplice e naturale…

A proposito della luna, questa sera è pazzesca, piena, illumina tutto disegnando i profili delle cose in modo quasi magico, senza parlare del cielo, blu, immenso, stellato, mi manca il fiato, forse è perché non posso più resistere, sta passando più del dovuto, forse le ha già detto di no, che non uscirà, che non vuole vedere nessuna sorpresa, che non vuole vedere me, forse ha detto a Marzia che ha fatto male a venire a cercarla, magari era con un uomo, uno conosciuto qui in Sardegna o in hotel, magari non mi ama davvero più, forse abbiamo fatto una cazzata enorme, ma del resto se non l'avessi fatta non me la sarei perdonata, avrei vissuto sempre con questo rimpianto, l'ennesimo. Perché, è vero, avrei potuto cercare di incontrarla anche a Roma al suo rientro, ma per me era importante fare questo viaggio, lanciarle un segnale, è un modo per recuperarla, e un po' anche per recuperare me stesso e rimediare ai miei errori. Perché quando amiamo dobbiamo essere pronti a tutto, e se lei deciderà di non uscire, di non parlarmi ne sarà valsa comunque la pena. Avrò comunque fatto un passo verso il mio cuore, verso la mia felicità. Sofia merita questo, il mio impegno, l'abbattimento di ogni muro emotivo, il superamento di quella cazzata chiamata orgoglio, merita il mio amore, la mia cura, ogni mia attenzione, ogni mio pensiero, e sussulto, ecco, lei merita questo, e molto, molto di più.

Ormai sono venti minuti che sto qui, e mentre penso a tutto questo, le mie mani continuano a scorrere vellutate sulle corde della chitarra, la stessa di vent'anni fa, ma sono sempre meno convinte, meno decise. Da qui vedo le luci delle camere dell'hotel accendersi e spegnersi, e fantastico sulle storie d'amore che stanno vivendo tra quelle mura: mi piace pensare che quando una finestra diventa buia, non significa che un sentimento si è spento, al contrario, sta cercando un angolo di riservatezza per splendere; mi piace pensare che questo avvenga perché due corpi iniziano a sfiorarsi, a toccarsi, perché le labbra cominciano a baciarsi, perché le mani si cercano; mi piace pensare che ogni volta che quella luce si spegne, quei corpi cerchino di accendere una vita, unendosi, facendo l'amore; mi piace pensare questo perché è il modo più bello di vivere. E perché, in fondo, è quello che vorrei...

Ma piano piano si insinua nel mio cuore un po' di malinconia, di rassegnazione, un velo di tristezza perché mi rendo conto che è passata mezz'ora e Sofia non arriverà mai... Pensandoci bene, ha ragione, al posto suo non vorrei incontrarmi nemmeno io. Cazzo, sono stato uno stronzo, l'ho illusa con parole forti, destabilizzandola, giocando con il suo equilibrio, con la sua fragilità, e poi l'ho pugnalata, invece di proteggerla e custodirla, io l'ho uccisa! E non c'è scritto da nessuna parte che io debba avere un'altra possibilità, che poi in fondo era già la seconda, ma non è mai così semplice capire, non è mai così semplice scegliere la strada giusta, non è mai così semplice guardarsi dentro e ascoltare il cuore. Sembra semplice, ma non lo è...

Mentre poso la chitarra e impugno i remi per tornare al molo dietro l'insenatura dell'hotel, arriva un messaggio. È Marzia: "Oh...".

"Ehi..."

"Come ti senti?"

"Eh insomma... Ho lo stomaco sottosopra, e ho capito che non verrà, vero?"

Vedo che resta online ma non risponde. Povera, non sa come dirmelo.

Poi vedo che ricomincia a digitare. E ci mette tanto. Sta cercando le parole più delicate, quelle che mi feriscano il meno possibile.

Continua così ancora qualche secondo. Dev'essere una cosa lunga. Non vorrei essere al suo posto.

Ecco finalmente il messaggio, e mi si gela il sangue: "Sei pronto?".

Dentro di me si riaccende una speranza, che cerco di tenere a bada, per non illudermi. "Sei pronto" potrebbe voler dire qualunque cosa, anche "pronto per tornare a casa". Ma nel profondo di questo momento sento una piccola vibrazione che mi spinge ad aggrapparmi a questo sogno. Che diventa una meravigliosa realtà quando leggo il messaggio successivo, che per un attimo mi fa girare la testa e mi scaraventa su un pianeta lontanissimo: "Sta uscendooooo! ♥♥♥".

Ritorno coi piedi sulla barchetta. Imbraccio i remi e con tutte le mie energie viro verso la spiaggetta dell'hotel di Sofia. Quando sono a venti metri, ancora immerso nell'oscurità del mare, la vedo sbucare da una vetrata e avvicinarsi a passo lento verso la riva. Ha un vestito bianco di lino e la pelle abbronzata. Dietro di lei, ma a distanza, c'è Marzia. Avanzo ancora e poco prima della riva getto l'ancora e accendo velocemente le due lanterne, a poppa e a prua. Mi alzo in piedi, salgo sul sedile di legno, prendo la mia chitarra e parto a suonare.

Dopo un primo giro di introduzione, inizio a cantare:

Tu, che quando siamo insieme mi fai sentire perfetto, io che ho passato la vita a disegnare le mie mancanze, a odiare le mie imperfezioni

Tu, che prima di essere spogliata vorresti essere capita, perché senza capirti nessuno saprà mai spogliarti...
Tu, che è tutto un casino fino a che non sorridi
Tu, che quando il sole scivola sul mare, non è solo un tramonto, ma siamo io e te

Tu, noi... anche quando farà freddo, anche quando farà freddo

Mentre canto, vedo Sofia che mi guarda. Porta le mani tra i capelli, con l'espressione sbalordita di chi si chiede "ma che fa?". Poi le sue mani scendono a coprire il viso, e quando le abbassa vedo che i suoi occhi sono completamente bagnati.

Tu, che sei la vigilia di tutti i miei momenti più belli
Tu, che resti anche quando te ne vai
Tu, che per spiegare l'infinito parlo di noi due
Tu, che quando parlo d'amore inizio sempre col tuo nome

Tu, noi... anche quando farà freddo, anche quando farà freddo

Continuo a suonare come se la musica arrivasse dal cielo, come se la mia voce fosse una sola con quella del mare, tanto che a un certo punto non sono più sicuro di essere io su questa barchetta color arcobaleno e con la scritta "Kiss" ripetuta ovunque sullo scafo.

Tu, che sei l'abbraccio in cui mi perdo quando nessuno sa dove trovarmi
Tu, che in fondo una canzone non è mai davvero bella se non mi parla di te
Tu, che sei l'inizio dei miei finali più belli

Tu, che ti amo da impazzire, ti va di passare il resto della vita insieme?

Tu, noi… anche quando farà freddo, anche quando farà freddo

Una piccola onda mi fa perdere leggermente l'equilibrio. Abbasso gli occhi, senza smettere di suonare, per stabilizzare i piedi. E quando li rialzo vedo Sofia togliersi i sandali e cominciare a correre verso di me. Al che, senza pensarci un attimo, scendo in acqua, completamente vestito, tenendo la chitarra in alto e continuando a suonare e cantare.

Tu, che sei l'inizio dei miei finali più belli
Tu, che ti amo da impazzire, ti va di passare il resto della vita insieme?

Tu, noi… anche quando farà freddo, anche quando farà freddo

Vedo Marzia indietreggiare un pochino e piangere anche lei.

Sofia arriva a pochi centimetri da me e ci guardiamo fissi negli occhi. Il suo sguardo è serio, tremendamente serio, e le lacrime le scendono sul viso. Ed è bella, cavolo, è la donna più bella del mondo, è la donna più bella di sempre. E io sono follemente innamorato.

«Ti amo da morire. Ti amo come non ho mai amato nessuno. E ti amo da sempre.» Restiamo un attimo in silenzio, poi aggiungo: «Scusami se ci ho messo tanto a capirlo, scusami se sono stato tanto stupido. Ma ti amo, ti amo troppo, sei la mia vita».

«Tu sei pazzo, matto da legare, ma ti amo da morire anche io.»

A questo punto smetto di suonare e tengo la chitarra con una mano, per il manico, alzandola al cielo.

«Ma... Oddio! L'adesivo, la nostra chitarra! E la nostra barchetta...» dice piangendo, poi mi mette le braccia al collo: «Ehi...».

«Ehi...»

E le nostre labbra finalmente si sfiorano, per poi perdersi in un bacio infinito.

E lo so, lo so che i baci sono tutti magici, ma questo, questo bacio, è IL bacio, è il mio miracolo, è tutte le stelle del mondo, è l'aria che mancava, è il brivido che mi fa sentire vivo, è la mia occasione di felicità che non perderò mai più! Non è solo un bacio, è anche una rinascita...

Non è solo un bacio, è anche la mia vita...

Lo senti questo vuoto? No, questa volta non fa male, questa volta no... Ma dimmi, amore, dimmi... Tu lo senti adesso tutto questo cielo sotto i piedi? Tu lo senti tutto l'universo e i pianeti, le stelle e la luna, il sole e la sabbia, le parole e le poesie, le lacrime e la gioia, il passato e il futuro, la musica e il rumore, l'oceano e il mare, la terra e l'orizzonte, il fuoco e il ghiaccio, la mia e la tua vita... Ecco, amore mio, amore infinito, dimmi, tu, adesso, lo senti tutto questo sulle labbra, in questo nostro bacio delle meraviglie?

Io ci sarò, comunque vada, anche quando arriverà l'inverno nel tuo cuore, anche quando, insieme, cercheremo le stelle e troveremo foschia.

Io ci sarò sempre, anche se tutto il mondo dovesse voltarti le spalle, anche se il terreno sotto i tuoi piedi dovesse crollare, io sarò lì a proteggerti, a sostenerti, a tenerti la mano...

Io ci sarò, quando avrai voglia di parlare di quelle cose che non hai mai detto a nessuno, quelle che sai solo tu, quelle che ti tieni dentro e ti fanno soffrire, quelle che pesano troppo per un cuore solo, io sarò lì, a regalarti il mio, di cuore, per condividere quel peso, per guardarti dentro, per non farti soffrire più.

Io ci sarò, anche quando ti sentirai stanca, delusa, ingannata... Anche quando i tuoi sogni e tutto quello in cui credevi, ti sembrerà lontano e impossibile, io sarò al tuo fianco, a regalarti un sorriso, e poi ti porterò al mare, per farti vedere che la vita è ancora tutta lì, blu e meravigliosa, e che è tutta tua, basta tuffarsi di nuovo, basta andarsela a prendere.

Io ci sarò sempre, amore mio, anche quando il mare sarà grosso per via della tempesta, anche quando farà freddo...

44
Tutto nero

La vita di Marzia e Lorenzo
Martedì 23 luglio 2019

La vista dalla mia camera è bellissima, vedo il mare, questo spaccato di vita che più che la terra sembra il paradiso, la Sardegna è un posto indescrivibile, stupendo, ma questo fazzoletto in cui mi trovo, Cala Caterina, è un posto che Dio ha scelto per dettare le regole della meraviglia...

Sono felice, è incredibile come siano andate le cose, ieri sera, e pensare che all'inizio ho dovuto faticare un po' per farla uscire, ma glielo leggevo negli occhi quanta voglia avesse di cedere, di vederlo, di prendersi l'amore!

Qualche volta la vita riserva emozioni talmente forti e belle che capisci quanto valga la pena esserci, anche solo per quegli attimi di magia, e capisci realmente quanto sia strabiliante l'amore, e quanto valga la pena crederci sempre, anche quando ti senti delusa, a terra, perché, poi, lui torna, e ti fa volare. È stato incredibile vedere Lorenzo e Sofia baciarsi, cascare l'uno negli occhi dell'altra, tenersi stretti come per scongiurare il rischio di perdersi ancora, rinascere e fare esplodere il mondo, rigirare l'universo, insegnare alle stelle a brillare, ché le stelle sanno dare il loro meglio, e brillano davvero, solo quando è amore vero, solo quando vale la pena illuminare il profilo di due labbra che si toccano per respirare, di due mani che si cercano, si trovano e poi si prendono per non lasciarsi più...

Io ero lì che li guardavo e piangevo, perché ogni miracolo d'amore è uno spettacolo così pazzesco che ti fa piangere di gioia, e ti ricorda che la felicità è racchiusa in un singolo momento di assoluta bellezza che va cercato, sempre, in ogni istante della tua vita... E sono troppo felice di aver fatto questo viaggio, di aver accompagnato Lore in questa avventura. Ne è valsa la pena, lo sapevo, non avevo dubbi. Ma ne sarebbe comunque valsa la pena, anche se lei non fosse uscita, perché per certe emozioni, quelle speciali che custodiamo nel cuore, vale sempre la pena. Perché se pensi di esserti lasciato sfuggire qualcosa a cui tenevi davvero, devi provarle tutte, ma tutte, per recuperare, per cercare un'altra possibilità, per concederti un'altra chance! Per regalarti un sorriso, per accenderlo di nuovo sul viso di chi l'ha perso, il sorriso, per dire alla *tua persona* che tu ci sei, che ci sarai, *anche quando farà freddo*, anche quando calerà la notte.

Siamo solo per pochi perché quando è buio nel cuore delle persone che amiamo, noi accendiamo il sole, e gli portiamo il cielo in una bottiglia da stappare insieme a loro che sono le nostre occasioni speciali di felicità...

Chi ama, una strada per fartelo capire, la trova sempre. E Lorenzo è stato un grande, si è messo in gioco, ha trovato una strada, l'ha inventata, come quella canzone stupenda che ha scritto per Sofia e che mi rimarrà eternamente nel cuore, ha rischiato tutto quello che aveva: il suo equilibrio, la sua emotività, la sua vita. Ecco perché lo stimo, perché è un uomo pieno d'amore, pieno di bellezza, e non ha avuto paura di dimostrarlo, di essere quello che è: fragile, meravigliosamente fragile…

Ma mentre penso a questo, al bello, all'incanto, arriva. Lo sento. Sento che si fa strada dentro di me. Eh… Si sapeva che prima o poi sarebbe arrivato con tutta la sua potenza… È arrivato il brutto… è arrivato il brutto! L'emozione diventa paura, terrore! Dolore fisico. Sento male ovunque, e poi non mi sento più. Vedo sfocato, in un attimo sono in un bagno di sudore, percepisco una pressione forte al petto e non respiro, mi inginocchio, cerco un modo, non voglio morire… Riesco appena ad afferrare il cellulare. Cosa mi succede? Io non voglio morire! Cerco la chat con Lorenzo e provo a scrivere. Riesco a digitare soltanto poche lettere e, credo, a premere invio. Non capisco più niente. Non sento più niente. Tutto intorno gira. Poi il vuoto. E poi è tutto vuoto. E poi è tutto nero.

Poi è tutto nero.

45
Siamo qui per te...

La vita di Marzia e Lorenzo
Martedì 23 luglio 2019

Quando leggo il messaggio di Marzia: "Aiut", sono circa le 7, e appena lo leggo mi sento morire. Avevo il telefono in mano, quindi ho visualizzato all'istante, assurdo... Stavo per scriverle un messaggio perché poco fa mi è venuta in mente proprio lei, dolcissima... Lei che ha fatto così tanto per me, lei, giovane e già immensamente grande, importante, profonda. Lei che è entrata da poco nella mia vita, in punta di piedi, con dolcezza e tatto, col sorriso e la gentilezza, nonostante il destino, nell'ultimo anno, povera piccola, non sia stato tenero: il cambio di casa, quell'amore in cui credeva così tanto che l'ha abbandonata all'improvviso, e infine questa maledetta malattia che non le dà tregua... Ma nonostante tutto, Marzia ha saputo ritagliarsi uno spazio prezioso e fondamentale nel mio cuore e in quello dei miei amici, uno spazio da proteggere come un tesoro di enorme valore e di rara bellezza.

Sempre disponibile, positiva, generosa...

Durante il viaggio è stata più di una volta poco bene, e in alcuni momenti mi ha fatto preoccupare. Ma è stata lei stessa a tranquillizzarmi, dicendomi che erano dolori passeggeri, e che era tutto nella norma...

Io e Sofia non abbiamo chiuso occhio. Del resto, è impossibile dormire durante la notte più bella della tua vita. Ma quella parola incompleta ci fa subito capire che la situazione è grave. Ci infiliamo i primi indumenti che troviamo e corriamo fuori come pazzi verso la sua stanza, che è quattro porte dopo la nostra. Non busso neanche, sfondo la serratura con due calci violenti e pieni di paura. E mentre lo faccio, piango, e tremo, e stringo i denti, e con me Sofia.

All'interno, davanti a noi, si presenta la scena più terrificante che potessimo immaginare. Marzia è a terra, seminuda, priva di sensi. E non sembra respirare.

«Oh mio Dio!» urla Sofia. Io la guardo per un attimo negli occhi e non riesco a emettere neanche un suono. Poi le chiedo terrorizzato: «Meglio non toccarla. Chiamo subito l'ambulanza!».

«Ok amore... Ma è... mortaaa!?»

«Non lo so, non lo so amore mio» dico mentre il telefono squilla, e dopo alcuni interminabili secondi risponde un'operatrice del 118. Le spiego concitatamente la situazione, mi fa alcune domande di routine, ma dalle mie risposte e dalla mia voce capisce che si tratta di una cosa seria.

«È sicuro che non respiri?»

«Ecco... ecco, io credo proprio di sì! Gliel'ho detto, ha un problema al cuore... Dovete fare presto!»

Per qualche secondo non parla, sento spingere dei tasti, «Resti un attimo in attesa, signore...», poi dopo pochissimo ritorna: «Quindi il posto dove vi trovate è Cala Caterina, Hotel Polinesia, corretto?».

«Corretto!»

«Arriviamo, signor Russo, arriviamo subito...»

«Amore, tu resta qui, l'ambulanza sarà qui tra pochi minuti, io scendo giù e avverto la reception, in modo che siano pronti anche loro, se servisse, non so, una mano, per fare entrare l'ambulanza... Non so!» dico a Sofia parlando svelto, agitato e mangiandomi la maggior parte delle parole.

«Ok amore, io sto qui...» dice lei piangendo e guardando ancora, con terrore, Marzia accasciata per terra. Vorrei abbracciarla per rassicurarla, ma non c'è tempo, e non c'è niente, niente che sia anche solo un po' rassicurante in quello che stiamo vivendo... Cristo! Mentre penso a questo sono già davanti alla reception, trovo due ragazze sui trent'anni, le informo della situazione, cercando di essere chiaro ma sintetico allo stesso tempo, chiedo se per caso c'è un medico in hotel, ripeto loro più o meno le stesse cose appena dette al 118, e chiedo anche se hanno idea dell'ospedale da dove potrebbe arrivare l'ambulanza, per capire quanto potrebbe impiegarci, le supplico di lasciare aperti tutti i cancelli in modo che possa entrare sparata. Mentre parlo ho l'impressione che il colorito dei loro volti si faccia via via più bianco. Non credo abbiano mai gestito un'emergenza del genere, ma si mettono subito all'opera per sgombrare la via d'accesso alla struttura e tengono d'occhio i monitor delle videocamere di sorveglianza...

Mentre le fisso piangendo, con gli occhi sgranati e i pugni serrati, sento il grido della sirena che si avvicina, sta già arrivando! Resisti, piccola Marzia, amica mia, ti prego, resisti!

Quando insieme agli infermieri e al medico del 118 entriamo nella stanza, la troviamo ancora priva di sensi, nella stessa identica posizione, con Sofia rannicchiata accanto a lei che trema come una foglia e ha lo sguardo terrorizzato, e quando ci vede ricomincia a piangere portandosi le mani nei capelli. «Fate in fretta» urla, «non respira!» Io sono anche più spaventato di lei, e sono confuso, cerco di rimanere lucido ma fatico a capire tutto quello che sta accadendo a un ritmo vertiginoso. Gli infermieri per fortuna si muovono molto sicuri, ci chiedono di stare qualche metro più indietro, applicano il protocollo del caso, le sentono il polso, che pare non esserci, o almeno è quello che intuisco... In un attimo la sistemano sulla barella, le fanno domande, le chiedono se li sente, se può ascoltarli, poi iniziano con delle compressioni toraciche... Ti prego, Marzia, ti prego, non morire, ti prego! Non si rianima, non si rianima! Sofia mi stringe piangendo e io la abbraccio mentre continuo a fissare Marzia, a sperare... Dopo qualche tentativo prendono quello che deve essere il defibrillatore e lo azionano, e dopo pochi secondi sento uno di loro dire con un entusiasmo contagioso: «La sento... c'è polso, il cuore è tornato a battere!».

Io soffoco un grido, «sììì!», Sofia si volta e mi guarda quasi come per chiedere conferma. In realtà non sappiamo se è fuori pericolo, come sta, sappiamo solo che il cuore è tornato a battere, ma lei ha ancora gli occhi chiusi, non sembra vigile...

Le mettono una maschera, credo con dell'ossigeno, e le applicano una flebo o non so cosa, e in pochissimi minuti è giù, dentro l'ambulanza. Un'altra manciata di minuti e io e Sofia siamo in macchina, in silenzio, sospesi, a tutta velocità, dietro all'ambulanza che sfreccia a sirene spiegate verso l'ospedale, non so esattamente dove siamo diretti, se a Villasimius o più lontano. Io dentro di me prego, pur non essendo mai stato un grande fedele, pur non credendo in Dio, prego!

«Amore, ce la farà?» mi chiede Sofia sconvolta e fuori di sé.

«Non lo so, non lo so, amore...» rispondo con la voce strozzata, «ma quello che so... quello che so è che Marzia è una forza della natura, quindi non può non farcela, non può!»

Dopo dieci minuti che a me sembrano interminabili, arriviamo in ospedale, sembra più che altro un piccolo ambulatorio. Lasciamo la macchina nel primo posto che ci capita, messa a cazzo, usciamo e cominciamo a correre. Anche la barella di Marzia sta correndo, spinta dai ragazzi del 118, visibilmente preoccupati. E da un momento all'altro la vediamo sparire dietro una porta con divieto di accesso.

Subito dopo esce una donna in camice verde, molto gentile, deve essere un medico. L'età, sui sessanta, la sua stazza, i capelli rossi e gli occhi neri e buoni mi rassicurano un po'. «Non potete entrare, ora» ci spiega con un tono calmo. «Vi facciamo sapere noi, restate qui. Siete parenti?»

«No! Ma siamo gli unici amici che ha qui...»

«Ok, avete modo di contattare, non so, i suoi genitori?» ci chiede la dottoressa.

«Sì sì, ecco, ci provo subito! Ma loro sono a Roma... Posso dirvi che mi aveva raccontato di avere una, ecco, come si chiamava... sì: una miocardite con un danno cardiaco! Me lo ha detto pochi giorni fa... E che ultimamente aveva dolori sempre più frequenti, altro non so...»

«Ok, adesso cerchiamo di mantenere la calma, anche se capisco l'emotività, va bene? Appena riuscite a contattare i suoi, mi fate chiamare, bussate qui e chiedete di me, io sono la dottoressa Macrì, ora do disposizioni, dobbiamo portarla presto all'ospedale di Cagliari, qui non siamo strutturati per casi come il suo... Intanto proviamo a contattare i suoi, ci vediamo tra poco, restate qui!»

«Certo» dico io cercando in rubrica il numero della mamma, Marzia me lo aveva dato una volta che dovevo confermarle giorno e orario per una delle nostre lezioni di chitarra, il suo telefono era fuori uso non so per quale motivo... Faccio una ricerca in WhatsApp, scrivo "mamma" e ritrovo la conversazione di quel giorno, dopo poche battute ecco anche il numero...

Squilla libero, e dopo pochi secondi risponde.

«Sì, pronto» è una voce di donna, squillante ed energica.

«Pronto, signora...» e faccio segno a Sofia di bussare e chiamare il medico.

«Con chi parlo?»

«Sono Lorenzo Russo, l'amico di sua figlia...»

«Ah, sì! Che succede? Marzia dov'è?» Il tono è diventato acuto e preoccupato. So che Marzia le ha raccontato tutto della nostra "missione", e che lei era felicissima che mi seguisse in questa avventura d'amore, perché sposava la causa, e, penso, anche perché riteneva che questo potesse essere un modo perché Marzia *staccasse* un po'...

«Ecco, signora...»

«Che succedeee?» urla forte, sembra quasi arrabbiata.

«Marzia ha avuto un malore...»

«Oh, mio Dio! Che significa un malore?» grida ancora forte, ma a un certo punto la voce è rotta da un pianto lancinante, straziante, di un dolore che solo una madre può provare... Ho una figlia anche io e questa situazione mi devasta.

«Signora, non so dirle molto, Marzia mi ha mandato un messaggio di aiuto che ho visualizzato immediatamente e sono corso subito in camera sua, trovandola, ecco, trovandola priva di sensi a terra...»

«Oh Dio! Diooooo! Amore di mamma, piccola miaaaa!» urla, urla e piange e io sono fuori di me, penso che potrei cedere e svenire da un momento all'altro, non so quanta energia mi resta ancora. Poi vedo la dottoressa venirmi incontro, mi guarda con occhi compassionevoli, affettuosi, ha letto la mia disperazione, il senso di smarrimento, o il fatto che non ho più forze... Mi posa una mano sulla spalla facendomi segno di passarle il telefono. Nel frattempo la madre è ancora lì che piange e ripete all'infinito *Marzia mia*, *Marzia mia*...

«Signora» dico, «le passo il medico...»

Porgo il cellulare alla dottoressa e mi accuccio per terra, poco più in là, in un angolo, in silenzio, con le mani dietro la testa e lo sguardo perso nel vuoto... Sofia corre da me per abbracciarmi. Ci stringiamo forte, forte...

Intanto la dottoressa parla con la madre, intercetto appena alcune parole, le dice: «Signora Casiraghi, dovete venire qui. E dovete farlo in fretta...».

E poi: «Non so come dirglielo, purtroppo, ma la situazione temo sia critica...».

E ancora: «Stiamo cercando di organizzare tutto per il meglio, ma a Cagliari sapranno dirvi di più... Sì, a Cagliari, la porteremo lì con un elicottero entro mezz'ora...».

E infine: «Mi dispiace, signora, sono mamma anche io, come lei, e capisco, la capisco, mi dispiace, ma in questo momento è controproducente perdere la calma, cerchi, se può, di trovare la forza dentro di lei, si organizzi con suo marito e prenda il primo volo, nel frattempo noi faremo di tutto perché la sua piccola possa stare bene e vi terremo aggiornati... Ok?».

Poi si gira verso di me, mi restituisce il telefono, ci guarda e ci dice: «Le volete molto bene, vero?».

«Moltissimo!» risponde Sofia.

«Sì, moltissimo...» dico io stravolto.

«Ok, la dobbiamo portare subito a Cagliari, sta arrivando un elicottero, se volete voi potete avviarvi in macchina, state attenti e non correte!»

«Ma come sta?» chiedo.

«Non bene, il cuore è compromesso, non bene...»

«Ce la farà?» incalza Sofia.

La dottoressa la guarda, poi guarda me, con uno sguardo triste e preoccupato: «Non lo so, sta male... dobbiamo pregare... E vediamo cosa ci dicono i colleghi di Cagliari...».

Sofia piange ma senza emettere un suono, io non ho più lacrime, non sento più niente... Mi faccio forza, ne cerco un po', ancora un po' dentro di me, e mi alzo: «Ok, allora noi andiamo...».

Salutiamo la dottoressa Macrì e la ringraziamo. E lei ci abbraccia, ci stringe forte, come se ci conoscesse da una vita, e la nostra emotività ne risente ancora.

Mentre ci dirigiamo verso il Maggiolino sentiamo il rumore di un elicottero, sempre più forte e vicino, lo vediamo scendere e sparire dietro l'edificio, è il suo...

Prima di accendere il motore mi viene in mente di avvertire gli altri, così mi faccio forza e telefono a Guido che rimane senza parole, gli spiego che devo scappare e che sono stremato e gli chiedo se può per favore fare lui il giro delle chiamate, ma non c'è bisogno di aggiungere molto, capisce subito la situazione... Poi provo ad avvertire le amiche di Marzia, perlomeno quelle che conosco, scrivo a Giulia su Messenger, le riassumo tutto velocemente, le lascio il mio numero e quello di Sofia, e le chiedo di avvertire Alice e quell'altra cara amica di Marzia, Sally...

Quindi saliamo in macchina e partiamo spediti verso Cagliari. Dopo pochi minuti sentiamo di nuovo il ronzio dell'elicottero, e sulla destra lo vediamo salire in cielo, la stanno portando! Mi scendono le lacrime. *Ciao Marzia*, penso, *fai buon viaggio, non mollare, amica mia! Ok? Noi stiamo arrivando, non mollare!* E mi fa così effetto pensare che solo due giorni fa questa strada, in senso inverso, l'ho percorsa con lei accanto, dolcissima, sempre sorridente a fare battute, a raccontarmi di lei e della sua vita, ad ascoltare musica, e soprattutto a tranquillizzarmi sul fatto che ce l'avrei fatta, che Sofia mi avrebbe perdonato perché la sua felicità era vederci di nuovo insieme! Adesso mi ritrovo qui, sulla stessa strada, e seduta accanto a me c'è la donna più importante della mia vita, quella che ho sempre amato, Sofia... Perché aveva ragione Marzia, è andato tutto bene e lei mi ha perdonato! Ed è stato possibile anche grazie alla sua bellezza, al suo impegno, alla sua passione, alla sua amicizia, a questa sua stupenda e folle voglia di credere che sia possibile, che l'amore, quello vero, esista, e prima o poi arriva e ci salva. E adesso? E adesso?

Adesso chi salverà, la sua, di vita? Chi?

Mentre penso a questo mi rivengono in mente tantissimi episodi, momenti miei e di Marzia, solo nostri. Cose che ho raccontato solo a lei, come il fatto dello psicologo... o quella sera in spiaggia dopo la cena da Valerio che eravamo tristi, con il cuore in subbuglio, un po' brilli, confusi... quella sera in cui stavamo quasi per fare un guaio... e per fortuna non è successo... Perché abbiamo messo davanti a tutto la nostra amicizia, ci siamo protetti, difesi, custoditi, come sanno fare solo gli amici, come sanno fare solo le persone che si vogliono davvero bene, e io sapevo quanto lei stesse soffrendo per quell'amore che l'aveva scavata, in cui aveva creduto, per il quale era andata in mille pezzi...

Io lo so, io lo so quanto Marzia creda nella vita, quanto desideri la felicità, e quanto sia caparbia, onesta con chi ama, generosa e presente...

Io lo so che lei lotterà, che non mollerà, io lo so...

Durante il viaggio, io e Sofia non diciamo praticamente una parola, perché, come me, sono certo che anche lei sia chiusa nei suoi pensieri per Marzia. Posa la sua mano sulla mia ogni tanto, mentre cambio marcia, e quando posso, stando attento a guidare, le faccio una carezza sul viso, e le dico che la amo da impazzire, e lei lo stesso.

È lei che durante il tragitto risponde agli infiniti messaggi e alle telefonate dei nostri amici e delle amiche di Marzia, sono tutti sconvolti e vogliono venire qua.

Prima di arrivare chiamo mamma, ho bisogno di raccontare tutto anche a lei, ovviamente resta sconcertata come chiunque, si preoccupa per me, mi fa mille domande, ma la freno, le dico che devo attaccare, che sto guidando, e che la chiamerò più tardi. Le chiedo di Bianca e mi dice che ancora dorme, e questo da un lato mi tranquillizza, anche se avrei un bisogno pazzesco di un suo abbraccio, adesso, di un suo sorriso. Uno di quelli che accendono il sole di notte.

«Più tardi ti chiamo e me la passi, ok?»

«Ok, ok... amore di mamma, cerca di stare tranquillo, se puoi, lo so che è drammatico quello che sta succedendo, ma tu cerca di trovare la forza dentro di te... Io pregherò per quella ragazza, andrò in chiesa ad accendere un cero per lei...»

«Ok, mamma, grazie!»

«Ora pensa a guidare...»

«Ok... ti voglio bene!»

«Io, io te ne voglio! E non sai quanto!»

Dopo circa un'ora, siamo all'ospedale di Cagliari.

Mentre cerchiamo l'accettazione, mi chiama Gilda, la mamma di Marzia, e mi informa che lei e il marito stanno andando in aeroporto e che atterreranno a Cagliari poco dopo mezzogiorno. Durante il viaggio ha chiamato un paio di volte per sapere se avevo notizie, lo fa ancora, le dico che sono appena arrivato, e le giuro che appena saprò qualcosa le farò sapere.

Ci comunicano che Marzia è in rianimazione, ma che lì non si può andare, ci chiedono se siamo parenti e cerchiamo di spiegare di nuovo tutta la situazione, che i suoi genitori sono in volo e che le uniche persone che Marzia ha qui, in questo momento, siamo noi. La signora con uno sguardo indulgente mi dice di aspettare, si alza, entra dentro un altro ufficio e con un telefono interno chiama qualcuno.

Nel frattempo Sofia mi tiene la mano, mi guarda, appoggia il suo viso sulla mia spalla, e non parla. Poco dopo esce e ci dice che il dottor Tucci sta arrivando.

La ringraziamo enormemente.

Tempo cinque minuti e arriva quello che deve essere il dottor Tucci, ha uno sguardo serio e penetrante, ma sembra gentile.

«Siete voi gli amici di Marzia Casiraghi?»

«Sì...» rispondiamo quasi in coro io e Sofia.

«Mi ha riferito di voi la dottoressa Macrì di Villasimius... Abbiamo notizie dei genitori? La dottoressa Macrì ci ha fatto avere il numero della madre, ma non sono ancora riuscito a contattarla...»

«Sì, dottore, stanno per prendere un volo, atterreranno a Cagliari intorno alle dodici e trenta.»

«Ok...» e abbassa lo sguardo.

«Dottore, ma come sta Marzia?»

«Ecco, non potrei parlarne con voi, ma vista la situazione... Non sta bene, non sta per niente bene! Ora, con una terapia mirata, stiamo cercando di tamponare l'insufficienza cardiaca, ma purtroppo la situazione è gravemente compromessa, non potremo fare molto...» e poi, guardandoci ancora negli occhi, «e comunque non per troppo tempo...»

Sofia mi abbraccia forte, nascondendo la testa sotto il mio braccio, e scoppia a piangere.

«E cosa si può fare?» chiedo io terrorizzato.

«Vedo solo il trapianto, ma non è così facile, non abbiamo molto tempo, poche ore forse, abbiamo già contattato il Centro Nazionale Trapianti e messo in atto tutti i protocolli, segnalando l'urgenza, ora dobbiamo sperare in un miracolo...» Poi aggiunge: «Comunque dobbiamo aspettare i genitori, e parlarne a loro...».

«Certo, dottore» dico con un filo di voce, «certo...» Poi chiedo: «Ma possiamo vederla?».

«In questo momento no, ragazzi, non è possibile, e comunque, ripeto, aspettiamo i genitori...»

Io e Sofia, distrutti, salutiamo il professore, e torniamo a sederci in una sala d'attesa dalle pareti grigie, aspettando la mamma e il papà di Marzia. Do un'occhiata al telefono, ho milioni di notifiche, mi chiedono tutti di Marzia, sono preoccupati e vogliono raggiungerci qui. Cerco di rispondere velocemente a tutti, informandoli della gravità della situazione, senza entrare nei dettagli, d'ora in avanti è giusto che siano i genitori a decidere cosa raccontare e cosa no...

L'attesa diventa uno strazio. Passeggio su e giù per i corridoi, bevo un caffè, poi un altro, e controllo compulsivamente il cellulare per sapere l'ora e sperando di ricevere notizie dalla mamma di Marzia. A un certo punto chiamo casa e chiedo di parlare con Bianca, le chiedo cosa sta facendo, mi risponde che sta colorando farfalle su un foglio, mi sforzo di sembrarle sereno e quando sento che un terribile magone mi sta risalendo in gola la saluto, ricordandole che le voglio un mare di bene. Poi attacco, mi allontano per non farmi vedere e scoppio a piangere.

Alle 13.20, la vedo entrare con il marito, li riconosco dal grado di agitazione con il quale si muovono e dalla disperazione nei loro occhi. Li chiamo e corrono verso di me. La signora mi chiede di Marzia: «Lorenzo... Dov'è? Dov'è la mia piccola?».

«È in rianimazione...» rispondo tenendole le mani. Il papà, una persona distinta, ascolta e non dice niente, deve essere totalmente sconvolto.

«E dove? Dove si trova la rianimazione? Io voglio vederla!» urla forte, Gilda, così forte che tutti si girano a guardarla e per un attimo si crea un silenzio surreale.

«Aspetti, chiamiamo il medico...» e mi dirigo verso l'addetta dell'accettazione, che mi stava già guardando, e quando ci avviciniamo chiede con delicatezza: «Sono loro i genitori della ragazza?».

«Sì!» risponde la madre, che non riesce a contenere la disperazione.

«Ok, le chiamo subito il dottor Tucci.»

Mentre aspettiamo, i genitori di Marzia si stringono forte fra di loro, e noi non sappiamo cosa dire, perché siamo altrettanto disperati.

«Mi dispiace» sussurra Sofia, «amiamo tutti Marzia...».

La mamma scoppia a piangere e Sofia la abbraccia, mentre il padre le tiene la mano.

Dopo pochi minuti, arriva il dottor Tucci.

«Dottore!» urlano quasi all'unisono la mamma e il papà di Marzia.

«Salve, signora» dice il dottor Tucci, dando la mano prima a Gilda e poi al marito.

«Come sta mia figlia? Possiamo vederla?»

«I farmaci che le stiamo somministrando tendono a farla dormire, in più è molto, molto debole. In questo momento non potete vederla, ne va della sua vita, la situazione, signori, è molto seria...»

La mamma di Marzia barcolla e sembra sul punto di svenire.

«Gilda!» si allarma il padre, già sconvolto.

«Che significa "molto seria"?» chiede la donna, che resta in piedi, con un filo di voce. Io intanto mi sento morire...

«Significa che abbiamo diramato un comunicato d'urgenza all'unità telematica per individuare un cuore compatibile, nella speranza che ce ne sia uno disponibile in poche ore...»

«Poche ore?» chiede la mamma di Marzia.

Io guardo Sofia e lei guarda me, cercando un minimo di conforto reciproco, senza trovarlo, purtroppo. Poche ore! Marzia sta per morire... Vorrei spaccare tutto! No, cazzo, no!

«Dottore, mi sta dicendo che la mia bambina ha poche ore di vita?»

«Purtroppo è così, signora, è drammatico, è ingiusto... ma è così» dice il dottor Tucci allargando le braccia e guardando costernato i genitori di Marzia. In tutto questo, il padre non ha praticamente mai parlato, è rimasto accanto alla moglie, ad abbracciarla, incurvato, scavato fino alle ossa, piegato da un dolore che non si può descrivere, non oso nemmeno mettermi nei suoi panni... Penso al mio amore, alla mia principessina, a Bianca, morirei prima, impazzirei.

«Giovanni...» Gilda si rivolge al marito, «hai sentito? Hai sentito? La nostra piccola sta per morire... è in fin di vita!»

«Dottore, quante possibilità ci sono che arrivi un cuore compatibile in così poco tempo?»

«Purtroppo poche, davvero poche... Anche perché Marzia ha un gruppo sanguigno raro, con scarsa compatibilità...» spiega il dottore con il tono più calmo che l'esperienza gli consente. «Però, adesso, dobbiamo sperare, aspettare e sperare. Nel frattempo noi cerchiamo di tenerla in vita, lei è una guerriera, ha una tempra resistente, e noi faremo del nostro meglio... Ma voi dovete essere forti!»

Quando il dottore se ne va, restiamo tutti in silenzio, ammutoliti, e riprendiamo posto sulle sedie della sala, guardiamo nel vuoto, che poi non è solo vuoto, è più del vuoto, è un buco nero, è l'infinita tristezza. È dolore, sconcerto, rassegnazione.

Il tempo passa, inesorabile. Siamo come sospesi in una bolla di sapone fragilissima. Intorno alle due e mezza sento gli occhi chiudersi dalla stanchezza, dallo strazio, forse non hanno più voglia di vedere, di essere vigili. Sofia è accovacciata con la testa sulla mia spalla, e anche lei ha lo sguardo incredulo e sfinito. Il padre di Marzia fa avanti e indietro nel corridoio, entra ed esce per fumare, si guarda intorno, controlla l'orologio, si sforza di mantenere un atteggiamento apparentemente controllato. Ma è ovvio che è una maschera, che è forzato, che sta implodendo. Gilda ha entrambi i palmi delle mani sotto il mento e, come me, fissa un punto nel vuoto e, come me, a volte chiude gli occhi. Sembra spenta, fuori di sé, sembra non essere qui, con noi, sulla terra, su questo pianeta, chissà dov'è, dolcissima mamma, sono sicuro che è lì con lei, con Marzia, a tenerle la mano, a darle coraggio, a dirle che c'è lei vicino, la sua mamma, che non la abbandona mai, che darebbe la sua vita per lei, per proteggerla, per difenderla dalle cose brutte, dal male, dal dolore. Sono sicuro che è lì a dirle che lei è la sua piccola, la sua cucciola, e che non permetterà che le accada nulla! E mentre la osservo tremo, mi viene ancora da piangere, vorrei abbracciarla, vorrei essere anche io, insieme a lei, di là da Marzia, per salvarla. Per sistemare tutto. E questo senso di impotenza mi distrugge, mi annienta.

Quando sto per chiudere di nuovo gli occhi, intorno alle 15, sento delle voci, le riconosco. Mi giro e vedo Valerio, Guido, Davide... con loro ci sono anche gli amici di Marzia: Giulia, Alice, Sally e il suo ragazzo di cui non ricordo il nome, e le due ragazze che stanno insieme e si devono sposare, tornate da poco da Londra, mi pare si chiamino Benedetta e...

Mi alzo e vado loro incontro. «Ragazzi! Ma come avete fatto? Siete riusciti a prendere tutti lo stesso volo?»

«Sì» risponde Giulia con le lacrime agli occhi, «ci siamo sentiti tutti su Messenger, abbiamo fatto un gruppo per restare uniti e muoverci insieme.» Dietro di me si alzano anche la mamma di Marzia, che va ad abbracciare le amiche della figlia, e Sofia. Si abbracciano e piangono, a singhiozzi, senza parlare, tutti sanno tutto, perché Sofia li ha informati via via.

«Tevvibile» dice Guido.

«Sì, proprio terribile» confermo io con gli occhi di nuovo lucidi, mettendo una mano sulla spalla prima di Valerio e poi di Davide, cercando conforto.

«Ma è vero che...?» domanda Valerio, lasciando la frase sospesa, e si riferisce al fatto che a Marzia abbiano dato poche ore di vita.

«Sì sì, è vero» rispondo io secco.

«Ma porca puttana!» risponde lui.

Non servono molte altre parole. Offro loro un caffè, racconto di nuovo cos'è successo in queste ultime terribili ore. E ci sono gesti di affetto, abbracci. E respiro la dolcezza della solidarietà, la forza dell'amicizia, che in un momento come questo lenisce il dolore e scava in qualche recesso della mia anima per dissotterrare un briciolo di speranza.

Siamo qui, siamo uniti, siamo vivi. Siamo qui per te, Marzia.

Sono passate circa due ore quando il dottor Tucci, uscendo per il cambio turno, si avvicina e ci comunica qualcosa che le nostre orecchie non sono ancora pronte ad ascoltare: «Il cuore è debole, il polso quasi non c'è più. Ecco, io adesso devo andare, è già arrivato un collega, ma lascio il cellulare acceso, ovviamente, per qualunque cosa, ma voi, voi cominciate a prepararvi...».

Dopo queste parole l'isteria e lo sconforto sono generali, la mamma di Marzia perde i sensi per qualche secondo, il padre si rifugia in un angolo della sala con lo sguardo fisso a terra, con gli occhi spenti, e non si muove, nemmeno mezzo movimento, nemmeno un impercettibile cambio di espressione. I pianti e le grida delle amiche non conoscono sosta.

Io mi sento sfinito, fisicamente e mentalmente, ho Sofia accanto a me, siamo seduti entrambi per terra con la schiena sulla parete di vetro, ci teniamo la mano, con le dita incrociate, ci diciamo a volte *Ti amo*, *Sei tutta la mia vita*, e ci sembra che così quello che sta per accadere sia meno traumatico, ci prepariamo a questa tragedia, a questo dolore infinito: con un po' d'amore nel cuore.

Non doveva andare così. Non doveva andare così... È la mamma di Marzia che lo ripete a cantilena, in modo commovente, straziante...

È finita, cazzo, è finita...

E quando tutto sembra ormai davvero al capolinea, quando io penso che sto per cedere, quando negli occhi della madre di Marzia comincio a vedere solo vuoto e rassegnazione, quando le ore, inesorabili, ci scandiscono una fine preannunciata, sentiamo urlare da lontano e correre verso di noi il dottor Tucci: «Incredibile! Incredibile!» urla, con felicità. Noi scattiamo tutti in piedi, con l'emozione che ci impedisce di articolare anche solo mezza parola, pendendo dalle sue labbra, e lui, arrivato da noi, ci guarda uno a uno, con gli occhi che brillano, e comunica con voce grossa e piena di gioia: «Sta arrivando un cuore! È un miracolo, è un miracoloooo!».

Scoppiamo, esplodiamo: «Sììì!!!». È un coro generale, seguito da altri abbracci e lacrime. Il padre di Marzia sembra un bambino, ci stringe uno per uno, salta e abbraccia la moglie, la tira su. È un delirio...

Il dottore ci lascia sfogare per un attimo poi ci richiama

all'ordine: «Ehm... Per favore! Capisco la vostra gioia, e anzi la condivido. Ma adesso dobbiamo tornare seri: stiamo preparando tutto, il cuore arriverà a breve, poi dobbiamo procedere velocemente, l'operazione durerà alcune ore, e i rischi sono altissimi... Ma direi che, considerato quanto la situazione fosse drammatica e apparentemente ormai scritta fino a dieci minuti fa, siamo felici di affrontare questi rischi...».

Annuiamo tutti, tornando con i piedi per terra, ma nello stesso tempo con tanta fiducia e speranze ritrovate.

Quindi il dottore ci saluta e corre spedito verso l'ascensore, per poi dirigersi in sala operatoria, noi lo ringraziamo e iniziamo a pregare, senza fermarci mai.

È l'una di notte ormai. Marzia è entrata in sala operatoria circa cinque ore fa, e ancora non abbiamo notizie. Siamo andati tutti, senza dircelo, a cercare su internet le statistiche di questo tipo di operazioni, e l'ansia, man mano che la sabbia scorre dentro la clessidra, diventa sempre maggiore. E lo sconforto torna a farsi sentire in modo potente. A un certo punto, vediamo di nuovo uscire il dottor Tucci, stremato, sudato, con lo sguardo serio, e si avvicina...

Cagliari
24 luglio 2019, ore 1.03

Devo aver dormito un bel po'! Come se fossi morto e poi resuscitato… Non so quanto tempo è passato, ma a me è sembrata un'eternità! Anche perché io non avevo mai dormito in vita mia, mai! Nemmeno una volta! Nemmeno un minuto! Che voi ci crediate o no! Ma adesso ho capito tutto. Adesso so che lei, Anđelka, non è più con me, dolce amore, angelo mio, tu non ce l'hai fatta! So che non la rivedrò mai più, però ho ricominciato a battere, in un corpo nuovo, lei si chiama Marzia, e ha una gran voglia di vivere. Ciao Anđelka, hai acceso una stella nel cielo per permetterci di vivere. E un pezzo di te, quello pieno di amore, è ancora qui con noi…

46
Tutto questo dannato, pazzesco amore...

La vita di Marzia
Lunedì 23 dicembre 2019
Cinque mesi dopo, in una mansarda della Garbatella

Sono passati cinque mesi da quel giorno, dal giorno dall'operazione al cuore, dal trapianto. Da quelle ore drammatiche e surreali in cui ero certa di morire. E adesso va tutto bene, pare che il nuovo cuore sia una bomba, e io, io lo sento mio, come fosse stato sempre dentro di me, al punto che mi sono detta che forse era necessario, era questo il mio cuore, non l'altro, l'altro è stato un errore di percorso, utile però a farmi arrivare fin qui, a questo punto diverso, più profondo, più consapevole. Anche se poi, quando mi faccio questo film nella testa, ci sto un po' male, perché so che io sono viva grazie a qualcun altro che ora purtroppo non c'è più.

Comunque i medici sono sbalorditi dal decorso, da come ha reagito e ha risposto il mio corpo, ma che ne sanno loro? Io sono Marzia Casiraghi, io sono una donna che sa che bisogna resistere, resistere, e resistere! E che c'è da combattere, e che non mollerà mai! Dovrò probabilmente prendere dei farmaci per il resto dei miei giorni, ma grazie alla scienza la mia aspettativa di vita è altissima, e io non ho alcuna intenzione di abbassarla! Morirò un giorno, sì, ma di vecchiaia, e comunque non prima di essermi guardata davvero dentro e di aver dato il meglio di me. E manca ancora molto... Voglio vivere, stare bene, godere! Come e più di prima. Con qualche accortezza in più. Con qualche paranoia in meno. Con tante certezze acquisite. Del resto, la mia nuova vita è iniziata subito dopo un'esplosione di bellezza assoluta, un esempio stupendo di come l'amore possa trovarci e investirci all'improvviso con una potenza inaudita e dirompente: mi riferisco a Sofia e Lorenzo, che si sono persi e ritrovati più volte per poi riprendersi e non lasciarsi più, capendo di essersi amati sempre, di essere uno *la persona* dell'altra, di essere speciali solo insieme, di essere una cosa sola. Di esserci loro, mano nella mano, e poi tutto il resto. E io lo so che questo può avvenire, lo so e lo sapevo prima di vederlo con i miei occhi in quella notte di luglio con le stelle, la luna e una chitarra, in quella notte con la musica, la dolcezza, il coraggio e un bacio, un bacio meraviglioso, magico, infinito, disarmante, lungo tutta la vita, grande come tutto l'universo. Stupendo e da brividi, come un miracolo.

E adesso so che cercherò l'amore, ma prima di tutto lo cercherò dentro di me. So che farò del mio meglio per aderire a me stessa, alla mia natura, alla vita che vorrei. So che cercherò di rispettare chiunque, ma prima di tutto viene la mia dignità di donna, di persona, di essere umano.

Non mi iscriverò più a Giurisprudenza, come suggerito dai miei fin da piccola, per diventare notaio e guadagnare una barca di soldi, perché fin da piccola, io, volevo essere altro, e allora sarò altro, fanculo al notaio e alla barca di soldi! Io volevo essere un medico, salvare vite, rendermi utile, aiutare gli altri. E quindi, ecco, partiamo da qui, c'è una novità: io farò il medico, studierò per diventarlo, darò il massimo, perché era quello che sognavo. La mia nuova vita, con il mio nuovo cuore, mi ha insegnato questo: a volermi bene, ad amarmi. A difendere le cose in cui credo. A essere quello che sono. A essere quello che sogno.

Riccardo si è rifatto sotto, è rientrato in Italia apposta per me quando ha saputo cosa mi era accaduto, si è riavvicinato prima per sapere come stessi, era davvero preoccupato, povero! Poi mi ha detto che ha capito di amarmi e che vorrebbe tornare insieme. Ma non è vero, non mi ama, non sa ancora cosa significhi amare, non conosce il significato di questa parola, come non ne sapevo nulla nemmeno io prima che mi accadesse tutto questo. Prima pensavo di averne bisogno, di esserne dipendente. Ma quando amiamo davvero, questa roba non esiste! Anche lui deve imparare ad amarsi, a volersi bene. Deve trovare se stesso, innamorarsene un po', e poi potrà amare me o qualcun altro. Poi... Ma quando sarà, adesso lo so, non sarò io per lui, e non sarà lui per me. Gliel'ho detto col sorriso che non era il caso, ma che, nello stesso tempo, non ce l'ho più con lui, ho smesso di odiarlo nel momento in cui ho iniziato ad amare me stessa. E poi l'ho salutato con un abbraccio sincero, dicendogli la verità: *È finita, ma ti voglio bene. E ti auguro quello che auguro a me stessa: un futuro felice, pieno di bellezza. Pieno di amore.*

Con i miei genitori il rapporto, che era già migliorato tanto nei mesi precedenti il trapianto, ora è a dir poco meraviglioso, e anche fra di loro c'è un affiatamento tutto nuovo, che mi sorprende ed emoziona. Mio padre ha imparato a dire cose dolci e affettuose senza vergognarsene. Ora pronuncia spesso parole semplici e incantevoli di cui il mondo ha tanto bisogno tipo *Ti voglio bene*, *Mi manchi*, *Ti penso*... La tragedia sfiorata, in fondo, ha portato tante cose belle e molte conferme.

Fra le conferme e le cose belle ci sono senza dubbio loro, i miei amici, le mie amiche, la mia grande famiglia allargata, Giulia, Alice, Sally, Paco, Lorenzo, Sofia, Valerio, Davide e Guido... adesso siamo un solo, straordinario gruppo, e ci vediamo spesso tutti insieme. Devo, a ognuno di loro, un pezzo della mia nuova felicità, e del mio nuovo cuore, nel quale, loro, dolcissimi e preziosi, sono custoditi e protetti in un modo speciale, come lo erano nel vecchio, ma adesso ancora di più. In questi mesi mi sono stati tutti vicini in un modo strepitoso, commovente, mi hanno reso la ragazza più fortunata del mondo. Adesso, loro, ecco, sono loro il mio grande amore, e non ho bisogno d'altro fino a che non arriverà altro che io sarò in grado di comprendere e accogliere nella mia vita come qualcosa in grado di migliorarla e renderla ancora più bella, perché, bella, già lo è. E adesso mi sento serena. E adesso, adesso... mi sento completa.

Ecco, cosa ho imparato? Ho imparato questo... Ho imparato che non puoi chiedere a nessuno di completarti, perché quello di cui hai bisogno lo puoi trovare solo dentro di te, nel tuo cuore.

Ho imparato che elemosinare l'amore di qualcuno che non ti ama è sbagliato, è un'offesa alla tua dignità, e contribuisce ad aumentare il vuoto che senti dentro.

Ho imparato che amare te stessa è l'unica possibilità di comprendere anche gli altri, e che se non ti ami non puoi davvero amare nessun altro.

Ho imparato che se non sei felice, se non sei davvero felice, non puoi accendere il sorriso di nessuno. E che se smetti di inseguirla, la felicità, lei smette di trovarti. Perché sei tu, sei tu la tua felicità.

Ho imparato che le cose davvero importanti, nella vita, hanno sempre a che fare con i nostri sogni. E che i nostri sogni hanno sempre a che fare con l'amore.

Ho imparato che ci sono tramonti meravigliosi, non sono tutti uguali. Alcuni ti tolgono il fiato per quanto sono belli, per la magia che emanano. Ma il tramonto che batte tutti gli altri è quello che guardi mentre tieni la mano della persona che ami.

E ho imparato che qualche volta la vita ci insegna che quella mano, quella da stringere forte e non lasciare mai, è la tua stessa mano... E tu, tu... non lasciarla mai!

E mentre penso a questo, suona *Rondini al Guinzaglio* di Ultimo su Spotify, sono nella mia stanza, a gambe incrociate sul mio letto, fra poco passano Alice, Giulia, Lore e Sofia a farmi un saluto, e non so chi altro. È sempre così, da quel giorno non mi lasciano mai. Mi alzo per mettere ordine sulla scrivania, c'è un bordello indicibile, e l'occhio mi va su una quantità infinita di biglietti che mi hanno lasciato loro nei giorni in cui ero ricoverata, messaggi di supporto, di vicinanza, d'amore, che mi hanno aiutato un casino a reagire, a farmi forza, a non lasciarmi andare quando avevo momenti di sconforto. È stato il loro gioco, me ne hanno scritti e lasciati fin dal giorno dell'operazione, mamma poco fa me ne ha portati altri che non avevo ancora letto, li aveva raccolti e custoditi dentro un quotidiano piegato del giorno dopo l'intervento, lo apro, è un'edizione locale, sarda, leggo qualche biglietto, uno di Giulia: "Manchi tanto"; uno di Lore: "Dài, biondina, smettila di giocare e torna qui! Mi manchi!"; un altro di Sofi: "Ti penso sempre, dolcissima amica mia. Ho bisogno di te! ♥"; e ancora un altro di Sally: "Amorina, quando torni? Ti amo! ♥". Come posso sopportare tanta bellezza, tanto amore tutto insieme? Come possono essere così formidabili? Mi chiedo se mi merito tutto questo… E mentre ne leggo uno di Valerio che mi fa morire dal ridere, l'occhio mi va di nuovo sulla data del quotidiano: 24 luglio 2019.

Lo sfoglio un po', così, per curiosità, mi fa impressione ripensare a quelle ore… E mentre giro le pagine sento un brivido potentissimo percorrermi il corpo, sento un giramento di testa, mi sudano le mani, e mi sento ghiacciata, immobilizzata, pietrificata, "oh mio Dio!", lo penso ma non ho nemmeno la forza di pronunciarlo, "oh miiio Diooooo!", c'è un articolo, c'è un articolo, lo leggo, lo rileggo e non posso crederci, io non posso crederci! Il titolo è: *Vola in cielo e dona il cuore dopo un incidente in auto, la ragazza degli angeli.*

E dentro c'è scritto:

> Terribile incidente in Costa Smeralda, sulla provinciale Sassari-Olbia all'altezza di Berchidda. Immediata la chiamata al 112, ma la corsa dei soccorritori si è rivelata inutile. Purtroppo si conta l'ennesima vittima della strada: A.M., giovane ragazza di origine croata, residente a Roma. Dalle prime ricostruzioni sembrerebbe che la sua auto, una Mini Cooper, si sia scontrata frontalmente con un tir che ha invaso la sua corsia, un impatto violento che non le ha lasciato scampo. L'uomo alla guida del camion, che ha riportato lievi lesioni, era sotto l'effetto di cocaina e alcol, pertanto dovrà rispondere di omicidio stradale aggravato. La ragazza dona i suoi organi. Lascia genitori e un fratello più grande che da Roma, sconvolti, hanno raggiunto la salma

all'ospedale di Cagliari per il riconoscimento in tarda notte. Sulla Mini verde della giovane vittima erano stampati degli angeli. E noi vogliamo pensarla così, adesso: un angelo felice fra gli angeli...

Non ci posso credere... Era lei, Anđelka! È suo il cuore, il *mio* cuore! Me lo aveva detto, quella volta che aveva rischiato di investirmi, me lo aveva detto! Forse lo sapeva... Mi aveva detto qualcosa tipo "hai acceso una stella nel cielo stasera, e lei ti proteggerà". E lei mi ha protetto. Lei che adesso è una stella. Una stella nel mio cielo...

E mentre penso a questo mi scende una lacrima, una sola, come quella stella stupenda, come quel suo sguardo dolcissimo, e poi un sorriso, inaspettato e inspiegabile, mi sorprende. Adesso so che dovrò proteggerla io, questa vita. Questo cuore. Quella stella. Tutto questo dannato, pazzesco amore...

47
Davvero?

La vita di Lorenzo
Mercoledì 23 ottobre 2019
Tre mesi dopo, su una spiaggia di Maccarese

«Amore, sei stato bravissimo ad accendere il fuoco, Dio, quanto amo i falò sulla spiaggia, poi tu con la chitarra… sono in un sogno?»

«Sei tu il sogno, il mio sogno!» rispondo a Sofi smettendo per un attimo di suonare.

«Scemo!» e ride. «E tu il mio!» aggiunge poi, alzandosi per darmi un bacio.

Io mi giro verso il mare, e ci sono una luna pazzesca, il fuoco, le scintille, io di fronte a lei, ci sono i suoi occhi, c'è tutta la nostra vita. «Non è Cala Caterina, ma anche Maccarese ha il suo perché… E poi sono le *nostre Maldive*, il nostro posto! Quel giorno di tanti anni fa… ero un po' scemo, non capivo un cavolo, ma già ti amavo!»

«Non hai capito un cavolo per un bel po', però è vero, e anche io già ti amavo… Ed è il nostro posto, sì! Comunque, oddio, tutte le volte che ripenso a Cala Caterina ho un brivido nel cuore, è stato stupendo, la notte più bella della mia vita…»

«Io avevo una paura terribile che tu non uscissi, ma eri tu, eravamo noi, e dovevo provare, sapevo che ci amavamo come nessuno al mondo!»

«Dio, quanto eri dolce, amore mio, con la *nostra* chitarra, sulla *nostra* barchetta, e poi quella canzone, quella canzone meravigliosa, la mia canzone! Quelle parole... Amore, come hai fatto a scrivere una canzone così bella?»

«Ma dài, non è così bella, ma è tua, la rende bella questo, il fatto di essere solo tua...»

«Dio, quanto ti amo!»

«Pazzesco come dalla giornata più bella della nostra vita siamo passati, la mattina dopo, alla più difficile, eh?»

«Guarda, continuo a pensarci sempre, allucinante, terribile, così tanto che a volte il mio cervello è come se facesse dei tentativi di rimozione... Per fortuna poi è andata come è andata... e sai che ti dico? Che adesso Marzia io la vedo più felice, più serena, più consapevole, ecco...»

«Sì! Già prima era una ragazza meravigliosa, ora è una donna meravigliosa! Una di quelle che spiega all'universo come muovere il vento e quando calmare il mare, una di quelle che ha negli occhi una scintilla, un segno, una luce piena di energia e dignità. La adoro!»

«Ecco, questo intendevo, non avrei saputo descriverlo meglio... E poi adesso siamo un'unica grande famiglia eterogenea, fantastica, senza la quale la mia vita sarebbe più brutta...» e dopo averlo detto, si alza un'altra volta, e mi abbraccia, e mi bacia, e io mi sento l'uomo più fortunato del mondo... Poi guarda la chitarra appoggiata accanto a me, sul plaid, e dice: «Amore, ma... ora che ci penso, ma la chitarra non gliel'hai più riportata?».

«Ecco, vedi, questo volevo dirti... ehm, in effetti... in

effetti no!» e faccio una piccola pernacchia, e scoppiamo a ridere come due scemi.

«Ti amo!» mi dice lei con uno sguardo languido, stupendo, che mi mozza il fiato.

«Io ti amo! Da morire!» rispondo e la bacio e, assurdo, il suo sapore, mischiato alla salsedine, mi fa battere ancora forte il cuore, come se fosse la prima volta, come se non l'avessi mai baciata prima, come se, finora, non avessi mai baciato nessun'altra!

«Amore...»

«Sì...»

«Ti ricordi quella volta davanti a scuola? Mi avevi detto: "Non ci perderemo mai, io e te...", e io ti avevo risposto: "Mai!", prendendoti per mano, perché ci credevo davvero, perché lo pensavo! Poi avevo aggiunto: "E adesso, dimmi, adesso cosa vuoi?", e tu avevi risposto: "Tu", te lo ricordi?»

«Me lo ricordo» le dico, guardandola negli occhi, prendendole la mano.

«E adesso, adesso cosa risponderesti?»

«Adesso risponderei che la tua gonna è inguardabile, che sei troppo buffa quando diventi rossa e ti si appannano gli occhiali, che i tuoi capelli sono la cosa più bella del mondo, che adoro quando tiri in dentro la pancia per nascondere i rotolini che non hai, e poi... ecco, poi risponderei, ancora una volta "tu".»

«Davvero?»

«No.»

«Ecco... lo sapevo!»

«Questa volta aggiungerei "per sempre". Tu, ma per sempre...»

16 febbraio 2020

Lorenzo Russo non ha più smesso di scrivere canzoni, per se stesso, per Sofia, per Bianca, per sua mamma e per i suoi amici. Ha poi iniziato a caricarle su piattaforme gratuite online, quasi per gioco. Ma pochi minuti fa – lui ancora non lo sa – un'importante major discografica lo ha contattato su uno dei suoi profili social…

Perché?

Perché?

Perché arriverà qualcuno che avrà voglia di giocare con la tua sensibilità, ti dirà "Ti amo" senza sentirlo davvero, ti abbraccerà senza proteggerti sul serio, ti prometterà cose in cui non crede, sarà abile a mentire, a mostrarsi diverso da quello che è, perché lo fa da sempre. Con tutti. E niente, voglio dirti questa cosa: tu fa' in modo di essere abbastanza pronto da schivare i colpi, e abbastanza forte da incassare quelli che non riuscirai a schivare. Perché succederà, perché cadrai, e il senso del tradimento, dell'inganno, ti getteranno nello sconforto. Ma tu non smettere di crederci, mai! Tu non smetterai di crederci mai!

Perché? Perché poi, l'amore e la felicità torneranno da te, indicandoti la strada, dimostrandoti che esistono, illuminando la tua vita, e tu le riconoscerai subito! E sarà bello. E sarà volare. E sarà il cuore in gola, le capriole, le farfalle, gli slanci verso l'infinito e il cielo nelle vene. Sarà un terremoto. Sarà polvere di stelle e di fuoco e di musica e di magia. Sarà smettere di toccare la terra sotto i tuoi piedi, mentre l'intero universo si capovolge, si rigira, mentre le stelle diventano praterie luminose, e i fiori costellazioni profumate e piene di colori, e sarai catapultato su pianeti e terre marziane, con cavalli alati e pianoforti volanti, fuori dalla tua portata emotiva, oltre l'orizzonte dove possono spingersi i tuoi occhi, oltre i muri e le barriere del suono, della luce, della comunicazione dei sensi, dopo i confini, i limiti, le regole e le geometrie dello spirito... Ma sempre perfettamente dentro il tuo cuore.

Perché? Perché l'amore vero è così: semplice, improvviso. Incredibile. Assurdo. Spaventoso. Meraviglioso. Da toglierti il fiato e farti volare. L'amore ti fa staccare i piedi da terra, e cambia il senso di ogni cosa.

L'amore sei tu, mentre corri verso i luoghi del tuo cuore.

L'amore sei tu, mentre ti abbracci e ti perdoni.

L'amore sei tu, che voli sopra le tue macerie.

L'amore sei tu, che mi hai cambiato la vita, e l'hai resa più bella.

L'amore sei tu, anche quando farà freddo.

L'amore sei tu, ma per sempre...

Ringraziamenti

Grazie, mamma, perché sei la mamma e la persona più bella dell'universo, e sono fortunato ad averti accanto. Grazie, Marco Emanuelli, perché sei e rimarrai sempre una persona per me speciale e unica, e questo non cambierà mai. Grazie, Federica Maccioni, perché sei la sorella che tutti vorrebbero, e io ho la fortuna di averti trovato. Grazie, B., per la luce, per l'amore, per tanti motivi che non sono facili da spiegare. Non ora. Non così. Cleopatra è ancora lì che ci aspetta...

Grazie, Giampaolo Emanuelli, ti voglio bene, non dimenticarlo. Grazie, Nadia Manca, sei un'amica speciale e rara. Grazie, Franco Valenzano, resterai sempre il mio artista preferito, oltre che amico vero e prezioso. Grazie, Mimmo Calopresti, perché ti voglio bene, perché ci sei sempre, è bello il nostro rapporto, costruttivo, sincero. Grazie, Angela Barile, collega, grazie per l'enorme aiuto che tu sai, e grazie per essermi amica, sei speciale, ti voglio un mondo di bene. Grazie, Giusi Terranova, per il supporto e l'amicizia che non smetti mai di farmi mancare. Grazie, Letizia Pierleoni, per l'amicizia e la disponibilità. Grazie, Marco Salvatore, per il supporto importante. Grazie, Marinella Amici, per la dolcezza con la quale mi supporti, sei speciale. Grazie, Valentina Sangiorgi, per l'amicizia e la sincerità, ti voglio bene, anche quando ci scorniamo. Grazie, Rosaria Fallucchi, per la dolcezza, e l'amicizia. Grazie, Nadia Falconieri, ti voglio bene. Grazie, Serena Volpicelli, perché sei una persona pulita e leale, amica preziosa. Grazie, Elisabetta Pascali, per l'amicizia, la dolcezza e il supporto. Grazie, Alberto Di Majo, grazie sempre per aver creduto in me per primo quando quasi nessuno ci credeva, sono felice e onorato della tua amicizia. Grazie, Donatella Mugnano, amica e ottimo avvocato, grazie per il supporto legale e per i consigli, qualunque autore meriterebbe un avvocato come te. Grazie, Giorgio Petrollo, perché sei e rimarrai sempre il mio terzo fratello. Grazie, Carlo Maria Bassi, per i soliti profondi e importanti motivi... Grazie, Francesco Odoardi, per l'amicizia sincera e per l'affetto. E per sopportare le mie ansie. Grazie, Francy Meleleo, per l'amicizia e il supporto. Grazie, Antonella Popolizio, amica e grande avvocato penalista. E a volte meraviglioso psicologo... Non smetterò di romperti, sappilo! Grazie, Bruna Gottardi, per il supporto e l'amicizia. Grazie al gruppo Facebook "Siamo solo per pochi", siete il primordiale preziosissimo nucleo di questa stupenda e ormai enorme famiglia da cui è nato tutto. Grazie, Silvia Gollini, amica storica e meravigliosa cantante, ti voglio tanto bene. Grazie, Alfredo Catalfo, per l'amicizia a cui tengo e che resterà. Grazie, Daniela Antacido, perché sei una persona pulita e dolce, sono felice di esserti amico, ti voglio bene. Grazie, Karen Nahum, per la dolcezza, l'amicizia, l'aiuto e la professionalità. Grazie, Stefano Izzo, ti devo molto, sei speciale, come editor e ancor più come amico. Grazie, Daniel Cladera, è bello lavorare con te, spero di non deluderti. Grazie, Stefano Bordigoni, per come mi hai accolto e per la fiducia. Grazie, Margot Masci, sei forte! Grazie, Francesca Romana Formasin, per insegnare l'umanità al mondo. Ne ha tanto bisogno. Grazie, Annarita Barone, per la consulenza e perché sei un'amica importante e speciale. Grazie, Vicki Satlow, per il supporto e l'amicizia. Grazie, Milena Vertucci, per la consulenza, e perché sei una persona pulita, un'amica speciale. Grazie, Laura Milani, per il supporto prezioso, e per l'aiuto. Per la pazienza e l'umanità, rarità! Grazie, Catena Fiorello, per la generosità e l'amicizia. Grazie, Simona Rizzo, per l'amicizia preziosa e il supporto. Grazie, Laura Torrisi, sono felice di averti incontrato, che le nostre strade si siano incrociate, sei un'amica preziosa, ti voglio bene! Grazie, Giorgio De Donno, per l'amicizia sincera e la generosità. Bello esserci trovati. Grazie, Daniela Piu e Francesca Alfano, so che insieme faremo grandi cose!

Grazie a tutte le anime rare, a quelle della mia pagina Facebook, a quelle del gruppo Facebook "Siamo solo per pochi", a quelle del mio profilo Instagram, a quelle del passaparola magico scattato nelle librerie, esploso fra la gente comune, mano dopo mano, consiglio dopo consiglio, cuore dopo cuore, a tutte le anime rare che hanno portato i miei libri sotto ogni albero di Natale d'Italia, nei primi posti di qualunque classifica nazionale, in mezzo a quelli che sembravano "mostri sacri" irraggiungibili, sotto ogni ombrellone di ogni spiaggia italiana, grazie alle sorelle e ai fratelli che hanno trasformato questo passaparola nel fenomeno editoriale più sorprendente degli ultimi anni, che mi hanno aiutato a realizzare questo sogno che avevo nel cuore e in cui ho creduto insieme a voi, questo sogno che è diventato il vostro sogno, che è diventato il nostro sogno, siete la mia famiglia! E queste mie parole che non smettono mai di pulsare, che si trasformano sempre in qualcosa di diverso, che vincono su tutto perché hanno imparato a perdere tutto, a perdersi nella vita, a lasciarsi trasportare senza ambizioni di paternità, senza manie di controllo, non inventiamo niente! Combiniamo solo lettere che assumono un significato speciale per noi, nel nostro contesto, con i nostri codici, nella nostra semplice e potente lingua, quella dell'amore.

Perché Dio è ognuno di noi quando decide di realizzare i desideri di chi ha di fronte, Dio sei tu che credi in me, Dio sono io che credo in te, Dio è chiunque creda in qualcosa o in qualcuno, e contribuisca a rendere questo mondo un posto un po' più bello, anche solo un po', e che aiuti chiunque a sentirsi meno solo e più felice, anche solo un po', e queste mie parole sono il Dio di loro stesse, perché si perdono fra i cuori di chi le fa sue, di chi le guarda e ci si specchia dentro, ci si tuffa, bagnandosi dei sentimenti autentici che trasportano, quei sentimenti, quei vuoti, quelle mancanze da cui, paradossalmente, sono generate, parole che si perdono fra le mani e nei pensieri di chi le prende e le mette da parte per quando sarà il momento giusto, di chi le usa per lenire il dolore, per curare le ferite, per asciugare le lacrime, per trasformarle in silenzio, o in urla, o in una corsa contro il tempo, contro le imposizioni degli altri, di chi esercitando un potere pensa di poter disporre della nostra autonomia, della nostra libertà. C'è una parola: resistere. Resistenza. Resilienza. Parole di chi le usa contro i pregiudizi, contro le regole che ci hanno imposto e ci fanno sentire in gabbia, privati della nostra libertà. Di chi le usa per scendere da quel cazzo di treno sbagliato e correre, a qualunque età, verso la propria felicità. E a chi vi dirà "ormai la scelta è fatta, non puoi tornare indietro", voi risponderete "fatti i cazzi tuoi", e lo farete mentre indietreggiando, tornerete indietro!

Queste parole nate fra i sassi, nella terra, dentro la sabbia, dal mio dolore, dal nostro buio, nate per non morire, scritte per non essere esclusi, per non escludere, per non escluderci. Per prenderci la mano e fare squadra, e sentirci una famiglia, parole sporche come certi nostri corpi che hanno deciso di buttarsi nella vita affrontando il fondo, il nero, lo schifo, gli scheletri, le coltellate, i mostri, i fantasmi e il fango, prima di arrivare all'acqua limpida. Prima di diventare le parole del nostro cuore: pulite, pure. Queste mie-nostre parole d'amore, che hanno travolto un mondo che non voleva farci spazio, che hanno cambiato le regole dei giochi di questo universo dove tutto sembrava già deciso, spiegando a questo universo che non ci sono regole, perché non ci sono giochi, e che niente di quello che ha a che fare con la nostra felicità è già deciso! Perché non stiamo giocando, perché noi non siamo un gioco, perché noi non siamo il gioco di nessuno, perché questa è la nostra vita, perché c'è solo questa vita.

C'è solo questa vita.

Ed è bella, anche quando cerchiamo un abbraccio che ci scaldi il cuore per via del freddo, il freddo dentro...

C'è solo questa vita.

E io vi auguro un tramonto tanto bello da farvi piangere di gioia, da farvi alzare le braccia al cielo urlando: "Io ci sono!".

Uno di quelli che ci ricorda che non è mai la fine, perché il giorno e la luce non sono altro che l'inizio delle stelle e la luna. Un'onda circolare. Come il bene, come l'amore... E non sarà mai davvero finita perché noi inventeremo un finale sempre nuovo!

C'è solo questa vita.

Pensateci quando decidete di non chiamare un amico dicendo “lo faccio domani”. Fatelo subito! Ma che aspettate? È il vostro amico, la vostra amica, la vostra vita! Sono le vostre persone! È tutto quello che resta, è tutto ciò che abbiamo. Chiamate i vostri genitori, se avete la fortuna di averli, passateli a trovare, stappate una bottiglia buona per loro, è questa la vostra migliore occasione per brindare. È adesso! Chiamate i vostri fratelli e urlategli che li amate! Che si aggiusterà tutto! Che andrà tutto bene…

C’è solo questa vita.

Ed è bella, cavolo! Pure se qualcosa è andato storto, pure se qualcuno non c’è più, pure se pensavi fosse lei quella giusta e invece no, pure se pensavi fosse lui quello giusto e invece no, pure se stai combattendo una battaglia per farcela, ecco, sorridi lo stesso, se trovi la forza! Perché quando ridi l’universo lo sente e, in fondo, quando ridi, tu ce l’hai già fatta!

C’è solo questa vita.

Le occasioni dell’amore sono rare, sta a voi coglierle, sta a voi proteggerle, decidete voi se lottare o scappare, se farvi battere dalla paura o avere coraggio. Se ne vale la pena significa che merita coraggio, non cercate scuse, non inventate alibi, le vostre catene sono le vostre catene, potete scioglierle solo voi, uscite da quella gabbia, e non temete il vento forte e il mare grosso, li attraverserete come guerriere, la tempesta finirà, la batterete, e sarete felici!

C’è solo questa vita.

E io vi auguro questo: il coraggio della felicità. È lì, subito dopo tutta quella paura. Forza, è adesso il momento… Saltate!

Prendetevi l’amore!

Prendetevi la vita!

Perché c’è solo questa, di vita…

Siete la parte di mondo più bella, più sana, più pulita, quella che mi spinge a non mollare mai… Quella che mi ha portato fino a qui.

Siamo solo per pochi.
Siete solo per pochi.
Siate solo per pochi!
Grazie.
Grazie, ma per sempre!
❤

#robertoemanuelli
#tu_mapersempre
#siamosoloperpochi
#anchequandofarafreddo

Indice

Questo volume è stato realizzato nel rispetto dell'ambiente,
utilizzando carte che impiegano cellulosa
proveniente da foreste gestite in modo ecosostenibile.

Finito di stampare
nel mese di novembre 2019
presso PuntoWeb s.r.l. - Ariccia (Roma)